中国作协2013年定点深入生活重点扶持作品

人子·人

一句承诺，远隔百千里，白首难弃
一声重托，漂泊贯东西，半世流离

◎ 愚石 著

山东文艺出版社

图书在版编目（CIP）数据

人子,人/愚石著.—济南:山东文艺出版社,2016.2
ISBN 978-7-5329-5114-7

Ⅰ.①人… Ⅱ.①愚… Ⅲ.①长篇小说—中国—当代
Ⅳ.①I247.5

中国版本图书馆CIP数据核字(2015)第220112号

人子,人

愚石 著

主管部门	山东出版传媒股份有限公司
出版发行	山东文艺出版社
社　　址	山东省济南市英雄山路189号
邮　　编	250002
网　　址	www.sdwypress.com

读者服务	0531-82098776(总编室)
	0531-82098775(市场营销部)
电子邮箱	sdwy@sdpress.com.cn

印　　刷	山东新华印务有限公司
开　　本	710毫米×1000毫米　1/16
印　　张	20　插页/2
字　　数	270千
版　　次	2016年2月第1版
印　　次	2021年1月第2次印刷
书　　号	ISBN 978-7-5329-5114-7
定　　价	48.00元

版权专有,侵权必究。如有图书质量问题,请与出版社联系调换。

这小小的人子儿，的确是个好玩意儿，你让它往东——它绝不去西，你让它打狗——它绝不骂鸡。你可以替它说话——它却演着你所有的悲喜——悲喜……

注：木偶，在宁阳被称为"人子"。

目　录

赵家堂／1

大观园／74

德令哈／140

赵家堂／239

赵家堂

1

"咿咿呀——"孙振文开始练嗓的时候天还没亮。

那个时候，马传旗正好从孙家林地往外走。

马传旗向来对风水喜爱并憎恨，就像他一直不理解为什么自己的家林里栽下的树永远活不了，而孙家的林地松树柏树柳树之类越长越黑、越长越威严。他努力地想弄明白老天爷什么时候睁眼，什么时候闭眼，希望老天爷能在睁眼时给他家的堂屋里洒下三尺阳光，闭眼的时候让别人的老屋进风漏雨。眼见着孙家班靠着祖孙几代人咿哩哇啦的唱，日子越来越发达兴旺，马传旗从头到脚不舒服，天天如怀揣着一只刺猬。他买了几斤香油果子，跑到后辛大队的石老道家，想从他那里讨一个浇灭孙家风水、让其家破人亡的方子。马传旗还没进屋，石老道的一只黑色茶碗便从屋里飞了出来，碎成一地的粗粝粉末。马传旗硬着头皮进屋，一句话没说，就被老道说着害人必害己的话训了一顿，然后被一拂尘撵出院门。马传旗总觉得那条软软的拂尘上有一种法力，有一股冷冷的气硬生生地顶在他的后背上。出门时猛地一个趔趄，左右腿的不平衡差点让他摔倒。该着马传旗的主意能得逞，回来路上遇到一出游僧人，禁不住马传旗的软缠硬磨，耳语几句，马传旗便在当夜子时，将一把利剑和一盆狗血埋到了孙云福祖坟的主脉上。

临走，马传旗使出浑身的力气，吐几口唾沫，然后脱下裤子，从容地拉下一堆屎，又抽动了几下鼻子，似乎在闻着升腾起的屎臭，再慢慢踱回工地上睡觉。

然后他就听到了孙振文练嗓的声音，从汶河深处传到耳朵深处，声音透着汶河冬水的冰冷。

马传旗猛然想起游僧告诉自己的咒语，"令亡者亡，令昌者昌"。这是啥意思？马传旗的头皮蒙了一下，似乎被什么东西击中。他使劲把头半是摇半是甩地转了两圈，又用力地抓了一把头发，仍然感觉有一顶瓜皮帽子扣在头上，像是孙悟空被念了佛咒的金箍。自此以后，"令亡者亡，令昌者昌"这八个字，也成了马传旗一生中需要时不时拿出来品一下的魔咒，像他终生离不开的舌头，饭前饭后总要咂上几咂。以致几十年后，他仍然要从这句话里，为孙家的所有结局寻找正当的理由，并像在小孩头上找白发一样，找到自己家兴旺发达的风水和运势。

工地上，那些新红旗和旧红旗喧哗，大石头和小坷垃拥抱，冬眠的虫子在洞穴中做着温暖的梦，几百个窝棚像麸皮和地瓜面掺和起来做成的窝窝头，在北风中干裂出一道道口子，神情落寞地趴着。有的窝棚被偷懒的社员搭得低矮，像没出笼屉便瘪了下去的包子，又像是五十八岁老女人的乳房。

孙云福低头从窝棚里出来，迎着依然睡意惺忪的太阳，向河滩上那些像蚂蚁一样默不作声匆匆忙碌的社员走去。太阳的光夹着无数根针，从前方直刺过来，让孙云福的眼一时有些不适应。

马传旗远远地看到孙云福，故意躲开。但目光却穿过一个个的身影，有意无意地瞥向孙云福。

"书记大人，俺得给你提个意见。咱这工地上的伙食也太差了吧。奶奶的，一天三顿地瓜面窝窝头，吃得肠子堵成了擀面杖，拉个屎得把脸憋紫，快要憋出血来了。屎橛子硬邦邦的，连狗都不吃。再不改善改善伙食，人累不死，也得让这窝窝头憋屈死。咱大队的粮食不是放卫星了吗？还是全公社最大的卫星。放卫星的粮食拿出一点吃呗？还有上边补助的鱼啊肉的，肯定都让那些做饭的偷吃了，你得管管。"三晃荡不知从什么地方冒了出来，摇摇晃晃地追上孙云福，说。三晃荡把耷拉着舌头的棉帽子抓在手里，头上似乎冒出汗来，身上的棉袄松松垮垮，怀里几乎能盛得下半个猪崽。

"谁给你说的上面补助了鱼啊肉的？"

"地球上的人都知道。"三晃荡瞪大了双眼。

孙云福看见临时茅坑前排了一大队人，有捂肚子的，有蹲在地上的，有跺着脚来回转圈的。总有人憋不住，转到低矮的窝棚后边解决问题。空气中弥散的味道，有着烂地瓜被充分发酵的邪恶，像酒厂里倒掉的酒糟。

"三晃荡，你就一个给地球搔背的，别成天价把地球挂在嘴上。你知道这地球是圆的还是方的？才把猪尾巴从嘴里拿出来几天，刚刚不淌咧咧了就开始多管闲事？"孙云福一大早就感觉自己心情不错，脸上的笑挤在阳光的照耀下，荡起了波，便不真不假地跟三晃荡开玩笑，"三儿，你爹给你们兄弟仨起的名字，大梁二柱三晃荡，只有你这名字最好，有文化，听着就像是坐了八抬大轿。什么名字什么人样，你啊，就该着一辈子有吃没喝地瞎晃荡。"

"哎哎孙书记，你这不是骂人吗？你说，咱这几年丰产不丰收，牛×吹上天。可怜这几百号的平头老百姓，咱一个一个地数，奶奶的，哪个不是人不像人牲口不像牲口的？春天吃得不如耕地的牛，夏天吃得赶不上碾场的驴，秋天比不上野地里撒欢的兔子，冬天眼瞅着那些追肥的猪，猪吃一口料，人动一下嘴，馋得啊，啧啧。好不容易有个战山河的工地，不就是盼着个吃顿好饭、吃顿饱饭吗？这可倒好，奶奶的，连点油腥都见不着。你看你看，俺这衣服都被吹牛×吹得成麻袋了。俺自己呢，快成麻秆了。这做屋梁的大树长成葫芦秧，怨谁啊？这模样还咋着找个媳妇啊？"三晃荡比比画画，一会儿掰掰手指头，一会儿极力地把棉袄大襟往外扯，让孙云福觉得像只上蹿下跳的猴子。

"你成天抓耳挠腮的，就是想找媳妇？头发都被你抓没了。就你这样满脸头发、满头是脸的丑样，哪家的闺女和你搞对象，手里都得拿块砖。不过，我听说兽医站刚来了一个，长得挺俊俏，就是黑了点。要不，叔给你放会儿假，你去见一面？"三晃荡满脸络腮胡子，头发却极少，孙云福才这样笑话他。

"奶奶的，只要不是黑母猪，见就见。"三晃荡头一抬，下巴甩得老高，一脸的无所畏惧。

"我看你小子就是欠教育。劳动是天底下最快乐的事，有饭吃，有活干，这才像国家的主人。你要高兴得像一个真正的贫下中农，物质可以贫穷，精神得高尚点。年纪轻轻的，一定要有建设社会主义国家的自豪感。"

"大叔，俺自豪着呢，可自豪了。只是眼下这肚皮瘪，肠子饿，嘴巴馋，治不好啊。"三晃荡拍拍自己的肚皮，厚厚的棉袄拍下去，鼓出一阵阵噗噗声。

"小王八羔子，别在这儿耍贫嘴了。快去干活。"孙云福弯腰拾起一块坷垃，举过头顶，做出要砸三晃荡的样子。三晃荡夸张地哎哟着，屁股收收着，一只手捂着补了厚厚一叠补丁的棉裤跑开。孙云福把坷垃丢在地上，一上一下地拍拍手上的土。

从五点多吹响哨子叫起社员们上工，又是两个小时过去了。社员们的衣服覆上一层薄薄的霜，淡淡地白着。这种能冻死鬼的天气，已经好多年没有经历过了。孙云福把手捂到嘴上，往手心里哈着热气，心里想，社员们这样忙活着身上感觉不会太冷，还能凑合，如果坐下来静静地待在零下二十多度的低温里，他们会冻成什么样子？谁有那样的耐心烦听公社书记的训话？他们不骂娘才怪。

包队干部樊大香特别告诉孙云福，公社书记郭敬连是训话，不是讲话，训话是要批评人的。县里对整个堙城公社今年冬天的农田水利基本建设不满意，县委书记在全县农村工作大会上，狠狠地点了堙城公社的名，据说还骂了娘。

被点名骂娘让公社书记丢了面子，也让孙云福心怀愧疚。他觉得自己领导下的赵家堂大队，一定还有许多做得不好的地方，没有给公社撑上门面。以前的赵家堂，只要是上面安排的工作，没有一样不是跑在全公社最前面的。

只有今年冬季的农田水利基本建设，进度确实是慢了些。别说上级批评，就连孙云福自己，也感觉有些对不住领导。孙云福暗地里为自己寻找借口，谁让公社今年安排了那么多的工程呢？谁让这两天连着阴天，阴天连着半阴天呢？但借口归借口，工程进度慢总得想些法子。他不知道社员们能不能理解自己的苦衷，会不会认为他没有人情味。队里今天给这个拔红旗，明天给那个插白旗，搞得人心惶惶，社员们生怕自己哪天弄个落后分子，和"地富反坏右"一起挨批斗。毕竟是整个公社的工程，还有包队干部在工地督着，孙云福相信社员们能够理解他的苦衷。

这工地上的伙食，确实也该改善一下了。孙云福想起三晃荡的话，慢慢品来又觉得有些道理，再战天斗地改造山河，总不能饿着肚子吧。

孙云福把手搭在眼眶上，四处寻找樊大香的影子。孙云福想和她商量，这两天能不能从公社食品站调点肉来，还有，能不能在建完大孔扬水站干渠之后，让社员们回家休息两天，然后再集中开挖月牙河水库的引汶干渠。手棚之下，孙云福看见女人们的长发从脏兮兮的围巾里钻出来，将凛冽的北风撕成一缕一缕。那些倦累得几乎飘不动的长发，或委屈得如即将融化的雪，满含着近乎绝望的泪水；或刚烈如坚厚的冰，享受着能够刺穿心脏以及与天斗与地斗的力量和快乐。那些头发的气息搅撩着男人们的欲望，把他们带着火的目光从这个女人的裤腿移到那个女人的胯间，那火里分明写着似水柔情，落下去的目光便软了，软得像膨胀着的棉花糖，然后再化成心里的痒。那些窝棚，在这一刻，竟成了最理想的媾合之地。窝棚上的秫秸叶子，没风时像用久了的粗布腰带，有风时便被吹得不停翻转，如同天堂使女的长袖，百媚丛生，并时不时地把各种欲念，从这个男人的裆下，移送到那个女人的怀中，那些打着招呼的二嫂、大妹子之类，不自觉间多了些喘息和颤抖。那些冻得比铁还硬的土层，震裂了男男女女的虎口，从裂口处渗出的血散发出的腥味，总让人浮想联翩。那些挖出的沟渠，则如抽在土地后背上鞭子的痕迹，写满了男男女女的渴望和委屈。男人的放声大笑，成了抵御欲望的最好武器，遮挡着羞红的尴尬和涌动不止的心事。

"社员同志们,告诉大家一个好消息,一会儿公社郭书记要来看望大家,和大家一起收听元旦社论。郭书记说,1958年是我们国家的成就之年,要让大家分享成功的喜悦。他还特意安排了孙家班,给大家表演节目,为大家鼓劲加油。大家喜欢看吗?"樊大香站在离孙云福不远的地方,拿着手持喇叭给社员们喊话。

樊大香的短发费力地长向耳朵,身材又短又胖,这也让她的声音具有了如同埋了千年的铁锈般的穿透力。她似乎是被没有方向的旋风旋到工地上来的,话音便带了些尖厉的哨声,还有沙尘的味道,声音再旋进扩音器,那尖尖的尘土味便被放大了无数倍,变成吱吱啦啦的响。樊大香穿一双宽口布鞋,是时下最常见的一种。但她的宽口布鞋,口是被花布包边的,这也是她与别人的宽口布鞋不一样的地方。她面对着并不凌厉的北风站立,双腿叉开,两脚呈外八字。她努力让自己站得像一个男人,或者凯旋的战士。

樊大香旁边,是努力站直身子的大队民兵连长马传旗,沾满土、灰和油污的军大衣之下,是褪去颜色的军装,军帽的舌头软塌塌地耷拉下来,像长疮的驴舌头伸在黑黑的牙齿之外,并且破了毛边。马传旗低着的头和弯着的腰,都倾向樊大香一侧。孙云福看得出来,马传旗的木制右腿已经插到脚下松软的泥土里,他的身子往右侧倾斜得很厉害。如果不是发现不对劲儿的樊大香推他一把,马传旗一定会砸到樊大香的身上,或者干脆就像一块打瞎的一刀礼,滚进路旁的深沟。

马传旗看到孙云福打眼罩的样子,对旁边的樊大香说:"樊大姐,你说猴子遮上眼罩就能变成人?"

樊大香扭过头,"哦"了一声,没弄明白马传旗想说什么:"咱私下里你可以这样叫我,守着社员绝对不能这样喊。"

"这我知道。"马传旗应道。

孙云福不喜欢,甚至说是从心底里厌恶马传旗。两人的不对付整个大队的人都一清二楚,也成了村人们私下谈笑的话题,自然是骂马传旗的多,夸孙云福的多。日子久了,整个大队明里暗里就分成了两派,甚至还有个中间派,也开始有不怕多事的人为孙马二人的事,互相指责对骂,甚至大打出手。但有一点孙云福不得不佩服,那就是马传旗的腿自膝盖以下被炸断之后,他把一截榆木打磨成和小腿同样长度的假肢,用麻绳绑在大腿上练习走路。马传旗把旧疤磨成新伤,把榆木由白色染成红色,伤口处结出厚厚的茧子,直到最后走路和正常人几乎没有什么差别。这种咬牙宁死的彪劲,是一般人学不来的。孙云福想起带着孩子们练习木偶戏的场景,小小的人子拿不了一个小时,几个孩子就喊累叫苦,这让他很生气。幸亏现在大队里的事太多,教孩子们木偶戏的活便留给了父亲和弟弟。如果再教这些孩子,他会拿马传旗的忍劲说事。孙云福想,把马传旗里里外外扒十八层皮,能够发现的,或许也就只有这一个优点。

马传旗也不喜欢孙云福。不只是不喜欢他,对他一家子都不喜欢。玩木偶的戏班子,就是玩杂耍的,入不了流,连戏子都不如。如果真的穷根溯源,说白了就是要饭的,破破烂烂的木偶,加上讨好主人似的摇摆着身子唱上几句,就是为了讨一口饭吃,和去邻居家偷吃的饿狗没什么差别。马传旗曾经给街坊们说过这话,就有好事者一五一十地告诉了孙家班老爷子孙培山。孙老爷子捻着胡子自顾笑,然后把刚刚点上的一烟袋锅子烟,紧一下慢一下地敲在自己的鞋底上,把烟丝全部磕出来。但这话激怒了孙云福的弟弟孙云禄,他若无其事地站起身,跑到马传旗家里把他痛打一顿。这一打没有打出服气,却打出了仇恨,两家从此横眉冷对,见了面气就不打一处来。尤其是马传旗当了民兵连长之后,他四处扬言要灭掉孙家班。一次醉酒之后,马传旗借着酒胆,真的扛着公社发的三八大盖,一路怒骂着冲到孙家,枪口顶在了孙云禄的额头上:"你不口口声声地说,有种就放马过来吗?你不是要灭了我吗?你灭了我试试!老子手里的枪可不认人。老子扛过枪打过仗,枪底下的恶鬼冤魂多了去了,还怕你这个小蟊贼?老子不但要杀了你,还要杀绝你们孙家班,我要让你们孙家绝后。你儿子孙振武,还有那个男不男女不女的孙振文,一个都不留下。"枪栓上膛,啪啪啪响。如果不是樊大香赶到,真有可能闹出人命。孙云福将此事告到公社书记郭敬连那儿,要求公社必须给马传旗处分,否则他这个大队书记就不干了。郭敬连碍于马传旗是从朝鲜战场上退下来的复员军人,对他一直是睁只眼闭只眼,真遇到事也必须考虑他战斗英雄的名号,不能处分太重。所以他两头和稀泥,只给了马传旗一个警告处分。孙云福不服气,再次找到郭敬连:"他是从朝鲜战场上退下来的军人不假,可他哪里有半点解放军的风范?解放军和老百姓是什么关系?鱼水关系。他算什么?说到底他就是土匪。他解放前在葛石蟠龙山上,和宁义山一起打家劫舍,策划过茂义庄事件,他手上还有八路军的人命。公社是不是也要查查?如果公社不查,我把这事向上级反映反映行不?"郭敬连答道:"历史的定论是他成了抗美援朝的英雄,谁还有胆量再把他弄成土匪?俗话说,宰相肚里能撑船。你虽然不是宰相,可你是大队书记,装几只鱼鳖虾蟹总是可以的吧?民兵连长也是大队里的干部,你书记要能容得下有不同意见的同志。这毕竟只是人民内部矛盾嘛。""他当过土匪,也能算人民内部矛盾?""可他现在不是土匪了,他是你赵家堂大队的民兵连长。如果他有什么问题,最先追究的应该是你的责任,是你管教无方。"孙云福领教了郭敬连无理争三分的本事,再也无话可说,此事算是画了个句号。

但自此之后,马传旗和孙家的矛盾更加公开,几乎到了水火不容的地步。马传旗死命地巴结包队干部樊大香,跟在她屁股后面寸步不离,像掐不了奶水的孩子。这让村里很多人看不起,也让孙云福更多了些鄙视。如果不是郭书记一再与他谈话,让孙云福无论如何要从长远看、从大局看,告诉他公社党委是相信他、支持他的,他真的想撂挑子了。这年头,多一事不如少一事,地球离谁都能转,更何况一个小小的大队书记。但不知为何,郭敬连偏偏相中了他。

孙家班在周围几个县,是出了名的木偶戏班,逢年过节和有点名气的大集,孙家班总要被请来请去,演上几天大戏。孙家班一直口碑很好,很关键的一点,就是孙家班的仗义疏财。演戏挣来的钱不置地,不买房,常常被用来接济有灾有难的亲戚邻居,有酒喝酒,有肉吃肉,千金散尽,并且不用偿还。孙家的日子过得像流水,不讲大富大贵,只求细水长流,因此也成了大队里穷得最有底气的人家。孙家班的穷，有骨气，有豪迈之气，这也是众人皆知的事实。孙云福做大队书记，让全大队的人服气。他没有任何私心地对待每一个社员，从来没有因为自己是大队书记就欺负、为难任何一个人，也为孙家博得了更好的名声。孙家班的好越传越远，县里的文教组几次来到赵家堂进行调研，赞扬他们的高风亮节，同时也对孙家班进行全面的、彻底的社会主义改造，要求他们不能再像一个草台班子，随意到各个大队演戏挣钱挣粮，要做普通社员，靠演戏挣工分。县委书记郑直还亲自在调研报告上做出批示，要在文化艺术界推广孙家班的德和艺，传承孙家班的精神和骨气。文教组的同志还告诉孙老爷子，县委书记郑大胡子非常喜欢看木偶戏，尤其喜欢看《孙悟空三打白骨精》，说这出戏揭露了所有的虚三套，讲明了一个道理，世界上任何事，就是要靠打才能打出真相来。每次看这出戏的时候，郑大胡子不是放声大笑，就是皱起眉头，不知在想些什么。县委书记喜欢，就等于整个县都喜欢，孙家班也便成了在全县工地四处巡演的慰问演出班子，身价和地位随之更高。但好多人并不清楚，县委书记郑直与孙家班还有更深的渊源。

孙云福作为孙家的长子，无论从长相到唱腔，都是天生的唱家子，曾经被父亲孙培山寄予厚望。公社成立后，公社书记郭敬连多次到家里找老爷子，一定要让孙云福放下手艺，做大队书记，要为更多的大众服务，为人民服务。郭敬连还上纲上线地说，这是对党和群众的感情问题，是对社会主义建设事业的立场问题。老爷子一声长叹，摇头，挥着手，让孙云福到了大队院办公。二儿子孙云禄，演和唱的能力比孙云福差得太远。老爷子苦心经营，让他以武生立身，总算能将就过去。更多木偶戏的技巧、精髓，孙云禄无法深刻领会。长孙孙振文天分极高，听过的戏一遍不忘，孙培山就把所有的精力放在孙子身上。孙振文十二岁时已经能唱一百多出戏，京剧豫剧梆子戏无所不通，更能根据场景不同，对木偶的动作、唱词做些更精到、更妥帖的修改和变化。孙振文清秀的眉目，瘦削的脸庞，白皙的皮肤，让人觉得他就是一个女娃，尤其是尚未变声的音调，唱悲剧如泣如啼，让观者动容，闻者悲情；演喜剧则俏皮幽默，让人快意欢声，陡生怜爱。

孙振文小小年纪，却极能吃苦。为了锻炼孙振文手指的灵活度，孙培山老爷子可谓费尽心机。每到冬天，他都会让孙振文站在大汶河边或者是自家院子里，手里托着一块厚厚的冰，让他不停地旋转。为了不让手指冻僵，孙振文的五个手指不能有一丝停顿。直到依靠手指的温度，把一块冰全部融化掉，孙振文练指的功课才算结束。这也让孙振文的手指，练就了无影手般的灵巧。除了爷爷的功课，孙振文还自创了一种锻炼手指的办法。他将六根十公分左右的木棍，扣成一个圆盘，只要起床就在手里捻，上下左右，抛接旋转，如同变魔术一般。孙振文把这一看似玩具的东西，叫作旋转魔盘，教给孙家班的每一个学员。孙振文带头练习，逐渐形成了习惯，手里没有这个魔盘，就感觉少了什么东西。

孙振文依靠自己的聪慧和勤奋，成了孙家班的台柱子，这让当父亲的孙云福如同抱着个蜜罐子，总是不自觉地哼起小调。

男人女人相，是天生的富贵相。

外来的看相人这样说，村里的先生赵泰山这样说，孙家班的老掌门孙培山也是这样说。

孙云福走近樊大香的时候，见她正指挥社员用木板搭建一个简易的主席台。作为包队干部，这种事完全可以让孙云福去安排。但樊大香对大队里的好多事，都是亲力亲为，并且喜欢表态，经常在别人做完之后，孙云福才知道，让他显得非常被动。公社书记郭敬连经常在公开场合表扬樊大香工作态度积极，私下里却又一遍遍地提醒她，要注意角色，把握分寸，深浅有度，别让基层的同志不好开展工作。樊大香对这种提醒，就像是汶河里的鱼，也就记那么几秒钟的工夫，然后便一次次回味深浅有度是什么意思，是不是公社书记留下的一盘荤菜。更重要的是，民兵连长马传旗需要樊大香这么干，他要扛起包队干部这面大旗，做一些利队利己的事，或者不利队只利己的事。虽然忙得屁颠屁颠的，马传旗却在人前人后出尽了风头，赚足了面子，心里便快乐得很。

孙云福喜欢看樊大香骂人的样子。每次骂人的时候，樊大香总是又紧了肥肥的裤腰，身上所有的肉都绷紧，然后在前胸的三十厘米处，右手猛地往左手上一拍，双脚借势跳起，第一次跳大约只有五公分，然后是十公分，然后是五公分，然后又是十公分，最后一次要跳到三十公分以上。樊大香常常是越跳越有节奏感，嗓门也越来越大，指着社员的手指，离对方的鼻尖也越来越近，似乎非要把人家长长的鼻涕逼出来。然后便是最后的结束语："操你娘的，死去吧。"

孙云福想起这样的情境，脸上不自觉地带上了笑。他走近樊大香："樊干部，你知道马和驴配，生么？"

"骡子嘛，这谁不知道？"樊大香一脸不屑，"这大清早的，眼上的眵目糊还没弄干净，你怎么就想起问这么下流的问题？"

"下流吗？哪儿往下流了？"孙云福嘿嘿笑着，这笑声反而多了些味道，"你没看现在的社员，都像是发情的牲口吗？你刚才说的对，是骡子。骡子是杂种。那骡子和骡子配，生什么？"

樊大香一头雾水，摇摇头。

"我再问你个简单的问题，三个口的马是几岁？"

樊大香不知道孙云福到底想说什么，眼皮子吧嗒吧嗒，眼珠子转来转去。

"长齐口你总知道是多大吧？"孙云福不依不饶。

"孙书记，你到底想说啥吧？别在这儿给我兜圈子。"樊大香有点不耐烦了。

"大队里的人都知道樊干部是农业专家，我也信。有些问题想请教一下专家。我问你最后一个问题，一个牸牛犊子向东跑，突然转向北跑，它的尾巴会摆到什么方向？"

"向西呀，这谁不知道？"

孙云福哈哈大笑，转身离开。孙云福使劲拍着屁股上的棉裤，便有一阵风像鸟的翅膀一溜烟飞去，"你去问问饲养员狗栓，他天文地理啥都懂。他能看出母狗什么时候发情,母鸡什么时候开瓢。他还天天给那些只吃食不长膘的猪开会,挨个问吃了那么多的社会主义粮食,怎么就没有一点社会主义的觉悟。"

樊大香愣了好大一会儿,向生产队的饲养员走去。她的头昂着,下巴往左侧挑起三十度角。回过头再看孙云福的时候,眼是从右侧斜过来的,白眼珠和黑眼睛明显不在一个水平线上。

"为什么是牤牛犊子?"樊大香自言自语。

自从樊大香宣布孙家班要来演戏,不少社员时不时地放下手中的家伙什儿,眼睛左顾右盼地往通向工地的小路上张望。孙云福明显地感觉到,这些浑身长满力气的男女,压抑了太久的欲望在瞬间被激活,谈笑间,推搡间,在相互扔掷的土坷垃里,泛滥起私情般的暧昧气息。离得近的手开始骚动,男人一把抓住了女人鼓胀的乳房,女人转过身满脸快意地抓住男人的下体,那力道不轻不重,不像是对对方的惩罚,更像是充满怜惜的抚摸。女人们故意弓下去或者扭向一旁的身体,不是躲避,倒像是赤裸裸的勾引,喘息声中更多的是陶醉和诱惑。还有四散在地上的绵软的思家之情,透过厚厚的棉衣棉裤,从破烂不堪的棉絮中间,从粗粗细细的针脚中间,缓缓散发出温暖和幸福。整个大队的社员,已经有一个多月没有回家了,无论男人和女人,无论是家有生病老人的男人,或是家有上学孩童的中年妇女,还是有吃奶小娃的少妇,都天天吃住在工地上。不到十里的回家路,不只是遥远,还多了些陌生。也真是难为他们了,孙云福这样想。

倒是那一个个的窝棚,成了再熟悉不过的床榻。没有草席和奢侈的褥子,只有铺得厚厚的麦草,柔软而暖和。窝棚上被故意揪来揪去的秫秸叶子,刮到女人的脸上,或者抓碎塞进男人的裤裆,如同男女间赤裸裸的私房话,撩拨着脆弱的欲望,泛滥起梦里梦外低低的呻吟声。或者在劳累之后倒头就睡的梦境中,有谁被哪个莽撞的、起夜的男人,有意或无意地匆匆摸上几下,发出一两声挂满黏稠与腥味的快乐呻吟,第二天便成了被人取笑的谈资,也并不是一件很丢人的事。

看一眼孙家班里女孩般俊俏的孙振文，此刻竟成了比公社书记训话还要引人关注的事情。

"那孩子，长得和仙女一样。啧啧，咱不知道孙云福他两口子到底用了啥本事，竟能生出这等宝贝儿子。这得是几辈子修来的福气啊。"

"怎么，羡慕？这事很好办，跟孙云福借点种子，生个儿子出来，说不定长得比他孙振文还俊。好种子自然长出好芽子。"

"那可不一定，好种子遇上黄沙滩，长不成杨树就成了白蜡条。"

"白蜡条也能编个抬筐，再不济也得是个针线筐。这次挖渠，咱大队向樊营借了一百多个抬筐，都抬坏几十个了。还不知道人家给咱大队要多少钱呢。"

"你这不是咸吃萝卜淡操心吗？大队里的事，有书记有会计，还用得着你？"

一群人你一言我一语，没瞅着孙家班孙振文的身影，却看见公社书记郭敬连领着县委书记郑大胡子，边走边聊地来到蜿蜒几十里的沟渠边。

郑大胡子在宁阳县可谓家喻户晓。郑大胡子本名郑直。记得他本名的人很少，都记住了他的大胡子。抗日战争时期，郑直是日本鬼子闻名丧胆的神枪手，敌人只要进入他的瞄准范围，没有一个能再活着回去的。那时他还不到二十岁。宁阳县城解放的时候，郑直是攻城的指挥官，蟠龙山上剿匪的时候他给贺龙元帅做帮手，解放后便做了宁阳的县委书记。打仗有一手的县委书记，治理起宁阳县来也是得心应手，用他自己的话说，上听中央的话，下贴百姓的心，黄土也能变成金。1958年的几项重点工作，他逢人便讲，国家能让卫星飞上天，我大胡子就能让粮食亩产过两千，钢铁炼成高精尖，实现共产主义在明天。因为工作出色，大胡子受到了地委的通令嘉奖。人们纷纷猜测，大胡子书记一定是因为心情好了，才在元旦这一天，要到赵家堂看一出木偶戏。听元旦社论不见得是真的，看戏才是胡子书记的真正意图。

十里八村各个工地上的社员，三五成群地往大孔扬水站赵家堂工地集合——这儿地势平整，易于集中。十点钟左右，上万人已经按照各个小乡的顺序排好区域，就势坐在地上，只等着县委书记和公社书记训话。

"今天我代表县委来看望大家，带来了县委、县政府的亲切问候，也带来了两份精神食粮：一个是《人民日报》元旦社论，另一个就是孙家班的木偶戏。今年的元旦社论，和往年不一样，今年是大跃进的一年，社会主义的建设成就前所未有。听这篇社论，可以让同志们知道，我们国家在1958年取得了击败美帝国主义的伟大胜利，可以增强社员同志们的民族自信心和自豪感。《王小赶脚》是我亲自点的。王小和二姑娘都是普通百姓，他们热爱生活，热爱劳动。看这出戏，可以让同志们知道，我们国家日新月异的巨大成就是怎么取得的，力量从何而来，它来自于我们的人民公社，来自于一个个平凡而伟大的社员同志。有了这样一批不顾小家、只为大家的优秀战士，我们全县的农田水利基本建设的任务才能完成，堽城公社建设大孔扬水站的任务才能按期完工，月牙河水库干渠才能早一天破土动工。需要给各位社员同志说明的是，堽城公社的大孔扬水站，涉及明年堽城公社的大跃进，关系到全公社能否继续实现吨粮田的目标。我大胡子没文化，也不讲大道理。我可以负责任地告诉大家，这两项工程完成后，我要向地委，地委要向省委，省委要向党中央、毛主席，汇报工程进展情况，也就等于我大胡子向主席汇报工作。当然，毛主席他老人家不一定见到报告，但也不一定见不到。人话都得两说着，我们一定要向好的方面考虑，按照他老人家能见到安排工作，千方百计抓进度，保质量。每一个社员同志，都要拼上一条老命，使出吃奶的劲儿，把工程建设好、建设快，争取在小寒前实现调水，向党中央、毛主席献一份新春大礼。毛主席爱吃红烧肉，他老人家如果知道我们顺利建成了扬水站，一定比吃了红烧肉还高兴。话又说回来，如果我们在小寒之前不能完成这项工程，水泥凝固问题就成了拦路虎，就会困住我们的手脚，工程质量就难以保证。根据公社负责同志的申请，县里已经把五七干校的二十多个技术人员调到工地来，共同解决技术难题。下一步，县里将继续增援、调拨一批急需物质，支援扬水站建设。这中间，同志们可能会遇到天气变冷、物质供应不及时不到位等等难题，但我相信勤劳智慧的堽城人民，一定能克服千难万险，争取到更大的胜利。我大胡子还要给大家强调，月牙河水库干渠是全县的重点工程，它涉及五个公社的灌溉。水利是农业的命脉，这是毛主席他老人家讲的。毛主席他老人家的话，我们要执行不过夜，落实不打折。这个月牙河水库，不但是堐城公社全体社员心中的月牙，也是全县粮食生产的月牙，是我们全县人民夺取经济建设全面胜利的月牙。我们要让这小小的月牙，长圆，长胖，长成我们碗里的粮食，长成普通老百姓八印大锅里的发面饼。大孔扬水站是拼上一条老命要建好，月牙河水库干渠，是拼上全县人民的老命也要建好。今天的会议就算是战前动员会，希望大家鼓足干劲，抖起精神，准备迎接更伟大的胜利。下面就让我们堐城公社的党委书记郭敬连同志，亲自为大家读一下《人民日报》的元旦社论，题目就是《迎接新的更伟大的胜利》。"

郭敬连根本没想到县委书记会让他读元旦社论，他以为县委书记会把县广播电台的播音员叫过来。突如其来的安排让郭敬连措手不及。

"书记大人，俺没准备社论的报纸啊。"郭敬连挠着头皮，有点嬉皮笑脸。

"我给你准备好了。"大胡子书记把手里卷成筒的报纸，甩给郭敬连。

"哎哎，书记书记，我一遍都没看过，我怕念错了。念错了咋办？"郭敬连凑近大胡子，腆着脸问。

"念错了我治你的罪。农田水利基本建设你拖了全县的后腿，我没有处分你已经很留面子了。让你读篇社论你还这毛病那毛病，我今天就是专门来治你这毛病的。抓工作不具体，不深入，光知道摆摆官架子，动动嘴皮子，今天老子就是要让你一次摆个够、动个够。"胡子书记的脸拉得很长，两眼直瞪着郭敬连。

"书记，要不我别念了吧。工作上有啥事儿，我单独向您检讨。"郭敬连一副哀求的可怜相。

"我堂堂一个县委书记，说话岂能当作儿戏？老子是代表县委说话。"郑书记撂下一句话，走到最前排的座位上坐下。

赶鸭子上架总有些勉为其难。郭敬连还没上台，后背上已经冒出汗。他心里嘀咕着，大胡子啊大胡子，我工作再不深入你也不能这样治我啊，台下可是上万人的堽城父老啊。如果我读错了，这人可不就丢大了吗？但县委书记说了，自己又不能不读，这到底是哪个王八蛋滋的黑尿，让我受这种罪。

高音喇叭里开始传出公社书记郭敬连的磕巴声：

> 1958年在社会主义世界是跃进的一年。社会主义经济建设和文化建设的大跃进和人民公社运动，构成了这一年的史无前例的辉煌的成就。根据预计，在工业战线上，钢的产量将达到一千一百万吨，比1957年增加一倍以上，只比英国少八百万吨左右……

"英国鬼子算老几？外国老毛子没一个好东西。那些蓝眼珠子灰眼珠子，全是戏里演的奸臣，有一个算一个，都是臊气的老狐狸不忠的老花猫。"三晃荡把脏兮兮的手绢从棉袄口袋里拽出来，提住一角，上上下下来回抖了几遍，胡乱折了折，捂在鼻子上，使劲哼着，声音几乎比喇叭的音量还高，"大叔，俺得给你说，去年我们家的工分为什么少了？就是俺家献出来的那些铁疙瘩，被那帮龟孙子二百五压了秤，少了斤两。大叔你想想，俺爹把门鼻子都卸下来了，还不够任务？呸，那些记账员都是一群坑人鬼。"三晃荡不知什么时候到了孙云福的身边，一屁股坐下去，溅起地上的土。三晃荡习惯先将两腿交叉，右腿放到左腿的前面，一屁股坐下去。他似乎喜欢这种风生水起的感觉，坐得便有些肆无忌惮。

孙云福的头一点一点，似听非听。天在晃，云也在晃。

会场上的话筒时时被灌进旋转的风，呼啦啦作响，像被风兜着的破布发出的声音，又像一只被割了脖子的鸡垂死挣扎时发出的扑棱声，绝望而哀伤。郭敬连被风咽得读不出字来，泪水憋在眼眶里。他像一台缺极了鸡毛的破旧风箱，发出时断时续的喘息。

刚才还有些光芒的太阳，不知何时躲进了云层。冷气似乎是从地底下冒出来的，穿透破烂的胶鞋或布鞋底，刺进脚心，硬硬的，比得上刚从炉里拿出激完水的生铁。孙云福忽然觉得很冷。

"大叔，这天要是下了雪，是不是就可以放几天假了？只要放假，俺就回家去抓麻雀，用油炸了，真香。到时候你一定要到俺家里来，我让俺爹请你喝二两。"三晃荡嘴里嚼着茅草根，压低了的声音带着牛咀嚼倒磨之后反上来的草料的味道，两片嘴唇几乎贴凑到孙云福的耳根边。

"你就一个吃的心眼，一定是饿死鬼托生的。你摸摸自己的脸，这工地上的集体食堂都把你饿胖了。再追你三天五天的肥，就该杀了。再看看你那手绢，脏的，还不如擦腚纸干净，还好意思用。这窝囊样，谁能给你说个媳妇？"孙云福说。

三晃荡坐得似乎不太舒服。他两手扳住膝盖，屁股一上一下地向孙云福挪近了两下，大裆棉裤下接着便是两股尘土飞扬。三晃荡笑着："嘿嘿，吉人自有天相，大象老虎狮子老鼠，一物降一物，各有各的招数。列宁同志不是说过吗？牛奶会有的，面包会有的，媳妇早晚也会有的。母猪追肥就该杀喽，咱食堂里的饭，专门往下刮肠子上的油，都刮出血来了。我这痔疮犯的，呼呼的，比娘们儿的那个还多。大叔，你看看，看看，这些娘们儿听得多认真，这社论俺都听不懂，她们能听懂？心里还不知道想哪个男人的裆把子呢。你看离你远远近近的，年轻的年老的，有一个算一个，个个都是憋得脸红脖子粗，可都是一堆堆的干柴啊，一点就着。书记大人，你是过来人，你跟俺说说，这些老娘们儿眼见着我们这些年轻力壮的男人就在跟前，心里就没有其他想法？就死磨硬扛地受得了？"

"你能说句人话不？小屁孩，年纪轻轻的，毛都没长全，咋这么多的花花肠子？你爹教你的？对了，你娘在那边，去问问她，这会儿想谁了。"孙云福的大拇指往东边一指，指尖对着三晃荡的娘坐着的地方。

"大叔，骂谁呢？晚上回去我去钻俺婶子的被窝。"三晃荡嘴上不能吃亏，嘿嘿着说。

"正好，你婶子这几天来身上，你给她舔干净，也能省下两张火纸。"

三晃荡不说话了。他把下巴更深地往两个膝盖之间挤，紧咬牙齿，然后

17

猛地抬起头:"大叔,我和振文出生那年,是日本鬼子进村那年吗?"

孙云福瞪了三晃荡一眼:"日本鬼子还抓走了你家的三只鸡。"

"这话当真?"三晃荡的眼里放出光芒,看了台上做报告的公社书记一眼,"狗日的鬼子们也做报告不?"

孙云福不再理他。

> 在农业战线上,粮食将达到七千五百亿斤左右,比1957年增加一倍以上……

"哎哟,我痔疮犯了。疼死了。"三晃荡的脸扭成一只歪瓜。他看到郭敬连嘴角上的白色泡沫,随着嘴唇一张一合地翻动,最后在嘴角形成了两个巨大无比的白色面团。白面馒头的香突然飘过来,是笼屉刚刚被掀开的热气腾腾的香。我要是能死在这热气里就好了,起码当不了饿死鬼,三晃荡心里想。

三晃荡突然肚子绞疼,他觉得,茅坑现在是最大的理想所在地。他四处张望着,然后就从会场的西北方向,飘来一阵臭气。

会场里有人捂起鼻子。樊大香偷偷地往孙云福这边看了一眼。工地开工时,孙云福建议把茅坑挖在东南方向,樊大香不愿意,说:"古人讲紫气东来,你非得把茅坑挖在东边,飘来的不都成了污气、晦气?"

"大冬天的,西北是上风向,东南才是下风向。"孙云福解释。

"我不管上风向下风向,我是包村领导,这事得听我的。"樊大香并拢的两个手指,中指和食指,弯曲着,有些愤怒地在桌子上敲。嘭嘭嘭——与樊大香尖得像猫一样的嗓音形成多音部重奏,嘭嘭嘭、啪啪啪——那张黑乎乎、脏兮兮的桌子,命中注定就是樊大香上辈子的仇人。

孙云福不说话,心里想,包村干部包天包地,也包拉屎放屁?这样的干部,包得到位。谁会为一个茅子生气,呵呵。

臭气西来。

"晃荡哥,我给你说,这些娘们儿都是干柴不假,可你就能当得了烈火?她们脱光了都是母狼,能把你捣鼓得嗷嗷乱叫。我们家隔壁的老光棍四叔你知道吧,他说过一句话,老虎好打,女人不好惹,我记得真真的。就你这胆量,真不见得敢惹祸她们。"坐在三晃荡旁边的连生说。

"操!你别哪壶不开提哪壶。这群老娘们儿,只要合起伙来,哪个男爷们儿都不行,不光我不行。驴黑七够种吧?前几天让几个老娘们儿把头摁到裤裆里了,老二肿了好几天。老娘们儿要是疯起来,那是真疯。"三晃荡把身子坐直,努力收着自己的肚子,凑到连生的耳朵边,"我是个没使过活的马驹子,还是千里马,不能让这些破锣圈儿占了新,占我便宜。咱得留着,找个莲下藕黄瓜纽。"

"留着能卖钱?男人嘛,办不办一个样,一盆水撩上几把,结了,还能吃多大的亏?别想不开。"连生瞅了一眼马传旗,"我觉得樊大香和马传旗有一腿,昨天黑夜俺看见他窝棚里进去个黑影。"

"马传旗只有一条腿,两条腿的进不去。"三晃荡的笑坏坏的。

"怎么进不去?"连生问。

"他的窝棚,要么进一条腿的,那是马传旗,要么进四条腿的,你猜那是什么?"三晃荡故意板起脸,像招贴画上的门神。营养缺乏的白萝卜脸色,更像连环画上的索命鬼。

连生笑出声来:"那不是牲口吗?哈哈。"

齐刷刷的目光射过来,比夏天里中午的太阳光还毒。

三晃荡和连生消停了不过几分钟,便又开始瞎扯。

"连生,你哥哥民生的媳妇快了快了的,咋又没成?"三晃荡问。

"他不听话。爹娘让他借件像样的衣服去对象,他听都不听。俺爹说了,再也不管他了。"

"连生,做男人,就得像根碾棍。"

"又粗又壮?"连生问。

"笨!天天让小媳妇老娘们儿抱着。你没看见那些推碾的女人,哪个不是把碾棍抱在胸前,用两个妈妈顶着?"

"这事也就你能想得出来。"

"脑子不就是用来想事的吗？不想事要脑子干吗？要我说啊，大队里一个一个的老光棍，还不如碾棍享福。"

"你这嘴啊，就得让它聋了。"连生笑着说。

"我的嘴聋了，你的耳朵就得瞎。"三晃荡接了一句。

"咱俩在这儿瞎撕咬啥意思？你去和马传旗掰讲几句试试？人家马传旗的嘴，远看像猪嘴，近看像狗嘴，远看近看都像铁嘴，无理能争三分，有理更能让卫星上天。你是嘴唇比他厚啊还是舌头比他长？"连生矛头一转，眼睛盯着远处的马传旗，说。

"他那嘴啊，说不出一句人话，就该给他改喽，改成专门出气的孔。"三晃荡看着台上的郭敬连，嘴唇往上一翘，"台上那人也差不多。"

"放屁用？还是当其他的？"连生笑得捂住嘴，"还真是，这样的嘴，只当嘴使，瞎了。"

"连生，你想找个什么样的媳妇？"三晃荡嘴闲不住，又问。

"你想找个什么样的？"

三晃荡往远处指了指："那样的，瓜子脸，双眼叠皮，皮肤白得像细盐，不是坷垃盐啊。还有，妈妈得大。"

"你指的谁？"连生问，然后顺着三晃荡的目光找过去，只看到一个个蓝色的方巾，摆着线穗。

天上的云越聚越厚，渐渐如秋天的棉花垛。所有的人时不时地抬起头，盼着天上快快下雪。几个月没有雨雪了，连石头都干得要着火。这种白白的云彩，轻飘飘的，风走云散，是下不了雪的，只有那种乌沉沉的云，有了水汽，才有下雪的可能。

"书记叔，大队里有人说，你们家公子，俊气得不像个男人。他解手也和男人一样不？"三晃荡又把头凑过来，问孙云福。

"你这个王八蛋，男人解手不和男人一样？你是用腚眼子吃饭还是用嘴拉屎？"孙云福弯起手指，重重地敲了一下三晃荡的头。

"你老人家生什么气？不就是说着玩嘛。我的意思是，如果振文是个女的，肯定能被选进宫当妃子。"

"你以为还是旧社会?"孙云福的眼一直盯着台上。

"四邻八舍的都风言风语，说你们家振文相中了马传旗的闺女马荻亚，要娶她做老婆。这事准不?"三晃荡的嘴闲不住，又问。

孙云福一愣，身子后仰，眼睛直视着三晃荡："胡扯。这是谁闲得蛋疼，造这种谣?"

"大家伙儿可都这样说。大叔，你可要看准喽，那可是个好妮啊。"三晃荡稍一停，又说，"振文这小子也真聪明，我跟他玩过老鼠钻象鼻，一盘都没赢，所有的牌都让他赢去了。他和马荻亚的事您老真要是应了，那位小妖精可就真成了孙家的冤孽喽。振文这小老弟，也就搭在她手里啦。"

孙云福想起老婆前几天提起，有人要给振文介绍对象，问她是谁，她又吞吞吐吐。是不是就是三晃荡说起的这事?孙云福心里嘀咕着，那她咋又说起振文小姨的不容易?

郭敬连浑身冒出热气，额头上的汗珠滴答滴答地落下来。郭敬连把穿在身上的军大衣脱下来，只穿了一件薄毛衣。

"三面红旗万岁!"樊大香突然站起来，喊。她把右手攥成铁一样的疙瘩，举得很高，整个身子倾斜成右高左低，被风一吹就要倒下去的样子。见没人跟着，便吆喝道，"大家一块儿喊，三面红旗万岁!"

"三面红旗万岁……"

男人女人如同刚从睡梦中醒来，声音像松了皮的破鼓，闷头闷脑。

这时，正是在这时，三晃荡看到了会场旁边有两条狗。公狗的毛是黄色的，母狗的是白色的，纯白。公狗围着母狗前后左右地转，明显是发了情。三晃荡转过头，视线却一直盯着那两条狗，他感觉眼珠子被拽得生疼，"连生，你说，要是马传旗是一条狗，他浪秧子的时候，那条木头腿能不能搭到母狗身上?还有，他会喜欢什么样的母狗呢?黑的，花的，还是天天发情的那种?"

"樊大香那种。"连生回答。他看见樊大香坐在马扎子上，笑笑，"三晃荡，眼对眼。"

"么？"三晃荡皱起眉头，问。

连生捂着嘴，然后悄悄指了指那两条狗："拉不开了，拉不开了，你看……"

一个多事的人抡起铁锨，把两条狗砸开。两条狗哀叫着跑远。落到地上的叫声，也是发着情的，黏稠得像社员们冻流下来的鼻涕。

郭敬连继续读元旦社论：

> 党的八届六中全会提出1959年发展国民经济。根据这些主要指标编制的1959年国民经济计划，将是一个宏伟的跃进计划……

看到郭敬连擦汗，三晃荡眼睛盯着前方，嘴角侧向孙云福："这位先生是坷垃擦腚——越擦越脏。书记大人，合适的时候你得给我们伟大的、尊敬的公社书记捎个话，他的声音忒难听了，简直就是发情的公鸭子，灰不拉唧的。他奶奶的。"

读完整篇社论，郭敬连一下子瘫坐在主席台上。郑大胡子走上台，瞟了一眼坐在地上的郭敬连，对着话筒说："郭书记读社论的水平确实很高，这说明嘴皮子功夫的确厉害。里面念错了几个地方，我让秘书专门数了数，好像是七个。那么县委就奖励郭书记，让他七天七夜待在大孔扬水站建设工地上，吃喝拉撒睡都要在这儿，和社员同志们同吃同住同劳动，不许离开半步。如果违犯，县委是要处理人的。七天之内，就是在小寒之前，必须完成扬水站建设，完不成任务，县委也要追究责任。我堂堂一个县委书记，说话绝不能当成儿戏，我是在代表县委讲话。县委这样做，就是希望能以这样的方式，警示我们的领导干部，一定要深入基层，深入群众，不能光耍嘴皮子。当然，我们也需要耍嘴皮子的一群人，比如孙家班，木偶戏是他们的看家本领，是吃饭的饭碗，是能够带给人民群众快乐的，是我们党一再强调要办好的文学艺术事业。这样的嘴皮子，我们得鼓励，越多越好；对堽城公社党委这样的嘴皮子，我们得批判，批判得越深入越好。孙家班的木偶戏，是给大家伙儿鼓劲的，就像战争时期的文艺宣传队一样。希望大家看完这出戏，更好地收心，更好地出汗出力，在县委规定的时间内，实现扬水站调水成功。"

"大叔，刚才公社书记的社论念得挺好，俺就是没太听懂。爷们儿只想问一句，这原来宣传的楼上楼下、电灯电话共产主义社会的好日子，啥时候能实现啊？"三晃荡的嘴就是闲不住，他又侧过头问孙云福。

"只要这天上下了雪，就什么都有了。"孙云福指了指天上稀稀拉拉的云彩，说。

"拉倒吧，蒙人，谁信呢？共产主义和老天爷爷下不下雪有什么关系？老天爷爷还管共产主义的事？"

"老天爷爷么事都管。"孙云福懒得再搭理三晃荡。

民兵连长马传旗一拐一拐地走上主席台，把郭敬连搀到座位上。走下主席台的时候，郭敬连也随着马传旗的腿拐来拐去，如一根糗掉的面条，或者没有气息的鱼。郭敬连仍然是挨着郑大胡子坐，身子却是不自觉地向马传旗那边歪过去。郭敬连面无表情，汗一个劲儿地往下淌。马传旗递过脏手绢，郭敬连看都没看。胡子书记自顾看着台上，孙振文和他的二叔孙云禄开始唱起了《王小赶脚》。孙云禄扮王小，孙振文则扮起二姑娘。虽然帷幔挡住了众人盼望一睹的俊俏，但孙振文如天籁之声的唱腔，只一声咿呀呀，就像是刚出苞的迎春花，香气淡淡地渗出，渗浸到人的毛孔里；又像是春天山石涧中的第一溜清泉，在不经意的跳跃中拨弄出天音般的澄净和通透。而在孙云福听来，这声音更像是寒冬里的一堆炭火，让人浑身温暖畅漾。

  二姑娘（唱）：俺婆家住在二十里堡，娘家住在张家湾，来回不过四十里，快忙要价姑娘还。

  王小（白）：二姑娘！（唱）张家湾一去四十里，来回八十整一天，旁人要价钱一吊。

  二姑娘（白）：那么我二姑娘哩？

  王小（唱）：我让你二百，要你八百钱。

  ……

二姑娘（白）：我给你一百个钱。

　　王小（白）：一百个钱可不行，再添

　　……

　　二姑娘（唱）：不去俺也不再添。

　　王小觍着脸笑（白）：二姑娘再添两个吧。

　　二姑娘（白）：俺一个也不添了。

　　……

　　王小逗趣（白）：噢——（拉长腔）你这一辈子也不添了？

　　二姑娘怒（白）：啊？呦，不添什么？

　　王小忙改口（白）：不添驴钱，不添驴钱，不添驴钱啊——

　　……

孙云禄和孙振文唱完几个小段，撤下帷幔，人群中爆发出铺天盖地的起哄声。孙振文就像冰冷的天空飘下的一朵雪花，只一朵，盛开然后融化。他近乎洗白的蓝色上衣，像天幕，衬着一张不食人间烟火的清秀的脸庞。

孙云福听到了一阵阵的尖叫。他知道这是社员们对儿子惊艳般表演的一种赞赏，喜悦之情也像阳光一样，流满心脏的各个角落。

"我要去看看老爷子。"县委书记郑大胡子待叔侄二人表演完，对孙云福说，"老爷子是宁阳县的老革命了。抗日那会儿，他还救过我一命。我早该来了。"

樊大香和马传旗相互看了一眼，见郭敬连坐着没动，他俩也不敢挪动脚步。只有孙云福陪着胡子书记，往赵家堂村子里走去。

2

大汶河是一条自东向西流的河，流至东平湖后，入黄河，折返再流入大海。大汶河古称汶水，发源于沂源境内。宁阳是大汶口文化的发源地，堡头村是文化遗址的发掘地。没有用发掘地命名，据说是考古界的个案，这要归功于郭沫若老先生，他唯一的理由是堡头村不如大汶口有名气。实情是他根本没有到发掘现场，只因为下过雨之后，路上一片泥泞。或许他没有想过，如果以堡头文化命名，堡头岂不比大汶口更有名气？元代的堽城坝遗址是汶河上发现最早的引汶济运水利工程，也是最早使用"三分朝天子、七分下江南"这一称谓的拦水坝，更是大汶口文化的延续和文化繁盛的明证之一。

宁阳离泰安不远，离曲阜更近。

大汶河最后流入黄河，自东而西，像一位叛逆的女子，生过死过，哭过唱过，最后都抵不过母命，从于媒妁。

赵家堂在宁阳的中心地段，离大汶河不远。

赵家堂因赵家始建堂庙得名。

赵家堂没有一家姓赵的，多数人姓孙。

建赵家堂庙的唯一赵姓人，不知从何而来，亦不知归往何处。

孙家班的木偶是从河北传过来的。这个河北，既是指木偶真正的传入地河北省，但具体发源地已经无考，同时又是指汶河以北。当地人习惯把汶河以北称河北，汶河以南称河南。所以孙家班的木偶以大汶河为中心，辐射河南、河北的几十个县市。

至孙振文这一代，孙家班的木偶戏只有四代人的传承，历史算不上悠久。孙氏木偶戏的第一代传人是孙培山的父亲孙方振，他从祖籍河北无名无姓四处游历的一位老木偶戏艺人手中，接过一个简单的布袋木偶，学习了几个简单的动作，再配上没有腔调的咿呀戏语，便开始了一辈子木偶戏的恩怨情仇。

孙家班最初的布袋木偶，头、身子、衣袖，都是用做衣服的下脚料缝合拼凑，五颜六色，布片大小不一，做工粗糙，画上眉眼口鼻之类，表情简单夸张。表演者将两只手伸进两个大小不同的布袋，做出各种动作，再配合上各种各样、不成调不成曲的唱腔，只为讨得围观者的喜欢，求得一口饭吃。

木偶戏最早被当地百姓称为喊大吼。因为玩木偶的人没有受过真正的戏曲教育，观众看的只是手上的技艺和热闹，不是为了听戏，所以木偶戏一直没有固定的戏种，只能算旁门杂艺。艺人们也记不住大段大段的戏文，更唱不出一部完整的剧目，索性扯开了嗓子吼。有的成了曲调，唱词却含混不清，还不如率性而吼，应时而变，因景而异。有人便编了顺口溜，孙家班丢丢丢，唱不成大戏喊大吼。

孙培山开始布袋木偶表演时，木偶艺人常常被当作乞丐看待。乞丐是一手拿碗一手拿着打狗棍，布袋木偶的表演者一手拿碗一手拿木偶。木偶艺人虽然看起来斯文许多，但目的都是要一口饭吃。乞丐靠的是脸皮，木偶艺人耍的是嘴皮子。直到后来，孙培山凭着对木偶戏的喜爱，将布袋木偶改成杖头木偶，开始了孙氏标记的木偶制作和表演，首创了三根棍的内操作，把舞台扩大，把人子加高，固定传唱山东人喜欢的梆子调，由只演小戏改演山东梆子传统剧目。孙氏木偶也由此日渐兴盛，不再是挨家挨户地唱，而是到一个村子，寻一片开阔的闲地，群唱群演。演出剧目多了，档次高了，范围也不再局限于农村，经常到泰安、济南、曲阜、济宁等周边城市。

为了更好地发展孙氏木偶，孙培山领着一家老小和几位志同道合的艺人，最南到过安徽蚌埠，与南派木偶打擂比武，最北到过河北吴桥，到真正的老家取过经。孙培山的游艺经历，让他学到了不少东西，表演的动作、唱腔被充实进更多内容，也让孙氏木偶更有看头，江北第一木偶的名号迅速传遍业内。至二十世纪二十年代，孙家班举家迁到济南，最初在北市场祥乐戏院演出，后来固定在南市场民乐戏院，是偌大的济南府唯一一家走进剧场的木偶戏班。三十年代，孙培山和山东梆子的著名演员窦朝荣在剧场相遇，艺人初见，相知也便相惜。窦朝荣夸奖孙培山，能让一个草台班子把梆子戏唱到骨头里，真是绝了。他自愿成为孙家班的梆子戏的艺术指导，不取分文。窦朝荣改变了孙家班啥戏都唱的野路子，也正是从那个时候开始，山东梆子成了孙家班最主要的唱腔。随着技艺和唱腔的日渐成熟，孙家后人开始探索将其他流派、唱腔融入孙家木偶戏。再加上木偶人子的不断改进，江北第一木偶的招牌，更没有人能够撼动。

县委书记郑大胡子见到老爷子孙培山，先是隔了几步站住，嘴唇颤了又颤。泪花盈满眼眶的时候，他快走几步，扑上去紧紧抱住孙培山："老哥，还认识我大胡子不？你在河北，救过我的命。这眼皮子上下一搭，二十年就过去了。我们都老啦，老啦。这人越老越念旧，我还一直想报恩哪。"

郑直的胡子黑而粗壮，孙培山的胡子白而细密，两个人的胡子对在一起，竟出现了黑炭和白雪的相对效果。两个人不约而同地捋了对方的胡子一把，仰头大笑起来。

"大恩不言谢，小惠不必说。如果有谁把替别人做过的事都惦记着，早晚会被累死。话又说回来，对日本鬼子，换成哪个中国人都会这么做。"孙培山再次上下打量着县委书记，手扶着他的肩膀，自上而下地滑顺下来，"还是年轻时候的模样，没变，脸还白了些，也胖了点。这身材，这硬朗劲，这笑起来不管天不顾地的模样，没变，还是那时候的架势。后来还是村里的干部告诉我，解放后你就成了咱宁阳的县委书记，成了县太爷了。我这是一不留神，救了县太爷一命。"

"要不是你，我那个时候就把命丢了，哪还有什么县太爷？来，让我看看你的手。"郑直拉过孙培山没有中指的右手，抚摸着手背，然后食指停在中间的空缺位置，一圈圈地摩挲着，泪缓缓地流下来，"想起那些狗日的小日本，我恨得牙根都痒痒。一群畜生，浑身恶臭，就像是刚从茅子里拱出来的疯猪。满嘴的黑牙，嘴里就像是有只癞蛤蟆在跳，咿里哇啦。那个头头儿一样的家伙，拿枪顶着你的胸口，让你承认我是八路。那条日本人的马鞭，抽来抽去，你硬是不松口，只说我是你的学徒。日本鬼子举起钢刀，剁掉你的一根手指头，你就是不松口，硬说我就是你的学徒。一个木偶艺人，失去一个中指，就和弹琴的丢掉一个手指没有区别。当时我真想站出来，让日本鬼子放过孙家班。你的大儿子孙云福，在后面死死地拉住我，不让我有丝毫动弹。后来他还站到我前面，说我是他的大表哥。日本鬼子撤走后，你还开玩笑说，等哪天打跑了日本鬼子，就收我为徒学木偶。"郑书记说不下去，喉咙里被什么堵了一样。孙云福递过去一块新毛巾，郑书记擦擦脸，定定神，又说，"那些事啊，就像是昨天刚刚发生的。我一直跟孩子们说，没有孙家班，就没有我郑直的今天。孙家班，不只是艺人之家，还是骨气之家，更是革命之家啊。"

"哎哎哎，你可是县太爷啊，不能这样婆婆妈妈的。"孙培山摆脱了郑书记一直的抚摸，将缺了一只中指的手突然举到郑直眼前，故意摇动手指，说，"一根手指算不了什么，要是一颗头，那才值得县委书记流泪呢。书记刚才的话，实在是抬举俺孙家班了，咱心里有数。艺人，说到底就要立德立艺。见死不救不是孙家班的传统。说大了，咱要报国仇家恨，说小了，只不过是为了混口饭吃。"孙培山为郑书记倒上一杯茶，双手捧着，送过去。

"老哥客气了。"郑书记抿了一口茶，"我今天是来认老哥当老师的，十几年前没学，我现在想学学木偶戏。不只是学习木偶操作的技艺，更想宣传孙家班的骨气。要不，老哥，你现在就开始上课，讲讲孙家班的成名史？"

"书记可真会开玩笑。孙家班哪有什么成名史？只不过是命里该有的一场戏罢了。唱的是戏，演的是人。我就拣一点有趣的事说说，权当笑话。孙家班没去济南之前，经常被周围的名人权贵邀去演堂会。曲阜孔府有个被当地人称为小圣人的孔令贻，看戏来了兴头，就嚷嚷着要登台演个小角色。众人拦不住。他还非要演二进宫的杨波，耍刀失手，把刀扔到二楼上。那刀在半空中转啊转啊，擦着人的头皮，最后咔嚓一声，插在一个蛋糕上，引起孔府老少哄堂大笑，也由此留下了圣人当戏子、大刀砍蛋糕的笑话。现在整个曲阜城里，过了五十岁的人，都还时不时地把这事拿出来抖上几抖。"

"这事我听说了，传言可是说你孙家班在圣人面前耍大刀——蹲腚栽脸啊。"郑大胡子哈哈大笑。

"圣人面前谁敢耍大刀？哈哈。我给你说点秘史吧，可不准外传啊。"孙培山捋着花白的胡子，"老太婆，炒几个菜，我要和郑书记喝二两。"

孙培山的老婆从东屋里出来，虽是普通农村女人的打扮，但衣服做得精致，走路的姿势轻巧高贵，脚步细碎挪移，一看就是三寸金莲。她言道："六十岁民妇黄慧琦，给县太爷问好请安。"

这样独特的见面方式，更让一屋人哄堂大笑。

"哟哟，看这架子，端的。戏里的吧？演的是哪个角儿？"胡子书记大笑，"不过，我给你数着呢，你一脚下去，踩死了三只蚂蚁。"

"县太爷真会开玩笑，这大冬天的，蚂蚁们都在洞里围着炉子喝茶呢。"

"你这不是骂我们吗？老哥，她可连你一窝端了啊。"胡子书记笑着挑事。

"呵呵，小女子哪敢骂人呢，是歌颂我们这太平盛世。俺这就去为县太爷炒菜。不过，你这个糟老头子，不能卖我们黄家的臭风。要不，哼……"孙培山的老婆黄慧琦的手指怯怯地指点着老头子的额头，扭了一下腰，便去里屋里端了十几个鸡蛋出来。

"老二，去杀鸡。"孙培山喊。

孙云禄便在院子里四处追着鸡。鸡叫的声音充满惊恐。

孙振文站在屋门口，看见二叔捏着鸡的冠子，使劲地把鸡头拉向它的后背，露出长长的脖子。一刀下去，又是一刀。在孙振文看来，那刀有些钝，所以二叔割断鸡脖子的动作有些费力。咔嚓，终于断了。

鸡血流进孙云禄脚下的一只碗里，热气带着血的腥味，孙振文闻得真真切切。

被抹了脖子的鸡又被扔到院子里。它倔强地站起身，跑了几步，重又倒下。

孙振文看到了鸡的眼，永远没有闭合的眼。一只狗走到鸡的跟前，瞅着那只眼。狗的影子印在鸡的眼帘上。那只狗伸出舌头，来回舔了几下，有点幸灾乐祸。狗的这种表情，和那只飘着黑色云彩的鸡的眼，在多少年后的梦境中，孙振文重新见过，并且为此胆战心惊。

孙培山几个手指捋了一下胡子，然后又搓几把下巴，两条眼缝塞满了阳光，享受着温暖和幸福。缺了中指的手，长得有些松散，慢慢地在膝盖上敲着，像是陶醉在谁的戏文里，又像流过时间的河，缓慢悠闲。

"郑书记，不瞒你说，孙家班还多亏了老婆子一家，天福庄的黄家，这你知道。大家大户的，几朝几代多少年，钱一直是花不完，肉天天吃，酒天天喝，银票霎霎进。天福庄虽然和我们不是一个公社，离得并不算远。在我刚刚学了几出戏文，还是一个毛头小伙子的时候，孙家班为黄家老爷子祝寿。老爷子高兴，赏赐我们这些戏子和家丁们大呼小叫地喝了几杯，几轮猜拳行令，我把家丁们全部放倒。本想着赶快回家，越急越出岔子，一个人在大院里转来转去，就是转不出黄家大院。以前就听说过，黄家大院是九进院，院连院，墙套墙，进去容易出来难。没想到半个时辰过去，我还真的找不到出路，急头怪脑的。黄家的小姐看见，把我领进闺房喝了杯水。我看出黄家小姐对我有些喜欢。我跟你说，书记，男人的直觉有时比女人还准。小姐的喜欢遮着掩着，害着羞，可不小心从她来回搓着的小手上露出来了。后来我追问过那口子，那时在她的心里，觉得碰上了书生与小姐的浪漫戏，一下子就蒙了，就醉了，感觉整个人都飞起来了。我借着酒劲说了几句上午唱过的戏文，正巧被黄家老爷子在外面听见。老爷子认为小姐辱没了家风，大骂我是一个该打的戏子，叫来家丁把我捆起来，打了个半死。打我的那些人，明明就是刚刚陪我喝酒的家丁。醉酒后的家丁，手下没有了轻重，可把我打惨了。唉，世事就是这样，闭着眼是做梦，睁开眼就成了人间。那些家丁和我，刚才还是酒友，称兄道弟，一会儿就成了打人者和被打者。眨眼之间变换的还有小姐的脸，比戏里的花旦青衣更痴情，更狠更绝。她不是对我狠，是对她爹狠。她死活要跟着我走，要嫁给我做老婆，吃糠咽菜当叫花子都行。黄家老爷子脸上青一块紫一块，摔碎拿在手中的紫砂壶，拿刀割下一角长袍离开。那紫砂壶的成色真好，碎片在地上划出琴声一般的清脆。那割下的长袍布片在风中飞来飞去，像丢了魂。当年的那位小姐踩着布片出了大门，然后就成了我几十年的老婆，成了我孙家班四个孩子的亲娘。这还不打紧，二十年后，她还把本家的一个侄女哄到孙家来，做了我的大儿媳妇。戏里编不出来的故事，就发生在我孙培山身上，这一定是老天爷睁了眼。你知道我常给老婆子讲这是什么吗？这是真正的农民翻身得解放，是劳动阶级占有了地主阶级。哈哈……"

郑书记笑得拍桌子，声音急促而快活："你这个老家伙，真是占了便宜还卖乖啊。"

孙培山的眼缝更细。他见书记坐在太师椅上的身子重心前倾，知道他还想继续听，便接着说："娶了黄家的小姐，孙家班的苦日子也终于熬出了头。几个孩子也争气，对木偶喜欢得不得了，他们刀刻木偶非常熟练，闭上眼一样能够刷刷地几十刀下去，不出半个小时，人子头就成了。演戏的操作功夫，比起我来更加熟练。我的长孙振文，生来就是吃这碗饭的料，出口成腔，天生的旦角。刚出生的时候，哭腔都是地道的'舍命梆子腔'。三岁能学唱，五岁进私塾，七岁就成了小大人，在泰安剧团拜师学艺，练成多种唱腔，十一岁还进过咱们新社会的新学堂，识文解字的，像戏里的书生。小小年纪，已经成了孙家班的台柱子。他要是搁在旧社会的大户人家，绝对是块读书的料，考个秀才、举人、进士啥的，绝对没问题。说不定，还能考上状元，为孙家光宗耀祖。这孩子，对这木偶戏，着迷得要命。戏里戏外，他总在戏里，一招一式都是戏里的做派。来来来，振文，给咱书记磕个头，让他记住你，有机会也去县衙里谋个差使。"孙老爷子招呼孙振文。

"戏里戏外，他总在戏里。" 孙振文听着爷爷的话，心里不知是何滋味。他像戏中人一样两个袖子一甩，夸张地迈出一条腿，刚想跪下去，就被郑书记拉住。郑书记说："你这是唱的哪一出啊？不年不节的，磕什么头？老哥，你继续说，说说你还有什么困难，需要我帮忙的。"

"难的时候都过去了。现在党的政策好，孙家班有吃有喝有戏唱，不用下地还能挣工分，这就是天堂里的日子啦。想想孙家班最落魄的时候，现在还心惊肉跳。日本鬼子占领时期，我们经常被抓，被传讯，被逼着去军营里演出，戏箱子常常被当作偷运军火的东西搜查，不知砸坏了多少个。在村子里演出还常常被打，朝不保夕，命悬一线，多少人能有心情演戏、看戏呢？我们只能再回到老家种地，靠自己最不擅长的农活寻个活路，没有饿死已经是烧高香了。现在县里、公社里，对孙家班照顾着，让我们到各个工地演出，再也不用到集市上偷偷摸摸地演。连肚子混不饱的日子掀过去了，成了老皇历。以前，咱做梦也想不到会有这种日子啊。"

"老哥的经历，是真正的木偶奇遇记，可以拍成电影啊。听了老哥这话，我总结了几句唱词，你听听……"郑直书记右手轻轻摇晃，敲打着节奏，嘴里当里个当地和着，以北京评弹的调，唱起来，"这小小的人子儿，的确是个好玩意儿，你让它去东——它绝不去西，你让它打狗——它绝不骂鸡。你可以替它说话，它却演着你所有的悲喜——悲喜……"

"哈哈，书记大人还真厉害，连北京评弹都唱得如此精到。"

"哪里哪里，我这是关公面前耍大刀，红脸汉子不怕臊。我从小就跟着奶奶在集上听戏。那时的戏，就是一个渔鼓嘛。你别说，还真听出戏瘾来了。不说那些陈谷子烂芝麻的事了，咱说正事。你刚才不是说要混口饭吃吗？我今天来，就是想跟老哥商量，我不但要让你混口饭，还想让你混口好饭吃。县里想成立剧团，你孙家班有没有兴趣加入？"胡子书记把头凑到孙培山身边，问。

孙培山好长时间没有说话，右手的手指在茶碗的上沿转来转去，终于开口："这木偶戏，在新社会成了艺术，在旧社会就是要饭的手艺。说穿了，木偶就是杂耍。给个舞台可以演朝代更迭，没有舞台在胡同小巷也可以参悟命运谶语。这些话，戏里说了几千年，也被演了几千年。变的是演出的场子和听众，不变的是戏里的道理和那些被命运苦苦追着的艺人。戏子们一直绕不开命里的劫数，是马肚子上的脚镫子，是床前席下的鞋垫子，从来就没有风光过。现在你突然间告诉我，要登大雅之堂了，我还真不信。"

"老哥这话，说厉巴了吧？我堂堂一个县委书记，说话岂能当作儿戏？我是代表县委说话。"胡子书记有些急。他强迫自己静下来，长出一口气，说，"老哥这话哪像是戏子说的？简直比私塾先生，比佛学道义讲得都深，连我都得一句一句地呲摸。我打过仗不假,当着县委书记也不假,可这些道道真没琢磨过。你给句明白话,县里要成立剧团,你去不去?"郑直书记感觉自己被孙培山说得越来越把不准他的脉。

"本就是一棵苋菜,非得把它弄进盆子里当花养,这绝对是出力不讨好的活儿。枯死的是苋菜,败坏的是那个花盆。"孙培山稍一停顿,"这件事,不是个小事。让我再和孩子们商量商量。"

"毛主席他老人家一直关注中国的艺术发展,老早就提出双百方针、二为方向。县里也是按照党中央的号召,不但要发展群众的艺术,更要壮大艺术的群众队伍。县里的剧团要承担起宣传群众、教育群众、引导群众的任务,没有群众喜闻乐见的艺术样式,没有听党的话的艺术人才,是做不好宣传工作的。"郑书记的话很诚恳,却总给人背文件的感觉,磕巴,生硬。

"书记,如果不嫌弃,我让黄家小姐给你敬杯酒?"孙培山问。

"黄家小姐?"郑书记眉头一皱,问。

孙培山朗声笑起:"就是我老婆子嘛,哈哈,看把书记大人紧张的。我这个老婆子啊,一辈子都放不下大小姐的臭架子,需要进行社会主义的再改造。就像上次,外面来了个要饭的,七老八十了,背驼到地上,她非得让他坐在椅子上,直起身子吃,不能吧嗒嘴,吃不饱还不愿意。说什么老吾老以及人之老之类的绕口令,临走还搋上三瓢五瓢的瓜干豆子玉蜀黍。嘿嘿,你说这是什么人呢,是不是要饭的穿着秀才服——穷讲究?"孙培山眼睛四处一看,低下头,压低了声音对郑书记说,"刚才我说的那些歪歪道道,都是她枕头边上给讲的。讲完了,还非得让我给她洗脚,泡茶,说老师不能白当。我一直担心这事,可不能让孩子们发现,要不,我这老脸往哪儿搁?"

"大小姐会喝酒?"郑书记故意问。

"敬酒总是可以的嘛。"孙培山摆了摆手,先让老婆敬了六小杯,然后又陪了六小杯。两个来回,便把书记喝多了。

"那你说说,县里成立剧团的事,孙家班参加不?"郑书记说话明显不利索了,但他知道孙培山让老婆敬酒的意思,是让这个当书记的做做老婆的工作。胡子书记用手指点着八仙桌，问黄慧琦。

"书记大人，话可是您让我说的。如果我说错什么，你千万不要放在心上，不能跟民女一般见识。这木偶戏啊，本就是登不上大雅之堂的玩物，宠惯不得。有首诗写得好：'笑尔胸中无一物，本来朽木制为身。衣冠也学诗文辈，面貌能惊市井人。得意哪知当局丑，旁观莫认戏场真。纵教四体能灵动，不藉提撕不屈伸。'所以剧团的事，还请见谅。"黄慧琦答道。

"这事就完了？"胡子书记摊开两手，问。

"完了。"孙培山答。

"不管怎样，我给你们挂上个牌子，宁阳县豫剧团木偶组，说不定哪天用得着。"胡子书记说。

"那就谢谢书记了。以后有用得着孙家班的地方，尽管吩咐。"

冬天的大汶河隐藏着太多的心事，安静得像一位沉睡的少女。水声不再，水草也已干枯，一切似乎都敛起了翅膀。偶有飞过的雀鸟，学着充满稚气的孩童腔调，有些故意地惊扰着朦胧少女的春梦。那一两声飞鸟鸣叫，如断了线的诗句，依顺在风的梢头一点点滑落，摔碎在地上，乱了诗的韵脚和节奏。柔淡的阳光洒下来，有温暖的味道，将几十米宽的冰层涂上金色，冰的毛孔在惺忪中缓缓张开，呼吸着天边薄云洒下的浪漫缱绻。那些伸展着枝丫的树，没有叶子的陪衬，显得单薄而无奈。那些或明或暗的树枝，如时间的筋骨，延展进历史的空洞。这样的场景让人相信，大汶河似乎一直敛束、沉静在历史的暗淡时光中，从没有醒来。

孙家班在汶河边练功，在当地是一大景观。木偶戏讲究紧七慢八，演员跑得紧了，路子熟了，一出戏至少需要七个人，节奏或脚步稍微慢些，就需要八个人。再加上乐手，加上学徒，孙家班的练功者每次都不低于十个人。这些人当中，有的抑扬顿挫唱着戏文吊嗓，有的提着棍棒练起功夫，也有人端几块方砖上下左右地练着臂力，还有人偷偷地在丛林密处背着让人或悲或喜的唱词，然后再配上有些故意和夸张的表情。这个时候，他的手中一定是拿着一块镜子的，对着口形，调整着表情，想象与创造着角色演唱时的恰当模样。

台上演给观众，台下唱给自己。悲或者喜，看似平常的功课，却总有人为不经意间的一句唱词，伤了神，疼了心。

今天跟着孙家班练功的，还有一个新人，并且是一个长相俊俏、浓眉大眼的女娃。穿着枣红小袄，袄襟上绣着金黄色的牡丹花，一朵接一朵地盛开。她就是马传旗的女儿马荻亚。荻亚这个名字据说有些故事。马传旗做响马时去南方买枪，在一个妓院里遇到一个女人就叫荻亚，厮混几天后竟有些蜜意柔情，恋恋不舍，互相指天盟誓。马传旗被新四军发现，堵在房间跑不出去。那女人撕了自己的旗袍做成绳子，让马传旗从窗子里逃跑，那女人因此被新四军打死。为了纪念那个女人，马传旗便给女儿起了这个名字。这话真假无从考证。有些事情本来就不需考证，比如他做响马被打败收编，成了解放军的一员，直接去了朝鲜战场，在那儿被炸掉了半条腿，然后复员回家。马传旗向党组织提出，要找一位地主家的小姐做老婆，不能上战场了就要从其他方面为党做贡献，他要改造社会主义的落后分子。组织考虑他的身份特殊，便为他指派一名几代穷苦、贫农成分人家的女儿做媳妇。有街坊传言，马传旗哪是想改造落后分子，他明明是流着口水，做着梦地喜欢地主家小姐的水灵模样，他根本看不上面黄肌瘦的农家女。此话未经考证，马传旗也未对任何人作过说明。媳妇进门后，生下独生女荻亚。但有传言称，马荻亚不是马传旗的种，他老婆和她表哥早已经私订终身，并且有了肌肤之亲，马荻亚就是她表哥的孩子。这话真假也无从考证。马传旗本想让老婆再生个儿子传后，可无论夫妻俩如何努力，终究无济于事。于是邻居们便说，马传旗做土匪时丧尽了天良，十里八庄的姑娘媳妇没少让他糟蹋，老天爷是不会让这种人有后的。一个贫农的好女儿嫁给这样的人，不是天作美，而是人作孽，要遭报应。

自从县委书记郑大胡子来孙家班做客之后，马传旗千方百计地要让荻亚进孙家班学戏。

起初,孙培山是不想收马荻亚的。马传旗与孙家的恩怨还有太多的结。包队干部樊大香往孙老爷子这儿跑了不下十趟,说着冤家宜解不宜结之类的话,还说如果不同意马荻亚跟着孙家学艺,孙云福在村里也不好开展工作等等,明里暗里地提醒孙老爷子,如果孙家不同意这门亲事,她也会在工作中使绊子。

孙培山问:"人好收,规矩难破。你知道女孩子进孙家班的规矩?"

"知道知道,不就是做孙家的媳妇吗?这个规矩马连长早就知道,他是求之不得。你们家的振文,多标致的男子汉。振文今年十八岁,荻亚十六岁。虽然不是同年同月同日生,可总能称得上郎才女貌。"樊大香嘴里如同爆料豆子,两片嘴唇像是水火不相容,不能有一秒钟的接触。即使舌头闲着的时候,嘴唇也是半张着的。

孙培山呃呃着,胃里像灌进了辣椒油。

孙培山的二儿子孙云禄插了句:"做孙家的媳妇可没说是做谁的。你转告马传旗,让他想好了。"

孙云禄本想用这句话吓走樊大香,没想到樊大香大包大揽地说:"做谁的媳妇不都是孙家的嘛。振武这孩子也不错,荻亚和他是同岁。"

孙家班收下了马荻亚,并且举行了拜师入门仪式。孙培山似乎在教育马荻亚,又像是在敲打马传旗:"孙家班的木偶戏,就是蹲着演的戏,有时还得跪着。这不要紧,只要能站直了身子做人。这正是孙家班的传统。"马传旗点头哈腰一个劲儿称"是"。孙培山又让马荻亚唱几句老戏。马荻亚的声音虽然有些粗糙,但经过女孩子的变声之后,形成了略带沙哑和苍凉的特殊嗓音,唱起戏来更有味道。女孩子能有这种嗓音,简直就是可遇不可求。孙培山心中暗喜,仔细再看,更多了几分喜欢。心想,这孩子模样俊俏,有些泼辣劲儿,正好和振文相配,一个稍强一个文弱,强能补弱。让振文和荻亚婚配,还可以化解不要命、不讲理的马传旗与孙家的恩怨是非,对双方都是好事。孙培山便让二儿子孙云禄从基本功开始,一点点慢慢调教马荻亚。

孙家木偶有几种必须练好的功法,首先是托举木偶的托举功,然后是操纵木偶的扦子功,模拟各种人物步伐的台步功,融汇各种流派、各种唱腔的唱功。除此之外还有一些特殊的表演技艺，如水袖功、扇功、长绸功、书画功等等。为练好这些功法，孙家班总是秉承先人夏练三伏、冬练三九的古训。今天的汶河上，孙振文和孙振武先在冰上练十块方砖的托举，一直练了一个多小时，然后便是在厚厚的冰面上练纹丝不动的台功。又是一个小时过去，兄弟俩的身上头上，早已是大汗淋漓。

孙培山喜欢这种感觉。他从心底喜欢看着孙家班的儿孙大小学习和演练着各种技艺。大儿子孙云福时不时地回来凑凑热闹，但他毕竟还有大队里乱七八糟的事，时间上总是靠不住。二儿子孙云禄，做起事来干净利落，可记性不好，新戏总是十遍八遍地背，也不见得能背出多少唱词，曲调也常常跑偏。反倒是武戏，演起来简直就是无师自通，扮起将军元帅之类，虽说不上气度非凡，却也有几分挥兵千万的豪气。二儿子还是块跑江湖、混社会的好料，三句话便可与人结成兄弟。对艺人而言，朋友非常重要，多一个朋友便多一条路，这是多少年不变的真理。还有一点，更让孙老爷子放心，那就是老二计谋很深，可谓有勇有谋。三儿子孙云祯，比起二儿子略显笨拙，但为人实诚，做事有板有眼，一部新戏只要演上一遍，那些人子、道具之类的顺序便记得一清二楚，是让孙培山一百个放心的大衣箱。四儿子孙云祥，个子较小，腿脚奇快，跑龙套一个顶俩，做丑角也是唱腔独特，表演夸张幽默，说话如同三句半的半个角儿，冷不丁地来一声长吼，提神提气，让人浑身舒爽。长孙孙振文，终究是流淌着黄家的血脉，无论长相、气度、智力水平与处事能力，似乎都与清廷重臣黄恩彤有着太多的相似。如果按辈分推过去，振文应是黄恩彤的第五代外孙，按农村人的说法，是在五服沿上。一百多年来，黄家自黄恩彤儿子黄师誾之后再无名仕高官，但宗族家祀流传下来文韬武略的涵养，一直滋养着后人，使黄家后人几代殷实。直到解放前孙培山的岳父那辈，黄家大院仍然是高头大马养着，好田好地种着，好钱大把大把地挣着。如果不是土改，如果不是到了新社会，黄家定然还是宁阳县的首富，能到黄家大院演一回木偶戏，也仍然是一种光荣。万事皆有兴衰，世人难逃天命，如同这手中的人子，谁能参得透它一生的悲喜？在什么人的手中，演什么样的戏种，又能唱到什么时候？人生如戏，戏如人生，或许只有台上变哭为笑、台下以笑当哭的戏子们，才能真正体会其中的无奈和悲伤。

孙培山把小马扎挪到阳光底下，身上一下子明亮起来，也温暖起来。他从棉大衣与棉袄的夹层中把紫砂壶拿出来，一手拿壶，一手拿着酒盅大小的茶碗，将依然温热的茶慢慢倒出来。他看孙振文站在旁边，便说："这茶，和戏一样，是要慢慢品的，像人的一辈子，急不得。泡茶要恰到好处，捂茶要贴近心窝。这样的戏才有味道，成不了乏茶。戏与茶，同样的理，都要走心。"

孙培山把目光落在次孙振武身上。振武是二儿子的长子，也从二儿子身上继承了粗鲁和暴躁，如果这个脾气不改，他终究是要吃亏的。孙振武满足于对木偶戏的一知半解，唱错了戏词只是哈哈一笑，如一杯凉茶泼了出去，没有响声，也溅不起尘土。孙培山为此没少罚他，不让他吃饭，按家法把屁股打到红肿。可他总是本性难移，天性使然，当爷爷的也只能睁只眼闭只眼了。毕竟孙家班有堪当大任的振文，他对木偶戏的痴与爱，一定能把孙家木偶发扬光大，如此足矣。只是振文这孩子体质较差，演不得武戏，生性也柔弱了些，如果没有人撑着护着，会遇到多少磨难，也说不准。对这两个孙子，孙培山用尽心思，经常让他俩比唱戏作文，比武功力气。日子久了，虽然都有提高，但终是各有所好，取长补不了短。

演戏之外，孙培山更希望两个孙子尽快长大成人，顶起孙家班的一片天。他常常让振文振武比胖瘦，比高矮，用手里的木偶棍，或者干脆让他们站到南墙下，贴着墙根看谁又长了几公分。南墙的背阴面，长着一棵草，干枯凌乱，像老妇人耷拉下来的头发。孙培山常常指着两个孙子的头说："今天你又长高了一点。""几个月的饭天天吃成肚儿圆，你还是这么瘦，这么点小个儿。那些馒头吃哪里去了？""你这头皮还是没有长到草根那儿。这草根，眼看着老了，你这个头儿咋着就是不争气，既不长粗也不见长高。"

孙培山发现自己走神了。年龄一大，总是多了些感伤。眼看着儿孙满堂，岁月逝去，感叹之后便是自己劝慰自己的满足。更何况还有那些荣耀和得意，也总能寻得一丝半缕的快乐。

见到孙振武练得又开始轻飘起来，也失去了规矩和章法，孙培山走到孙子身边："振武，这又快长一岁了，来跟爷爷比试比试，看看我这把老骨头和你这天天吃壮饭的，哪个更硬。"

听说老爷子要和振武比试，一班人来了兴趣。尤其是跟着练功的小孩子，鼓掌跺脚满地撒欢儿。振武更是初生牛犊的牛脾气："爷爷，打伤你不许骂人的。"

祖孙俩站到河中央，拉开了架势。眼见着老爷子如鞋底砸上钉子，三五个手势，就弄得振武要么滑倒在冰面上，要么就被摔出去几丈远。

"到平地上比，我就不信。"振武不服气地喊。

老爷子尚未站稳，振武就直冲过来。老爷子轻轻一闪，然后一掌劈出，振武的两只手伸开五指，趴在地上，鼻尖上沾满了土。

振武赖在地上不起了，老爷子腿一伸，用脚把振武上半身挑到胸口，顺势让他站立起来。

"内练一口气，外练筋骨皮；心到手脚到，天地人合一；出手稳准狠，步步运底气；六路与八方，勿忘实与虚。振武，你是做武生的，千千万万记住，要以武立身，武才是你看家的本事。孙家班走南闯北，什么人都可能会遇到，什么场面都要应对。咱们从来不欺负别人，也绝不能让人把孙家班踩在脚底下。记住这四十个字，爷爷保你一生无忧。"老爷子稍一停顿，"来，振文，你给爷爷唱唱那段《穆桂英挂帅》。"

"爷爷，我不想唱了，我也要当武生。"孙振文似乎从爷爷和振武的较量中，感受到力量的美。

"孙家班不但要武生，更要以文戏立身。你的嗓子是孙家几代人没有过的，你比振武承担的东西更多。你要振兴孙家木偶，从技艺到唱腔，你都要传下去。你们俩是振字辈里年龄最大的两个，是孙家班将来的文武二将，要一辈子演下去，唱下去，传下去。"

孙家班还有个传统，那就是从来不让自己家的女人学唱木偶戏。孙家班练功的时候，从女儿到孙女，都要离得远远的。孙家班又不能没有女人演戏，所以便有了另外一个规矩，凡是有女人愿意来演戏的，要么是嫁为人妇的，要么就是愿意给孙家男人当媳妇的。三儿子孙云祯的媳妇就是这样来的，并且一直跟着孙家班四处表演。其他外姓人来学戏的，基本都是跑跑龙套，做做器乐伴奏之类。所谓门里徒门外徒，也是规矩之一。门里徒是本家本姓的人，再立新班出去闯荡也叫孙家班。门外徒并不见得能学到多少真本事，出去再立新的戏班子，则可以叫上自己的姓氏、自己的名号。

"俺爹说，杨家庄的狗都会打拳，赵家堂会说话的人都会唱戏。振文哥，你给我们唱一段。"

"大人们说话，你少插嘴。"孙振文一句话把马荻亚训得噘起了嘴。

"他不教你唱戏，你别跟他玩了。来来来，我教你练武。"和马荻亚同岁的孙振武，连拉带扯地要教马荻亚到冰上练马步。拉扯间，两个人一下子摔倒在冰上，马荻亚被孙振武压在身子下边。

马荻亚有些恼怒地站起身，对着孙振武的脸扇了过去。孙振武本就不是吃气的主，站起来飞起一脚，将马荻亚踢倒在冰上。马荻亚哎哟着，滑出去十多米远。

孙培山呵斥道："都给我住手。振武，好男不跟女斗，你像什么样子？罚你三天不能吃饭。还有你，女孩家家的，练什么武？罚你一天不吃饭。"

马荻亚哼了一声，一只脚跺下去，两个棉袄袖子往下一甩，哭着往自己家里跑去。

"爷爷，我要演武生。"孙振文练完功回家的时候，又对爷爷说。

"武生不武生无所谓，要紧的是要把孙家木偶传下去，这才是你的老正办。"老爷子说。

孙振文发觉爷爷一直扶着自己的肩膀，不，是压着，说让他把孙家木偶传下去的时候，手指的劲很足，几乎要把他的骨头捏碎。

也正是从这一刻起，孙振文感觉爷爷的手从来没有在他肩头离开过，一辈子都没有离开。

3

在宁阳一带，有着对血丝虫病"十人九疝、粗腿大蛋"的形象描述，国家把山东作为治疗重点，宁阳自然也成为必治的区域之一。

对医生们来讲，到农村采耳血是件苦差事，挨骂、挨打、被狗咬是家常便饭。辛勤劳作的公社社员白天干农活累得像瘫了一样，晚上自然睡得早。采血却必须在晚上九点至第二天凌晨一点进行，社员们对此大都比较反感。所以，大部分的防治人员必须在村干部的带领下，手提马灯，夜半敲门。农村的院子大都很深，院落开阔，不少人家听不见敲门声，医生们就不得不拨门栓、爬墙头。一到冬天，年龄大一些的老百姓老早就蜷缩在被窝里，抱着两个膝盖，睡得香沉，不愿起炕，防治人员就得趴在炕头上采耳血。有的孩子被扎疼了，大哭大闹，家长便迁怒于采血人员，有的甚至拿起尿罐就泼。这是刚开始的景象。随着防治人员把那些可怕的照片和游动的虫子放在显微镜下让百姓们观看，情况慢慢好转，主动配合的人便多了起来。

公社卫生院趁工地上社员集中，要在晚上为他们采血。

穿着白大褂的吴医生说："血丝虫是个昼伏夜出的杂种，谁愿意把杂种留在自己的身体里？"年轻漂亮的白医生不这么说，她说："血丝虫是夜游神，只有夜里它才来到血管里，喝我们的血，吃我们的营养。"

三晃荡便问："营养是啥？"

白医生沉思片刻："营养就是身体的精华。"

"精华是啥？"三晃荡又问。

白医生回答不出来，捏三晃荡耳垂的手不免多用了些力，扎下去的针也似乎带上了仇恨。三晃荡哎哟乱叫，故意扭转身子，左手往上一探，十分敏捷地透过隔离衣，摸到了白医生软软的奶子。白医生的针刚想再扎深一些，没想到三晃荡整个身体一缩，钻到桌子底下，像狗一样从桌子的另一侧爬出来。

整个工地办公室里被大笑塞满。

"白医生，真软，就是不知道白不白。"三晃荡隔了老远，喊。然后又是笑声一片。

采耳血验血丝虫病，只是工地上的插曲。还有更大的事在赵家堂发生，一天两件。

天刚刚放亮的时候，民兵连长马传旗就砸开了孙云福家的大门，说第一生产队仓库的锁被撬开了，里面少了一麻袋豆子。孙云福趿拉着鞋，边系棉袄扣子边往仓库方向跑。人越急越容易出岔子，慌乱中他把上边的罗汉扣塞进了下边的扣眼，棉袄便一边长一边短地甩起来，正像他演戏时有意为之的行头。

仓库的锁并没有被撬开，被撬开的是仓库的门鼻子。仓库是用地主家的老房子改造的，门窗都没有更换过，门鼻子也是原来的，朽掉的木门露出原木的茬子。孙云福曾经提醒第一生产队的队长马传遥，要把门弄结实了，可他没有当回事。

"给公社特派员报告了吗？"孙云福问。

"已经派人去了，郭书记也知道了，正往这边赶。"马传旗回答。马传旗把一个空弹壳从他的左手扔到右手，这是他睡觉都要放在枕头底下的心爱物件，用他自己的话说，比媳妇还亲，"你看这里，孙书记，这里有落下的豆子。"

马传旗的惊奇劲儿就像在地瓜秧上发现了山药豆子。

几个人顺着三三两两的豆粒往村外的方向走，低着头的认真劲儿，像是在探宝。那些豆子到地主宁洪界家门口的时候，再也找不出一粒来。

"一定是这狗日的宁洪界和他老婆干的。地主就是地主，死不改悔。还是毛主席他老人家教导得好，千万不要忘记阶级斗争。阶级斗争这根弦真是放松不得，要时时刻刻绷紧，越紧越好。"马传旗咬牙切齿地说，然后抬起右腿，一脚踹了出去，把一扇门踹了个稀里哗啦。

"传遥，我听人说，你们家吃饭前都要把主席语录念上一段，说是能顶半个窝窝头。真的假的?"孙云福一条腿实、一条腿虚地站在一旁,摸出一颗烟,自顾自点上。

"那是有人笑话我。"一队长马传遥嘿嘿笑着。孙云福侧过头看着马传旗,"马连长,你的右腿不是木头的吗?怎么这么有劲?"

"四八席上的豆芽——小菜。这是兄弟的绝招,专门练过。"马传旗边说边以自己大摇大摆、一高一低的独有姿势,矗立在地主宁洪界家的院子里,扯开嗓子喊,"宁洪界,你他娘的给老子滚出来。"

宁洪界家的屋门是锁着的,门楣上的锁鼻子,挂着一把大大的黑铁锁。马传旗想再次踹开,不料被厚厚的屋门弹了回来,整个人重重地砸在地上。倒下去的马传旗满脸通红,动作反而更加麻利,不到三秒钟工夫,就已经拍打完棉裤上的土,直挺挺地站在那儿,屁股上的棉裤也便恢复了以往撅得很高的模样。

"他娘的,竟敢暗害我。把门砸开。"马传旗命令一队长马传遥。

"别砸了,宁洪界他两口子昨晚都是在工棚过的夜。我两点多回来的时候,专门去窝棚里查夜,看到他俩和几个右派睡得正香,还梦话连篇。"孙云福把烟袋窝子磕在院子里的香台子上,说。

地主宁洪界的老婆黄珊玉是孙云福老婆黄珊珍的堂妹,按辈分应是孙云福的小姨子。宁家和黄家解放前都是宁阳县的大户人家,他们之间的联姻便有了门当户对的意味。而黄家大小姐黄慧琦下嫁给孙家班的班主孙培山,虽然是小姐追求爱情的戏码,但多少有些被扫地出门的意思,没有一件嫁妆,也没有一分钱的陪送。宁家看不起违抗父命的黄家大小姐,孙宁两家自然就少了来往,甚至连普通的街坊都不如,似乎黄慧琦连累宁家也跟着丢人了。孙云福的老婆嫁到赵家堂,有些被孙云福的母亲哄来的味道。再加上之前或多或少的恩怨和芥蒂,宁家和孙家不但没有亲上加亲,日子久了反而更加生分。再后来大队里要划成分,孙家因为人多地少自然被划成贫农,宁洪界则被划成地主。两家成了两个阶级,更是几乎绝了往来。

亲戚终归是亲戚,关键时候帮上一把,不只是帮他们,还事关自己的脸面。孙云福心里想。

"贼起五更，鸡叫天明，你知道他们瞅准了什么时候？要是你走了之后他们再跑回来呢？"马传旗问，"再说了，再怎么着你们也是亲戚，谁的胳膊肘子也不会往外拐。"

"你的意思我还成了他们的帮凶喽？"孙云福拉下脸，两片嘴唇似乎在打架，"马传旗，你给我听好，这人世间的事，比天大的就是公道二字。人心隔肚皮不假，但人心都可以拿到这日头底下晒晒晾晾，让所有人评评理，看看谁的上面长了灵芝草，谁的上面长了牦牛墩，谁流的是鲜血，谁流的坏水。脑子不多不算事，那是爹娘给的，不动脑子就是白活了，还不如当一头猪。宁洪界他两口子，合起来不超过一百五十斤沉，能扛得动二百斤的麻袋？鬼才信！"

"鬼信不信我不管，他娘的，反正我信。你不要因为和他家沾亲带故，就动摇了阶级立场。你反对我没用，有胆你敢反对毛主席？他老人家一直教导我们说，千万不要忘记阶级斗争。这事不只是偷盗这么简单，极有可能是阶级斗争新动向。如果你的阶级立场站不对，故意纵容包庇，信不信我告到公社定你个包庇罪？"因为女儿马荻亚从孙家班跑回来，马传旗的气一直没地方撒，这次终于抓住机会。他的食指和中指之间夹着子弹壳，弹头方向对着孙云福，"再说了，扰乱社会治安、偷盗搞破坏，就是我民兵连长该抓的事。别听他的，给我把门砸开。"

"你民兵连长是该抓治安，治安出了问题，首先就得拿你民兵连长问罪。"孙云福说。

"别听他瞎咋呼。"马传旗头也没回，让人砸开了门。

屋子里除了两张床、一个放在地上既当饭桌又放衣被的箱子和三个已经脱了绳的小马扎，以及窗台上堆得老高的毛主席语录之外，地主宁洪界家，别无他物。孙云福的目光定在马扎耷拉下来的绳子上，感觉像一条死去的蛇。

公社书记郭敬连进门，他命令马传旗立刻从工地调来十个社员，说掘地三尺，也要找出生产队丢失的一麻袋豆子。

一上午一无所获。

郭敬连领着人回到工地，安排会场要开现场批斗会，公开审问地主宁洪界，让他招供到底偷了多少豆子，放在哪儿了。

赵堂村修建的扬水站立柱，轰隆隆倒了下去。巨大的声响让所有人都张大了嘴，以为是天塌了下来。

现场批斗会一下子变成了两个议题，一个是审讯地主分子宁洪界、地主婆黄珊玉，让他们承认偷盗豆子的事实，一个是批斗扬水站立柱的破坏分子。地主两口子就在现场，可以像小鸡似的立马抓起来，立柱的破坏分子会是谁呢？郭敬连巡视着工地上一个个发抖地站在北风中的社员，指着躲在社员身后的几个人："罪大恶极的破坏分子就是那些右派分子，他们蓄意破坏，做了手脚。从一开始来的时候，他们就左推右挡，不积极参加社会主义改造，灵魂深处埋藏着对党的领导和社会主义伟大事业的对抗情绪。给我绑起来！"

现场批斗会的准备工作完成得非常迅速。一个简易的舞台很快搭了起来，几个白纸筒卷成的高帽子，不知被谁的仇恨灌满，重如山峦，上面用毛笔写就的黑字，长成青面獠牙的模样，"阶级报复分子、盗窃犯、大地主宁洪界""破坏分子、女流氓、盗窃犯、地主婆黄珊玉""死不改悔的走资派、右派分子钟国新""顽固分子、现行反革命何安太"……总共九个人，他们一个个都被反绑住双手，由十八个充满阶级仇恨的民兵，连推带拉带拽地押上了批斗台。

郭敬连再次让堽城公社的人民领教了他厉害的嘴皮子："赵家堂曾经是红色的革命阵地，是宁阳县最早的党支部所在地。但是现在，却成了地、富、反、坏、右集中破坏的最前沿。在这里，出现了阶级斗争新的动向，发现了破坏社会主义建设的新漩涡。阶级报复分子、大地主宁洪界为富不仁，在万恶的旧社会，赵家堂曾经饿死了那么多穷苦百姓，他都无动于衷，还对替他种地的劳苦大众，无情地打骂盘剥。如今是新社会了，他还不忘变天，盗窃生产队的粮食，这新仇旧恨，我们要一并跟他清算。破坏分子、女流氓、地主婆黄珊玉，以为自己有几分姿色，就把自己当仙女，就感觉自己了不起，其实她连臭虫都不如。她还仰仗着有远逃台湾的当权者亲戚，以为自己有了靠山，那其实就是一堆粪堆。她家里一定藏着一本变天账，一定清清楚楚地记着谁分了她家的田，谁拿了她家的碗。我可以明确地告诉这个地主婆，党中央、毛主席很快就要下令，要解放台湾，国民党的梦做不长啦。那些梦想复辟的坏分子，一定会在人民战争中粉身碎骨。要给社员同志们说明的是，这两个老家伙，在昨天夜里，偷偷从工地跑回去，偷走了第一生产队的一麻袋豆子。"

接着就听见台下有人嘀咕："不可能吧，他们啥时候学会了分身术？我们昨晚一直在一起。"

"小凤子（麻雀）下蛋，非让鹁鸽抱窝。这肯定又是马传旗捣的鬼。"连生接着说。

"哪家的女人俊巴，马传旗就和哪家的男人过不去。这种狗日的玩意儿。"三晃荡小声骂道，"这个日狗的公社书记，就是一头瞎眼的驴。奶奶的，真该让胡子书记再批他一顿。"

天上堆起的云越来越厚，整个天几乎都要压下来。

这种半阴不晴的天，已经快半个月了。

郭敬连提高了嗓门："台上还有几个人，都是死不改悔的走资派、右派分子。他们从到扬水站的第一天起，就是黄鼠狼给鸡拜年，没安什么好心。他们还真的把自己当成了技术员，对整个扬水站横挑鼻子竖挑眼。他们忘记了自己是有罪的人，他们对国家有罪，对人民有罪。他们不是对扬水站不满，而是对人民公社不满、对社会主义建设的伟大成就不满。扬水站倒了柱子，分明是他们搞的破坏。我可以告诉这样一群坏分子，扬水站的每根柱子上，都刻着一个大队的名字，这绝不仅仅是一根柱子，而是一个大队的前世今生，是堙城公社几万英雄儿女热火朝天建设社会主义的时代印记，柱子上的每一块石头，都是堙城公社人民勤劳的灵魂、火热的青春。一根柱子可以倒下去，但任何一个大队都不会倒下去，赵家堂更不可能倒下去。一根柱子倒下去，会有千千万万根柱子站起来，这就是我们不屈的民族、不屈的时代、不屈的堽城公社的人民！你们看看台上跪着的都是些什么人，都是些狼心狗肺的东西！社员同志们，大家伙儿再看他们的名字，什么钟国新，他肚子里藏的是什么样的中国心？一定是破坏中国的心，是一颗黑心。还有这个现行反革命何安太，他明明是在问中国哪个地方是安全太平嘛。这样的人，从他父母起的名字看，一家人都是反革命，都是吃了熊心豹子胆，应该拉出来一起批斗。还有下面几个右派分子，我就不再一一细说了。我们今天重点批斗这几个人，大家有冤申冤、有苦诉苦，要新账旧账一块算。请各位贫下中农同志上台，批斗这批社会主义制度的死对头。都给我往死里批。"

谁也没有想到，最先上台的竟是马传旗的女儿马荻亚。她抡圆胳膊，对着每个人的脸狠狠地扇了一巴掌，啪啪的响声从扩音喇叭里传出去，简直和打雷一样。她最后走到地主婆黄珊玉面前，揪住她的头发，甩下鞋子，举起鞋底猛扇她的嘴巴："老破鞋，让你勾引我爹，让你勾引我爹。"

"我没有，是他想欺负我。"黄珊玉大声哭叫起来。她刚想起身，就被旁边两个膀大腰圆的民兵摁住，然后就有两只脚踩在她的腿弯处。

三晃荡不知何时杀到孙云福跟前："你是大队长，不能只当老好人。马传旗是个疯子，你得管管。"

"你站着说话不嫌腰疼，疯子不光马传旗一个，我管得了谁？"孙云福压低了声音说。他知道自己无法阻拦。自己反对越多，马传旗就越会变本加厉。

马传旗走上台，一摆一摆地走到黄珊玉跟前，吼道："你再胡说一遍！"

"就是你想欺负我！"

黄珊玉话音未落，马传旗的右腿便甩了出去。这根用碗口粗的榆木打磨成的假腿，除了走路之外，平时还被马传旗用作防身武器，此刻竟直直地落到黄珊玉的头上。台下的社员看见黄珊玉倒下去，血从头顶喷了出来，直直地向天空喷射而去。那一刻，有人看见天空的白云变成了红色，也有人看见整个大地变成了红色。

整个工地如死了一样。

整个世界如死了一样。

批斗会热闹地开场，沉默着结束，所有人一言不发地离开。

宁洪界浑身发抖，跪着，不敢哭出声。他眼看着血从老婆的头顶流出，凝固，变黑。

郭敬连摇着头，自言自语似的骂了句："简直是扯淡。"

黄珊玉被民兵拉着去火化。她是被作为坏分子火化的，没有追悼会，只有半天之内从生到死的时间距离，从地上到地下几十公分黄土的空间距离。

直到火化，黄珊玉的眼睛也一直没有闭上。

当天晚上，人们发现，宁洪界吊死在自家的屋梁上。

赵家堂包的大孔扬水站立柱，一夜之间又被重新竖了起来。那些平时被社员们无论如何都砸不方正的石头，在漆黑的夜里，竟如同用尺子量着划过一般，被敲打得平整而圆滑。不同的是，每一块垒砌的石头周围，都沾满了血。

没有人知道，这根立柱在一夜之间就能完成，是因为被活活打死的黄珊玉还是上吊而死的宁洪界，或者是因为杀人后却被公社记功的民兵连长马传旗。但那一麻袋豆子的疑问却像瘟疫一样，在社员中间悄悄传递：宁洪界再傻，也不可能在马传旗的家门口偷东西吧？如果他偷了能放在哪里呢？马传旗和马传遥是叔伯兄弟，豆子少与没少，其他人怎么能知道？一麻袋豆子，说得那么确切，到底是谁在偷？那么马传旗，怎么会与宁洪界有这么深的生死仇恨？

想这个问题最多的，莫过于孙云福。

后来的事情，更加出乎所有人的预料。宁洪界和黄珊玉的傻儿子公道在自己家的房子里活活被烧死。公道刚生下来的时候，大队里分粮食，马传旗坚决不让分给这个孩子口粮。黄珊玉便说："粮食我可以不要。从今天开始，我给孩子取名叫扣粮。"马传旗担心这名字叫长了，对自己不好，就答应给孩子分粮。黄珊玉便说："我也不让你白给，我给孩子取名叫公道。"

无论扣粮还是公道，因为这事，马传旗和黄珊玉记了仇。

宁洪界和黄珊玉死的时候，没人想到他们还有个傻瓜儿子。直到后来，他一个人成天在街上逛来逛去哭着喊娘的时候,人们才想起,这个世界还有公道在。

公道晚上睡觉的时候,一个人点火柴玩,把被子点着了。他吓得哇哇大叫,却不知道跑出屋呼救。他看见母亲当作宝贝的一大摞主席语录就要着火了,就把那些书压在身子底下。人们发现被烧焦的公道时,那些书完好无损。

那些书,宁洪界曾想拿来为黄珊玉陪葬,被马传旗拦下。马传旗还说宁洪界动机不纯,扬言要把宁洪界当作图谋变天的反革命,送进监狱。

也有人说,公道是被一个货郎给药死的。有人看见公道在大街上追着货郎,伸着手要糖吃。货郎便用糖纸包了一块东西,递给公道后一溜烟跑了。糖纸包的,一定是毒药。社会上还有不少的特务,专门进行社会主义破坏。有人提议向公安局报案,要查明公道的死因。但马传旗说,一个傻瓜孩子,有什么大惊小怪的,死也就死了。此事便不了了之。

不知从哪天开始,每到后半夜,工地上就会传出一阵阵的哭声,时大时小。社员们听得一清二楚,那是黄珊玉的哭声。还有人看到,天快亮的时候,一个黑影搀着另一个黑影离开。仔细辨认,竟是宁洪界搀着黄珊玉。黄珊玉披头散发,眼睛闪着幽幽的亮光。宁洪界脸色惨白,嘴角流着血。身后一个赤身裸体的娃娃,通体透明,嘿嘿笑着,笑声干净得如同落在窝棚秫秸叶子上的露水。

钟国新突然想起,赵家堂垒砌的柱子倒下的那天晚上,似乎也有人哭。那是一个男人的声音,问谁压疼了他的腿。

工地上弥漫起"紧"的味道,比凛冽的北风更让人瑟缩恐惧。

愿意睡在工地上的人越来越少。

少了人住的窝棚,突然间没有了生机,似乎成了一座座荒凉、阴森、枯死的坟茔。

  十五成人,
  十六开花,

十七十八找婆家，

十九二十娃娃满街爬。

赵家堂一直有这样的童谣。赵家堂的人也一直以这样的年龄界限，为自己长大的儿女操持婚事。

孙家班的孙振文，正好十八岁，家里提媒的自然是踩坏了门槛。

自从马获亚入了孙家班，村里许多人认为，这马获亚一定是老爷子默许，成为孙振文未过门的媳妇了。提媒的人一下子少了许多。

赵家堂有赵家堂的传统，孙家班也有孙家班的规矩，在男孩子未到二十岁之前，是绝对不能娶亲的。

真正为孙振文和马获亚提亲的，是公社党委书记郭敬连。

在去孙家之前，郭敬连接过马传旗递过来的据说是慈禧太后用过的玉烟嘴，左看右看，最后用手掌擦了擦，放进嘴里吸了一口，便有一股清新之气，如夏日微风沁人心脾。"是他娘的好东西，还真凉。"郭敬连稍一停顿，"获亚的事你别管了，我去提亲。孙家班的名号再大，总不会大过一个公社书记的面子吧。我就不信破不了这孙家班的臭规矩。"

"那就麻烦书记大人帮忙了。"马传旗有两种最常见的姿势：一个是抬起头背着手，嘴里嗯着，那是对村子的社员；另一种便是侧着一根大腿点头，那是对包队干部樊大香，或者是上面来的人。第二种姿势，总让人觉得马传旗马上要倒下去。面对公社书记郭敬连，马传旗老担心自己不恭敬惹了书记大人生气，所以腿自然弯得更深，上截的真腿和下截的榆木假腿之间，便形成了一个大的拐角，让他的整个身子看起来，有些滑稽。

对于马获亚想要嫁给孙振文的想法，马传旗心里是犹豫的。不单是孙家班的那些臭规矩，还有自己在孙家祖坟上摆弄的那些招数，他不知道是不是真的管用。如果真的有神仙显灵，获亚嫁到孙家就不是什么好主意了。话又说回来，如果那些东西只是江湖浪人们骗人的一种把戏，获亚能嫁到孙家，就是好事一桩。马传旗对风水将信将疑，对马家和孙家将来能不能通过获亚的婚事处得像鸡狗鹅鸭那样好，也一样将信将疑。但不管怎样，农村最牢靠最坚实的关系，便是这种儿女亲家。事往好处做，或许天就放晴了，就会结个好果。马传旗心里暗想。

获亚到底是不是自己亲生的呢？马传旗低下头的瞬间，这个念头是从地底下突然间冒出来的。他听到了街坊们的议论。前几天还为此把老婆打了个半死，也没问出个结果。十几年了，打来打去，女人的牙越发紧了，心也更硬了些。

马传旗一动不动地看着郭敬连把玉烟嘴举上举下，然后用手指敲了不下上百遍。

"不过，话说回来，我给你帮这么大的忙，你就送这点破玩意儿？我还真不稀罕。我问你个事，你得给我讲实话。"郭敬连郑重其事的样子，让马传旗心里发虚。郭敬连的眼睛一直死死地盯着手中的玉烟嘴。

"书记这话就有点问题了，我马传旗在您面前，从来都是孙悟空遇见如来佛，来不得半点假。您尽管问，我知无不言，言无不尽。"马传旗并拢起手指，使劲地拍着胸脯。

"哟，给我拽起词来了。国家机密我不问你，问你我还不如问个闷葫芦。我问你一件小事，你的腿到底是谁炸的？"

"美国鬼子啊。他们埋的地雷，我不小心踩上去了。"

郭敬连把玉烟嘴放到桌子上，眼睛直视着马传旗："你这忙我帮不了，你这种人也不中交。对我都没有实话，还能对谁有实话？连句实话都没有，就更别说实心了。"

"书记大人，俺这可是提着脑袋说话啊。罢了，有书记大人，我说了也不怕。那时的朝鲜战场，天天都死很多人，很多很多。我估摸着，如果继续跟着大部队走，俺这样的穷命吊子，绝对不会活着回来。我就动了一个小小的心思，在宿营的地方偷偷埋了个地雷，自己踩上去。因为已经做好了准备，跑得快，只炸掉了小腿。我算计着，半条腿换一条命，值。再说了，我是炸自己，不是炸别人，就是让别人发现了，也算不上大过。"马传旗顿了顿，"书记，我叫你亲爹，这事只有天知地知你知我知，绝对不能对任何人说啊。"

"那后来呢?"

"志愿军以为是美国鬼子偷袭,就对他们进行了一次反偷袭,炸死美国鬼子十几个。我们的人回来的路上,又遭到了伏击,二十多个人全军覆没。战争就是连环套,死人的事随时发生。他娘的,那场面,惨啊。"

"好了,你托的事我记住了,你的命也捏在我手里了。你信不信,我可以像捏死一只蚂蚁一样捏死你。"郭敬连指着马传旗问。

"我信我信,我就是你的一条狗。民兵连长本来就是替你打狗的狗。"

"此事到此为止。荻亚的事,你上次的好招还得用。那个盗窃案不是还没结吗?你不是还没找到偷豆子的人吗?"郭敬连又把玉烟嘴摆在两个手指中间,翻来覆去地看。

"噢,噢……还是书记高明。我今天就去办。如果不答应,他孙家班就别想过个安生年。"

马传旗走路的声音是两种腔调,一是木头蹾到地上的咚咚声,一是长疯了的大脚踏在地上的啪啪声,两种声音来回交替。"咚啪咚啪咚咚啪,马传旗走路乱划拉,一边高来一边低,扭成一根大麻花。猴子脸,大马牙,罗锅子背像大虾,吓走一河癞蛤蟆。这赵家堂的人真会编排,还挺有味道。"等马传旗走远,郭敬连一边大声说着这个顺口溜,一边摇着头笑。

第二天一大早,孙云福正在给郭敬连汇报月牙河水库干渠开挖的各项准备工作,就见一骨干民兵跑到郭敬连身边,伏到他的耳朵旁,嘀咕了好大一阵子。

"有这等事?"郭敬连眉头一皱。

"郭书记,出了什么事?"孙云福问。

"老孙,别问了。走,我们回赵家堂一趟。"

两个人骑上自行车。

连生挂着铁锹,斜着眼,看着公社书记、大队书记各自骑上自行车,问身旁的三晃荡:"你说他们骑上那辆破洋车,铁棍子插到腚里,不疼?"

"怎么不疼？两条腿疼得乱蹬，就差没喊出来了。你没看见？"

不到二十分钟，郭敬连和孙云福就赶到了赵家堂。孙云福进门，看见父亲的脸铁青，马传旗则坐在太师椅上，并且是坐在上座。堂屋的地上斜躺着盛了半袋子东西的麻袋。

孙云福低下身子，拉开麻袋口，看到里面装着半袋豆子，瞬间明白了一切。

"郭书记，啥话别说了，我现在就辞去大队书记职务。俺孙家身正不怕影子斜，这事一定要有个过来过去。我请求公社叫县上的公安局来破案，我一万个信服。如果是其他人饿狗乱刨食，对孙家栽赃陷害，我会扒他的皮，抽他的筋。"孙云福话里有话。在他看来，这一段时间所有的事都是设计好的，全是冲着他来的。包括上次批斗黄珊玉，说是敲山震虎也好，说是杀鸡给猴看也好，总归是因为孙家、宁家与黄家的亲戚关系。这次更是明目张胆地把刀子刺向了他。"我这个大队书记早就不想干了，谁瞅准了让谁干。"

"看你这话说的。哪有人要你的大队书记？他们想要，我还不同意给呢。都先坐下，咱慢慢捋捋这事儿。"郭敬连冲着马传旗走过去，马传旗慌忙起身让座。假脚挂在太师椅的踏板上，马传旗一个趔趄，几乎倒下。

"上次的豆子冤案死了三条人命，我看这次是有人找死。"孙云禄从马传旗进门之后，就一直狠狠地瞪着他。马传旗虽然一直躲避他的目光，还是感觉到刀子似的寒气在屋子里冲来冲去。

孙云福并不是急躁脾气。可这次是真把他惹急了。当着一家老小的面，他必须站出来，把该说的话说清楚。

"我觉得这事纯粹是个误会。昨天马连长说让我来提亲，我觉得公社里的事太多，确实抽不开身，就让他自己来。肯定是他误打误撞，怎么就发现了这个麻袋呢？"郭敬连摇着头，"怎么就能证明，这个麻袋是前段时间丢失的那一袋呢？"

"一队的麻袋上都有编号，我专门看过。"马传旗肯定地答道。

"写字了只能说明是一队的，怎么证明是孙家的人捡到的呢？"郭敬连故意用"捡"代替"偷",是给自己和马传旗留下余地,也给孙家留足了面子。他又像是自言自语:"云福老兄在大队当干部,说不定是别人陷害呢。对,肯定是别人陷害。我看这事就到此为止。马连长很快就成孙家的亲戚了,此事也肯定想大事化小、小事化了。你说是吧?"

"对对对,我是无意中发现。就当我是饿狗刨食,不长眼,看见了不该看的。"马传旗点头哈腰,手里拿着子弹壳转来转去。

"郭书记,我给你唠叨几句孙家的木偶人子吧。"老爷子孙培山终于开口说话了。他的脸依然铁青,胡子抖着。他指了指堂屋里放着的大衣箱。孙振文明白爷爷的意思,从箱子里拿出一个六十公分高的花脸人子,递到爷爷手中。

"郭书记你看,孙家班的人子有三根棍,中间这个叫命杆,也叫主杆,它上端与人子的头连着,是指挥头的主神经。还有两根叫侧杆,也叫手挑子,与人子的双手连着。这戏演起来,主杆先要正,侧杆才不斜。主杆进退侧杆要配合好,配合不好就会露出破绽。主杆动与不动,就在表演者的手指上,失之毫厘,差之千里。这小小的人子,演的是戏,说的是人。郭书记,我已是六十多岁的人了,早已经知了天命。走南闯北多了不敢说,方圆几百公里几十个县总该有吧。读万卷书不如行万里路,行万里路不如阅人无数。我孙培山对饿狗不饿狗的不关心,但对自己的儿孙知根知底,他们身上的筋哪根粗哪根细,我都了如指掌。这孙家班大大小小的戏,唱了也有上百部了吧,如果真的论演戏,你们还真的演不过孙家班。听我一句话,戏,我看过了,也知道想唱啥戏文。不就是想让荻亚嫁到孙家来吗?说句实话,荻亚这孩子,我喜欢,做我的孙媳妇我也同意,何不寻个正大光明的路子,照着明媒正娶的法子来呢?这些歪门邪道,只显得下作,是下三烂,我看不起。"

郭敬连脸上红一阵白一阵,竟不知如何应对。老爷子隔岸观火的本事,让他惊叹不已。

"这么说,老爷子是同意这门亲事了?"马传旗急急地问。

孙培山把一只空茶碗捏在手指中间,转来转去,眼睛只盯着地面:"入了孙家班,就是孙家的人。成为孙家的媳妇,只不过是早一天晚一天的事。话又说回来,早一天晚一天又有什么区别?现在让孩子们在一起多待一段时间,彼此有个适应,好好处一下,将来在一起过日子了,才能过得熨帖、舒坦。"

"老爷子说得是。话不说不明,理不辩不清。既然说到这个份儿上,那么我要提个要求,这条大鲤鱼呢,还是让我吃吧。一来呢,公社书记给大队书记提亲,显得都有面子。二来呢,我也和老爷子一样,确实喜欢获亚这孩子。能为她保媒,让我也沾点喜气。"

一只麻雀扑棱棱飞到屋门内,见那么多人都在屋里,快速地飞到院子里,立住,眼巴巴地看着屋内的人。

孙云福弄不明白,郭敬连怎么就成了与马传旗一样的下流角色。这样的公社书记,怎么能带领社员建设社会主义?他想起当地流传的一句话,十个媒婆九个哄,剩下一个是孬种,这郭敬连就是那最后一个孬种了。

"我们家获亚可是相中了振文。"

孙振文听到马传旗的话,快速跑了出去。

几天后,公安特派员推着五花大绑的三晃荡走出了赵家堂。传言说,三晃荡在工地上强奸了一个妇女,被告发了。

没有人知道那个妇女是谁。

开始有人想起三晃荡的好,比如嘴甜,和哪个婶子大娘都混得很好;比如虽然滑点,但心眼挺好,谁有个大事小情的,总爱帮上一把……

还有人说,三晃荡偷了食堂里十个窝窝头,送给那个女人。那个女人没良心,收下人家的窝窝头,还不让人亲一下,三晃荡才强奸了她。这种女人该千刀万剐。

三晃荡的罪名是强奸罪和盗窃罪两项,被判了二十年徒刑。

"怪不得三晃荡的光脑门,这几天突然就黑了。"连生把头抵在门框上,眼里含了泪,自言自语。

"不争气的狗东西。"孙云福看着天上的黑云翻转不定,说了句,"和振文同一年的。唉,只可惜,同年不同命啊。"

4

狂乱的北风刮起漫天的雪花，整个世界纷扰杂乱。

乱着的，还有孙振文和他娘黄珊珍的心，像土路一样凸凹不平。

书上说过，燕山雪花大如席。赵家堂的雪花没有那么大，连鹅毛都比不过，但总比得过榆树上的榆钱。只可惜季节不同。如果长榆钱的季节飘起雪花，绿得纯净，白得透明，该是何等美丽的景象，孙振文心里想。

孙振文跟在母亲身后，抱紧了在北风中显得单薄的棉袄，想着雪花与榆钱这并不搭界的事。

"孩子，这是你一辈子最重要的选择，和你的命连着。你想想那个马荻亚，简直就是一只疯疯癫癫的母老虎。你能伺候得了，娘也伺候不了。她那个爹，拿个木桩当根腿，腿上还沾着一个鬼魂，天天跟在身后，喊冤抱屈，你说吓不吓人？你爷爷糊涂了，你爹也跟着糊涂了，这种人家怎么能和孙家结亲？他们糊涂娘不能糊涂，娘不能让你管这种人叫岳父。孙家班愿意要马荻亚，他们谁愿意要谁要，你孙振文坚决不能要。你那楝花妹妹，长得像天仙，清亮得像月亮，温柔比得上月牙河的水，聪明赛过你们戏里唱过的王姑娘，分明就是林黛玉投胎下凡。可她的命比林黛玉好，嗯，差不多。林黛玉是一个病秧子，楝花不能说话。除了不能说话，你挑不出她身上一丁点儿的毛病。这个毛病说是毛病就是毛病，说不是毛病就不是毛病。哑是不能说话，可也不能犟嘴啊。一辈子不争吵，能省多少心？你说什么她听什么，多好的事啊。你和楝花的事，我也跟你爹提起过，他没说同意也没提反对意见，就不用管他了。俗话说得好，姨娘亲，亲上亲。自己姨家的表妹，你不亲，谁亲啊？"黄珊珍被西北风呛得上气不接下气，仍然不停地说。她的心乱着，说出的话也是左边一句右边一句，像飘来飘去的雪花。她要把儿子领到北落星，她的妹妹黄珊珠在等着她，等着外甥孙振文与她的女儿楝花拜堂成亲。

雪花依然乱飞，孙振文看不清路。他的心里眼里，开始堆满关于楝花的点点滴滴。楝花的名字是自己的老师赵泰山给她起的。赵老师出身望族，祖上三代都在朝里做官，父亲这辈从县城迁来赵家堂。师承家学，赵泰山是远近闻名的秀才，四书五经无所不通，阴阳八卦也是精熟于心。孙振文一直记着自己上学的时候，赵泰山老师曾经写过一副对联："祥龙献福乾泰坤宁，瑞蛇凌云国安家阳"。正是这副对联，让孙振文对赵老师佩服得五体投地，龙年向蛇年的转换写进去了，泰安、宁阳两个地名写进去了，对乾坤大地的祝福写进去了，对仗工整，寓意深刻。孙振文想，在泰安，在宁阳，这简直就是绝联，难道还能有比这更好的对联吗？

听姨说，小姨一家知道楝花没有听力之后，觉得她命不好，就想着找个先生起个好名字，冲一冲。赵泰山听完小姨夫报过生辰八字，开口便说："就叫楝花吧。宋代有个叫汤恢的词人，写过一首《倦寻芳》，'风到楝花，二十四番吹遍'。古人习惯上将春节前后的八个节气，分配到二十四种花：小寒梅花、山茶、水仙；大寒瑞香、兰花、山矾；立春迎春、樱桃、望春；雨水菜花、杏花、李花；惊蛰桃花、棣棠、蔷薇；春分海棠、梨花、木兰；清明桐花、麦花、柳花；谷雨牡丹、荼蘼、楝花。二十四番花信风，最后便是楝花。楝花花期一过，就是夏天了。你家的千金，正好是这个季节生的。"赵泰山老师停了停，又说，"楝花虽苦，花却是异香，也可入药。《本草纲目》上说，热痱，焙末掺之。宋代人对楝花出奇地喜爱。苏轼《香说》记过，极受宋仁宗宠爱的温成皇后，对苦楝花情有独钟，她每天必须焚用苦楝花、松子膜、荔枝皮混合制成的香，而对沉檀、龙麝这样的名香一概不用。古人曰，好香用以熏德。楝花按生辰推算，命中无木气，可入稼穑格，属庙堂之材。命虽不好，德行必定令人感佩。我喜欢楝花这个名字，雨过总会天晴，顺势而为，乾坤亦可易道。名字是苦了点，苦尽必然甘来。只求时运不再苦吧。"接着便是一声长叹。

因为那声长叹，姨夫从此多了嗝气的毛病。突然有一天，他一个嗝没有打上来，便撒手人世。

在姨夫的坟前，在孙振文亲手抓一把黄土撒到姨夫坟上的时候，他对

"楝花"两个字，对树上盛开着的楝花，突然间就有了一份从血液里滋生出的亲切，那是从身体的最里层，慢慢渗透出来的，他甚至都能听到血液渗出的声音，像初春的第一场小雨。从那以后，孙振文常常呆坐在窗前，野外，或是大雨瓢泼的树下，想象着楝花盛开的美丽景象：花是香的，深紫或淡紫，聚成一团一簇，成了厚厚的云，升腾到天空，然后整个世界都散发出奇妙的香。这香可以入口品尝，可以裁成最时髦的衣裳，或者捻成一段清亮的唱腔，在树叶间，在轻雾的缭绕里，舞起绵延长袖。

楝花历经寒暑，长在孙振文的骨节里，也长在他的血液里。

已经是年二十六了，离春节只有短短的三天。黄珊珍担心夜长梦多，急急地要给儿子办婚事。她既怕儿子变卦，又怕恶魔般的马传旗又使什么坏心眼儿，更怕那个叫马荻亚的浪女子，会把儿子勾引了。

"娘，你什么也别说了。我不喜欢那个马荻亚，看到那个马传旗更像是吃了烟杆子里的老烟油。楝花妹妹从小就听话，你待她也像自己的亲闺女一样，一直疼得像蝎蜇。小时候我们经常玩过家家，她总是做我的媳妇，我做她的男人。我愿意娶她，只要你和姨商量好，我没有二话，一百个愿意。"孙振文顶着北风无法开口，便倒转过身，退着走路，对着母亲说。

"孩子，你爷爷那里，你爹那里，都不会同意你娶楝花。娘这是先斩后奏，等生米做成熟饭，他们同意也得同意，不同意也得同意。娘这次是违了妇道，坏了家规，娘心里也不好受。可你是娘身上掉下来的肉，娘不能眼看着你跳火坑，你得听娘的。你小姨可怜，早早就死了男人。世界上的人像是都死绝了，没有一个帮衬她。她的大伯哥小叔子还挤对她，为的是她那几间破房子。楝花也可怜，小小年纪就没了爹，千人欺负万人白眼。你姨就我这一个姐姐，就我这一个亲人，我再不帮她，我就不是人了，也对不起你死去的姥爷姥娘。"

"娘，我都懂，都懂。"孙振文突然想起爷爷说过的**"戏里戏外，他总在戏里"**，身子猛地缩了一下。

"还有，你小姨专门找赵老师算了一卦。赵老师推算你俩的生辰八字，他说是老天爷的安排。你们俩在一起，能够互相补命提气，改时换运。"

趔趔趄趄地走到北落星小姨家的时候，孙振文几乎冻僵了。

屋子里比外面温暖不了多少，但满屋的喜庆让所有人的脸上都开出了花，或像雏菊，或像玫瑰。

"振文，今天没有大场面。你以前见到的那些气派铺张的结婚仪式，咱没有，只有娘和姨，为你们主持大婚。你不能后悔。"娘说。

"我不后悔。"孙振文拍打着身上的雪。雪片落在地上，想起什么似的愣上片刻，慢慢融化，如谁刚刚落下的泪。

"那好，你小姨早就买好了蜡烛和香，咱们点上。我为你们兄妹俩主持婚礼。"黄珊珍把自己的衣服扯平，又帮妹妹扣好棉袄上的扣子，然后上下左右打量着楝花的大红袄，"好，好，像个新娘子。"她把妹妹准备好的红方巾盖在楝花头上，"我们家小业小，喜庆劲儿无论如何都不能小。"

"一拜天地。"

黄珊珍喊。声音有些颤抖，却也算洪亮。孙振文牵着楝花的手，拜下去。

"二拜高堂。"

黄珊珍喊完，便迅速坐到八仙桌旁边的椅子上。样子急促，显得有些滑稽。黄珊珠没有跟上，她便用手势招呼她："快坐快坐。"

黄珊珍看见妹妹的泪刷地流了下来，成了线，成了河，然后成了海。多少年的苦与难，似乎都随着这两行泪水，倾盆而出。

"夫妻对拜。"

两个年轻人抵头而拜。

"再入洞房。"

眼看着两个孩子进了堂屋的东间，黄珊珍、黄珊珠姐妹俩抱头痛哭。

"妹妹，咱不哭。今天是孩子们的大喜日子，咱不能哭。"黄珊珍说。

"我没哭，姐，我没哭，我是高兴。我想咱娘，她把咱姐妹俩扔下，就一个人走啦，什么事都不再管咱们。冷了热了，病了灾了，都得一个人担着。我觉得委屈。"

"委屈啥？孩子们都长大了，苦日子也熬到头了。"

"可苦日子哪有头啊。楝花这一走，我一个人更难。咱俩就这样让两个孩子偷偷摸摸地拜了堂，我觉得就像小孩子摔泥巴听响一样。一辈子一次的婚结成这样，我心里难受啊。咱姊妹俩欠他们哪。"妹妹黄珊珠压抑着哭声，胸腔被堵得几乎爆裂，"俺姐夫他家都还不知道这事。你们回去后，怎么开口给他们解释啊？还指不准会乱成啥样。"

"天塌下来有地接着，怕啥？孙家班虽然不是大家大户，可还算是知书达理的人家。事情到了这步田地，咱再担心也没用。只要将来孩子们能过得好，堵上他们的嘴，这婚结成啥样又咋的？走，咱去西间的床上说话。"黄珊珍搂着妹妹，穿过破旧却干净的门帘。这门帘脱落了原有的颜色，变得如山水画的皴法般随意。因为满屋子的红色，此刻似乎脱去了平常日子的寡淡，扭捏间竟有了一些生气。

孙振文掀开妹妹的方巾盖头，捧着她的脸。楝花的脸红润着，既有刚扒开瓜子的俏美形状，又鲜嫩和红润；眉毛如春柳的梢叶，娇嫩得一弯即折；眼睛盈满了月亮的光，澄净得让人心碎；鼻子害羞地挺着，两个小小的鼻孔呼出的香气若隐若现；嘴唇不薄不厚，唇线弯曲着向上微翘，时时都给人一种微笑的感觉。孙振文觉得表妹的喜人模样，只有唱过的戏中才有。

"楝花，从今天起，你就是我的女人了。"孙振文说。

楝花点点头。

"你要跟我回赵家堂，跟我过日子，生孩子。生个男孩儿跟我学木偶戏，生个女孩儿就得像你一样漂亮，学诗书，做针线，帮着我做人子。等我哪天再发烧生病的时候，你要像那年一样，给我用毛巾擦，用凉水洗。那年我九岁，你才五岁。你可能不记得了，我还记得。戏文里说，滴水之恩，当以涌泉相报。那时我就想，一定要让你做我的媳妇，让你一辈子照顾我。"

楝花点点头。

"还有那次练功，我从舞台上摔下来。摔坏了脾，大出血。小姨带你去看我，医院里因为没有合适血型的血，正愁着呢。路上走得太急，你和姨的脸上，满是汗。湿气晃来晃去，我看到你的脸，和你带着哭腔的表情。你撸起袖子，让医院验你的血。你太瘦了，胳膊细得扎不进那根粗针。你让小姨告诉医生，我们是兄妹，应该能行。那时你只有十岁，我不知道你哪来的勇气。一定是老天爷的意思，我们的血型竟然能够匹配。你的血流进我的血管，我就感觉你和我成了一个人，你在我的身体里，成了一条游来游去的小鱼，我活了下来，你也变成我的一部分，陪着我一起学戏唱戏，随着我一起长大。我感觉你就在我的身体里，不信你摸摸，哪儿都有你的影子。"

楝花的手紧紧地抓住孙振文，指甲几乎掐进他的肉里。

"你知道吗？你娘，也就是我小姨，她说，如果我不要你，就没有人愿意要你了。你会嫁给一个瞎子、一个瘸子，或者满身臭味、脏乎乎的老头子。他们会打你、骂你，不把你当人看。你会吃一辈子苦，吃一辈子的气，受一辈子的欺负。姨一这样说我就想哭，我受不了你变成那种样子。我给姨说，我绝不会让你受别人欺负，谁都别想。我们俩就是一个人，我的身体里流着你的血，我们骨血相连。你再不能说话，再可怜，我也要牵着你的手，慢慢地走，走一辈子，然后照顾你一辈子。这一辈子，我就让你欺负我。我要给你唱一辈子的戏，说一辈子的好话，就算你什么也听不见，我还是要一句话一句话地说给你听，唱给你听。要是连我都不跟你说话了，就没有人给你说话了，你就会一辈子一个人，像被扔掉的人子，孤独无靠。如果真那样，你就会像墙上的一块砖，或者野地里的一棵树，眼睁睁看着别人快活，所有的人来人往都与你无关。如果真是这样，我会受不了，会死。

"我娘还说，你看楝花多懂事，她从不大哭，从不大叫。就连笑，也是收着的。她说，这才是大家闺秀的样子。我知道你害怕自己出声，那声音会吓到别人，可吓不到我，我愿意听。我知道那声音是带着苦味的，就像楝子树开着的花，结出的籽好看，好闻，却苦着。这苦给不得别人，就给我，我愿意。

"楝花，爷爷和爹不会同意我们的婚事，娘才让我们走了这条道。结婚是两个人的事。爱是一个人的追求，有时至多能被一个人理解，就是那个他爱的人。或者这一个人也不明白。别人的眼光都是刀，挨不到身上，是割在心上的。你要懂，也必须承受。"

孙振文边说边流泪，楝花的泪也是哗啦啦地掉。无论楝花怎样流泪，她都瞪大眼睛盯着孙振文，她不想落下孙振文说的每一句话、每一个字。

蜡烛燃尽了，孙振文点上煤油罩子灯。火苗很小，孙振文拧开关的手一抖，火苗又猛地蹿了老高。新房里弥漫起柴油的味道。

"这辈子，我们都要这样面对面地说话。如果我侧过脸，你就不知道我在说什么了，你一定要把我的脸再扳回来。"孙振文说。

楝花点点头，泪噗噗地掉在大红的棉袄上。

"这辈子，我要等着你先睡。我先睡就没人陪你说话了。"

楝花继续点头，泪湿了棉袄一大片。

"我知道你害怕黑。这辈子，只要黑了天，我们的灯就要一直亮着。哪怕我们都睡着了，也不能吹灯。吹了灯，夜里你想看我的时候，就看不到我了，如果我说梦话，你就不知道我在说什么。"

楝花还是点头，泪水浸湿了他们的被褥。她突然转过身，趴在床上抽泣，声音压得很低，枕头捂住了脸。

孙振文从背后把楝花抱起来。

楝花摸着孙振文的胸口，手指来回摆动。

"楝花，我知道你想问我说的是不是真话，将来会不会后悔。楝花，从今天起，你就是我的一切，生死富贵都是我们两个人的，我对着泰山起誓。"孙振文起身，朝着东北方向磕了一个头，继续说，"你往窗外看看，刚才还下着大雪，这会儿天上露出了月亮。月亮让这红纸照的，也成红的了。这红真好看，花一样艳，像飘着的火苗。奶奶说过，看到红月亮的人，是天底下最有福气的人。有的人，一辈子看不到一次红月亮。我相信天底下的月亮，这会儿都是红色的。"

楝花点头，指了指自己，又指了指孙振文："我们就是天底下最有福气的人。我要给你生孩子，要生九个男孩。加上你就是十全十美。你们爷儿十个就能演一台大戏了。"

"那你就是我们的女王。我要领着九个儿子,天天给你请安。"

楝花掩嘴笑过,依在孙振文怀里,挂在腮边的泪慢慢变凉。楝花把手指轻触在孙振文的唇上,只要孙振文一想说话,她马上起身,看他在说什么。

雪在地上铺成巨大的反光镜,将整个夜照得如同白昼。孙振文看到窗台上有两只麻雀,偎依着,"你看,多像我们俩,这么晚了还不睡。"

楝花点点头,双手搭在一起,然后抱起双肩,对孙振文比画说:"它们也在找自己的家。它们,冷吗?"

窗棂将月光隔得散碎,楝花伸出手,不知道自己触摸到了什么。

夜真短,恰如世人喟叹不已的青春。

孙振文偷偷娶亲的事,像冬天里的惊雷,几乎把赵家堂炸成碎片。

赵家堂的大街小巷,各个胡同口,站满了疑惑不解的人,他怎么能娶一个哑巴?也有幸灾乐祸者:"呵呵,热闹了,这孙家班的人就是和常人不一样,这才是戏。这回,看大队书记还有什么能耐吧。"

孙振文的哑巴表妹赵家堂不少人见过,她从小就在姨家玩耍、过夜。见过她的人记住了她的聪明漂亮,对她的先天缺陷,也大都惋惜,然后便是一声叹息。

孙家乱套了。先是老爷子孙培山大发雷霆,怒吼着要把孙云福一家都赶出去,接着就是孙云福一头栽下去,中风之后昏迷,再也睁不开眼。

孙振文领着楝花准备进家门的时候,振武挡在门外:"爷爷说,只要你不把这个哑巴赶回北落星,就不让你进家。"

孙振文想推开振武的胳膊,硬往里闯。孙振武的整个身子往门中间一站,任孙振文怎么推,他都纹丝不动。

黄珊珍进家不久,就抹着眼泪出来了,怀里抱了几床被子:"咱走。"

孙振文跟着母亲到了村东头的破旧瓦房里。这三间房子是地主宁洪界祖上的祠堂,破"四旧"的时候被生产队征用,成了放杂物的储物间。年久失修四处漏雨之后，生产队拿不出钱维修，卖给了孙家，成了孙家班学徒们临时安身的栖息之所。

虽然低矮破旧，毕竟是家啊。振文和楝花并没有显出多少沮丧，反而更加兴奋。他们帮着母亲把房子打扫得干干净净，漏风的地方用泥土糊上，土炕上铺上了厚厚的干燥的麦秸，娘仨儿把几床被子分开，有铺有盖，算是有了一个可以睡觉的地方。接着就有几个学徒，送过来一套锅碗瓢盆。

"娘，爷爷这是真不让咱回家了？"孙振文瞪大了眼问。

"咱不回家不要紧，可你爹还躺在床上不省人事。谁能伺候他啊？"黄珊珍放声大哭。

"扫地出门，戏里最绝情的手段。呵呵，爷爷用到咱身上了。我得去找爷爷理论理论。爷爷一直说，要我把孙家木偶传下去。这会儿怎么变卦了？"孙振文越发意识到问题的严重性，"楝花，你懂不？"

楝花的泪早已经像六月天屋檐上流下的雨。

孙家班的大门对他们娘仨儿，紧紧地关闭了。对赵家堂的人，也关得严严实实，无论谁去，都要先敲门。

孙家班还有演出，越是春节前后演出越多，却没有了孙振文的角色。

孙家班还要去汶河边练功，大都是老二孙云禄领着，不见了老爷子孙培山，也没有长孙孙振文。

年三十一大早，黄珊珠怕姐姐和两个孩子不能回家过年难受，便来叫他们，让他们一起去北落星："哪里的火鞭点不响，哪里的香火不拜神？离开孙家的屋当门儿咱就过不去这个年？"

"我们一拍屁股走了不要紧，可你姐夫还在病床上。病好没好，是死是活，我都得守着啊。"黄珊珍流着泪，说。

"孙家不是不用你伺候吗？"

"那更让人揪心啊，哪个人能对他用实心眼？"

妹妹黄珊珠便留下，四个人一块包起了水饺。黄珊珠问："姐，这水饺馅你是不是没放油啊？盐也少了些。"

除夕之夜，马传旗喝醉了酒，扛着枪来到孙振文娘仨儿住的地方，说是要打死楝花，把楝花吓得哇哇乱叫。马获亚寻声找来，把她爹拉走，然后对孙振文说了一句话："我恨你，咒你一辈子死。"

鞭炮声渐渐响起，此起彼伏。以往的除夕之夜，孙振文都要领着一帮兄弟姐妹，给爷爷奶奶、叔叔大爷们磕头，拿上三分五分、一毛两毛的压岁钱，过了年便又买鞭炮听响了。大人们都说，傻瓜蛋买炮，聪明人听响。孙振文愿意当傻瓜蛋，那瞬间的快乐，就像是缭绕的火药味，从鼻息渗透到心里，久久不散。

"振文，这大过年的，你不能一直哭丧着脸。戏文有人教，教不会家长里短。戏里的人都在唱，戏外的人跟着哭。戏都是用来骗人的，日子才是人过出来的。这戏，骗不骗人不要紧，要紧的是人只要活着，再苦再难也得唱着活，唱着过。人要活得比戏更好看，更有滋味。"黄珊珍从口袋里掏出一个被叠成小方块的手绢，一层一层展开，里面全是一块的钱，"振文，你成家了，娘把这些钱给你。以后你要撑起这个家，要开始算计着过日子。"

"娘，钱我不要。我可以多干活，多挣钱。活我干，家你当。"孙振文站起身，"您老人家刚才说得对，人越是苦越要唱，要把苦唱成甜。今天过大年，我就狠狠地来一段。我刚从别人那儿学来的，不是孙家班的，叫《锔锅》。听不听？"

楝花最先鼓掌，手掌拍得稀里哗啦。

"听，干吗不听？"黄珊珠说。

"听好，开唱了……"

> 古娄（唱）：老汉我古娄本姓张，别人叫我小炉匠，学了一身好手艺，赚个小钱度时光。人人都往天桥上走，唯独我古娄最风光，弯腰挑起枣木担，抬腿来到王家庄。王家庄有个王员外，他有三个俊姑娘，老大跟了个没毛的，老二找了个溜蛋的光，就数老三还较好，四下里有毛当中间里光。走到街上我停住脚，把挑子放到地当央，这里开口喊一句，锔盆子锔碗锔大缸……

王大娘（唱）：王大娘我在堂屋里坐，忽听门外叫嚷嚷，三步并作两步走，转眼来到大门上。双开的大门开单扇，一扇遮住花衣裳，手扶门框往外看，看见街上的小炉匠。叫声古娄你别走，有件活路要商量，今天你来得真是巧，俺可有活让你忙，早上摔了咸菜盆，晌午又打了腌菜缸，这些活落让你干，不知你细活怎么样？

古娄（唱）：叫声大娘你别着急，金刚钻专扑拉大瓷缸。

王大娘（唱）：叫声古娄说个价，价钱高低当面讲。

古娄（唱）：不说多，不说少，铜钱给俺八十双。

王大娘（唱）：不多给，不少给，给你二十个铜钱买麻糖。

古娄（唱）：钱多钱少开个市，锔你的菜盆咸菜缸。锔着盆子抬头看，仔细观看王大娘，尖嘴下巴瘦长脸，两眼有神放光芒，顺着裤腿往上看，看到大娘的大裤裆。眼乱看，心乱想，歪了锤子砸了缸，一遍小活两遍做，多锔锔子又白忙。

王大娘（唱）：菜缸越锔缸越坏，你这匠人不内行，不会干活别揽活，免得四邻都遭殃，要想没事也容易，趴在地上叫干娘。

古娄（唱）：心里咒骂恶婆娘，占我便宜不应当，你我年龄差不多，找准机会再算账。

王大娘（唱）：你顺便给俺干个活，活干完了再算账，俺家屋山裂了缝，不知你能否给锔上。

古娄（唱）：她今天故意难为我，我可不能太窝囊。大娘的屋山裂了缝，你锔单趟锔双趟？锔子小了别嫌小，锔子大了别嫌长，这个小活能干好，大门小门我都锔上？

王大娘（唱）：听了古娄一番话，辣椒不大辣心肠，叫声古娄你别生气，大娘给你说个热闹汤。

古娄（唱）：今天的活落已干完，锔了菜盆锔了缸，改天再锔屋山缝，锔到大娘的心眼上。古娄转身就往外走，回家吃饭是正桩。

楝花站起身，两条胳膊伸展，上下翻飞，两只脚一实一虚，在屋子里没有节奏和旋律地旋转，嘴角弯得像年夜饭的水饺。她在给孙振文伴舞。

孙振文见母亲和小姨还是不高兴，有些失望地坐下来，一言不发地望着火盆里的火。

"这锔匠真厉害。要是他能锔好人心，锔出好年月来，该有多好。"黄珊珍说。

孙振文知道，娘和小姨以前都是上过私塾的。姥爷家里没有男孩，只有他们姐妹俩，姥爷是村子里第一个让女孩子读私塾的人。直到现在，四书五经都还是她们嘴边的话，时不时就会冒出几句。

"春打六九头，过了年就开春了。一切都会好起来的。"孙振文扶着娘的膝盖，说。

"你爹这一病啊，天都变了。怎么会好？"话音未落，眼角已经湿了。

楝花做了个齐眉上香的手势，指了指天，然后把手捂在胸口。

"楝花说，老天爷会保佑爹的病好起来，她会天天给老天爷烧香。"

谁家新年的钟声响过，那声音如此弱小，被无力地淹没在震耳欲聋的鞭炮声中。

孙振文听到一个受潮的鞭炮，哧哧哧地旋转着，发出委屈的声音，然后颓然停住，不知落在何处的角落。

一个鞭炮的空壳，似乎离自己很近。

孙振文突然跑到屋外，大声对着天空唱："开春喽——"

赵家堂的所有鞭炮声，都变成"开春喽"的腔调，盘旋不散。

5

春天如同少女们鼓胀的青春，一切都是暖的。

春天的脚步总是迟缓，尤其是对那些渴望温暖的人来说。

孙振文和母亲天天去打听父亲的病情，走到门口，要么看到紧闭的门，要么被人挡了回来，听到的只有一句话，"好着哪。"

惊蛰那天，孙家大门上挂出了纸幡，孙云福睡去便再也没有醒来。

四十岁的大儿子去世，让老爷子孙培山的头发一夜之间全白。他呆呆地坐在太师椅上，说不出一个字。

孙家班塌了半边天。

黄珊珍双手捂着脸哭："俺的娘啊，俺的亲娘，天塌啦，俺娘俩可怎么活啊？"

孙振文看到娘的泪从指缝间流出，像汶河里的水。他突然觉得，自己和孙家、和爷爷、和木偶戏，再也没有了任何关联。只有村东头的那三间破草房，才是自己最终的归宿。他觉得不是自己的婚事逼走了父亲，而是爷爷和几个叔叔的绝情，让父亲阴郁而死。父亲得病后的这么多天，他们竟然没有一次让他走进大门，在父亲床前尽孝。孙振文心里充满怨恨，握着的手指叭叭作响。

简单的追悼会，简单的出殡仪式。孙家班似乎被抽走了所有的心劲儿。

最得意的是马传旗，他咚咋咚咋地跑里跑外，吆三喝四地操持孙云福的丧事。他还极力说服公社书记郭敬连，让他在追悼会上致悼词。

孙云福当大队书记的时候，孙家班没有演出便去练功，一样记着工分。马传旗做了大队长，一切都不一样了。县里或者公社有演出任务的时候，孙家班就去演出，没有任务就要回来参加生产队里的劳动。

孙家班是不是出去演出，仍然与孙振文无关。

去年冬天没有完成的月牙河引汶干渠工程，成了今年春天的重点项目。公社天天督促进度，县里也要求在四月底之前，必须完成。

孙振文母子成了生产队里出工最早的人。楝花只有十四岁，还不够出工的年龄。孙振文虚岁已经十九岁了，可以按整劳力计算，生产队却只按半劳力记工分。

为了赶进度，生产队按小组分任务，完不成的不能吃食堂的大锅饭，晚上不能回家。没有人愿意和孙振文母子一个组。生产队便把一个组的任务给了他们母子俩。

那些晴天英雄、雨天狗熊的破土烂泥，成了孙振文最大的敌人。为了让母亲少干点，孙振文必须尽可能地多干。原本瘦弱的他，因为营养不良，越发黑瘦得成了一根麻秆。回到家，母亲抚着他手上磨的血泡，抱着他哭，楝花也跺着脚，泪流不止，然后比画着要一起来干活。孙振文一句话不说，静静地躺在床上。孙振文知道，他必须把泪藏起来，藏得越深越好。父亲走了，他就成了这个家里的顶梁柱，就是娘和楝花眼里的天。他使劲儿地挤出笑容，像榆树的老皮："娘，楝子树快开花了，开了花就到了楝花的生日。你是不是应该给她买个礼物？不，应该买三个。"

"为什么买三个？你又不过生日。"黄珊珍问儿子。

"你既是婆婆又当娘还当姨，你一个人顶三个角儿，怎么能不买三个？"

楝花拍拍手，点点头，竖起大拇指。

孙家班的学徒小顺子敲开门，送进一袋白面："爷爷让送来的。"

一家人沉默着。

"我们不要，拿走！"孙振文突然站起来，大叫。

黄珊珍把儿子按住，然后问起小顺子，老爷子身体是不是好，心里是不是舒坦些了，是不是还能吃得下饭，饭量多少等等，然后打发小顺子走了。

"娘，等楝花生日那天，我要在咱家院子里栽一百棵楝子树。房前屋后的空地，全都栽上。"

"栽那么多干吗？"

"一百这个数是有讲头的,就是长命百岁的意思。我想让老天爷开开眼,让咱一家人都长命百岁。我喜欢看着楝子树开花,喜欢那种甜甜的香味,有点像……楝花身上的味道。"孙振文指了指楝花,楝花羞得满脸通红。

"你这孩子,年龄大了,心还没长大啊。楝花这小妮子,小小年纪,竟然知道给男人灌迷魂汤了。"

楝花双手摆着,跺着脚,诉说着故意的委屈,撒娇。

孙振文累晕在工地上的时候,孙家班掌门人孙培山终于出面了。他让人把孙子接到了老宅里。

孙振文喝下大量的红糖水,慢慢醒来。睁眼最先看到的是爷爷满头的白发,像堆积的雪,然后便是泪,慢慢地从眼眶中渗出,浑浊,如渗着血,一滴,两滴,嘴唇抖动,胡须像干枯的草。

爷爷背过身,站着,后背深深地弯过去,背着的手抖着。

"你撕碎了爷爷的心。你对不起你爷爷,对不起你爹,对不起孙家班,对不起那些能哭能笑的人子,也对不起你自己的将来啊。"孙云禄一声长叹,说,"你爷爷天天晚上到你们家房子后面转悠,一转就是大半夜,回来就哭。你爷爷的眼快瞎了。"

"爷爷……"孙振文所有的委屈全部喷涌出来,化作泪水和呜呜的哭声。

泪眼中,孙振文看见几个叔叔都在。

泪水过后,孙培山让孙振文坐在自己旁边,开始说话:"今天咱祖孙三代,爷儿五个,也算开个小会。街坊邻居们都说,这孙家班完了,木偶戏完了。今儿个我把话撂这儿,只要我还活着,孙家班就完不了,孙家班永远完不了。不但完不了,孙家班还要进省城,演成全省全国的孙家班。"孙培山稍一停顿,眼眨着,放低了音调,"今天济南来人了,要把孙家班和原来的皮影剧团合并。我给他们说了,合并可以,只能叫济南市木偶皮影剧团,绝不能叫皮影木偶剧团,木偶要放在前面,永远放在前面,放在第一位。这一到济南,孙家班就成了公家的,你们就有了吃有了喝,剧场大了,路也宽了,就有了奔头,有了前程。孙家班从要饭开始,一步步走到今天,这样一个结局,也不枉我一生心血。"

"当时县里成立豫剧团的时候,我们为什么不去?"孙云禄突然发话。

"县里成立的是豫剧团,我们去了搁哪儿?你娘都听得出的话,你竟然听不懂。"孙培山摇着头,然后用袖子擦了擦眼角。

"济南那边,把咱们全部收编?"孙云禄问。

孙培山再次摇头:"唉,我就是愁这个啊。他们只要七个人,他们明白七个人就可以演大戏。这孙家班多出来的人,谁去谁不去啊?"孙培山稍一停顿,"老二,要不你说说,想让谁去?"

"爹怎么定怎么是。"孙云禄笑了笑,"要不,听听老三的意见?"

"只要让我去,我不管别人。"老三孙云祯说,"要不,让老四说说?"

"只要让我们两口子都去,其他人我也不管。"老四孙云祥说。

"云福这一走,让我觉得夜长了,长着长着我就老了。如果他在,济南再好我也不让你们去。丑妻薄地热炕头,有戏唱着,有饭吃着,一家人热热闹闹团团圆圆,多好。可现在……"孙培山再次擦泪,"我老了,不中用了。这孙家班,我就交给振文掌管。"老爷子把几个人又看了一遍。

"什么?让他掌管?"老四最先发问,"大哥没了,二哥掌管才对。"

老爷子好长时间没有说话。

时间停滞。所有人的脑子都在转。

孙培山咳嗽了几声:"老二,老四刚才的话,你怎么看?"

孙云禄坐在凳子上,两个大拇指转过来绕过去,一会儿正方向,一会儿反方向,却不说一个字。

"振文确实年轻了点。可作为长孙,他必须掌管孙家班。"老爷子的声音坚定有力,不容反驳。

"长子长孙就这么重要?"孙云禄的声音不大,却满是反抗的力量。

老爷子孙培山把手中的紫砂壶举过头顶,迎着阳光翻来覆去地看,然后轻轻放下。他又把壶盖提起来,顺着壶口的边沿来回磨着,脆脆的响声,夹杂着茶的淡香,弥漫开来。

"老辈的规矩，破不得。长子长孙就是毒药，也得一口一口地喝。何况振文的天分、唱功，对孙家木偶的琢磨、理解，你们兄弟几个学一辈子都学不了。"孙培山长出一口气，"我今天也借这个机会，提醒你们几个，到了济南，孙家班只有一个掌柜的，这个人就是孙振文。有事你们要帮他，不能拆他的台。如果有人不按我的意思办，我会带着家法去济南教训你们。当然，有些事，振文也要多跟几个叔叔商量、请教。"

"爷爷，我做不了班主，也不想去济南。"孙振文想起楝花，想起娘，心里七上八下地打鼓。

"振文，我知道你是舍不得你娘，舍不得你那个表妹。爷爷的话你要记住，儿女情长会耽误你，弄不好会害了你。你已经错过一次了，这次的路，千千万万不能再走错。"孙培山的话掷地有声。

孙云禄把茶碗蹾在桌子上。

"云禄，如果你不愿意去济南，没人强求。你现在还可以再拉一个戏班子，自立门户，但你不能叫孙家班。孙家班从今天开始，就是孙振文的。如果再有一丁点儿的不服气，对振文有一点的为老不尊，看我如何使用家法！"老爷子指着二儿子说，手指颤着。

门被推开，进来的是大队书记马传旗。

马传旗一条腿跪下去："老爷子，无论如何，孙家班要把荻亚带上。你就是我的再生父母。"

孙培山看了孙振文一眼。

孙振文点点头。孙振文以为，带上马荻亚，可以结束孙家与马家的所有恩怨。但他没有想到，他一生的磨难，竟是由此开始。

孙家班离开村子去济南的时候，楝花哭了一夜。孙振文一遍遍地说："楝花，你知道我不愿意走。"

"我知道。"楝花点点头。

孙振文用了三天的时间，才把一百棵楝子树栽好，浇了三遍水，又培上了土家肥。

阳光透过斑驳的树叶，一点一点地落下来，浸染上翠绿的颜色，随风飘移，如汶水波纹闪烁的光点，又像是水中谈情说爱、相互追逐的鱼，浪漫得如同交响乐的柔情前奏。

楝花没有感觉到，这些树会带给她什么样的希望，她只看到振文的身影在一棵棵树前躬下去，像一个虔诚下跪的信徒。

汽车就等在村口，人子装了满满一卡车。

孙振文抱紧爷爷，头抵在爷爷的下巴深处。他听见爷爷说："爷爷老了，只能指望你了。无论如何，不管多难，你都要把孙家木偶传下去。你是长子长孙，这是你该做的。"

孙振文点着头。

孙振文直视着楝花："楝花，自从娶了你，每天晚上我梦见的都是宽阔的马路，是一条条的光明大道。相信我们以后的日子，一定会越过越好。明年楝子树开花的时候，我就回来看你，咱家的院子里一定会香得让人飘起来，咱就躺在那些花香中睡觉。记住我昨天晚上说过的话，别说是去济南，就是天涯海角，我也会回来的。就是我死了，我的魂儿也会把我的骨头，完好无损地给你送回来。"

楝花做了一个掌嘴的动作，不让孙振文再说下去，然后死死地抱住孙振文。

汽车启动，卷起漫天尘土。

孙振文拉住车门，摆手，所有的亲人都已模糊。

归家的路，走近一步，都是天堂。

出门的路，走远一寸，都要断肠。

大观园

1

孙云禄和孙振文坐在一辆破旧的、老式解放汽车的车头里,和司机并排,孙云禄坐中间。三个人略显得有些挤。

五月,大田里的麦子,悄悄藏起浪漫的心事,画出扇形的弧面,像汶河里一条无声无息的春波,一层一层荡去,荡成春天在温暖阳光下的生动模样。路旁的树,一棵追着一棵地向后跑去,把汽车甩成倾斜的角度。这是孙振文第一次坐汽车,新鲜,四处张望,似乎忘记了离别之苦。他努力地记住掠过眼底的这些景象,如同一场美丽的梦境之后,要努力记住其中的某些细节。

"振文,咱俩丑话说在前头,到了济南,你还是得听我的。"孙云禄说,"这破车怎么慢得像牛车?"

"噢,为啥?"孙振文正在看路旁的一头黄牛,牵它的是一位身材与楝花差不多的小姑娘。小姑娘的手轻轻挠着黄牛的脖子,挠一会儿便与它低头说着什么。车一闪而过,孙振文的目光一直追着黄牛和小姑娘。"爷爷说我是孙家班的班主。"

"你爷爷有你爷爷的想法。他说让你把木偶传下去,说的是在赵家堂。现在我们是去济南,是大城市,是省府。你去过济南吗?你知道大观园在哪里吗?"孙云禄两手摊开,一摆一摆,眉头拧成铁疙瘩,问。

孙振文摇头。

"在我很小的时候，我就跟着你爷爷去了济南。那时你爹七岁，我五岁，一待就是十年。我记得一清二楚，孙家班在新市场民乐茶园驻场献艺，那个时候我就和大人们一起，收拾人子。自从你爷爷把木偶戏从单个的人子，变成多个人子同台表演，增加了京胡、板胡、锣呀镲的伴奏之后，木偶戏一下子火了，火了济南整整十年，孙家班成了全国闻名的木偶戏班。我从十岁开始就登台演出，没有唱过花旦，但武生戏我演得好啊，小小年纪就能把大刀舞得噼里啪啦。不是二叔吹牛，孙家班在济南闯出一片天地，也有我的一份功劳。"孙云禄似乎沉浸在回忆之中，脸上露出得意之情。他稍一停顿，继续说，"到后来，日本鬼子攻进济南，你爷爷带着孙家班连夜出城。那年我十五岁，你爹十七岁。你爹回来后就娶了你娘。炮火炸毁了拉人子的马车，大大小小的人子被炸成了花花绿绿的碎片，追着风跑，跟车的朱师傅被炸死。他家是北落星的，和你姨家一个村。你爷爷赔了人家十块大洋。"

孙云禄把头往汽车的前玻璃上凑了凑，想看看太阳到了什么位置。他眯起眼，嘴里吐出的气息变得急促，嘴唇上下的节奏也明显快了起来："日本鬼子进犯之前，那大观园是何等热闹，商铺一个接着一个。当时有个说书的，编了这样一段山东快书，二叔给你学学啊：当里个当，当里个当，闲言碎语不多讲，咱今天大观园里论短长，店铺一个接一个，名字挂在正当央。它们是：当铺票号、布匹绸缎、干鲜果点、杂货海鲜、电器瓷器、新旧书籍、修鞋插花、烟酒糖茶、算命照相、食楼酒吧、钟表眼镜、国药镶牙、文房四宝、新旧字画、台球健身、理发拔牙、劝业场、拉洋片……那真是古今中外样样有，天南地北满眼花。"

孙振文刚想说话，就被孙云禄打断："别慌，还有：赵家干饭铺、清真马家馆、狗不理包子铺、潇洒大观楼比着吃，比着香。几个剧场相继开张，京津沪的名角比着来，比着唱。后面这些就是二叔编的了。我再给你数数唱戏的都谁来过，京剧演员孟丽君、孟丽蓉、韩少山、陆少楼、耿永奎，在当时都是响当当的人物。京韵大鼓满天红郑蝶影、单弦王何芝臣更是千金难求。马三立、刘宝瑞、白全福、郭全宝一大堆相声名角，到大观园笑说生死，坐看浮云。这种天天有曲儿时时有戏的景儿，都被日本鬼子的战火毁了。所有的戏班子戏园子，都当了日本鬼子的炮灰，说散就散了。"

"这是说书的说的吗？不过，二叔这种爆料豆子的本事，也快比得上说书的了。厉害啊。"孙振文调侃着，"啥时候咱爷俩儿换换口味儿，来段相声？"

孙云禄拍了拍胸脯，嘭嘭嘭响过三声："相声算啥？二叔厉害的东西多了，区区一个小段还能把我咋的？咱不是吹，二叔是能文能武，文能定国，武能安邦。我跟'一撮毛'刘仲山学过飞叉你信不信？一撮毛每次表演，大观园里都是人山人海。他在飞叉上套着两个铁环，飞叉在腿上、胳膊上，上下左右来回滚动，哗哗啦啦响声不断。有看热闹的，有看门道的。我年纪虽然小点，可玩起飞叉来绝对不比他的几个徒弟差。要不是你爷爷不让我拜他为师，说不定我也成了武把式。我和他的三徒弟刘飞龙，偷偷结拜成了结义兄弟。龙哥老家是济南商河，从小就没有爹娘，是刘师傅把他养大，当儿子一样看待。刘师傅所有的绝活绝技都教给了他。刘师傅的大刀，那真叫绝，举能擎风，落能断水，济南人称他为江北第一大刀，和咱的江北第一木偶一样有名气。唉，想想，人就是吃那碗饭的命。振文，你一定要听我的，那时我跟着你爷爷去济南，是为了谋活路，路途艰险，生死难料。这次去，早已没有性命之忧，可同样不能马虎。无论到什么时候，一个戏班，一个演员，都是人下人，十个戏子九受穷，剩下一个喝北风。咱是一家人，一家子不说两家子话，更不能做两伤的事。咱这是背井离乡，到别人地盘上讨生活，一家人必须摽起膀子干。孙家班不是你的，也不是我的，孙家班就是孙家班，谁当班主都是孙家班。与济南的皮影戏合并，是从人家嘴里争食，他们会扳门框的。我以前对济南熟，现在已经是人生地不熟。可话说过来，不熟又怕啥？咱总还有几个拜把子兄弟，关键时候他们一定会为二叔出力的。如果我们孙家班起了内讧，吃亏的还是我们。"

"我明白了，二叔。"无论孙云禄怎么解释，在孙振文看来，以前二叔是和父亲明争暗斗，只为争个谁说了算。父亲现在去了，又反过来和自己争。且去争吧，我才不管呢，我只要把孙家木偶传下去。孙振文心里想。

半天过去了，不知楝花怎样了，那两颗说掉就掉的泪，是不是还在脸上挂着。如果那泪换成珍珠，也一定是最好的夜明珠，垂在腮前，多美。唉，我这个苦命的媳妇，不能说话，不会认字，终究是要牵挂一辈子了，孙振文想。她和娘在一起，吃饭没问题，婆媳相处更不会出问题，姨就是娘，婆婆更是娘。楝花从小就喜欢和娘一起住，出不了一个月，她就跟小姨闹着要来找振文哥哥玩。这些事过去了那么多年，现在想来，仍然如同昨天。

赵家堂到济南，二百多里路，对楝花，太远。

孙家班到济南之后，被安置到大观园西邻的一处民宅，典型的济南四合院。孙云禄一个人住正房的东间，西间安了两张小床，振武和学徒六指一人一张。东厢房是老三和振文住，西厢房是老四两口子住，正南的过屋一间给了马荻亚，一间留给未来的门房。六指姓朱，是在日军战火中被炸死的朱师傅的孙子，与振文、振武年龄相仿。虽不算聪明，但因右手是六指，操作起木偶来反倒多了个支撑点。老爷子孙培山念着旧情，让孙家班把六指带到济南，说好了不占国家给的七个人指标，工资比照振文振武，由孙家班额外支付。至于马荻亚，在七个人员之内，能不能做成孙家的媳妇已经成了旧事，只要有一副好容貌、一条好嗓子，在济南，总会有比振文强上几倍的人。这些话，在孙家班临行的头一天，孙老爷子给这些人、给马传旗交代了个清楚。马传旗千恩万谢，说当牛做马也要为孙家班效劳，完全一副跟宁义山当土匪时的贼眉鼠眼与海誓山盟。

济南市文化局的通讯员来通知，要求孙家班全体人员，第二天早上九点，到大观园的大同剧场报到。

时近中午，孙云禄让孙振文招呼所有人，到大观园西北角的陕西面馆等他。起脚包子落脚面，他要请大家吃面。孙振文弄不清楚二叔怎么能知道西北角的陕西面馆仍然存在，暗地里开始佩服他闯江湖的本领。

大家刚刚坐下，孙云禄便领着一个人进门。此人穿着旧的灰色长袍改成的褂子，颜色很淡，再洗一水就要变成白色的样子，袖子被截了半截，面色极差，枯瘦如柴，说话有气无力，如同旧社会的大烟鬼。孙云禄把他让到上座。还未坐定,那人就指着几个人说:"那小子是老大的,这个小子是你的,两位兄弟是老三老四,旁边那位是四弟妹。其他几位面生,不好意思。"

几个人诧异,从来没有见过的人,怎么会知道得如此准确?

"大哥识人的本事,小弟佩服。放下飞叉和大刀,多了识人阅世的能耐。三弟四弟,还有你们这几个小子,今天坐在我们跟前的,是我的磕头兄弟,生死之交,江北赫赫有名的第一大刀刘飞龙。"孙云禄面向刘飞龙,右手搭在左手之上,抱起拳,"大哥,你我兄弟二十多年未见,今天只求一醉。"

"你怕别人认不出我啊?这么大声。"刘飞龙微微一笑,"今天我请小弟一家。孙家班是全国出名的木偶戏班,现在重回济南,又是被政府请回来的,也算是衣锦回府啊。"

"大哥言重了。不过,今天这客一定要让我请。"

"你看不起我这修鞋的?"

"哪里哪里,小弟初来乍到,是来拜大哥的码头。以后还得靠你罩着呢。"

"骂人是吧?你我兄弟,啥话别说。今天我请客。来,老板,上店里最好的菜。"

"同志,要什么酒?"服务员刚问了一句,抬头发现是刘飞龙,"哟,是龙哥,我狗眼不识泰山,还同志呢。呵呵,龙哥您稍等,酒菜立马上来。"

"小弟,这鞋子,说小了,盛下的只是一双脚,说大了,就是一个世界。无论大小,一双鞋就是一条路。透过一双鞋,你可以知道一个男人爬过多少山,蹚过多少河,知道一个女人受过多少委屈,流过多少眼泪。从来不修鞋的人,是这个世界的上等人,有钱有势,穿不旧就扔了。让保姆来修鞋的人,不见得就是家境好的人,却好面子,醉死不认那壶酒钱。那些缝缝补补、一个补丁摞上一层补丁的,一准儿是穷苦家的。那些鞋子里的沙子,磨坏了鞋,磨硬了脚,也磨平了生活的坎坷是非。我修鞋的时候,钱多少由客人尽(方言,念 jǐ,任凭)着给,多少不限,我就是修鞋的姜太公。晚上睡不着觉的时候,我翻来覆去地琢磨这世道,所有的修鞋匠,修的都不是鞋,是世道人心。修鞋是学问，鞋子走路发出的动静也是学问，从这些声音也可以了解好多人。能把鞋子穿到无声的人，不见得不是大家，他们的每一步都会显出雍容大度。那些故意把鞋跟跺得很响的人，一定是少了自信，特别需要别人关注的目光为他鼓劲，给他加点虚荣。那些走在马路上，连响声都有节奏的，定然是寻求生活乐趣的人，他们的每一步都想走出精致。像我这样，把鞋穿到既没底也没帮，四下里找不到鞋橐嗵，就已经不把鞋当鞋了，看重的只是脚。所以，我宁愿相信脚，不相信鞋。"

"哈哈，龙叔，我在书本上读过《卖油翁》，也读过《卖柴翁》，你可是咱济南的《修鞋翁》啊。真该有个写书的人给你写写。"孙振文听得入迷，笑道。

"现在的写书人，都被打成右派了。咱老百姓的事，只有老百姓关心。云禄老弟，济南这边的事，只要用得上兄弟我，尽管开口。到济南的第一天你就找我，说明兄弟情谊深，说明看得起我，心里有我。做兄弟能从抗日战争之前，做到人民公社之后，这可是两个社会两个世界哪。老哥我珍惜这份信任。为这份手足情谊，来，大碗喝酒，大口吃肉。老规矩，三口一杯。"

酒过三巡。

外面有打架的声音，"我剁了你这个私孩子。"振武想起身看个热闹，被刘飞龙按住。

"老板，来段陕北民歌，给兄弟们助兴。"刘飞龙招呼老板。

"好的龙哥，来喽……"

饭后，龙哥来了兴趣，非要领着孙家班逛逛大观园，熟悉一下环境。刘飞龙走在最前面，一边走一边给一行老少，介绍着大观园的情况。

大观园的整个格局，横竖都占着一条马路的正方形地界，四面都有出口，西面的出口还不止一个。南北两个出口大，居正中，算是虚设的南门和北门。整个大观园分为南区和北区，以平房居多，间以两层的小楼。进了这北门，中间一溜两边开门的小店铺，专卖小商品。这些店铺把条南北路隔成两条，店铺中间有过道儿，顾客可以在两条路上来回穿过。中间的泉城香烟店是园中所有香烟店生意最好的，价格虽然也和其他店一样，大众九分、金菊一毛九、泉城两毛四、金鹿两毛八、大前门三毛八，但买一条赠一盒，整个大观园独此一家。东路的东面和西路的西面，都是更大一点的门面，有食品店、成衣店、鞋帽店、百货店、布店、眼镜店、照相馆、饭馆等等，这是大观园北区的中心。中心的东片，有著名的晨光茶社、狗不理包子铺和一个简陋的小剧场，可以演电影或者说相声，周围有轧面条、绱鞋、修锁、配钥匙、打铁壶之类的手工作坊。中心的西片有曲艺厅、摔跤场，还有各地的特色小吃摊。整个北区是最招揽顾客、最热闹的地段。南区以文化娱乐为主，正中间是共和小戏园，按钟点买票，可随进随出。

刘飞龙指了指前面的一个圆形建筑："你们的大同剧场就在大观园的东南，位置好，只是近来人气不旺。我相信孙家班会带来好运，一定能让剧场再次热闹起来。老二，以前我就说，咱兄弟俩是一块掰不开的鲜姜，现在还是要回到这话。你们到了济南，进了大观园，我们就成了一家人。我只提醒一句话：这大观园，地儿不大，天大，没河，水特深。所以行路说话，带个准星儿。"

"谢谢龙哥提醒。兄弟日久天长，等龙哥方便，再聚。"孙云禄抱拳。看着刘飞龙的背影消失在一群匆匆忙忙的背影之中，才领一干人马回到四合院。

孙云禄、孙振文和其他六个人，准时到了大同剧场。

"振文，你爷爷在济南那会儿，经常领着我在这儿听戏，听'十三红'谢大玉唱'西厢'。梨园有句行话，文怕《西厢》，武怕《截江》，半文半武《审头刺汤》。《大西厢》是大鼓书中最难唱的段子，想必这些你也知道。里面大段大段的鼓词，千折百回的唱腔，即使口齿伶俐，外加天生的好嗓子，如果不下苦功夫，也没有几个人能唱好。"

"这我知道，爷爷几次说过。"孙振文小声应道。

"偏偏谢大玉敢。"孙云禄边说边跷起大拇指，"她曾经在北京的新世界曲艺厅三楼，与二楼的鼓界泰斗刘宝全唱对台戏，两处皆满场满座，声震京城，名扬天下。你爷爷演了那么多年的木偶，没有对哪个人佩服过，独独对谢大玉，一提名字就竖起大拇指，还是两个大拇指一起竖。你见过他这样吗？不仅是佩服，还有迷恋。喝多酒之后，你爷爷不是玩人子，也不是唱梆子腔，恰恰是唱谢大玉最拿手的梨花大鼓《大西厢》：'二八的俏佳人懒梳妆，崔莺莺得了一个不大点的病她躺在牙床，躺在牙床上，半斜半卧。您看这位姑娘，蔫呆呆得儿闷悠悠，茶不思，饭不想，孤孤单单，愣愣瞌瞌，冷冷清清，困困劳劳，凄凄凉凉，独自一个人，闷坐香闺，低头不语，默默无言，腰儿瘦损，乜斜着她的杏眼，手托着她的腮帮……'呵呵，二叔唱得不好，你爷爷唱得好。好多次，我躲在一边听。你爷爷唱着唱着声音就哑了，词就断了，再唱，眼窝里就藏了泪。"

市文化局的领导还没到，一群人在会议室之外唧唧喳喳。孙云禄把振文和云祥叫到一边："昨晚商量的事，千万别忘了。"

孙云祥做了个鬼脸，把藏在身后的木偶拿出来："放心吧，二哥的话就是圣旨。"

"我们进去等。"孙云禄招呼孙家班的人。

皮影组一边的几个人，和市文化局的领导都很熟。手轻轻抬起，摆过，有些随意地打着招呼，拍拍肩膀，搂搂后背，一起拥进会议室。

"大家静一静，我们现在开会。今天的会首先是欢迎会，济南市皮影组和宁阳县豫剧团木偶组将组成新的大家庭，欢迎各位新的家庭成员。其次就是见面会，让大家各自说说情况，互相认识一下。以后大家要在一个剧团里排练、生活，彼此要相互关心、相互帮助，共同提高我们的木偶皮影艺术事业。这第三呢，就是想听听大家对组建济南市木偶皮影剧团，还有什么意见和想法。我先介绍一下局里的领导，这位戴眼镜的，是市文化艺术科李科长，我呢叫孟昭杰，是咱剧团里的书记，左边这位是咱们的团长李远方同志。其他到会的同志，有济南市曲艺团皮影组的十二名同志，有宁阳豫剧团木偶组的七名同志，还有就是我们行政、乐队、剧务的十位同志。从今天开始，我们济南市的木偶皮影剧团开始正式运作，揭牌仪式将请示市局，在合适的时候举行。下面呢，就由各自带队的同志，介绍一下演员。"

孙云禄记住了皮影组的带队人叫李兴盛，三十多岁，肥头大耳，手指粗壮，说话有些口吃。坐在他旁边的清秀女子，叫柳如影，二十五岁上下的模样，娇媚之气与端淑之美揉成一块高粱饴，散发出特别的气息，眼皮开合之间就能勾住人的魂魄。孙云禄的目光经常被她硬硬地扯过去，扯得纠结、生疼。

等所有人都介绍完了各自的人马，孙振文按照头一天晚上二叔的交代，开口说话了："李科长，孟书记，李团长，我们孙家班虽然挂在宁阳豫剧团的名下，名气算不上大，但也不能说小。我想大家都清楚，行内人称我们为江北第一木偶。孙家班解放前就是名噪泉城的木偶戏班，是唯一一个驻场演出的木偶艺术团体。这次来济南，是被市里硬硬地抽调过来的，这也充分说明孙家班的实力和在济南受欢迎的程度。说实话，我们并不想来。这次合并之后，为了木偶演艺水平的进一步提高，也为了能够带动皮影戏更上一个新的台阶，我们建议剧团的第一副团长，应该由孙家班的技术骨干担任。换句话说，我们想推举孙云禄同志，担任济南市木偶皮影剧团的业务副团长。"

孙振文说这些话，并不情愿。前一晚他和孙云禄之间的言语交锋，仍然让他心中愤懑。但面对整个剧团的组建，面对孙家班整体利益的得失，孙振文选择了隐忍。孙云禄让孙振文带头请愿，也把孙振文逼上了无路可退的境地，等于是他自愿放弃了孙家班班主的位置。

李科长和剧团的两位领导互相看着，他们没有想到会有人在这种场合提这种要求。

"凭什么？我……我们家传皮影也有……有近五十多年的历史，最……最应该当副团长。孙家班只不过是……是一个草台班子。"

"孙家班是一个草台班子不假，但也走南闯北，成了全国最……最大的木偶戏班。可俺听说，滦州皮影并不是邹城李家的祖传，初来济南也只在街头吸引三五个小孩而……而已。"孙云祥站起来，故意学着李兴盛的口吃，脸上的表情被硬生生地扭曲，他一次次从半张的嘴里发出嗷嗷的声音，夸张而滑稽，"听说你是李氏皮影的第……第三代传人，号称皮影王。你话都说不利索，你的王是谁封的？又怎么能当副团长？"

"我……我说不行，我唱……唱行，我表演也行。一……一口传述千古事，双……双手对舞百万兵。你还说我结……结巴，你丑得和妖怪差不多。"李兴盛憋得满脸通红。

"俺演的就是丑角，丑就是资本。我们木偶戏需要丑角，可你是生活里的丑角，这就让人觉着寒碜了。难道皮影特别需要你这样的结巴？你还双手对舞百万兵！爷们儿我知道你的皮影有几斤几两，别光是吹。你把你的皮影拿出来，只要能表演出双腿下跪的姿势，我算服了你。我的人子虽小，可本事不小，我可以做到以前谁都没有达到过的难度，让小小的人子尿出尿来。"孙云祥从背后拿出木偶，等着李兴盛拾掇他的皮影。

"你……你看，下跪就下跪，还是多难的事吗？"李兴盛举着皮影，表演了一个下跪的动作。孙云祥的木偶真的从裤子底下，滋出一溜水柱，直喷李兴盛的脸。李兴盛一边哎哟，一边用手擦。水珠溅湿了柳如影的头发和衣服。

柳如影站起身，猛地把凳子踢到后面："这太过分了。"她抬起手，手指戳着李兴盛的额头，"你这样的猪脑子！"然后离场而去。

"别瞎胡闹，我们这是在开会。"孟书记敲着桌子。

"我不服！！"李兴盛叫道。

"不服是吧？有种就放马过来。说吧，来文的还是来武的？"孙云禄笑着，问。

"我就是不服！！！"李兴盛的声音更大。

"我有个提议，谁都别说谁的好，也别说谁的不好，让木偶和皮影做个比赛。咱们约好三天后，木偶和皮影各演三场戏，算算总共有多少观众。卖票多的一方，算胜，输的一方，认栽。赢的一方，理所当然地出一个副团长。"孙云禄把头转向孟书记和李团长，"这个办法领导觉得如何？"

"这个办法好，不搞平衡，就看实力。"李科长把记录本合上，笑着说，"这剧团刚刚组建，就能看到一出好戏。艺术就是这样竞争出来的，竞争——

提高——再竞争——再提高，这可是艺术的必然规律。"

李科长一副艺术学究的模样，眼镜度数很高，一圈一圈的光荡出去，荡出一种神秘难测。孙云禄感觉到，李科长一圈一圈的玻璃片后面，隐藏着笑意。

"并且，为了显示我们的大度，我们先让皮影组先演。"孙云禄说。

"我……我们不先演，我们后演。"李兴盛说。

"这可是你说的?"孙云禄的眼神乱了李兴盛的思维。

"让……让我想想。都……都不行，咱抓阄。"

两个阄端上来，孙云禄问，"谁先拿?"

"我……我先拿。"李兴盛摊开一看是"后"，嘴巴笑成裂开的石榴，快速伸出马上缩回的舌头，如滴红的石榴籽。

孙云禄用胳膊肘子捣了捣孙振文，把记录本上的一张纸拽下来，撕成两张："诸葛亮和周瑜的玩法，写一下怎么赢他们?"

叔侄俩各自写完，把纸片递到对方手里，打开，竟是同一个词——"皮影"。

一两声鸟鸣，似乎带着楝花的香。

孙振文睁开眼，使劲地吸着气，楝花的香渐渐淡了，远了，如刚才的梦境。

梦里楝花哭着，躲在楝子树后，不肯见他。

孙振文坐在床沿上，丢了魂一般。

三叔孙云禛的床上空着，他早早地去准备这几天要用的道具，给人子换上新衣，在脸上涂抹新漆，检查一个个的表演杆。院子里是三叔轻轻的咳嗽声。

孙振文走出院子。大观园各种各样的叫卖声，高高低低，有粗有细，从巷子的这头到那头，塞得满满的。各种各样的招牌，休息了一晚上，重又挂在了显眼的位置，那表情是永远盛开的花，永远不变的笑逐颜开，大的小的方的扁的新的旧的红的绿的黑字的白字的飘着的挂着的十分平整的故意歪着的木头的铁皮的赵姓的钱姓的北京的天津的地下走的天上飞的……一年一年一代一代，画完旧貌再妆新颜。变的是一个个的商家，不变的是热闹和繁华。不知谁家的柳树越出高墙，几乎垂到地上，这家家泉水、户户垂杨的美景，似乎随处可见，也为喧嚣的大观园，增加了一丝绿的静谧和画的安详。孙振文想起不知是谁的诗句，"他日差池春燕影，只今憔悴晚烟痕。愁生陌上黄骢曲，梦远江南乌夜村。"孙振文记起的不是江南，只有赵家堂，和那淡淡的楝花香。他想象着来年，他和楝花一起栽下的那片楝子树，都会长成枝繁叶茂的样子，或深或浅的紫色楝花挂满枝头，楝花看着树上双飞的鸟，忽然间能开口说话，该是多好的事。

简直比所有的梦都好，孙振文想。

忽然被人挎住了胳膊，是马荻亚。孙振文把她的手推开："跟着我干吗？"

"大清早的，干吗这么凶？还想吃人啊？"马荻亚不管孙振文的脸色，继续挽住他的胳膊，"是不是想家里那个了？"

"去去去，该干吗干吗去。"孙振文没一点好气。

"你说我该干吗去？"

"你去练功啊。"

"我练什么功？跟谁去练功？你们孙家班的人没有一个拿正眼瞧我，我怎么练？"

"你去找我二叔，他是你师傅，好好跟着他学。"

"你二叔让我跟着你学。"

"跟我学？那好，从基本功学起，唱念做打，手眼身法步。你先回去弄懂这些东西。"

"这都是些什么东西？你慢慢给我讲。"

"来，给你这个。等什么时候你能把这一根棍转成了十根棍，我再教你。"孙振文把手中一根八公分左右的小木棍递给马荻亚，"以前练的那个魔盘，太大了，不好带。就这一根小棍，专练手指，可以随身携带。"

"谁能把这一根棍练成十根棍？"马荻亚不解地问。

孙振文把小木棍拿过来，在手里转了起来，瞬间便有无数条小木棍，在手里翻转成盛开的花。

马荻亚目瞪口呆。

孙振文要去大同剧场，一来是熟悉一下周围的情况，二来是想刺探皮影组的军情，看看他们怎么准备三天后的比赛。从住的地方到大同剧场还有一段路。孙振文想，闲着也是闲着，不如给她讲两句吧："木偶戏和其他戏曲门类一样，讲究唱念做打。唱，非常通俗，就是用你的好嗓子，唱出好戏文。唱比的是先天条件，更是比功力。木偶戏讲究表演，更在意唱腔。念，就是唱着念，念也有讲究，要有韵律和节奏，不能像以前讲的喊大吼。念要与唱交换着使，不能该唱的念，不能该念的唱。念讲的是气韵，是对戏文的演化和补充，就像是从菜里飘出的香味。做是比画出的形体动作，这些动作要符合戏曲现场气氛，符合人物的本性，不管夸张幽默，还是庄重严肃，讲的是排场，都要有滋有味，耐得住品。打就是翻跌、对打的武戏本事。唱念做打合起来，就成了戏，就演出了故事，演活了人。"

"好了好了，你别说了，我听不懂。我知道你读过老私塾，进过新学堂。还有你那个满肚子戏文的爷爷教了你十几年，你会背四书五经唐诗宋词，会背几百部戏文。你就认那个艺多不压身的理儿，我再努力也赶不上。振文哥，说句实话，你学问确实高，戏也演得确实好。可你不是活在戏里的三皇五帝、风流才子，你以前是活在赵家堂的社员，现在……现在是剧团里的演员，你是个活蹦乱跳的男人，总得吃饭穿衣睡觉生孩子吧？以后别再当傻帽，不要再想家里那个了。在济南我陪着你，回赵家堂才是她，我不计较。我也想明白了，你这样的好男人，娶个正房，再配个偏房，没啥。抽空你给二叔说说，咱在济南把婚事办了。"

"你犯什么傻？我是结了婚的人。再跟你结婚，我成什么人了？你以为我是旧社会的皇帝，可以三宫六院吗？你以为你是什么？是青楼里的妓女吗？"

孙振文猛地推开马荻亚，指着自己的脸，说，"一个姑娘家，要知道爱惜这儿。"

马荻亚站住，泪刷地流出来："孙振文，你不爱我，是病，得治，治不好就得死。你告诉我，你嘴上抹了毒药，还是肚子里吃了砒霜？我对老天爷爷发誓，如果你不要我，我一辈子咒你死。"然后转身跑开。

大同剧场没有开大门，孙振文从侧门进去。皮影组的排练厅空无一人。孙振文从门缝往里瞧了瞧，里面黑咕隆咚的，什么也没有看到。孙振文便在大观园里转来转去，走到东南角戏剧用品商店的时候，看到了形态各异、颜色鲜艳的孙悟空皮影，眼睛一亮。

再次走到大同剧场门前的时候，孙振文看见几个工作人员在贴海报，"济南市木偶皮影剧团隆重成立，木偶皮影两大门类生死对决，精彩不容错过！"

生死对决？孙振文暗自笑笑，真会夸张。这毛笔字也太丑了，还不如我写得漂亮。孙振文心里想。

回到院子里，振武看见他进来："俺爹正找你呢。"

正房里，孙家班的人都在。

"振文，想好我们演哪几出戏了吗？"

孙振文点点头："刚才我去了剧场，他们已经贴出海报，说，孙家班阔别济南二十二年，新人新戏新演法，再写戏曲新篇章。这三场戏，我们一定要一炮打响。不仅是为了一个副团长，还事关孙家班将来在济南的立足和生存。戏一定要挑我们熟悉的、还能吸引观众的演。昨天晚上我翻来覆去地想，是不是可以演这三部？第一部《刀劈王伦》。水浒戏老百姓熟悉，也喜欢林冲这样的侠义之士。这部戏算是预热，就按我们熟悉的、传统的方式演。寓意就是木偶要腰斩皮影。第二部演《孙悟空大闹天宫》。这部戏，回归传统，又融入创新。那天就和二叔说过，我们要在戏里加入皮影操作，简单一些，避免失误。这样做的理由就是要给文化局和剧团的领导一个印象，孙家班的木偶戏是融汇天下曲艺的综合艺术，只要有了孙家班，木偶皮影都可以演，京剧豫剧都可以唱，唱得比任何专业团体都不差。皮影组就是年三十的兔子，有它过年，没它也除夕。第三部演《穆桂英挂帅》。唱这部京剧，就是要打破普通观众对木偶戏只会表演不会演唱的老看法，告诉他们孙家班没有演不了的戏种。孙家班不但要演戏，还要挂帅，挂木偶皮影剧团的帅。"

"振文有这种自信，当然好，我也赞成。只不过，济南皮影戏能存在几十年，也不是吃素的。我让人打听了一下，他们准备推出《新西游记》《孙膑斗海潮》《封神榜》。后面两部戏是他们的看家剧目，曾经连演三个月场场爆满，现在又做了很大改编。好多人已经多年不看木偶，对我们来说，既是优势，也是劣势。我心里越来越没底。"孙云禄的表情严肃，让孙振文一下了紧张起来。

"二叔总是有办法的。"孙振文说。

"你可是孙家班的带头人呢。"孙云禄又扯回那个话题。

"那团长让我干？"孙振文开着玩笑。

"小武子，倒茶。"老四孙云祥喊道。

"刚才倒的都还没喝呢。"

2

与乐队合音的时候，孙云禄给板胡郑冠泉、京胡郑冠水兄弟俩，二胡宁阳，鼓手杨泰每人送去一斤茶叶。上好的珠兰，就在大观园里的名贵茶叶店买的，颜色重，香气正，煞口。孙云禄还撂下口头邀请："几位师傅，三场演出结束，我请你们去大观楼喝酒。"

几位乐手起身，握着孙云禄的手："谢谢孙掌柜。"从排练到正式演出，几位师傅均发挥了上等水平。

第一场《刀劈王伦》，由于宣传工作做得并不到位，节目开始后上座率不足百分之八十。孙云禄见状，指使朱六指："快去找你龙叔，让他招呼些人来。"不到十分钟时间，剧场的一千个座位坐得满满当当。

第二场《孙悟空大闹天宫》，不到开场票已全部卖完。孙振文将木偶与皮影结合，把孙悟空皮影作为摇身一变之后的木偶替身，让观众大饱眼福。皮影在长长的拉线上一飞冲天，强化了木偶立体的动画美感，就连孙家班的人都没有想到，会有如此好的表演效果。台下的观众掌声雷动，孙家班的演员三次谢幕，还被喊再来一段。火爆，让每个人的笑容落在地上，像灿烂的烟花，盛开过后，还有香气缭绕。

第二场的火爆点燃了观众更高的热情。第三场，孙振文扮演穆桂英，刚一张口，便引来了一阵阵的欢呼声、口哨声。二叔扮演的佘赛花声音粗犷，饱满深厚，为整场戏加分不少。过瘾。

佘赛花：（白）我与你聚将摧鼓！我与你聚将摧鼓哇！哈哈……

穆桂英：（唱）一家人闻边报雄心振奋，穆桂英为保国再度出征。二十年抛甲胄未临战阵，（白）唉！难道我已无有为国为民一片忠心？（唱）猛听得金鼓响画角声震，唤起我破天门壮志凌云。想当年桃花马上威风凛凛，敌血飞溅石榴裙。有生之日责当尽，寸土怎能够属于他人？番王小丑何足论，我一剑能挡百万兵。我不挂帅谁挂帅？我不领兵谁领兵？叫侍儿快与我把戎装端整，抱帅印到校场指挥三军。

演出成功，如同穆桂英真的挂了帅印。走到台后，孙振文对着墙，默然站立。没有太多成功的喜悦，心里填满的只有失落。孙云禄拍了拍他的肩膀，独自离开舞台。

这帅印，得是忧，不得也是忧。

三场统计，孙家班场场爆满，让前来剧场督战的市文化局分管局长满成春把手都拍成了酱猪蹄。艺术科长李为民躲在深度眼镜片之后，窃喜，眯起小眼看旁边局长的时候，手仍然和着板胡的节奏，一下一下，啄木鸟似的点着。

第二天中午，孙云禄叫上老四，请几位乐队师傅喝酒。孙云禄把从老家带来的彩山特曲放在桌上，然后分到每个人手上，人手一瓶："几位兄弟，这酒醇正，厚道，一定要开怀畅饮。"孙云禄高兴，几位乐手也来了情绪，一瓶不够，再开。直到皮影组的戏马上开演，几个人才摇摇晃晃地回到剧场。

第一场的《新西游记》，皮影组彻底演砸了，不是伴奏合不上表演，就是表演追不上伴奏。观众本就不多，看着看着便有人吆喝着要退票。观众还未散尽，几位乐队师傅都抱着自己的乐器，昏昏欲睡。柳如影摔下皮影就走，李兴盛扇着自己的脸："妈……妈的，这到底是怎么回事。"

李兴盛的姨父是济南市教育局副局长。李兴盛动用他姨夫的关系，让学校发动学生来看他的第二场演出。门票早早卖光，李兴盛的脸上开始露出笑容。

第三场，李兴盛盘算着仍然由学生完成他的任务。学生票发下去之后，他才知道学生们第二天要进行期中考试，不少学生要在家温习功课。开场前半个小时，三五个长头发的青年，争着要和一个年轻姑娘挨着坐，在剧场里大打出手，砸坏了剧场里的椅子，也把已经进场的观众全部吓跑了。几个年轻人被警察带走，剩下三三两两的观众，提心吊胆地看完《封神榜》。

几天后的揭牌仪式，孙云禄被公布为济南市木偶皮影剧团的副团长，分管业务。

孙云禄向李远方团长诉苦，市里给了那么多的下乡演出任务，如果不再扩招一些演员，根本完不成所有场次，上级的补贴也就泡汤了。济南市有十几个县区，每个县区都要跑到，有的还要到乡镇，路途遥远，交通不便，他这个抓业务的，有一百个难。

"皮影组没有任务，能不能把皮影的演员并过来？"孙云禄绕了一大圈，问。

"你分管业务，这事你说了算。"李团长答复，"不过，你要先给孟书记汇报一下。"

孙云禄心里有数了。

夏天，像蚊帐里坐卧不安的少妇，野且敛着。

傍晚时分，孙云禄提了两瓶子酒，敲开了李兴盛的家门。

说是李兴盛的家，其实是他和柳如影在外租住的房子，一栋两室的旧楼房。他的第一个老婆，和公公婆婆一起住。李兴盛想和第一个老婆离婚，两位老人死活不同意。第一个老婆虽然相貌平常，却给李家生了个聪明可爱的皮影传人。李兴盛想和柳如影结婚，两位老人成了一道大坎。更大的障碍，还是李兴盛的姨夫，他指着李兴盛的头皮骂："你话都说不利索，还朝三暮四的，也不撒泡尿照照自己。如果你敢离婚，我就把你这个臭东西赶出济南城。"一顿臭骂之后，李兴盛老实了。

李兴盛的脸阴着，孙云禄进门后，阴得更厉害。

柳如影满脸笑容，甚至有些激动和快乐，走路的步子似乎有些不稳，孙云禄看得出。

"老弟，还生我的气呢？"孙云禄面带笑容，"俗话说得好，巴掌不打笑脸人啊。"

"谁……谁打你了？你……你不打别人就烧……烧高香了。"李兴盛还是没有好脸,学着孙云禄的腔调,"有……有种就放马过来。"

"兴盛,这就是你的不对了。人家孙团长到家里来,终归是客人。"柳如影走进卧室,换了一件淡粉色的短袖上衣,方领抹角,前胸绣了两只紫色蝴蝶,收腰挺胸,越发显得妩媚妖娆。再配上翠绿长裙,长长的裙摆飘在地上,像朵朵彩云,越发清爽脱尘。

"老弟,我找你喝酒来了。给你道个歉,也诉诉苦。"

"我……我大头兵一个,你给我……我诉什么苦?"李兴盛稍一停顿,"再……再说了,你团长大人给我道哪……哪门子歉?"

孙云禄感觉李兴盛结巴得更厉害了。

"你们先喝着茶说话,我去炒几个菜,你兄弟俩喝两盅。"柳如影的身子从孙云禄眼前飘过,留下阵阵玫瑰的香。孙云禄想起家里的老婆,年把半年的不洗一次澡,身上臭死人。睡觉的床上,黄土四处飞,简直就是猪圈狗窝。

"老弟,一个小小的副团长,对你来说,真是一文不值。你家住济南府,姨夫是高干,还有比这更好的条件吗?别说一个副团长,就是一个团长,对你来说,只要他老人家发话,都是小菜一碟。我对老弟,除了佩服还是佩服,你一个高干子弟,按理说喝喝茶听听戏,指导一下徒弟,也就行了。可你还是如此专心干事业,少见。木偶皮影比拼,皮影看着是输了,但输得一样光荣,如果不是那些特殊情况,不见得谁赢谁输。我私下里想啊,是不是老弟看我是一个草台班子,来济南混不容易,故意让着我。这几天我就一直这样想,一定是老弟让着我的。所以今天啊,不说道歉,也得说感谢啊。"

孙云禄的一番话,把李兴盛说得嘿嘿笑起来,"老……老哥这……这话说得,让俺心里热……热热乎乎的。让就让了,别……再说了,一会儿喝酒。"

柳如影把菜做好,招呼孙云禄和李兴盛入座。

李兴盛拿出一瓶茅台,被孙云禄挡住。"兄弟,今天一定要喝我带来的酒,老家产的,彩山特曲。清末民初我们当地有三十二酒坊,酿的就是这种地道的粮食酒,醇正,厚道,绝对不比茅台差。"

"那……那好,恭敬不如从命。我这个人只……只要有酒,女人都可以不……不要，我尝尝你……你带来的酒。"李兴盛边说边倒了一盅，咂嘬一小口，品着，"好，是好。你，你……你也尝尝我老婆做的菜，地……地道的济南菜。我这个人有……有福，老婆漂亮有艳……艳福，老婆做的菜好吃有口……福，老姨夫啥……啥事都帮我是幸福，我可是真正的三福男人。嘿嘿。"李兴盛开始话多起来。

"老弟是有福之人不用愁啊。可我，还得愁。"孙云禄摇着头，说。

"你，你还愁啥？来，吃菜。这几个菜，都是俺……俺媳妇的拿手菜，别人轻易吃……不到的。这个菜叫……汤爆双脆，炒的是猪肚和鸡胗，以前燕喜堂饭店最出名，现在是柳如影小姐做得最……最好吃。这个叫奶汤蒲菜，这可是大……大明湖出产的新蒲菜，以前是聚丰德酒楼做得最好。这个九转大肠，是清朝光……光绪年间九华楼酒店发明的，先煎后炒再……烧，肥而不腻，有道家九转仙丹的意思。这个炸荷花，是大明湖的独……独家菜品，都是刚开的荷花瓣。菜……菜好，人也好，这样的媳妇天……天下难找。来，干。"

"老弟夸奖的极是，干。"孙云禄忽然语塞，原来想说的话也不想说了。

柳如影摘下围裙，坐在李兴盛旁边。她看出了孙云禄的犹豫："孙团长刚才说愁着呢。愁啥，说道说道？"

"唉，不说也罢。"孙云禄端起一杯酒，自顾干了。

"你……你不把我当哥们儿。说！能有多大的事。"李兴盛跟着把酒干了，闲着的一只手，上上下下地摸着柳如影的腰。

"你看你，喝多了吧。孙团长在呢。"柳如影推开李兴盛的手。

"没……没事，都……都是男人嘛。亲哥，你说……你说你为啥愁？"李兴盛舌头开始打转。

"等你明天醒了酒，咱再说。"

"这点小酒，没……没事。"

"那我可就说了？"

"说吧。"

"团长今天找我,说市里下给咱团里的下乡演出任务太重,根本不可能完成,完不成,财政就不给拨款。他想让我来跟你商量商量,能不能把皮影组的人,暂时借过来用一用。等帮着木偶组完成任务,回来继续由你调教,由你创作。"

"创……创作个屁。有了木偶,还……还要我皮影干啥?我……我的人都归你了。皮影,歇着。我这浪得虚名的皮影王,不做也罢。嘿嘿,你……你不来找我,我还要去找你呢。正好,明天,明天你就把人带走。"

李兴盛真的喝多了。他趴在桌子上,任柳如影连拍打带喊,都没有了丝毫反应。

孙云禄帮着柳如影把李兴盛拖到床上。

房间里,只剩下孙云禄和柳如影。

世界上所有的声音都静下来。

只有火一样的呼吸,紧促,无法控制。

柳如影关上卧室的门。

客厅的地板上,喘息声乱成一团。

只是他们谁都没有细想,这是一段真正的浪漫爱情,还是彼此的生理需要,而这会给他们今后在剧团的生活,带来怎样的生死演绎。

在济南各个县区半年的巡演,孙云禄主要是让皮影的演员表演节目,孙家班极少上台。虽然买点零食发几块毛巾肥皂,小恩小惠不断,皮影组的演员还是一肚子意见。孙振文也与孙云禄发生了激烈争吵。

"市里安排以木偶为主,为什么不让木偶演?"

"市里安排顶屁用?木偶演,是你演还是我演?"

"你不演我演。孙家木偶要想传下去,就必须让老百姓知道、喜欢。"

"这些老百姓知道就能把木偶传下去?你这种想法太天真了吧。况且,我也没有你那么多正确的、伟大的、光荣的、高尚的觉悟,我只想着清静舒坦。你想想,这上边是怎么待咱们的?说是来驻场演出,现在可倒好,成年累月地让咱跑到这些穷山恶水的地方，对着一群破衣烂衫的人瞎叫唤。一边喊驴上槽，一边是槽里没料，操人嘛这不是？"

"穷山恶水有什么不好？我们不也是刚从泥地里拔出腿来？只要老百姓喜欢我们的木偶戏，我们就该演。"

"喜欢能让我们填饱肚子？这种演出，和在赵家堂有什么区别？除了把老驴车换成了破汽车，还有哪一点好？"

"好好好，你不演出就罢了，可你总得排戏吧？你总得教你的学生吧？"

"这里哪个是我的学生？这是孙家班的学生，孙家班是你的。"

"那要你这个副团长干啥？"

"干啥？副团长是领导，专门管着你们这帮不知天高地厚的东西。还有就是吃肉喝酒。"孙云禄眯起两个小眼，有点故意气孙振文的意思。

"还有玩女人，是吧？"孙振文说。

孙云禄的巴掌打了过来，孙振文抬起胳膊挡住，眼睛里满是仇恨。他在想，你孙云禄说的话到底哪句是真的？你说的不内讧，要团结，难道你自己忘记了？

最先发现孙云禄和柳如影在一起的，不是孙振文，是孙振武。在东直界演出完之后，剧团借宿在一个老乡家里。振武起夜，发现柳如影进了父亲的房间。第二天孙振武粗声厉气地问和柳如影住在一起的马获亚怎么回事，马获亚说这种情况已经有好几个月了。

孙振武决定报复。

剧团到另一个村子后，孙振武早早地在柳如影睡觉的门槛上，拉了一根麻绳，只等柳如影出现。听见门一响，孙振武猛地拽紧绳子，将柳如影结结实实地摔在地上。一声哎哟之后，孙云禄最先跑出来，看见柳如影趴在地上，一个劲地哎哟，便冲着暗影扑了过来，将孙振武按在地上。孙云禄发现是自己的儿子，便照着屁股踹了几脚。第二天，柳如影的脸用方巾围着，露出的额头上，起了很大的包。

孙振武一个人跑到直界水库旁边哭。他倚在水库岸边的柳树下，树枝在头顶飘来飘去，泪水一滴滴落进水库里。

孙振文跑过去，坐在孙振武身边，揽住孙振武的肩膀："兄弟，咋着了？"

"他说，他恨爷爷，恨你爹。"

"为啥？"

"他说看见你爹和我娘在一起。他向爷爷告状，爷爷护着你爹，说家丑不可外扬。"

孙振文的脑子如同炸开一般："不可能。振武，这样的话，你也信？"

"我不知道。"孙振武哭起来，"我想回家。"

"怪不得，他看我的时候眼里就像有把刀。"孙振文放开孙振武的肩膀，从脚下捡起一个小石子，扔进水库里，嘭的声音很小。他便又捡起一个，上下左右地看了一下，似乎这颗石子与自己有过仇。他把胳膊抬得很高，扔向了更远处。孙振文接着说："前几天我提出回家看看，他把我臭骂一顿。他骂我没出息，说年龄大了想娘丢人，小小年纪想着媳妇也丢人。他问我，你回去干什么？是想另立孙家班，还是想去向你爷爷告黑状？你爷爷管得了赵家堂，管不了大观园。他说家里遭了大灾，连饭都吃不上了，村里的人个个都是皮包骨头，出去要饭的都有，回去就是找死。他还说，你们想走？没那么容易。我管着团里的财务，管着你们的工资，你们连回家的路费都没有，尽（方言，念 jǐ，任凭）着你们跑，看能跑到哪儿去？跑到天边也要把你们拽回来，到时候别怪我孙云禄不客气。我们现在成了他手心里的人子，任他摆布。我真想回去看看啊。对了，振武，你知道我们现在是在哪里吗？东直界是咱们县最东边的一个村，离咱老家只有一百五十多里路，咱这是在自己县里演出。离家这么近，咱不回去，你说亏不亏？咱们跑吧。"

"家里连饭都吃不上，跑回去还得再回来。跑有啥用？"振武嘀咕着，"他怎么会这样？"

"人都是会变的。他觉得自己现在是天皇老子，不管是谁，都得听他的，连书记团长都得让他几分。他觉得这个世界所有人都欠他，他要一点点找补回来。就像我们以前演的那个《木偶奇遇记》，他变成了一个贪婪的木偶，会烧死自己的。"孙振文抓住振武的两个肩膀，摇晃着，"振武，你绝对不能信他说的那些话，我爹和你娘都是好人，他们绝对做不出那种事。相信我。"孙振文语气更加坚决，"我们明天就回济南，回剧团。我要给团里反映这些情况，让团长书记教育教育他，狠狠地治他。你用心跟着我学戏，我教你唱花旦、青衣，唱京剧、豫剧，你教我练武功。等哪天，我们反串，你唱花旦，我演武生。大不了，再拉一个孙家班。"

"明天我们回不了济南。东直界大队的王书记给他说，这儿的灵山寺香火很旺，也特别灵验，叫什么来着？对，叫求子得龙，求官得禄。天津、济南、徐州的香客都到这儿烧香。老百姓有句俗话，叫灵山寺求佛——神了。说是有一个人，求一个儿子延续香火，竟然求一个得俩儿，弄了个双胞胎，再求，又是双胞胎，最后弄得他连还愿都不敢来了。还有一个犯事的京官，只求平安无事，没想到时来运转，不但不降，还连升三级。你说神不神？我听王书记说，他明天要带着那个狐狸精到灵山寺拜佛。"

"灵山寺？这儿有灵山寺？我还真没听说过。正好，我们也去。拜拜神仙求求佛，保我们一生平安。"孙振文向来不信佛的，但他知道灵山是佛教中的极乐圣地。虽然此灵山定然不是佛界极顶，但在佛界敢取这样的名字，一定非常有来头。

灵山不大，也说不上高。远远望去，满山植被茂密，涌动着幽绿之色。清晨的灵山，笼罩在蒙蒙烟雨之中。大片大片的松柏，看似有千年的造化。山上山下飘游的云烟，与时高时低的梵音相互缠绕，让登山求诰的人，净了，也静了。山下，正有一佛家弟子清扫台阶，孙振文悄悄拉了拉他的衣襟："小和……小同志，能不能给介绍一下这寺的来历？"

小和尚微微一笑："施主，这边请。"

小和尚指了指旁边立着的石碑，念了句阿弥陀佛，重又低下头，用心清扫台阶，一尺一寸地扫，生怕落下一粒灰尘。

看着小和尚认真细致的模样，孙振文想，这世上的人，其实都和眼前的小和尚一样，以自己独特的方式，清扫着生命的台阶，一步一步，只为达到某一处的山顶。而自己的顶峰在哪儿？孙振文的心情倏然悲凉落寞。

孙云禄和柳如影上来，孙振文侧过身子，让他们先上了台阶。他拉住孙振武，生怕他一下跑掉似的，仔细地看着碑上刻着的《灵山寺简介》："灵山寺，唐代称妙峰寺，金改寿峰寺，创建年代不详。整个寺院呈椭圆形，南北长64.5米，东西宽49.5米，分前、中、后三部分。前院内碑碣林立，现仍有明万历二十三年（1595）石刻《寿峰寺会记》，为江西督学副使王梦鳌撰文。又有清康熙九年（1670）衍圣公孔毓圻亲撰碑文。据史书记载：'（灵山）上有唐上元元年（674）石塔二，僧智崇造并刻《般若波罗蜜多心经》，字殊劣。'中部为一组保存完整的古建筑群。寺院由主体建筑大雄正殿、东西两庑、四角亭式钟楼、鼓楼和大门组成。门内东西两壁绘有四大天王壁画，钟楼两柱上题刻'小楼曾建灵山寺，晨钟常传百姓家'的楹联。建筑物均饰彩绘。宋宣和年间，僧福谨复结庐于此。金大定十一年（1171），僧福善乞改寿峰寺额。是时，僧徒日众，为解决饮水问题，僧饭濯乃造铁索设机汲水而上，以供日用，因此又叫铁索灵山。元至治元年（1321），僧智海重修大雄正殿，院内今仍存至治元年重修大雄正殿蟠龙首龟趺碑记一通。元代末年，大殿毁于兵火。明宣德初重建，嘉靖三十九年重修。今存建筑具有清代风格。殿后是玉皇阁，清康熙十四年（1675）创建，分上下两层，下层为石结构拱形建筑，上层三开间，灰瓦硬山顶。灵山东侧为僧人墓葬区，今存多座残石塔。灵山寺为全国著名的佛教圣地，有求佛必来灵山之说。"

孙振武凑近孙振文的耳朵，低声说："哥，上面的好多字我都不认识。"

"我们是来拜佛的，不是来认字的。别管它，走，咱也上。"

进了大殿，孙振文虔诚地跪下去。祭台上香气缭绕，淡淡地飘进鼻息，让孙振文顿觉身心轻松。他微闭上双眼，为娘和棟花祈求平安健康。孙振文听到祭台前的钟声响起，余音缭绕悠长，如洁净的浮云拂面。

"这位施主，请随我来。"一上了年岁的和尚招呼孙振文。老和尚脸庞清瘦，面色红润，似有仙风随身。

孙振文不解，跟着他进了内室。

"施主，你慈心善目，面带佛缘，五根净善，非寻常人。贫僧今天多几句嘴。你虽贵为男人女相，却与星宿相冲，一生需千万慎行，谨防身边小人，否则便会一生颠沛。施主运走西南，其他方位则与运势相克，切记，切记。"

"谢高僧指点。"孙振文深深地躬下身去。

"施主，"孙振文刚要出庙门，和尚又把他叫住，"施主，勿罔轮回石如玉，且顾来年马失蹄。"

"此话怎讲？"孙振文不解地问。

"观自在，悟色空，天机不可泄露。"和尚目送孙振文出了庙门，"阿弥陀佛。"

"甲子一梦烽火至，满眼富贵他人语。"孙振文似乎又听到和尚念道。但因为离得太远，他没有听得很清楚。回头看时，和尚早已经没有了任何踪影。

西北风刺骨的冷，回济南的路显得遥远而漫长。

龟壳似的车头里，只坐着孙云禄一个人，遮着帆布篷的车厢拉着十多个演员和满车厢的道具，在山路上艰难爬行。孙振文一直想着老和尚的话，想着他说的"勿罔轮回石如玉，且顾来年马失蹄"到底是什么意思，想着该如何提防身边的小人，想着济南是在家的东北方向，势为不顺。现在工作生活在剧团虽有诸多不快，却并没有多少大灾大难，颠沛流离更是无从说起，心中不觉充满疑惑，对老和尚的话也将信将疑起来。

柳如影和孙振武背对着背，一个在车头，一个在车尾。柳如影哼着谁也听不懂的唱词，透过帆布透出的小孔，看着车外。

孙振文小声给孙振武说："要不，咱把那事跟三叔四叔说一下？"

孙振武摆摆手："这事如果说出去，他会要了我的命。"

"那好，我有办法了。"孙振文说。

孙振文的办法就是去找李兴盛。

半年不见，李兴盛如同换了个人一样，蓬头垢面，手里始终提着一个酒瓶子，眼睛似乎再也睁不开，嘴里一直含混着，不知在说些什么。

孙振文端了一盆水浇过去，李兴盛激灵过后，眼睛却发直，然后再也没有任何反应。他慢慢地倒下去，嘴里嘟囔着："睡觉。"躺下去的水泥地，正是他刚才呕吐的地方。有块方砖，硌在他的后脑勺上。

李兴盛因为酒精中毒，被送进医院。

孙振文被李团长和孟书记叫去。他们分别跟他谈话，了解巡演情况，让他无论如何要让李兴盛振作起来。济南木偶皮影剧团，不能一条腿走路。

孙振文一直陪在医院。

醒来后，李兴盛虽然反应依然迟钝，口吃的毛病突然好了："我怎么会在医院里？你怎么会在这里？"

"不但是我，大嫂和孩子都在医院走廊里，他们已经陪你三天了。小营子为了等着你醒来，用火柴棍撑着自己的眼皮。他说好长时间没有见到爸爸了，他怕一合上眼你又跑掉。五岁的娃啊。"孙振文拍了拍李兴盛的肩头，眼见他的泪流下，"老兄，这个世界没有过不去的坎。有的女人是棉袄，有的女人是袜子。袜子薄薄的，好看，就忘记了棉袄的暖和，这事正常。我奶奶原来也说过，这世上的男男女女，只要和一个情字沾上边，便会乱了方寸，做些傻事就再正常不过了。当时奶奶是教训我。我想不通，也走不出来。好多人都有情痴的毛病，无论苦乐，都愿意守着自己心里的那块田地，自种自收，自得其乐。"

"大道理谁都懂，可遇到小胡同，有时就是转不出来。振文，不管我是不是能走出来，我知道你是为我好。这份情，领了，也谢了。"李兴盛从病床上坐起身子，用力握了握孙振文的手。

孙振文本想鼓励李兴盛夺回柳如影，如此情状，他知道再说也是多余。柳如影这样的女人，怎么会爱上一个邋遢潦倒的酒鬼？

"我不要这样干巴巴的谢，我要点实在的东西。"

"什么东西？"

"皮影，咱俩一起玩。"

李兴盛摇了摇头："已是江郎才尽，无颜再回江东。"

"那可不见得。嫂子——"

李兴盛的妻子慧姐进门，领着营子。见到李兴盛醒来，慧姐泪飞成花。小营子把手中的皮影扔到地上，喊着爸爸，直扑到李兴盛的病床上。

"我带你们去一个地方。"孙振文拉起李兴盛。

李兴盛仍然站不稳，头重脚轻，马上要倒下去的样子。慧姐扶着他，走得很慢。

孙振文带李兴盛到了李的小学母校，一行人进了大礼堂。李兴盛猛然惊呆，他发现所有的学生都举着他的头像剪成的皮影，还写着"皮影王，归来！"或者"皮影王，教我皮影"。他在剧团里亲自带的几位弟子，在讲台上摆出了皮影戏开演的架势，只空着孙悟空的皮影，在中间的椅子上摆放着。

乐队的板胡郑冠泉、京胡郑冠水、二胡宁阳、鼓手杨泰，已经在讲台之下落座，手指搭在弦上。

"这个世界总有许多奇妙巧合之处，比如皮影王和他的妻子慧姐，是同一天的生日，恰恰就是今天。据说他们相爱、结婚，就是因为这前世的机缘。同一天的降临，一辈子的相约，几人可得？皮影王今天大病初愈，犹如获得新生。李大师的母校，以这种特殊的方式，欢迎皮影王回归，用心良苦。今天在座和不在座的，太多的人喜欢皮影，喜欢为皮影耗尽心血的李氏家族。所以，我提议大家用最热烈的掌声，向我们尊敬的皮影世家致敬！"

说这话的时候，孙振文想起楝花，他觉得整个礼堂，都弥漫着楝花的香。

掌声和泪水，是李兴盛此刻最美的伴奏。

在学校开设地方传统文化课，开了教育的先河，也让窘境连连的皮影，有了更丰厚坚实的群众基础。孙振文听说，为这事，孟书记专门去找了李兴盛的局长姨夫。

3

十五刚过，空气中依然弥漫着鞭炮淡淡的香，带着祝福的余音，也带着喜庆的味道。

团里的巡演任务一直安排到正月底。从年初六开始，孙云禄便带着木偶皮影剧团的一干人马，下到村子里去了。

临走前，孙云禄找到孙振文："振文，你要记住，你姓孙，不要成天和那个醉菩萨搅在一起。"

"醉菩萨？"

"那个李兴盛。他能给你什么，窝囊废一个。"

孙振文不置可否。

夕阳的光漫不经心，轻飘飘的，没有丝毫温度。已是七九过后，应该是柳枝初芽，可今年的泉城似乎有些冷，柳条上连蕾苞都看不见一丁点。

"臭哑巴，滚出去。"

孙振文听到门房光棍九喊道，然后就听见一只脚踢在人身上的声音。

因为楝花的缘故，孙振文对哑巴一词特别敏感。该不会是楝花吧？孙振文心里一紧。他快步跑过去，扳过刚刚转过去的身子，真的是楝花！

两个人呆在那里。孙振文的脸上满是吃惊，楝花的整张脸颤抖着，泪哗哗地流下来，泪水在脏乎乎的脸上，冲下一道道深沟。

眼前的楝花，哪还有自己离家时的模样？头发乱得像一窝干草，衣衫破烂，身上又脏又臭，肩上的包袱沾满了灰土，手里还拿着一根棍子。棍子弯弯曲曲，中间手握的一截已被磨得光滑。

"楝花，怎么是你？"

"你们认识？"光棍九凑过来问。

孙振文一脚踹过去："狗日的，叫你不长眼。"

光棍九倒在地上:"俺怎么知道你们认识?刚才问她话,她胡乱比画,比画不出一点道道。"

孙振文把楝花领进屋子,让她坐在自己的床沿上,慢慢地替她整理头发。

"楝花,你怎么这个时候来了?"孙振文问,泪水盈在眼眶里。

楝花指着墙上挂着的日历:"你连年都不回去过,娘挂着你,让我来看看。"

"就为这个?"孙振文摇着头。

楝花犹豫着,好久,才比画着:"大队里有人说,你在城里又有女人了,不要我了。俺知道你不是那样的人,可心里还是像长了疮。"楝花的泪像开闸的河水。

"楝花,你真傻啊,那些人的话你也信?这辈子,我不会再有其他女人,有你就够了。你记得我说过吧,你的血流在我的肉里,骨头里,你和我早就成了一个人。我就是你,你也是我。这个世上,没有连自己都不要的人吧?那叫忘本。"

孙振文为楝花打来一盆水,让她洗脸。

"你初几出来的?"孙振文问。

"初六。娘说,往外走,三六九。"楝花伸出手指,说。

"初六到十七,已经十二天了。你怎么没坐公共汽车?"

楝花摇头:"我走着来的。我边走边学木偶,你看。"楝花从口袋里掏出自己缝的花花绿绿、大小不一的布袋,把手伸进去,做着各种各样的动作。

孙振文明白了,楝花是一路表演布袋木偶,一路要饭找到济南来的。孙振文捧着楝花的脸,泪在眼眶里打着转,停不住,便哗地流下:"楝花,你太傻了,我们不是没有钱,你怎么连汽车都舍不得坐?就不怕路上遇到坏人?"

楝花笑笑:"省一点是一点。再说了,我一个要饭的,谁也不会欺负我的。"

孙振文意识到楝花的聪明,她在以别人最不经意的方式,保护自己。"可二百多里路,也不该走十多天啊。"

"有个人给我指了条道,错了,我走到德州去了。发现不对,又走回济南。"楝花脸上露中出得意的神情,"幸亏我遇到一个好心人,给我画了张地图,一点冤枉路没走,就直奔济南了。要不,我还要往大西北走,不知道要走到哪里呢。"

"大西北?"孙振文心里一疼。他突然对这个方向有了一种恐惧。或许是一种心理的感应与暗示,此后的一系列变故,让孙振文在大西北的寒冷与黑暗中,度过了十几年的光阴。

"那你怎么找到了剧场?"

楝花从口袋里掏出一个信封:"按照你往家里寄信的地址啊。我聪明吧?"

孙振文笑了,笑得心里苦苦的。

"我来还有一个事儿。"楝花红了脸。

"什么事儿?"

楝花把手在肚子上画了一圈:"我要给你生一个儿子。算命的赵老师说,今年命中该合。他经常深更半夜地在家里烧香磕头,没人知道他在做什么。他让娘教给我一个偏方,在肚脐眼上放姜片,用艾叶熏,我熏了十天才来的。他一直催着我来。"

"不是一个,是九个。"孙振文纠正说。他紧紧地抱住楝花,把门关上,不管是不是大白天,就快速脱下了楝花厚厚的棉衣。

白白的肌肤,依然散发着楝花的香,那香来自天堂,来自地狱,香得让人陶醉,让人沉迷。孙振文感觉自己在云端飘动,游来荡去,神魂无依。他听到归鸟的缠绵之声,感受到聚集在身上烈火般的炽热,似乎要把他烧成灰烬。他触到了丛林中花的瓣,花的蕊,花的粉,花的毛细血管,花颤抖着的神经。孙振文聚起所有的骨血,一次次地与楝花做着彻底的碰撞和交融。山与山的撞击,海与海的融合,深些,再深些,让身体里的血液对流,让每一寸肌肤置换,让心在心里,让醉在醉里,直抵肺腑,合二为一。楝花感觉到了山的粗糙,石的狂野,她的喘息时而像海底的大浪,时而像小溪的呻吟,在唇齿之间，在毛发之间，在两个人的气息之间，弥漫，升腾。

窗外，两只画眉，在柳树枝头跳上跳下。画眉的叫声，脆得透彻，把细细的柳枝醉得摇来晃去。

光棍九的咳嗽声，让两个人慢慢苏醒。

孙振文给楝花穿着衣服。楝花伸着胳膊，咧着嘴，任孙振文笨拙地将衣服，一件一件地给她套上。

孙振文领着楝花去大观园西北角的人民浴池洗澡。开始楝花不太愿意去，满脸羞红，终于经不住孙振文的劝。孙振文趁楝花洗澡的空，到人民商场为她买了一身新衣服，红色的大袄，深咖啡色的女式长裤。楝花从浴池里穿着新衣出来，如同变了一个人。

光棍九弓下身子，眼睛直直地看着楝花。他不知道孙振文领出去一个脏乎乎的女人，回来后，为何竟变成了仙女。

"看啥看？我老婆。"孙振文呵斥光棍九，语气明显带着炫耀。

光棍九嘿嘿笑着，竖起大拇指："仙女下凡啊。"

一个傍晚，孙振文从剧场回来后不见了楝花。孙振文问光棍九，光棍九说一天没有看见她。孙振文急了，在院子里来回转着。他知道楝花肯定没有回老家，一定是出去玩迷了路。孙振文喊上光棍九，分头去找。他和光棍九分好工，他从经一路开始找，找遍东西向的所有道路，光棍九从纬一路开始找，找遍所有南北向的大街小巷。

偌大的济南城，孙振文像无头的苍蝇。

孙振文一边找一边喊，他知道楝花听不见。但他觉得只要一直喊，楝花就会有感知，就会从哪个黑暗的巷子里，快速地跑出来。

一连三天，孙振文眼都没合，滴水未进，穿梭在整个济南城。他几乎不再是走，而变成了挪，脚底下却是飘的感觉。

走投无路之后，孙振文找到了干叔刘飞龙，让他的人满城找穿红棉袄、深咖啡女裤的哑巴女人。

终于在第五天，刘飞龙的人，在城郊的一处破房子里，找到了楝花。

他们用三轮车把几近昏迷的楝花，送到孙振文跟前。

楝花惊醒。她看到几天便瘦得不成样子的孙振文，哭着搂住他的脖子，像一个受了委屈的孩子，然后使劲地扇自己的脸。她想跪下去，却猛然间瘫倒，昏了过去。

楝花被送进医院。

孙振文不知道楝花这几天是怎么过的，吃了怎样的苦。但他知道，楝花为了寻找回家的路，会是怎样的焦急和无助。没有人能帮她。如果刘飞龙的人找不到她，她最终会流浪到哪里，都未可知。这样想的时候，孙振文的泪流了下来。他暗暗发誓，以后绝对不能再让楝花一个人出门，一步也不行。

楝花并无大碍，只是累和饿，两天后便又精神抖擞起来。她把孙振文拉到床边，用手捂住他的眼，然后从内衣口袋里摸索出一个纸盒，轻轻放到孙振文手里。

孙振文挪开楝花的手，把盒子打开，是一块表。他呆住。

"俺和娘攒了好长时间的钱：卖鸡蛋十六块六毛钱，鸡蛋太便宜了，才二分钱一个；卖老母鸡十四块七毛钱，买公鸡的人多，买老母鸡的人少，赶了三个集，才把鸡卖给了一个坐月子的；卖猪崽三十八块钱，粮贵猪贱，赶上了今年行情最孬的一茬；卖树二十二块钱，咱家房子后面的树都还没有成材，卖不出高价；卖粮食二十块五毛钱，麦子和玉蜀黍，总共才二百来斤。七凑八凑，总共凑起一百一十二块多钱，正好能买一块手表。你看，这表是上海牌的，全钢，防震，十九转。售货员告诉俺，这是济南最好的表。"楝花手势的节奏很快，孙振文只好费力地盯紧，生怕漏掉楝花的任何一个动作和表情。

"你就是因为买表才走丢的？"孙振文问。

楝花点头。

孙振文抱紧楝花，任凭泪水从脸上淌到她的脖子上，再流进衣服。

孙振文向剧团请假，要把楝花送回赵家堂。恰好市里要来座谈木偶戏的发展情况，孟书记便让团里的工会主席，代替孙振文把楝花送回家。

楝花上车的时候，孙振文告诉楝花："以后再也不要出门，不要离开赵家堂。我不能再把你弄丢了。丢了你，我就丢了命。"

楝花努力地让泪留在眼眶里，使劲点头。

走出几步，楝花又回来，从兜里掏出一根五六公分的木棍："这是桃木的，辟邪。你以后练手指，就用这个吧。别再用以前那种榆木的了，硬，会把手磨出茧子，你的手就不好看了。"

孙振文双手接住，保持着同一个姿势，久久不愿转身。他愣愣地看着楝花的身影消失在人流中，心里转着圈地疼，如同他再次丢掉了楝花一般。

剧团分成了表演组和研究组，表演组负责社会演出和下乡巡演，研究组负责剧本创作、修改、技术创新。表演组由孙云祥做负责人，研究组由孙振文和李兴盛负责，两个组都归孙云禄分管。

孟书记找到孙振文："振文啊，你小小年纪，能有这样的事业心，是对的。不过，话又说回来，你毕竟是从孙家班出来的，不能让人家说你脱离群众。"

孙振文笑了笑："孟书记，有人说我脱离群众吗？他们是不是还说我把自己混同于领导干部了？呵呵，我就是个普通演员，就是群众，我怎么个脱离法？"

"我这也只是善意的提醒，怎么做，你自己把握。我知道你的为人处事，一直都很有分寸。孙家班是一个整体，人心不能散。这里面也有我的私心，因为我是一把手，凡事必须从整体上考虑。让你专门研究技术，你可以静下心来，潜心木偶的制作，推动木偶表演技术的改进和提高。有句话我必须说在前面，唱功、演功绝对不能荒废。团里的大型演出，你还必须上台。你是孙家班里的一号，这个谁也争不去。关键时候，必须能拉得出，顶得上，演得好。"孟书记叮嘱道。

"请孟书记放心。我研究木偶，不是不演戏，是为了更好地演。将木偶传下去是我这一辈子最大的心愿。舞台才是我春耕秋收的土地啊。"孙振文弯腰提起桌子前的竹皮暖瓶，往孟书记的白瓷缸里添满水。

"你和兴盛的想法很好,搞木偶和皮影的融合,要融合得天衣无缝。剧目上要扩展,不光是老题材,新题材也要搞,每年都要有新剧目。前一段时间,福建泉州有人捎话来,说江北的木偶不行,要和我们打擂台。他们题目都想好了,叫南北二泉对抗赛,还要邀请文化部的领导来观摩。他们信誓旦旦,非要把我们打得落花流水、头破血流,永世不得翻身。你觉得我们能应战吗?"

"打擂台?好啊。不管谁赢谁输,对木偶戏的传播和发展,都是天大的好事。可以应,这事可以应。"孙振文站起身,搓着两手,激动地说,"哈哈,又可以比试比试了,我这手早就闲得痒痒了。"

"只是我心里没底啊。我们的木偶剧团才成立几天?南方木偶从汉代开始,传到泉州之后演变成嘉礼戏。几百年的传承,已经形成一整套完整成熟的表演系统,偶像制作精良,演出剧目丰富,并且形成了独特的剧种音乐傀儡调。别说江北木偶的历史如何,单就孙家班,也不过几十年。这种擂台赛,我觉得是以卵击石啊。"孟书记摇着头,无奈。

"孟书记,这几天我和兴盛老兄的探讨,已经有些眉目。请放心,我们一定让泉州木偶有来路,无去路。这个擂台赛,打!打出江北木偶的骨气,打出孙家班的贵族气。"

"一个草台班子,你还贵族气?"孟书记指着孙振文,笑话道。

"对,我要靠一部戏,打出木偶的贵族气。孟书记,我需要经费保证,需要排练时间。我和兴盛老兄这几天就把所有的细节敲定,开始进入试验。我只要三个月,就能打磨出你从来没见过的木偶戏。"

"别说三个月,我给你半年时间。今年十一月份举办比赛。"

"好。我就把江北木偶的荣耀和将来,全部押在这部戏上。"孙振文表情坚定。

李兴盛活了,他剪制的皮影开始跳跃,如同灵魂附体。他的儿子常常跟着他来到剧场,在制作室一待就是半天。小家伙问这问那,表现出对皮影的极大兴趣。

孙振文想，楝花什么时候也给我生个这样的大胖小子？快两年没有见到娘了，家里一切都还好吧？还有楝花，也不知道怀上没有。一搞擂台赛，又不知道何时才能回到赵家堂。

孙振文渴望着楝花的香，渴望早日见到那片楝树林。

"振文，我们有希望赢下泉州木偶？"李兴盛点上一颗烟，烟头与嘴唇只沾上一点点，屁股坐在桌子上，脚踩在椅子上，皱着眉头问。

李兴盛戒酒之后，精神明显好了许多，吸烟却一下子厉害起来，一天三包九分钱的泉城都不太够。

"兵家讲，知己知彼，百战不殆。我认真研究了泉州木偶，所谓'顷刻驱驰千里外，古今事业一宵中'这些夸赞之词，和你说的皮影'一口传述千古事，双手对舞百万兵'没多少差别，哄人罢了。泉州木偶有它的长处，我们要借鉴，对他的短处，我们要以己之长攻其之短。我先说它的长处：一是它的腔调。泉州木偶是我所知道的木偶戏班里面，唯一拥有自己的剧种音乐傀儡调的木偶戏。泉州木偶的傀儡调声腔刚健质朴，粗犷高亢，在南方木偶中最具北方气象。他的调调是特色，我们学不了。二是他的制作。泉州提线木偶制作精美，人子头的雕刻轮廓清晰，线条洗练，粉彩工艺独具匠心，延续了唐宋时期的雕刻和绘画风格。这一点，我们学得了。但话又说回来，人子头制作得再精良，它也只是舞台表现的一部分。观众看戏的兴奋点不是人子的制作，而是表演。三是角儿。泉州的木偶戏分生、旦、北、杂四大行当，历来无丑角。其杂角，俗称杂碎，是一个万金油的角色，也可将其归为丑。这一点与我们的生、旦、净、末、丑没有太大区别，却有粗而不乱的好处。四是伴奏。泉州木偶伴奏有一整套音乐表演，比如压脚鼓、钲锣、嗳仔、拍板等古朴稀少乐器，演奏方法自成一体，这是我们所欠缺的。我再说它的短处：一也是腔调。泉州木偶独有的调腔，是有区域性的，闽南语的发声、发音，对北方人来讲，就像听天书，这会影响它的听众群。他们到济南来演，北方人听不懂唱词，简直就是找死。如果我们去南方演，我们唱的是和普通话相像的梆子腔，反而不受影响。二是操作方式。既然是提线，线的高度、人子的高度必然受限。它的表演只能在地下，上不了天。三是舞台。这也是它最致命的地方。它的舞台是一条线，几个人排成一排，表演也必然成一条线。一个平面的场景，角色的布置也是平行的，没有空间纵深。我可以非常肯定地告诉老兄，单单一个舞台，我们就可以打他们个落花流水。"

李兴盛一下子来了兴致："噢，说来听听。"

"暂时保密。等我想成熟之后，再听我一一道——来。"孙振文拖了一个长长的京剧唱腔，手指捏成俊俏的兰花指。

朱六指跑过来给孙振文说，孙振武被他爹打断了腿，让孙振文过去看看。

几个月没见振武，人瘦了一圈。他坐在床上，更显得小了许多。见到孙振文过来，喊了一声哥，便捂着脸哭起来："哥，孙家班，完了。"

孙振武挨打，是因为搬家。

孙家班演出回来之后，剧团把调剂出来的两间小院给了他们，在原来四合院的前面。孙云禄没和任何人商量，便搬了进去。同时搬过去的，还有柳如影。

与李兴盛分手后，柳如影还是住在他们租的房子里，李兴盛搬回了家，两人从此再无瓜葛。孙云禄鸠占鹊巢，时不时地和柳如影住到一块。那个时候，两个人还只是偷偷摸摸。孙云禄晚走早回，孙家班的人也睁只眼闭只眼。但这次，他俩公开过起了夫妻生活，第一个反对的自然是孙振武。父子二人为此大打出手。

孙振武威胁父亲，说要回去告诉爷爷、告诉娘，他的话惹恼了孙云禄。他操起院子里抬家具的木棍，拼命地打过去，正好打在孙振武的小腿上，胫骨粉碎性骨折。医院让孙振武住院，孙振武坚决不同意，说："我就要当他们的眼中钉，死也要死在他们眼皮子底下，死了也要当他们的索命鬼。"

孙振文听见前院传来孙云禄和柳如影的黄梅戏，"树上的鸟儿成双对……"戏文婉转，嗓音清丽，让后院所有人的肠子上，扎了一个又一个的结，越结越挣扎。

"三叔，你该说说他。"孙振文说。

"我怎么说？他能听我的？他现在是天王老子。"孙云祯头一扭，嘟囔着。

"那四叔呢，你也不管？"

"天要下雨，娘要嫁人，各人有各人的活法。越老，人越糊涂，老辈的话一点不假。不是所有的路都能越走越直，这世上的人哪，走弯了自然要摔一下。等着。"孙云祥扮了个鬼脸，"唉，我们这些人哪，明天都得拉羊屎蛋子。这嗝气能打结啊。"

"人啊，都是一个脾性，忘本。各人打各人的小九九，只想着自己的快乐日子。就是发生世界大战，只要守着自己的一亩三分地，也不会管别人死活。世道沦丧，人心不古啊……"孙振文赌气地说。他是故意说给两位叔叔听的。

"振文，你还真别说，这第三次世界大战真有可能打起来。那天我听敌台，中国的国际环境真的就是四面楚歌、处处凶险。苏联专家撤走之后，苏修帝国主义开始在北面给中国搞小动作，发生了边民逃跑、冲击政府的暴力事件，南面的印度越过中国边境线，美国派特种部队进入越南，台湾还时刻准备着反攻作战。你说，哪一天，毛主席一拍桌子，打这些狗日的，中国不打才怪！"孙云祥说得绘声绘色，狂乱，得意。

"你听敌台是犯法的，小心公安局把你当特务抓起来。"孙振文警告说。

"嗨，我就是听着玩玩。你想，每天演出就到那些兔子不拉屎的穷地界儿，不听收音机还能干啥？我又不像你二叔。"话一出口，孙云祥就知道自己说错了，做了个掌嘴的姿势，"你看我这张臭嘴，简直是人嘴里长出狗舌头，不说一句人话。"

"两位叔，你们刚从外地演出回来，我今天在小院请客，咱也唱上一段乐和乐和。我给你们接风，为振武压惊，为小院驱魔避邪。怎么样？"

"有人请客当然好了。怎么，振文，发财了？"

"财倒是没发，就是有点发烧啊。"

"振文哥，你发烧了？我摸摸。"马荻亚不知从哪里冒出来。她快步走到孙振文跟前，手高高地够向孙振文的额头。

"去去去……"孙振文挡开马荻亚的胳膊,"什么事都有你的份儿。我给你说过多少遍,女孩子家,温柔才可爱,可爱才有人爱。你这样成天唧唧喳喳像只山喳喳子,就不能学学戏里的环肥燕瘦落雁沉鱼?"

"你说的那些我都不学,我还就学白骨精。咋着吧你?"马荻亚鼻子一翘嘴一噘,扭头走到院子里,随后便是一声长长的"啊——",惊得树上的小鸟狂飞而去。

孙振文拿出十块钱,让三叔去买菜。孙云祯转了一圈,买回来的菜并不多,他悄悄地跟孙振文说:"这大观园快不行了,卖的东西少,还死贵。农村吃不饱饭,已经有饿死人的。这大观园要是真待不下去,咱还得回赵家堂。这事你得拿主意,早作打算。现在的人都说,七级工八级工,不如社员一沟葱。咱家里多少还有几分自留地,坚决不能在外边饿死。"

"三叔,你说什么呢?咱们团里不但不困难,国家还刚刚给了补贴。我们和福建泉州要搞南北二泉对抗赛,市局刚刚成立了一个班子,帮咱们搞策划。不但要赢,还要赢得漂亮。"

"什么?要搞对抗赛?"孙云祥一听来劲了,"这事儿好。在乡下演,一点意思没有。老百姓饿着肚子听戏,脸上都是灰蒙蒙一片,像是得了黄疸型肝炎,台上的演员也提不起情绪。搞对抗赛,咱那点真本事都可以从箱子底下拿出来晒晒。"

"振文哥。"马荻亚的声音像入了冬的蚊子叫。

孙振文回头,又是马荻亚。

此时的马荻亚,换了一身长裙,举手投足之间,多了女孩子的娇羞之气。

孙振文忍不住笑了:"哟,马荻亚成精了,刚才还是假小子,一会儿的工夫就学会害羞啦,变成大姑娘了。"稍一停顿,"荻亚,今晚我请客,你要在这小院亮几嗓子,看看你进步了没有。"

"好咪,没问题。我再去化妆。"马荻亚跳着出去。

"别化成妖精就行。"六指在旁边开玩笑。

"这孩子,长不大啊。"孙云祯说。

门房兼厨师光棍九很快做好菜，摆在院子里的地八仙上。他还特意摆上几种水果，跟孙振文说："小当家的，今天是七夕，按济南的风俗，要乞巧，还要唱——天皇皇地皇皇，俺请七姐下天堂。不图你的针，不图你的线，光图你的好手段。"

孙振文的心咯噔一下，他没有想到今天是七夕。楝花肯定知道。孙振文低头，泪水在胸腔里撞着，肋骨被撞断似的疼。

楝花一定在楝子树下，摆了菜，摆了酒。

娘一定也在，娘会想爹，会想她的小文子。

娘会说啥？楝花又会说啥？她们一定念叨这个小文子已经两年多没回家了，说这个小文子心真狠。

娘说的话楝花听不见。

楝花说的话娘听不懂。

楝花的话在心里，在泪里，在那立住便再也走不动的目光里。

这些，只有她们的小文子能懂。

那些酒，那些菜，是不会有人动的。爹吃不动，小文子吃不着。照例的，谁也舍不得吃，放着，到快坏掉的时候，一边心疼，一边挑着稍好一点的吃。

娘和楝花盼望的心情，就随着那些水果，变坏，再变好。一次，又一次。

怪不得前院要唱《天仙配》。

"各位，今天七夕，我要为大家演唱《贵妃醉酒》。"三巡酒过，孙振文喊。

"醉解千愁，不醉不归，好！"李兴盛不知何时来到了小院。

"你不能喝。"六指赶忙去夺李兴盛的酒杯。

"让他喝，断肠人不在天涯，让他喝醉。锣鼓，起……"

> 海岛冰轮初转腾
>
> 见玉兔
>
> 玉兔又早东升
>
> 那冰轮离海岛

乾坤分外明

皓月当空

恰便似嫦娥离月宫

奴似嫦娥离月宫

好一似嫦娥下九重

清清冷落在广寒宫

啊，广寒宫

玉石桥斜倚把栏杆靠

那鸳鸯来戏水

金色鲤鱼在水面朝

啊，水面朝

长空雁，雁儿飞

哎呀雁儿呀

雁儿并飞腾

闻奴的声音落花荫

这景色撩人欲醉

不觉来到百花亭

……

"我今天还要告诉大家一个好消息，从明天开始，孙家班的木偶，由三根棍变成了四根棍。这是孙家班的革命，是江北木偶操作技术的革命，这话是孟书记亲口说的。我现在为大家表演一下。"孙振文拿出准备好的四根棍木偶，熟练地操作起一百八十度的扭头、摆手等各种动作。

"哎哎哎，好，人子的头能动了，还能来回地动。哈哈，人子变成活的了。嘿嘿，让我试试。"孙云祥抢过孙振文手中的木偶，试了一下，竟能操作得非常自如。

坐在躺椅上的孙振武，也要一试，六指便拿过去。

孙振文松了口气。等这些人熟练掌握了四根棍木偶的技巧，这南北二泉对抗赛，孙家班就赢了大半。

从夏到秋，整个木偶皮影剧团进行了封闭式的技术培训和曲目排演。

对抗赛实行主客场制，客队先演。

济南是对抗第一场，先演的自然是泉州木偶剧团。

省城的各大报纸，各个广播频道，提前十天便开始了铺天盖地的报道。各种各样的鼓动与对比，充满悬念和刺激。类似南泉北泉谁是真泉、悟空沉香比法力比实力、孙家班厉害还是林家铺子更强等等分析和猜测，吊足了观众的胃口。

大同剧场外的海报，贴了一次又一次，每一次都被人揭去作为收藏。

泉州木偶剧团演出的那个晚上，济南市的公安执法人员站满了大观园周围的十几条路口，车辆封闭，只允许行人通过。一千人的票，几千人蜂拥而至。投机倒把分子四处抢票贩票，把平时两毛钱一张的票，炒到二十元一张。

泉州木偶剧团的表演，确实让人大开眼界。他们提高了木偶表演的难度，把木偶的提线由十六条增加到三十条。十几位表演者手法细腻，有条不紊，凭借精湛娴熟的表演技巧，将少年沉香战胜邪恶势力的勇气和力量，刻画到了极致。沉香在白鹤的协助下，战败二郎神，打退哮天犬，完成了劈山救母的心愿。剧中的喷火绝活，让所有的观众闻所未闻，见所未见，创造了木偶表演的新高度。

孙振文心想，泉州木偶剧团有备而来，果然名不虚传。

李兴盛对孙振文说："振文，济南木偶就看你了。"

孙振文笑而不答。

第二天晚上，同样的盛况，表演的主角成了济南木偶皮影剧团的人。孙振文亲自指导，并挑选了剧团里最精干的力量，演的是观众最喜欢、最熟悉的《孙悟空三打白骨精》。大幕拉开，暗红的帷子代替了以往的蓝色或黑色，高度也降低了十公分，这就相应降低了演员在帷子之下的活动空间，增加了演员表演的难度，却使舞台高度增加，阔大的空间感让观众感觉豁然开朗。

在舞台的半空位置，有一道蓝色天幕，天幕上如有阳光普照，如有彩云飘动，或聚或散，或浓或淡，似能让人感觉到风的飘荡和水波的缓缓流动。几棵绿叶树被搬上舞台，有的开花，有的结果，从低到高，季节在光的照耀下变化，树叶在时空变换中改变颜色。舞台置景将实物与布景搭配，让人耳目一新。孙悟空刚一亮相，台下便是一阵掌声。孙悟空精神抖擞，金黄与大红搭配成衣服的主色调，让观众心目中活泼好动的孙猴子，在率性可爱之外，更多了沉稳大气。加长的雉鸡翎威武霸气，有着扫荡一切的英雄气概和夺目光彩。可以随意扭动的头，观众以前从来没见到过，不禁啧啧称奇。当孙悟空的眼中射出两道强光，将妖怪照出原型、由木偶变成扁平的皮影在舞台的天幕中慢慢消失的时候，观众的掌声久久不停。更奇的是，电闪雷鸣之中，孙悟空只一个跟头，便可大可小，瞬间变形，由地上飞到云端，也只是轻轻一点，便斜刺里直冲云霄抵达天宫。

一个小时的表演，观众瞪大了眼睛。他们不知道那道闪电如何出现，又如何消失。他们弄不清楚，起飞时的孙悟空个头很大，一眨眼的工夫怎么就变成小个头，然后一飞冲天。他们还弄不明白，坐在前排的观众，为何感受到了雨水滴落的声响，如同人在雨中。那水中的波纹为何荡漾不止，无端地制造出奇幻的海市蜃楼。

孟书记说，泉州木偶剧团的林团长，没有看完就离开了剧场。

孟书记说，林团长临走的时候留下一句话，"我们真该演《走麦城》"。

孟书记说，林团长让人捎信来，泉州的对抗赛取消。

孙振文点着头。他知道自己会赢，会赢得漂亮，赢得精彩。

第二天的日报、晚报头题报道对抗赛的盛况，两家的题目只一字之差，日报是《北泉完胜南泉，济南木偶皮影一飞冲天》，晚报则是《北泉完败南泉，济南木偶皮影一飞冲天》。李兴盛拿着报纸给孙振文看，孙振文找到孟书记，几个人面面相觑，然后同时放声大笑。

"你看报纸上怎么说？我们赢在创新，由三根棍变成四根棍，增加了木偶人子操作的自由度和灵活性，让小小的人子活了起来。赢在小小的木偶戏吸纳了皮影的长处，成为综合的舞台艺术。这一综合，身价就高了，说明木偶戏有着集众艺之长、海纳百川的胸怀和气度。振文，在这一点上，团里应该感谢你。正因为有这样的胸怀，木偶戏的路才能越走越宽。兴盛也是，把皮影的看家本事都用上了。归纳他们这一个整版的篇幅，就三点嘛，我们赢在创新，赢在胸怀，赢在舞台。这也将是我们永远制胜的法宝。今天晚上，剧团给你们庆功，我要好好犒劳犒劳你们。"

皮影组的人，孙家班的所有人，包括刚刚招收的新演员，都参加了剧团的庆功宴。只有孙云禄，在他的前院，一个人唱着小曲，喝着不知什么年代的老烧酒。柳如影在宴会开头之后不久，便悄悄溜了出去。

孙振文低声问李兴盛："为什么团里的事，都是孟书记说了算？李团长怎么啥事都不管？"

"李团长是孟书记从别的单位要来的，要来就是听话的。不听话不就乱套了？"李兴盛小声说。

"哎，你们两个小子，瞎嘀咕什么呢？背人没好话，好话不背人。是不是在说我什么坏话？"孟书记到各桌敬酒回来，看到孙振文和李兴盛的头凑在一起，便问。

"振文想让我问问，这次大胜之后，咱团里是不是可以放假了。"

"放假？我也想啊。人怕出名猪怕壮，这话一点也不假。文化部的领导看了擂台赛之后，已经安排咱们团到全国各地演出。除了台湾不去，全国二十多个省都要跑到。我还要告诉你们一个好消息，部里的领导说，这样的演出水平，中央领导很有可能会接见咱，是大领导哟。所以啊，振文，你还有什么绝招，有什么点子，要尽快想出来。如果真的进京汇报演出，必须得全部用上。"孟书记兴致高昂。

"这事好办，不过我有个要求。我们建团两年多了，还从来没有见到过孟书记演戏。要不，你给大伙儿来一段？"孙振文的小眼睛成一条线，坏笑。

"你小子将我的军是不是？你以为我不会？来，乐队伺候……"

  花繁，秾艳想容颜。云想衣裳光璨。新妆谁似，可怜飞燕娇懒。

  名花国色，笑微微常得君王看。向春风解释春愁。沉香亭同倚阑干……不提防馀年值乱离……

"噢噢噢！"李兴盛领着演员们起哄。

"孟书记，你这《长生殿》唱得真是地道。不提防馀年值乱离，这可是《长生殿》的代名词啊。有这一段我就知道，您是情种。透个实底，练过？"孙振文问。

"我1942年加入中国远征军第一路军，在缅甸受伤后，在云南养伤。那儿人人都会唱昆曲，我偷偷跟着人家学了几句。"孟书记笑着，"也就是瞎唱。"

"跟着人家学了几句？人家是谁？哈哈。"李兴盛起哄，"振文，我告诉你一个秘密，孟书记的家属是昆曲演员，是他从云南骗来的。他那个人家，可是咱市文化馆的专业演员哪。"

"噢，怪不得，得了真传啊。佩服，佩服！"孙振文抱拳作揖，开着玩笑。

演员们陆续跑过来给孟书记敬酒，孙振文趁机跑了出去。

夜色沉沉，如有慵懒的黑布垂下。孙振文不知该去往哪里。

如果能有孙悟空的本事多好。从济南到赵家堂，连半个跟斗都不需要，眼皮一眨，就可以陪在棟花的身边，孝敬娘。

晚间的大明湖像一朵沉睡的莲，所有的美都一层一层地敛了起来。夜色或浓或淡，在湖面上来回踱着，踩碎了不知何处飘来的光，那些光又缓缓飘去，飘成更深的夜色。那些痴情的荷，想着与星光缠绵的约定，喃喃着来年的七夕，来生的今日。湖面的远方传来悠扬的琵琶声，蘸了湖水的湿气，潮潮的，断断续续，悠扬凄切，似断肠的鸟鸣，那是《长恨歌》的曲调。这世间，一个情字苦了多少人，一个爱字，又能拯救多少人。

清透的月光，如声声琵琶，定是为情所伤，写满薄凉。

孙振文想游到大明湖的深处，做一个沉沉的梦。或者让这千年的大明湖，流进自己的梦里，涤荡所有的快乐和幻想。

4

文化部安排的赴全国各地的巡回演出,团里仍然安排孙云禄带队。

孙振文本打算借这个机会跟着去全国转转,与同行交流切磋一下,也是学习的机会,无奈孟书记说:"进京演出不知是什么时候。巡演你和兴盛都别去了,以后还会有不少交流。现在首要的任务,是静下心来再创新一些木偶戏的操作技巧。"

李兴盛告诉孙振文:"不是孟书记不想让咱们去,是你那黑心的二叔不让去。对抗赛没让他参加,老人家正在闹情绪。他还威胁孟书记,说要把孙家班拉出去单干。"

"孙家班是他的吗?他说拉出去就能拉出去?"

"孟书记也是多一事不如少一事。管他呢,咱还是研究木偶和皮影融合的事。我觉得这事挺有意义。"李兴盛拿起桌上放着的一块皮子和剪刀,剪子口张开着,不知从何处下刀。

孙振文沉默不语。他知道自己和二叔的隔阂已经很深。他的一味忍让,并没有赢得二叔的信任,反而导致了更远的距离,更薄的亲情。孙振文想起"天欲让其亡,必先令其狂"的古训,觉得应该给二叔说说了,凡事不能太过,路走过了必是悬崖,人走过了必是火坑。

孙振文心里堵得慌,他使劲地拍着胸口,让自己喘着粗气。不知为何,他最近老是梦见宁洪界。这个按亲戚应该称之为姨夫的人,总是在深夜走进孙振文的梦里。他让孙振文给他解开脖子上的绳套,见孙振文不动,便说上一通谁都听不懂的话,伸出舌头吓唬孙振文。孙振文忘不掉那粗粗的绳索,总感觉它不定在什么时候,就会被人套在自己的脖子上。

再过几天孙云禄就要出发,孙振文去前院找他。孙振文四处逡巡,找了一个方凳坐下,刚说了句"我要跟你谈谈",孙云禄便暴跳如雷:"跟我谈?跟我谈什么?你以为你是什么人?孙家班的班主,还是木偶剧团的团长?你不找我谈,我还想找你谈呢。你说,你和李兴盛狼狈为奸,把几个社会上的小混混弄进我的表演组,抽烟喝酒侃女人。我的戏怎么演?"

孙振文一头雾水:"李兴盛什么时候把小混混弄进表演组的?我怎么不知道?"

"你别给我装蒜。自从上次招进来李玩李固那两个家伙,我的表演组就没有安生过。他们来了之后天天嫌菜不好,嫌饭吃不饱,嫌跟着破车孙子似的到处跑,嫌剧团的漂亮小妮少。这是他们天天挂在嘴头子上的四大不满意。他们以为自己是天王老子啊?你给我听好了,这两个小子是以前跟着李兴盛玩皮影的两个痞子的死孩子,赶快让他给我弄走,否则就别怪我不客气。前几天我还跟龙哥喝酒,说起这事。他说如果我狠不下心,就让他去摆平。"孙云禄仍然气愤,背着手在屋子里转来转去,带起一股股的风,"振文,我知道你对我有意见。在赵家堂,老爷子是说过孙家班是你的,我没有反对。可那是在赵家堂!在济南,这么复杂的社会,这么浑的水,你一个孩子,能处理得了?话再说回来,我现在也没说这孙家班不是你的,我做的这些事,也是在为孙家木偶做贡献,也是想打响孙家班的名号。这难道有错吗?我现在已经够难了。一个副团长,那么多双眼睛盯着,好话坏话都得一个人担着,大事小事都是我自己兜着,整个团的下乡演出,都是我忙前忙后地操持。你不觉得我累吗?联系县乡村,安排吃住行,哪一样不是我一个人操心?你安心研究孙家班的木偶创新,我没说一个不字吧?这对孙家木偶是好事,我坚决支持。可你不该和那个李兴盛合伙捣乱。你姓孙,再怎么着胳膊肘子也不能往外拐啊。还有团里的领导们,你以为他们是活菩萨?他们把活推给我,不管好名罪名都让我担着,他们巴不得有个陷阱有个悬崖让我跳。他们想着要把我置于死地,你不觉得你就是他们的帮凶?我看你离刽子手也不远了。我还是那句话,无论谁,别不服气,不行就放马过来。"

柳如影进门:"哟,振文来了。"脸上挂满讨好的笑。

孙振文似乎感受到近乎亲情的东西,慢慢滋生、蔓延,渐渐成了一种温暖。但他心底在抗拒,他没有理睬柳如影,仍然面对着孙云禄说:"我没有你说得那么恶毒，我成不了刽子手。你忙，你累，你委屈，我都知道。可你给我说这些有用吗？有些事我能帮上忙，有些事帮不上。你是我的二叔，我只是想作为侄子提醒你老人家一句，什么事都有个度。事业也好，工作也好，都不是咱自己家的，都不是谁家的箱子谁家的柜子，塞到自己的口袋里就能带走。树大了招风，林子大了藏贼。我们都是在树底下走着的人，能找到进林子的路，就要想着出林子的法，绝不能让老鼠夹子夹住脚趾头。"

"你这话什么意思？你是说我钻头不顾腚？我走过的桥比你见过的路都多，还用得着你教育我？"

孙振文不再说话，起身出了前院，心情郁闷。

那两个叫李玩李固的演员，在全国巡演出发之前，被孙云禄领到孟书记的办公室，然后就被孟书记安排到了孙振文和李兴盛的研究组做学徒。

孙振文觉得，二叔孙云禄正把自己的路一点点地堵上。这种堵，用的是细细的沙，那些沙细到他不自觉、无意识，最后必将无力挽回。而对李兴盛，孙振文有了强烈的陌生感。他意识到，不管李玩李固这两个人与李兴盛是什么关系，他这样做的目的一定不高尚。再看李兴盛时，孙振文总是要自上而下地先把他打量一番，这也让李兴盛心里发毛。

孙振文突然就没有了心劲儿，没有了继续研究木偶皮影融合的心劲儿。他向孟书记请假，想回家休息几天，看看娘。孟书记再次阻止了他。

临近年底的时候，文化部的几位副部长来到济南市木偶皮影剧团，要亲自看一下木偶戏《三打白骨精》。木偶的技术创新和舞台的唯美效果，让他们大吃一惊。几位领导一碰头，接着就确定下来，明年二月份进京参加汇演，代表中国的曲艺界向毛主席汇报文艺工作情况。

整个剧团开始处于一种亢奋状态。这种比天还大的荣耀，突然降临到木偶戏身上，让所有人都有一种做梦的感觉。孟书记天天第一个到大同剧场，到孙家班居住的地方叫演员们起床、吃饭、排练。演员的生活条件全面改善，在全国大部分人都处于饥饿状态、连饭都吃不饱的时候，他们天天享受着鱼肉蛋奶的特殊供应。

"天上的神仙也不过如此。"孙云祥的脸上笑嘻嘻的,"这种会演,年年有才好。他们只要敢有,咱就敢演,哼。"

"这就叫共产主义的新天地。这样的日子,是没有尽头的。"马荻亚旋转着,跳起了新疆舞。

孙振文一直为创新木偶操作技术,愁眉苦脸。

比他愁的,还有孙云禄。带谁去北京,已经不是小事,而是一件关乎政治的大事。孟书记告诉孙云禄:"你给我挑选的这些人,必须祖宗八辈都没有污点。业务上要过硬,政治上更得硬,这两项合起来,比合金钢都要硬上十倍、百倍,一千万倍。"

"振文,你给二叔出个主意。只能去十个人,书记团长乐队,这些没用的人还必须去。表演的人,必须一个顶仨。"孙云禄说。

"你老人家放心,我肯定不去。"孙振文觉得他是怕自己抢名额。

孙云禄不再作声。他清楚地意识到,自己和振文之间,已经有太深的沟,谁都迈不过去了,连说话都像两头抵人的牛。

柳如影逢人便说,她一定会去北京,她已经是孙家木偶戏的样样通了。

孙云禄拿出的赴京人员名单,剧团一次次上报,被济南市文化局一次次否决。

眼看着二月份就要进京,人员还没有最后确定,孟书记一个劲儿地急。没有办法,只好让所有人员都参加排练。市局最后形成意见,春节后组织一个专家组进行评审,根据业务熟练程度,由专家组确定赴京人员名单。

又一个回家团圆的春节,就在木偶的左摆右晃中,悄悄走过。那些想过年的唱腔,变得思家心切,变得有气无力。

马荻亚哭了,她说俺想家。

孙振武哭了,他说俺想娘。

那个从山东艺校特招来的皮影特长生王丫妮也哭了,她说家里的人俺谁都想。

除夕夜,孙振文一个人跑到大明湖,将五挂五百响的鞭炮,一一挂在干枯的柳枝上。城市大钟十二点的钟声响过,孙振文想哭,哭声憋在嗓子里,变成喉结咯咯的响。他把那些响咽下去,它们就又集体涌上来,把他的喉咙堵得结结实实。

孙振文点上第一挂鞭炮,跪下,膝盖磕在硬邦邦的土地上。似乎只有疼痛,才能让他平复心里的苦:"爷爷,这第一挂,是孙子为你放的。你要好好的,什么病都不能生。我想你的白胡子,想看你的眼花到了什么程度,想让你变得迟钝的脑子不再想俺爹。你不要再记恨娘,啥事儿都不是娘的错,她有她的苦处。你还要像以前一样,拿她当闺女。过了年,进完京,就是死,我也要回去看你。我去大观园看看,有没有你喜欢的好烟叶,厚厚的,黑黑的,还得是干干的。我还得让你看看咱家四根棍的小人子,是你孙子的发明,它姓孙。"

"爹,这第二挂,是儿子为你放的。你走了快三年了,我还没有给你烧过一炷香,上过一次坟。你要懂我,懂你不孝的儿子,懂他的苦,没地儿说,没人说。我害怕自己扛不住啊。"

"娘,这第三挂,是小文子给你放的。苦了你,照顾着楝花,念着儿子。我想起你给我和楝花当司仪那天,你哭,姨也哭,心里却甜。娘,你今儿个的心里,还甜不?"

"楝花,这第四挂,是给你放的。我知道你听不见,你看不见我的嘴,摸不到我的心,也舔不着我的泪。可楝花,你就是我心尖尖上的一块肉,天天在那儿,一拱一拱的,笑是你,哭,也是你。"

"这最后一挂,是给我自己放的。自个儿放,自个儿听。一个人放,一个人听啊……"

孙振文对着冰冷的大明湖,跪下去,深深地跪下去。

孙振文将川剧变脸的动作,运用到木偶上,取得极佳效果。

虽然只是简单的两张脸,却解决了木偶在表演孙悟空时,经常更换人子的难题。

更重要的是，白骨精的摇身一变，能够在瞬间完成，如同真正的变身。

木偶戏变脸的革命，绝对不亚于从三根棍到四根棍的转换。

孟书记高兴得跳了起来，平时不苟言笑的他，猛地抱住孙振文，用胡子扎着孙振文的脸："小子，你真是天生的艺术家。剧团要给你记功。演出回来，我再申请市政府给你记功。"

孙振文把变脸的操作技巧，最先教给了孙云禄："二叔，北京汇演，我可能去不了。这变脸技术和孙家木偶的未来，都在你手上了。"

"这哪能行？你的发明，你必须去。"

孙振文对孙云禄的话，总是半信半疑："我不想占用进京的一个名额。"

市文化局组成的专家组，对木偶戏的演员队伍逐个进行了长达一个月的政治审查，然后又组织专门的业务操作比武。

最后的名单由济南市文化局在剧场的公示栏里公布，孙家班的全体人员，除了马荻亚和六指，全部进京参加汇演。皮影组的李兴盛、王丫妮进京。其他便是剧团的行政领导和乐队。人员超出了上级的要求，尤其是后勤人员太多，最后只能是济南市自己解决超员问题。

柳如影在前院和孙云禄大吵大闹，后院孙家班的人和几个学徒吓得不敢吱声，拿着小马扎坐在院子里，耳朵直得几乎要跨出院墙去。

"活该，死了才好。"孙振武发狠道。

"振武，说什么话？团里的事你少管。尤其是在进京的时间最后确定之前，你第一件事就是养好自己的腿，在最短的时间内好起来，千万不能再受伤。"孙振文关切地说。

"没事，断了腿我就爬着去北京。"孙振武拍了拍胸脯，拍完胸脯的手攥起来，大拇指朝上，对着孙振文摇晃了几下，"大哥，你真有才，没有你就没有孙家班的今天。"

进京前的日子，显得急促和匆忙。剧团里的人都在准备着自己能想到的所有细节。越到临近，脸上的笑容越少。每个人都提着一颗心，一次次查找自己的表演还有哪些不足，让其他演员为自己挑毛病。他们不想在国家领导人面前丢人，不想出任何差错。市文化局的局长副局长，天天轮换着到剧团督阵，每天都念叨，任何一丁点的失误都是天大的政治事故。孟书记更是皱紧了眉头，早上开布置会，晚上开总结会，把讲政治讲大局的道理讲了一遍又一遍，把重要意义、长远影响说得所有人都能背上三段五段，还有人会在会议的中间，跑出去呕吐一番再回来。

柳如影天天和孙云禄哭闹，寻死觅活的，已经成了剧团饭前的一道开胃菜。

剧团出发前，柳如影突然跑到解放车前："孙云禄，你说过的话都成了狗放屁？你的良心让黄鼠狼吃了？你给我下来。你去北京风流快活，凭什么要扔下我？我也要见毛主席，我也要见党中央，我还要给毛主席献花，跟毛主席照相。"

送行的李团长拦下柳如影，好说歹劝地把她送回前院。

陪着她的还有马荻亚，抹着泪。

早春二月，乍暖还寒之季，北京的天气却是异常温暖。

毛主席观看济南木偶表演，是在一个风和日丽的下午。

孙家班的人个个都紧张得出汗，却没有出任何差错。所有的创新，所有的操作技巧，都一一呈现出来。剧目结束后，毛主席缓缓走上舞台，与演员一一握手，然后坐在工作人员搬来的椅子上，与演员亲切交谈。

"小伙子，我看你演的孙悟空很好嘛。你说说，这木偶戏怎么个好法。"毛主席指了指站在前面的孙振文，问。

"请主席指示。"孙振文按照预先排定的答词说。

"这木偶戏嘛，是一门非常好的艺术，群众喜闻乐见，应该大力提倡，尤其需要提倡探究真理的勇气。这《三打白骨精》一直受到普通群众的喜爱，戏好，意义也非同寻常。地富反坏右都是些善于伪装的人，看不到他们的本质，共产党人就可能被蒙蔽了双眼。所有的真理、真相，都要靠实践去检验。"毛主席的话，湘味十足，孙家班的所有演员，都在用心听，用心记，"这出戏，可以到全国演一下嘛，部队里也要去，更好地锤炼部队同志的辨别力、意志力，部队里有一种真伪不辨的倾向噢。"

短短十分钟的主席接见，载入了济南木偶皮影剧团的史册，也将孙家班的木偶戏，提升到国家艺术的更高层次。

"刚才小伙子表演用的那个木偶，你就留下了嘛。放在我的书橱里，辟辟邪气。"毛主席接过孙振文递过去的木偶，哈哈笑着，把侧杆一上一下地拉拽几下，孙悟空的雉鸡翎便摇得风生水起。

孙振文见到主席既兴奋又紧张，脸上的笑容一直僵在那里，硬着。如果爷爷在，该有多好。孙振文心里想。

回到省城，济南木偶皮影剧团受到了隆重的欢迎。热情洋溢的群众被市文化局组织在大同剧场前，手拿小旗，高喊"欢迎欢迎，热烈欢迎——"剧场前的几棵柳树，似乎在一夜之间茂密翠绿起来，舞着蹈着。省委书记亲自到大同剧场，与演员一一握手致意。在这一刻，孙振文觉得，工作中所有的付出，流过的汗水，都值了。

省里让剧团组成事迹报告团，到省城的各个单位作巡回报告。

文化部按照主席指示，要求剧团继续深入到全国各地演出。

各大军区紧急与剧团联系演出日期，组织全体官兵集体观看。

剧团巡演的日程一下子排了整整一年。

在徐州八一会堂演出的时候，孟书记突然接到一份电报，是赵家堂村通过邮局发来的，接收人是孙振文："爷丧速归。"

短短的四个字，打乱了剧团的演出安排。

那辆老掉牙的嘎斯车，时不时地坏，跑起来如一头猪一样，头一拱一拱的，喷出的气像谁前晚吃过豆子放出的屁。孙振文一个劲儿地催促司机老王，车与人都还算争气，咬紧牙关拼了命地往前跑。回到赵家堂时，已经是下午四点多。老爷子孙培山的骨灰盒摆放在坟前，只等下葬。

孙家班回来了，在老爷子下葬的最后一刻。

"爷爷，我来晚了。孙家班的人都回来了，都回来晚了。你看看咱孙家的小人子，变了，变了啊。它能回头，能看着你说话，能变脸，能哄着你笑。

你带上它吧，闷了可以和它说说话，想孙子了可以让它给你唱唱戏。"孙振文一边号啕大哭，一边拿出一直带在身边的木偶，"爷爷，你睁开眼看看咱孙家班，看看咱家的光荣。咱孙家班出息了，孙家班的木偶戏，毛主席接见了。孙家班在全国演出，全国啊爷爷。"

十月的天，瞬间黑暗下来，随后便有大片大片的雪花急促地飘下，将所有送葬的人，盖上一层白雪。

瞬间，阳光普照。

孙培山的骨灰盒被轻轻安葬。

孙振文被村里的几个人架着，他的身体像面条，两腿根本站不住。

"除夕那天说，你要好好的，什么病也不能生。除夕那天说，进京回来就回家看你。老天爷，怎么这样不讲诚信！"孙振文边哭边说。

楝花抱着孙振文的左腿，哭。

娘抱着孙振文的右腿，哭。

演出临时取消，剧团给孙家班放假三天。

孙云禄第二天带着其他人回了济南。

孙振文留下来，要过完三天假。

楝子树已经小腿粗了，树冠不大，却早已是茁壮成长的气象。优美的树身，像天鹅湖上的舞者，高冠岌岌。在秋天依然绿绿的叶子，如盛开的羽毛，有风没风都一样快乐地飘着。孙振文在林子里踱来踱去，想象着楝树花开的时节，在翠绿丛中探出头去的一簇簇紫花，满含娇羞，和楝花说着只有她们能懂的悄悄话。

"娘，我不想走了。"孙振文说。

"不想走就不走。丑妻薄地热炕头，才是家的样子。"娘说。

"娘，你受苦了。楝花惹你生气了么？"

"楝花只想着让我高兴，楝花受苦了。"

"娘，我天天晚上睡不着，睡不着就想你，想楝花。"

"想我是假的，想楝花是真的，这个我信。只是楝花这孩子，挺折腾人。

她天天深更半夜地跑到我床上,让我点上灯,让我给她说话。"

"娘,我天天晚上要对着赵家堂说话。我知道你听不见,可我只想说。"

"娘有时能听见。过年过节的时候,一炷香烧不完,娘就能看见你的模样,能听见你说话。娘听见了就告诉楝花,告诉她你想家了。"

"娘,我走了三年,你的头发全白了。"

"是三年六个月零二十一天。楝花和娘在墙上给你画着道呢。你骗得了娘,骗不了楝花。"

"娘,我的工资……我什么都没给你们买。"

"我们什么都不缺,只缺一个不想家的狠心狼。"娘终于强忍不住,放声大哭。楝花也抱着娘的胳膊,把头埋在娘的怀里,像一个受尽委屈的乳儿。看见娘哭,她便走到孙振文跟前,砸他的肩膀,一下,又一下。

三天假期结束,娘和楝花借了大队的马车,把孙振文送到车站。娘说:"文儿,你这一走,不能又是三年吧?"

"不会。过年的时候,我一定回来。"

楝花伸出小手指,孙振文勾住,拉了三下。然后,孙振文把大拇指弓起来,轻轻地往楝花的鼻子上刮去。

回到剧团孙振文才知道,到全国各地的巡演被紧急叫停。

剧团的气氛一下子紧张起来。孟书记表情凝重,在全体人员会上说:"接省市委通知,近期全省思想文化领域工作的重点,就是继续深入学习、贯彻落实中宣部通知精神,在各宣传部门、文艺团体、演出机构,认真学习《文艺八条》,查摆工作中存在的突出问题,在文艺界开展深入、认真、持久的整风运动。文艺八条的具体内容我给同志们强调一下:一,进一步贯彻执行'百花齐放、百家争鸣'的方针;二,努力提高创作质量;三,批判地继承民族文化遗产和吸收外国文化;四,正确开展各种文艺批评;五,保证创作时间,注意劳逸结合;六,培养优秀人才,奖励优秀人才;七,加强团结,继续改造;八,改进领导方法与领导作风。这个文件是今年四月份发的。由于我们忙于全国巡演，我们的思想教育工作，受到市委宣传部有关领导的批评，说我们有了荣誉就开始翘尾巴，就开始闹矛盾，闹不团结。对此，市里要求我们从灵魂深处查找根源，越是有荣誉的地方，越要抓住几个反面典型，坚决打击，以儆效尤。近期，市里将派出工作组，对我们剧团的学习落实情况、整改剖析情况、反面典型的批判情况，进行重点督导。对此，希望同志们要有正确认识。把材料领回去之后，要认真学习，深刻领会，进行深刻的自我剖析，主动向组织承认错误，坚决予以改正。"

一种不祥的预感在剧团内蔓延、疯长。

孙振文看到窗台花盆中的一棵秋海棠，突然间枯萎下去。干枯的红色叶片像极了凝固的血块。

恰恰在这个时候，柳如影变得疯疯癫癫。她到孟书记、李团长办公室，眼泪一把鼻涕一把地诉说自己从童年时期就遭受的种种不幸。她说李兴盛骗了她，答应跟她结婚结不了。她说孙云禄骗了她，答应带她去北京去不了。她说孙云禄变心了，爱上了那个叫王丫妮的破鞋，并且抓住孙云禄和王丫妮睡在一个被筒里。她说她早就看出他们不正常，一直眉来眼去，做着见不得人的勾当，他们就是一对不分场合、天天浪秧子的狗。她说孙云禄把她打得满身都是伤，如果不信她可以脱下衣服让他们看。接着她就会把身上的所有衣服脱掉，人们看到的只是她光洁柔嫩的肌肤，看不到她身上有任何伤痕。

孟书记让孙云禄看好柳如影，孙云禄答应得好好的，转眼之间柳如影又跑出来，追着孟书记，他走到哪儿她便跟到哪儿。孙云禄把柳如影关在前院，她又会在半夜起床，把后院所有的人都叫起来，拿着木棍问话，问到底是谁不让她去北京，然后问那个破鞋去了哪里，她要打断她的腿。她的眼睛发直，瞪着人的目光像夜晚狼的眼睛，能吃人。

李兴盛无论何时看见柳如影，都会远远地绕道走开。

孙振文悲伤不已，他看着这个曾经美貌如花的女人，曾经让两个男人癫疯痴醉的女人，竟落到如此下场。到底谁之过？

在小雪到来的前一天晚上，柳如影在前院上吊了。孙云禄从梦中醒来，发现柳如影不在床上，就跑到院子里，然后便看见倚树而立的柳如影，已经全身落满雪花。孙云禄跪在柳如影跟前，哭着，声音压得很低，如狗的呜咽。柳如影低垂的头似乎还在看着孙云禄，脸上是嘲讽还是不屑，已经没人知道，也无人关心。这个苦命的女人，终于丢开了一身是非，带着一身洁白离去，也算给这个世界，留下一丝半点的美好回忆了。

孙振文听到柳如影自杀的消息时，正站在大同剧场前看那些过期的宣传海报，扮演白骨精的柳如影虽然清晰可见，但浓妆已经淡得几乎没有任何痕迹，媚惑的眼神如被水泼过的柴灰，没有丝毫光彩。孙振文把海报一把撕了下来，使劲地揉成一团，扔到墙脚。

孙振文想起，二叔曾经在一次醉酒之后，拉住他的手，拍过之后，便是抚摸，脸上的笑容也醉过，并且疼着，说话的声音抖抖的："振文，叫她一声婶子，算二叔求你，行不？我知道你不愿意，不愿意。不愿意拉倒。呵呵，假的，都是假的。二叔是假的，你也是假的。没人会把她当人，你也不会。孟书记给我讲马列，讲哲……哲什么学。可我不懂，如影也不懂。我们都是肉体凡胎，我一天的学都没上过。马列是读书人的事，演戏才是我们的事。柳如影就是戏里的女人，水一样温柔，颜如玉，面如花。怕只怕，红颜向来多薄命。那次你不是给马荻亚说，女人温柔才可爱么？女人有几个懂得温柔？"孙云禄说话便跟跄着步子，粗粗的兰花指像爆开的萝卜，扭起腰，在房间里唱起来：

> 二八的俏佳人懒梳妆，崔莺莺得了一个不大点的病她躺在牙床，躺在牙床上，半斜半卧。您看这位姑娘，蔫呆呆得儿闷悠悠，茶不思，饭不想，孤孤单单，愣愣瞪瞪，冷冷清清，困困劳劳，凄凄凉凉，独自一个人，闷坐香闺，低头不语，默默无言，腰儿瘦损，它斜着她的杏眼，手托着她的腮帮……

孙振文想起，二叔曾经说过，爷爷也爱听《大西厢》。

李兴盛说是孙云禄杀了柳如影，便向公安局报了案。公安局查了三天，一直得不出确切的结论。

李兴盛便在大观园贴出告示，悬赏一百块钱，寻找孙云禄吊死柳如影的目击证人。

木偶皮影剧团热闹起来，比排一部新戏还要兴奋，人心却更加惶恐不安。

市工作组进驻之后，以柳如影死亡事件作为整风的突破口，让孙云禄天天到办公室汇报柳如影的死因。孙云禄被工作组的几个年轻人，撵到墙角蹲下，不准站起来，也不准倚到墙上。一上午一下午地过去，工作组的人奇怪孙云禄怎么能受得了。孙云禄暗笑，乌龟王八蛋，不知道爷爷是玩木偶的？蹲着跪着，都是我们的基本功呢，谁不服就放马过来。

孙振文遇到孙云禄，不知道该说什么好。他劝孙振武搬到前院去陪孙云禄，孙振武扭过头："死了都没人管。"

转眼到了年底，孟书记按照工作组的要求，又传达上级新的文艺政策，传达毛主席的指示："各种文化形式——戏剧、曲艺、音乐、美术、舞蹈、电影、诗和文学等等，问题不少，人数很多，社会主义改造在许多部门中，至今收效甚微。许多部门至今还是'死人'统治着。不能低估电影、新诗、民歌、美术、小说的成绩，但其中的问题也不少，至于戏剧等部门，问题就更大了。社会经济基础已经改变了，为这个基础服务的上层建筑之一的艺术部门，至今还是大问题……许多共产党人热心提倡封建主义和资本主义的艺术，却不热心提倡社会主义的艺术，岂非咄咄怪事。"孟书记强调，"我们个别同志开始有了厌倦情绪，说我们是文艺院团，不是政治院校。这种观点是严重错误的。毛主席讲的现在的文艺，是被死人统治着，点中了王侯将相、才子佳人创作潮流的要穴，批判了写中间人物论、时代精神汇合论的文艺思想，指出了文艺创作路线错误的严重性。这对我们今后的木偶戏排演方向，是一种政治引导。有的同志可能不服气，认为我们受到了毛主席的接见，我们的创作是得到领导认可的。这一点团里也承认，并且始终坚信我们创作方向的正确性。但从另一个角度看，在我们具体的业务指导中，在我们的思想深处、灵魂深处，始终隐藏着创作、演出的诸多问题和严重错误，必须得到纠正和澄清。现在各个文艺院团,都在结合毛主席的指示,揪出学阀、学霸、艺阀、艺霸。我看在我们木偶剧团,也可以这样搞嘛。"

孟书记的最后一句话,惊呆了所有人。

木偶剧团的文艺整风,似乎进入了一个不可预知的深渊。

5

  剧团里开始疯传，马荻亚要调到部队文工团，部队已经派人到她老家进行了政审。

  正是楝花盛开的季节，孙振文似乎总能从不知何处吹来的风里，闻到楝花的香。孙振文想楝花了，他越发感觉到自己对楝花的依恋和渴望，愿意为她生，为她死。无论离得多远，无论是吃饭睡觉穿衣走路，他都能随时随地感觉她的存在，感受到她心跳的频率，知道她是高兴还是委屈。她觉得楝花就是长在自己心尖上的肉，是流动在他体内的血，楝花的呼吸就是他自己的呼吸。不管她离他多远，孙振文似乎总能感觉到，她就在不远处，看着他，想要和他说话。有时候，他似乎忘记了她的存在，那时她就在自己心里。有时候，他感觉她就在眼前，却发现眼前的这个人，就是自己的影子，在与花香对话。

  二十四番花信风，楝花一过，便是夏天了。夏的夜，有着无限的生机和勃发的活力。远远近近的光，在月光的摇曳中，透着缠绵和暧昧的气息。已是午夜，小院里早已春梦绵绵。暗影拂动的柳，将梦的颜色摇成流淌的绿。

  马荻亚悄悄走进孙振文的房间。

  "谁？"孙振文惊醒。

  月光像水一样清澈，从窗棂间流进屋子。

  "振文哥。"马荻亚披了一层薄纱，站在孙振文的床前。随着年龄的增长，马荻亚越发漂亮，清秀俊俏的脸庞，苗条高挑的身段，凸凹有致的身体，把简单的青春张扬得如同黏稠的欲望，赛过戏里的杨玉环。每次外出巡演，她的出场和谢场，总能引来无数没命的尖叫。而此时，她几近赤裸地站在孙振文面前，女性的胴体光滑得像透明的瓷，吸引着孙振文的目光。

  "怎么是你？"孙振文的脸一阵热，他发觉自己不自觉地用两腿夹紧了毛巾被。幸亏是晚上，要不真丢人了，孙振文想。

马荻亚的呼吸急促，她不顾一切地扑到孙振文身上，死死地抱住孙振文："振文哥，你要了我吧。让我做你的女人，一辈子只做你的女人。"

孙振文闻到马荻亚身上的香，那香让人迷乱，让人恍惚。马荻亚的皮肤如此柔嫩，如同初春刚刚萌芽的小草。孙振文触到了她紧张而兴奋的乳头，颤抖，渴望。只一个瞬间，孙振文猛然惊醒，他想起刚才还在梦中大哭的楝花，使劲地把马荻亚推到一边。

"振文哥，求求你要了我。他们明天就要带我去体检，如果我还是女儿身，他们就会把我送给一个老头子当填房媳妇。振文哥，求你了。"马荻亚带着哭腔，说。

"荻亚，对不起，对不起，我不能害了你。"孙振文捧着马荻亚的脸，手抖着，他几乎抗拒不了马荻亚身上的少女的香甜。他努力地把两腿夹得更紧，咽了一口唾沫，"荻亚，我说什么你都会觉得我无情无义，该天打五雷轰。你还小，不懂真爱是一种什么感觉。我和楝花是人们常说的青梅竹马，在这个世界上，我觉得唯一亏欠的就是她。欠，应该是描绘爱情最准确的一个字。欠，就要还。楝花一个人的爱情债，我需要用自己的一辈子，用我的今世余生慢慢偿还。荻亚，并不是我孙振文多么高尚，不是我不喜欢你，不是不想要你，可我怕欠你更多，我还不起，我没有时间、没有资本来还。"

"我不要你还，我心甘情愿地给你。我的第一次、女儿身，给我这一辈子最爱的男人。哪怕一辈子，就这一次，就这一个晚上。答应我，好吗？"

孙振文摇着头。

马荻亚哭起来，哭声里带着哀求："孙振文，你知道吗，如果我跟了那个老头子，我一辈子就毁了。我再也不能跟着孙家班演木偶了，只能天天伺候一个半死的老头子。"

"对不起，荻亚。"

马荻亚突然起身："孙振文，如果你不要我，我现在就去找你二叔，让他要了我，以后我就当你的二婶子。你信不信？"

孙振文微闭上眼，不知道自己如何是好。

马荻亚滚烫的唇在孙振文身上游走，眼睛、鼻子、嘴唇，每一寸颤抖着的肌肤。孙振文感觉自己已经无法控制，他猛地把马荻亚压在身子底下。

马荻亚的手像火，抓住了孙振文的下身："来吧，要我，快点，要我。我想给你生个儿子，让他跟着咱们学木偶。"马荻亚声音不大，却像一声惊雷。

"这不是楝花说的么？"孙振文猛地一个激灵，海潮退去，"对不起，荻亚。"孙振文使劲地把头撞在墙上。

马荻亚一巴掌打到孙振文的脸上。"孙振文，你不是人。"她疯了似的赌气起身，一边往身上套衣服，一边破口大骂，"孙振文，你记住，你根本不懂什么是爱情。你根本不是什么狗日的真情，你他娘的是虚伪，是自私，是绝情。你为一个狗日的哑巴，值得吗？你就是一个二百五，是天底下最傻的傻蛋。"

"我咒你一辈子死！！！"出门前，马荻亚恶狠狠地说。马荻亚没有想到，自此一别，再见孙振文已经是十五年之后。而她的诅咒，成了孙振文一生的灾难。

夜，突然间安静下来，孙振文似乎能听到隔壁的人梦中的心跳。泪水滑下，冰凉。孙振文看到月亮的光模糊着，像被谁撒了一层草灰的雪。一棵凌乱的树枝在窗纸上艰难地摇晃，随心所欲地画着一幅心不在焉的画，那些黑色的线条，把窗纸割得七零八落。画笔落下的声音，在暗夜中慢慢地流，流得像戏子脸上的泪，花了一张苦冷的脸。

"**戏里戏外，他总在戏里。**"爷爷的话从哪里掉下来，扎在胸口。

第二天上午十点，一辆军用吉普车拉着马荻亚走了，离开了木偶皮影剧团，再也没有回来。

第三天，几个当兵的人，把马荻亚的东西收拾好，全部拉走。

孙振文感觉心里塞了秤砣一般。他想起在老家时县委书记郑直唱过的评弹调："这小小的人子儿，的确是个好玩意儿，你让它去东——它绝不去西，你让它打狗——它绝不骂鸡。你可以替它说话，它却演着你所有的悲喜——悲喜——"

全国文艺界的整风更加深入，报纸上开始公开批评演鬼戏《李慧娘》，说是有反党动机。而京剧《谢瑶环》，也有影射之嫌。针对这两部戏，全国各个文艺团体都在反思。揪出艺阀戏霸的活动，正式在木偶皮影剧团展开。

工作组亲自坐镇，要求三天之内，找出木偶皮影剧团的戏霸。

孟书记开始逐个谈话，让每个人都谈思想，找问题，挖根源，揪戏霸。工作组的人在会议室里，对每个人的谈话都进行了记录。

所有人的矛头，都指向了孙云禄。尤其是李兴盛，更是四处活动，倾诉自从合并后皮影组受到的种种不公正待遇，动情处几乎掉下泪来。他说这一切的幕后黑手，都是孙云禄。

孟书记找到孙振文，让他明确指出木偶皮影剧团的戏霸是谁，不能徇私情，讲面子。孙振文不解地说："戏就是戏，哪有什么霸不霸的。如果有谁做得不好，也只是为人处事的方式不对，谁和谁都没有阶级仇恨。"

"振文，你这是明显的好好主义，是毛主席明确批判过的。你要讲原则，要有立场，不能含糊。"孟书记语重心长，"这次的运动，是从上边抓下来的，走不得过场。从部队回来后，我一直做党委的工作，我分得清什么时候是真运动，什么时候是假而毛。振文，关键时候别犯糊涂啊。"

让孙振文完全惊呆的是，孙振武向工作组反映，自己的父亲孙云禄就是戏霸。他还列举了孙云禄在排练演出过程中，打骂演员的十几个例证。工作组根据他的叙述，写成书面材料，让孙振武拿着挨个找演员签字。不到一个上午，全团百分之八十的演员都签上了名字。

孙云祥看到孙振武拿着材料让他签字，便一脚踢了过去："滚！"

"怎么，不服气？信不信我把你的名字也写上？你和我爹没一个好东西。他是狡猾的狐狸，你和他狼狈为奸。"孙振武说完，便大摇大摆地走出小院。

孙振文怔在那里，他不明白自己平时和亲兄弟一样的孙振武，怎么突然就变了？

傍晚，孙振文让六指买了几个菜，提着去了前院。

孙云禄一下子衰败下去，像小雪之后仍然站在地里的棉花柴，虽然仍是黑不溜秋地立着，但里外都已经枯空了，叶子似断未断地飘着，飘得有些没脸没皮。

"振文，二叔这辈子，越活越糊涂。老了老了，倒成了丑角，比丑角还丑，让别人笑话。你以后要管好孙家班，别像二叔。"孙云禄接过孙振文端给他的酒，头高高昂起，酒杯久久地空悬在张开的嘴的上方。孙振文听到随着白酒缓缓流进二叔喉咙的呜咽，然后就看见二叔的泪，在低头的瞬间挂满了脸上的皱纹，"这老家的酒啊，就是香，就是厚道。"

"二叔，不要难过。人总要过几道坎。"

"这次，怕是过不去了。运动啊，整死的人太多了。"

"咱们不反党不卖国，没有人命没有公仇，怎么会整出人命？二叔想多了。"孙振文劝慰道。

"团里开批斗会，你不会到台上批二叔吧？"孙云禄问。

"不会。我情愿自己挨批。"

"可振武会啊。他会第一个上台，用我打他的棍子，敲碎我的头。用他的话说，是我的狗头。"孙云禄长出了一口气，"孙家班的臭名，将永远留在济南。作孽啊！"

"二叔，别想太多。兵来将挡，水来土掩，啥时候说啥时候的话。"孙振文不知道二叔所说的作孽，是在骂振武，还是在自责。

"振文，二叔不是坏人，如影也不是。都说戏子的泪不能信，可她的泪，我信。她只是想过得好一点，有一个安稳的家。一个女人，不就想这个吗？当年你和栋花偷偷成亲，你爷爷，你爹，不接受你们。可二叔懂，能理解，也一个劲儿地劝他们。两个人只要对上眼，九头牛也拉不回来，就像是上辈子欠下的。二叔和如影，就是这个样子。可是我，什么也给不了她。这辈子我欠她的，下辈子还吧。"孙云禄喃喃着。

"二叔，"孙振文犹豫着，"我一直想知道，你以前给振武说过我爹和婶的事，到底是真是假。"

"真又如何，假又如何？这个世界上，没有多少真，也没有多少假。真真假假，假假真真，谁也说不清楚。"

"可我想弄清楚。这涉及几个人的名声，涉及孙家班的名声。"

"呵，名声。命都不要的时候，名声重要吗？"

"我听不懂二叔的话。我也不想再问了。二叔可以不在乎名声，可我爹的名声，对我很重要。"孙振文站起身，"二叔，天不早了，你早些休息，别睡太晚。"

孙振文走出院子，接着听见二叔唱起了《霸王别姬》：

看大王在帐中和衣睡稳，我在这里出帐外且散愁情。轻移步走向前荒郊站定，猛抬头见碧落月色清明。适听得众兵丁闲谈议论，口声声露出了离散之心。劝君王饮酒听虞歌，解君忧闷舞婆娑。嬴秦无道把江山破，英雄四路起干戈。自古常言不欺我，成败兴亡一刹那。宽心饮酒宝帐坐，且听军情报如何。

第二天一大早，六指跑进后院便喊："出事了出事了，二叔上吊死了。"他的死字，咬得切切，似乎是从牙缝里挤出来的。

孙云禄吊在前院的树上，与柳如影吊的是同一个树枝，用的是同一根绳子。

同样是小雪节气，却没有飘下一片雪花。

霸王项羽的木偶人子，抱在孙云禄怀里，抱得死死的。

霸王项羽的表情，不可捉摸。

"上天给的，你躲不开。" 孙振文猛然想起爷爷说过的一句话。他想把这句话告诉某个人，脖子转了一圈，发现身边连个人影都没有。

满世界的白倾泻而下，像雪。

一个月后，孙振文被戴上手铐，押上军车带走。

没有人知道他因何被带走，又将被带往何方。

"勿罔轮回石如玉，且顾来年马失蹄。"孙振文突然想起高僧的谶语，马获亚的名字在他脑海中一闪而过。

六指哭了,跪在军车旁边。

孙振文看见六指按在地上的手指,多出的那一根,不知被谁扭曲,微微往上跷着,显出怪诞和夸张。

德令哈

1

孙振文从军车上被押下来后,直接被一个当兵的押上火车。

孙振文的第一次火车出行。

济南郭店站,孙振文启程的第一个站台。

黑色的闷罐车,是一辆拉犯人的专列。

1964年12月24日,离孙振文的二十四岁生日,还有一天,离他日思夜想、可以回去团圆的春节,还有三十六天。这一刻,离西方人过的圣诞节不到一天,到了晚上,就应该是他们的平安夜了。去年的平安夜,马荻亚想拉着孙振文去大明湖边上听钟声。今年的平安夜,马荻亚一定感觉到复仇的快乐,她一定有更好的心情,去听钟。那钟声,一定悦耳悠扬,如同来自美丽的天国。

下午两点的火车,汽笛长鸣,车厢像天上猛然间抖开的黑色幕布,把整个世界罩成一片黑暗。黑是恶魔的颜色,像无解的咒语,常常在地狱显露出最真实的面目。

所有的哭声、喊声、笑声、叫卖声,混合着,搅拌着,嘈杂成飞来撞去的苍蝇,如火葬场里十二点钟声之后的狂欢,魔鬼们戴着面具,散发着邪恶的气息。

孙振文刚想往车窗外多看几眼,便被身后押解他的小兵踢了一脚:"往里走，别伸着狗头，像不要命的鸭子。"

孙振文刚想回头，又被踢了一脚："看什么看？信不信老子一枪崩了你。"

整列火车都是这样押着和被押着的人，一组组，十个八个，三十二十。像孙振文这样，一个兵押一个犯人的情况，似乎没有。

孙振文找个角落，站住。他不知道如何是好，站着不敢回头，坐下又怕被踢。

"蹲下。"

孙振文长出一口气。蹲下，他终于等到了属于他应该有的一种状态。蹲下是一种姿势，也是孙振文表演木偶戏时常有的姿势。蹲比站难受，却比跪更有尊严。孙振文想。

"狗日的，你还戴着表？给老子撸下来。"小兵吼。

"同志，这是俺媳妇送给俺的，你不能摘。"孙振文用右手死死地抓住左手腕的表，拼命把手往回缩。

"你还同志！你有资格叫我同志？狗日的，老子叫訾世良，是首长，是政府。你是罪犯，是人渣！"那个自称訾世良的人一脚跺过来，孙振文身子一歪，斜躺在车厢的地板上。

訾世良把孙振文的胳膊拉得老高，强行拽下了孙振文的手表。

孙振文感觉自己的心脏被刺破，疼痛流遍全身的每个毛孔，泪水如腾空而起的海潮，足以摧毁任何牢固坚硬的堤坝。

孙振文费力地起身，握紧双拳，向訾世良挥去。

訾世良疼得哎哟直叫，趔趄了几步，马上要倒下去。旁边一个兵扶住他的同时，一个拳头挥过来，打在孙振文的下巴上。孙振文的头重重地撞在火车铁皮上，雷一般轰响。孙振文嘴角出了血，头上起了疙瘩。他清楚地感觉到，现在最疼的，不是身体，是被揪走之后的心。疼到一种空，越空也便越疼。

孙振文直直地站起，又想冲，接着就被那个兵一脚踹在肚子上。孙振文倒在地上，身体蜷曲。

"你他妈的为一块表,还想把命搭上?我就不信。"那个兵吼道。

訾世良把脚踏在孙振文头上辗。孙振文再也动不了,他任身体的疼蔓延开去,凝固成一种刺骨的冷。他感觉脸上的肉被拧来拧去,訾世良的鞋底像原石般坚厉。鞋尖踩在孙振文的太阳穴上,几乎要脑浆迸裂。

失去了表,就失去了这个世界所有的希望和依靠。在小说家笔下,那块表会成为一种强有力的象征,整个时间和空间的象征。但在孙振文的思维里,那块表,有楝花买表时差点走丢的磨难,有娘的叮咛和挂念。孙振文想不起那是多少只鸡、多少颗蛋、多少棵树、多少斤粮食换来的,但他知道那些东西就像是土坯房子的家,带着娘和楝花的体温。而当他抚摸那块表的时候,他也总能感觉到慢慢流着的温暖,看到家的影像,闻到屋里屋外的气味。曾经,他细数着秒针走过的声响,如同感受楝花的轻抚,如同仰望雪落时的舞蹈和声响,如同枕着汶河的波涛在梦中歌唱。失去了表,他将在没有时序、只有黑暗的生活里,回忆那些让自己心安的嘀嗒声。这样的回忆,不能叫回忆,而是对苦难的品味和咀嚼,越品越苦,越嚼越疼,就像是砸打霜叶的晚秋的雨。孙振文听到,魔鬼訾世良戴着自己的表,发出与自己戴着时同样的嘀嗒声。而今天的嘀嗒声,明明带了哭腔,能哭出六月雪。那哭腔慢慢变成刺向骨头的针,慢慢扎进,拔出,再慢慢扎进,一直扎到骨髓。

自从被押上军车,孙振文就如同走进迷雾之中,他感觉自己就是一个没有戏文的人子,不知被谁摇来摆去,更不知何时是剧的落幕。曾经有过的谢幕时的掌声,变得如此遥远,更似乎成了一种讽刺,对生活和命运的讽刺。他真想掏出口袋里的桃木棍,把这个狗日的一下子戳死。想起桃木棍,孙振文更觉得心疼得要命,这是他拥有的唯一的赵家堂的东西了。那是楝花送他的,她的体温似乎还在。

孙振文又偷偷看了一眼訾世良举在眼前打量来打量去的表。他觉得自己应该向那块手表作最后的道别,以滚烫的泪。他痛恨訾世良以最无理、最暴力、最残忍的方式,抢走了他的表,抢走了金黄色的表链,白得闪光的表壳,透明温顺的强质塑料表蒙子,嘀嗒作响的时针和表针,以及分毫不差的时间。

下午2点28分04秒，这大约就是孙振文出生的时间。二十四年前的这个时辰，娘疼得死去活来，大摊的血，差点让她丢了命。此刻，他在列车上，丢了表，也差点丢了命。大地震一样的灾难，命运的符咒和谶语，孙振文想。

訾世良终于把脚挪开。孙振文抬头，满眼愤怒地看了一眼这个让他咬牙切齿的訾世良，他多想把自己的目光变成锐利的匕首。在孙振文眼里成为恶魔的訾世良，二十岁上下，皮肤白净，脸上并没有凶神恶煞的样子。孙振文想，阎王爷让他投胎的时候，一定是套错了一副皮囊，他应该披上一头猪或者一条狗的皮，或者是一头驴的。这样想着的时候，訾世良的脸真的变成了驴脸，黑色的皮，耷拉着的耳朵，不断咀嚼着的丑陋的牙，似乎要把整个世界吞掉。

还是那块表的嘀嗒声。孙振文想弄清楚，这块陪着自己只有一年多的表，走过了多少分多少秒，多少黑夜多少白昼，多少次雨落成河，多少次残雪逐风。大明湖的垂柳，如今会变成什么模样？孙振文确信，这曾经与自己一样惆怅满怀的大明湖垂柳，一定会因为自己的离开，凋落枯萎，然后死掉。还有深情留恋的春天，也会不再开花，万物不再萌芽，春天便不再有春天的模样。这样的世界，只剩下訾世良似的残暴，疯长。

那个兵由于用力过猛，弄疼了手腕，依然在甩着手，问："兄弟，去哪儿的？"

"青海。"驴答话，"你呢？"

"也是。把这一批家伙送过去我就可以复员了。这是我最后一次执行任务。"兵的脸上充满笑意，"这狗玩意儿犯了啥事？"

孙振文终于知道自己是去青海了。虽然不知道青海到底在哪儿，但毕竟有了一个终点。这样一个生命的归处，因为手表的被抢，瞬间如同地狱一般。地狱离大明湖多远？孙振文想。世上的任何一条河流，一片湖泊，都有一条黑暗邪恶的隧道，通向地狱。家乡的大汶河，美丽得像歌舞升平的天堂，难道也有通向地狱的暗道？

"反革命。"小兵答。

"他能当反革命？"兵有些疑惑。他弯下身子，用两个手指使劲捏住孙振文的下巴，仔细端详着孙振文的脸，头摇得像刚刚吃完粪便的狗，似乎是要甩干净嘴上的遗留物，"还真是人不可貌相，海水不可斗量。长得和娘们儿似的，竟然有胆和政府作对。"

"命令上这样写的。"

"命令？"

"对。军部首长命令我带一个重刑反革命去青海劳改。然后，"驴的泪刷地流下来，"我就地安置。"

"就地安置？这是什么狗屁命令？"兵拍了拍驴的肩膀，前腿之上的肩膀，"兄弟，想开点。我听宣传的人讲，青海是个好地方，好像人间天堂。国家从五十年代开始，就号召有抱负的年轻人，到青海支持边疆建设。这可是你创业的大好机会，是好事啊。"

"我已经准备好复员回家。父母为我找好了工作，也找好了女朋友，本想年底回去结婚的。这下，全完了。"驴的泪流得更猛。

"真不行把女朋友也调过来，哪儿都有空气、阳光和水，哪儿都有牛奶和面包，哪里的黄土都一样埋人。兄弟，俗话讲，车到山前必有路，这话不假。你想想，没路怎么上山呢？"兵发现自己扯远了，"对了，你叫什么名字？以后有机会到青海，去找你玩。我家在烟台，父亲姓柯，母亲姓吴，图个方便，我的名字便叫了柯吴。呵呵，意思就是可有可无。"

"我也算是烟台人，家住机械厂。我叫訾世良，訾是上此下言，不太好写。"

"这个姓不多见，显得很有学问。"

"我们家祖籍在浙江，父亲是中科院的，被打成右派，下放到机械厂。"驴的脸上满是难过，他抬起左手抹了一把脸，正好有手表反射太阳的光，照到了孙振文脸上，"我被指定转业到青海。这还不如父亲被打成右派。他毕竟在城市里，我这是去了哪儿啊？"

"你父亲是右派你还能当兵？厉害啊。"柯吴一脸的惊奇。

"我当兵早,父亲打成右派晚。还不如早被打成右派呢,我就当不成兵,也去不了青海。"驴嘟囔着,牙齿咀嚼着从喉咙深处发出的声音。

孙振文对驴开始有些怜悯。他感觉命运就像是白天与黑夜的交替,在任何人身上,都会留下苦痛的印记。世道,人心,像阴晴不定的天,谁都无法做主。孙振文再次抬头看驴,眼里的愤怒消失了大半。

"你一定得罪人了。"

"我打碎了首长家的花瓶。他说那花瓶是宋代的,几世传家。"

竟同是天涯沦落人,孙振文心底滋生出一种快感,瞬间过后依然是隐隐的痛。

"这种事啊,你反过来想,就能高兴了。你现在一定恨死那位首长了,对吧?"

"对。"

"那么,你最想做的是什么?"

"报复他。"

"你报复的办法很多,最想的一定是戳他的心窝子。如果是我,一定去他家,把他家最值钱的东西打烂。这个东西,不就是那个宋代的花瓶吗?你不但打了,还打得干净漂亮,那响声是从宋代传来的,像把香瓜拍开一样脆响,咣当……吧唧……嗖……什么好听的声音都有。更让人高兴的是,他那花瓶的碎片,一丝都不能黏合,成了真正的花花花瓶。哈哈,多让人开心的事啊。"柯吴天生的好嘴皮子,几个声音也让他模仿得高低错落,音节得当,音准都在点上。孙振文暗自佩服起来。

"这世间的事啊,都有因果。换个角度,就会有不一样的结论,换来不一样的心情。你让我去青海,我打烂你家花瓶,别说谁欠谁,两清,高兴。"

驴摸了摸脑袋,笑了,露出牙槽里残余的草料。

驴和柯吴有说有笑。年纪相仿,熟络得快,谈得也投机。柯吴的话题,从南到北,从东到西,没有停歇的时候。

孙振文没有听他们说笑的心情。孙振文想着自己被抢去的表,想着没有手表的日子会是怎样的一种混乱。然后他又一遍遍地想，自己怎么就成了反革命的重刑犯？这样的罪名，又会被判多少年？孙振文想起娘，想起楝花。自己出事，小武子一定会回家告诉她们。可小武子只能说出他被带走的事，带去哪儿，多久才能回来，根本说不清。

此去青海，到底是怎样的吉凶，是怎样的磨难，孙振文心里没有任何预知。他想起汶河初结的冰，看似厚厚的一层，实际上薄薄的，踩上去便是咔嚓一片。

六十多个小时的火车，硬得像石头一样的干馒头，没有水。

孙振文的馒头一个也没吃。离家越远，似乎离死亡越近，孙振文心里充满恐惧。他想起曾经跟楝花说过的话："别说是去济南，就是天涯海角，我也会回来的。就是我死了，我的魂儿也会把我的骨头，完好无损地给你运回来。"这样的承诺，每一个字此刻都成了一把匕首，狠狠地向孙振文的心上扎去。

疼开始变得不再是疼。

孙振文看看车窗之外，浓雾翻滚着，追着火车跑，夹杂着整个世界惊恐的尖叫声，黑压压地把太阳吞没，也把火车变成了一条蠕动的蛇，在地狱中间穿行。

火车到兰州河口站，孙振文被驱押下车，然后又被统一押解到破旧的卡车上。

十辆卡车，挤得满满当当，每辆车上两个持枪的武警。押送犯人的武警、战士作为补充，被重新分配。

孙振文极力记住他走过的每个站口。他突然想起离家的狗，总要在走过的路口撒上几滴尿，然后依靠尿的气味，找到回家的路。而自己，只有记住这些名字，日月山、橡皮山、青海湖、刚察……

车到乌兰，中间的一辆车出了故障。一车人下来，等候。

天上飘起雪花。那雪花像枪膛里的霰弹，坚硬无比，砸在脸上像被扇了巴掌。孙振文裹紧身上的衣服，抖成一团。

一望无际的戈壁滩，没有任何生气。偶有三两簇芨芨草，在寒冷中挣扎。有人说这些草像荒原上的勇士，可孙振文只听到它们牙齿碰撞的声音，抖抖的，如面对疯狂的狼，充满恐惧。

突然有人奔跑。

士兵大声喊着："回来，再跑我就开枪了。"逃跑的人依然没命狂奔。

枪响了。黑影倒下去。

没有人再去理会那个黑影。司机把车修好，上路。

孙振文看到一只弹壳弹出来，落进草里。他想起马传旗手里的空弹壳，总在他的两手间来回跳跃。空空的弹壳，安静地躺在草里。孙振文的目光，落在路旁的芨芨草上。自己的将来，或许必须像这草一样，大风袭来，低下头，冰雪袭来，缩起双肩。像草一样求生，像草一样卑微，像草一样将自己的头颅，小心翼翼地伸向天空。浮云流走，万物皆空，没有哪片云，愿意成为自己的风景。

自己骨子里的血气呢？还有孙家班的名节。难道也必须像这弯腰的枯草吗？

想起那个被遗忘在戈壁滩上的黑影，孙振文哆嗦了一下。那个人是谁，再也无人过问。那个人的尸骨，很快会成为飞溅的尘土，不知所终。

这个世界，再也没有人在乎你的死活，除了你自己。孙振文对自己说。

必须忘记那块表。

必须千方百计地活下去。

破旧的嘎斯汽车跑了三天，到德令哈的时候，已经是晚上九点。

孙振文被分到了第五大队。领他一起到五大队的，仍然是一路押解他的驴老乡。

"老乡。"

孙振文刚想跟驴套套近乎，就被他"啪"的一个嘴巴："谁跟你是老乡？你他妈的少给我套近乎。我们不是一个阶级，你是反革命，是无产阶级的公敌，是我这一辈子的仇家。如果不是你犯了罪，我绝对不会跟着你到这种鬼地方来。你给我听好了，以后少让我碰到你，碰见你一次我打你一次。"

孙振文抱着刚刚领到的囚服离开。他记住了自己的号，54388。刚分到这个号的时候，孙振文心里偷偷笑了，这号码不说是"没事想棣花"吗？呵呵，老天爷还是长眼的啊。他左看右看自己的囚服，黑黑的，穿在身上肥肥大大，如一只烧掉皮的黑老鸹。棉裤一条腿红一条腿黑，更是滑稽得像天鹅和癞蛤蟆的结合体。

一个管教干部把孙振文领到21号监房，"大组长，再给你们派一个。你看这鼻子嘴的，有模有样，多像个女的。咱可说好了啊，只许过眼瘾。给我汇报一下，今天学得怎么样？"

尿臊味塞满了整个房间，夹杂着噎死人的脚臭，再加上浓烈的烟草味道，监舍里的空气比生产队里的机油还稠。墙上坑坑洼洼，挂满了大小不一的包袱，满的，瘪的，黑的，蓝的，像变了形的烂地瓜，也像老男人废掉的皮囊，散发着霉变的味道。昏暗的提灯下，孙振文看见那个大组长猛地站了起来，"报告队长，我们今天学得很认真。"

"好，争取评个先进。"

管教干部甩着手出门。那个大组长便走上前来，用手托着孙振文的下巴："小子，长得还真是挺秀气。哪里来的？犯了什么事？"

"山东宁阳来的，他们说我是反革命。"孙振文小心地回答。

"哈哈，反革命？竟然跟老子是同一个罪名。说说看，你打死过几个共产党？"

"没有，一个也没有。"

一个巴掌扇到孙振文脸上："放你娘的狗屁！你以为我们伟大光荣正确的党，能随随便便就定你一个反革命的罪？老子杀人如麻，我一个团杀掉西路军的一个师，也只是混了一个反革命，你倒不知天高地厚，来老子跟前摆谱充大。是不是找死啊？"

几个人围上来。孙振文紧紧地抱着自己的囚衣，不知如何是好。

"来，给老子舔舔……嗯，这双脚吧。老子几天没洗脚了，你来得正好。让老子试试你的口活。"大组长坐上土炕，把脚一伸，便有人替他脱了鞋，露出黑乎乎的脚丫子，脚指头一上一下，接着又转了一圈，停住。

一个人把孙振文推到床边。

"不可能。"孙振文的头一抬。他忽然想起路上见到的那棵芨芨草，想起它在大风中昂头挺立的样子。

"那就给我打，照死里打。"大组长话音未落，便有无数只拳头雨点般地或捅或砸了过来。孙振文被打倒在地，十几只脚接二连三地踹了过来。

孙振文感觉到浓重的腥味从胸腔内涌出。他猛一抬头，喷出一柱鲜血。

"把他摁到尿桶里。"大组长喊。

几个人有的拽着孙振文的头发，有的拉着他的胳膊，把他拖向房屋中间的木制尿桶。

孙振文闭上眼，不知道该做什么，也不知道该想什么。在此种情形下的大多数人，都只能任人摆布，像无助的人子。孙振文的头被摁进尿桶。尿桶里没尿，脸却贴在尿桶壁上，然后是鼻子接连碰壁。

"过来，老子不让你舔脚丫子了，让你舔舔老子的鸡巴。"大组长站在炕上，开始往下褪棉裤。

"老大老大，算了吧。这第一次过堂，也算是开了号，让他服气就行。其他兄弟也饶过他吧，算是给我一个面子。"一位矮小、精瘦、上了年纪、戴着深度近视镜的人，挡在孙振文前面，向大组长求情。

孙振文看到了黑色边框眼镜，一圈一圈地转着，像自己的头，也像太阳的光。

所有刚来监狱的人，都要被已来的人打一顿，被称为开号。轻的重的，什么情况都可能发生。越是来硬的顶得凶的，被打得越狠。

"小子，服气了么？"

孙振文点点头："老大，你是爷。"

"这就对了嘛。爷对自己的人，还是蛮心疼的。"大组长笑着点点头，

"还有你这个老不死的、老滑头，你还替他求情，上次那个事我还没有给你算清账呢。这次，老子也算是给你这个面子。说说，你怎么还我这个人情啊？"

"那边寄来的烟，我估计这两天也快到了，孝敬老大总可以吧。"老者把眼镜往上推了推，可眼镜似乎很重，仍然往下滑。老者只好从眼镜的边框上边，试探着瞅了瞅大组长。

大组长的眼眯成一条线，两个嘴角不对称地咧开，哈哈大笑："我们今天的改造学习，还是蛮深刻的嘛。老不死的，你天天说要行善积德，积了德你就能不死？让你弄得老子快成娘们儿了。还有，把这儿的规矩告诉新来的小子。出了这个门，就说是我黑爷的人，没人敢欺负他。还有，就让他睡你旁边吧，也让你这大舌头过过嘴瘾。"

"老不死的"叫颜鹤。他答应着大组长，把孙振文扶起来，领着他到外面洗了脸，回来把他安顿在自己身边。

孙振文嘴里，仍然是血腥味，头发上的尿臊味也总是挥之不去。

灯光昏暗，再加上都是同样黑色的囚服，孙振文看不出"老不死的"有多大年龄。他看到老人脸上的皱纹很深，像井沿上被井绳拉出来的沟，长满了时光的青苔。

熄灯号响，所有监室的灯全灭了。"老不死的"贴在孙振文的耳朵上，开始说话。

"小伙子，我刚才听你说是山东宁阳的？"

"是的大爷。"

"巧了，我祖上是宁阳的。老家在县城西北的鹤山，爷爷辈上闯关东离开宁阳。"

"俺是孙振文，宁阳县堽城公社赵家堂大队，是孙家班木偶传人。在济南木偶皮影剧团工作，不知得罪了谁，稀里糊涂地就被定成了反革命。"孙振文压低了声音抽泣起来。刚才被打的时候，他有一股子气硬撑着，这会儿无论怎样都忍不住了。

"我以前就听老辈的说起过孙家班。咱爷俩儿是真正的老乡。亲不亲，故乡人。在这种人不人鬼不鬼的臭地方，多个老乡，就是多个亲人，比爹娘还亲。今天我把什么话都告诉你，千万要记住。别哭孩子，老大不喜欢哭哭咧咧的人。大组长是我们生产组的头，也是四、五、六组的老大，是二中队所有犯人的头。这三个组，老大说一句顶一万句。他叫黑龙啸，以前是土匪马步芳的团长。他刚才说的灭掉西路军多少人，绝对不是假话。他被俘虏后，仍然保留着马步芳时期的匪气，共产党拿他没办法，给他定了个反革命罪，让他进行劳动改造。这小子在监狱里，一样称王称霸，没人敢惹。今天这样对你，已经是小菜了。如果不是赶上冬季的教育改造，你可能要吃更大的苦头。跟着他也有个好处，出去干什么活，都不受别的犯人欺负。只要不是老大手下的人，谁欺负了你告诉他一句，他就会替你出气。"

孙振文看见刺眼的光时近时远。他从电影里见过这样的光，是岗楼上探照灯的光，白得像魔鬼舞来舞去的刀，刺眼，吓人。

关押孙振文的地方叫德令哈劳改农场。

据资料记载，德令哈农场创建于1954年2月，是青海省第一个大型国有农场。整个农场一共十三个大队，每个大队分成三个或者四个中队，每个中队二三百人。1956年，农场根据公安部提出的劳改企业贯彻"改造第一，生产第二"，并坚持"农业保粮食，工业保收入，以工支农，以工促农"的方针，抓紧建设粮油加工厂、发电厂，并开发了煤矿、硼砂厂、硫黄矿等30多个独自核算的中小型企业。每个大队都有自己的面粉厂、副食加工厂、商品站、邮局、银行、机械修配厂、汽车运输队、机耕大队、基建队，是一个功能配套、体系完整的小社会。资料还显示，整个德令哈农场保收粮田通产达到每亩600~700斤，单产最高达每亩1500斤。到1959年总场已开垦10.8万亩，产量达4000余万斤，加上怀头他拉、尕海、戈壁、泽令沟、苏吉、赛什克、野马滩等分场已近30万亩田，粮食总产1亿多斤，油菜籽几百万斤，成为柴达木的粮仓。

对一个小说家而言，所谓的资料记载只是推进故事的一种手法，只为展示某种背景材料，对小说本身似乎没有太多意义。但对在德令哈服刑十多年的孙振文而言，数字就像是没有生命的恶魔。而在恶魔体内，通常都有一些非常规的事和人，支撑着某些躯体和灵魂的罪恶。好的小说家是不发议论的，尤其是在小说叙述的行进过程中。呵呵，我就试这么一小下，然后再像木偶戏一样，言归正传。

同为老乡的颜鹤对孙振文说："有几句话，千万要记住：一是和谁也别争。来这里的人，没几个好东西，杀人放火无恶不作。你一个小演戏的，台上能演好，在这儿，我看未必。这第二句话，要做好打持久战的准备。这儿是进来容易出去难。不管是谁，不管是几年，都一样是无期徒刑。改造好了留下当农场工人，改造不好再加刑几年，继续改造。你见过无期的劳教犯吗？这儿到处都是。三年的劳动教养，三十年也教育不好，那只好继续教养。教养这个词就像爹娘教育不懂规矩的孩子，打是疼骂是爱，多好。德令哈啥都不缺，就是缺人，所以改造得再好你也不能走。这第三句话，千真理万真理，只有活着才是硬道理。这里最早流行的一句话，叫吃屎也得活下去。难的时候，我是见到什么吃什么，吃卡巴柴，挖锁阳，只要能吃。差点没吃死人肉。"

颜鹤眼前忽然有了一种幻象，似乎又回到了三年困难时期，但一切又真切得如同刚刚发生。他看见饿死的人天天用车往外拉，拉车的人饿得走不动，农场只好先让这些人吃点饭，吃饱了才能拉车。拉车的把尸体拉到草原上，扔下就走，有力气拉车，没力气埋人。犯人早上有下地干活的力气，晚上不见得有再回到监舍的劲儿，活着出去就再也回不来的人，天天都有。他想起同籍山东的一个老乡，也是一个当老师的，饿得实在撑不住，就把自己的裤子撕成布条，系在门梁上，上吊死了。老乡进监狱的原因似乎与他自身没有一毛钱的关系。有一个调皮的学生，在教室主席像的脖子上，用钢笔画了一条绳，当老师的他便以教唆罪被抓了进来。颜鹤见到了他丑陋的死相，舌头伸得长长的，便发誓无论如何都得活着，即使死也得死得体面，光荣，绝不当吊死鬼。

据后来的史实揭示，颜鹤眼前浮现的这些景象都是真实的，就连他听卡车司机们说的从农场逃往西宁的青年成百上千地饿死在路上，都是真实可靠的。那些青年人，怀抱着救国救家改造自然的雄心壮志，他们无论如何也想不到，会在某一天跪下来求着卡车司机，把他们带出茫茫戈壁滩，让他们干什么都行，哪怕做司机的老婆或者情人。卡车司机们都受到过严厉管教，带人出去就要进监狱。命运是最神奇的魔术师，对每个人先是蛊惑和欺骗，然后便是摧残和杀戮。只有在光明到来的时候，善良的人们才知道，这个世界原来曾经有过黑暗。

"卡巴柴是干柴？"孙振文想起老家叫柴的东西，都是用来烧火的。

卡巴柴是戈壁滩上的一种草，长得遍地都是，学名叫碱蓬，又叫风卷蓬。遇到大风，干枯的碱蓬被风吹得到处乱滚，吹得晕头转向。自然有自然的规律，种子也有种子的聪明，卡巴柴总在生命终结的时候，利用风力传播种子。李商隐曾在诗中写道"嗟余听鼓应官去，走马兰台类转蓬"，正是以此比喻官场的风云动荡和变幻莫测。若仔细分析，来到德令哈的人，哪个人不是碱蓬？无缘无故、被不知哪儿的风吹着刮着，滚着滚着就滚到这人生的荒凉之所、荒蛮之地。但碱蓬再次证明了一句老话，留得青山在，不怕没柴烧。只要学会做一棵聪明的碱蓬，滚不怕，要滚得有价值，有快乐，要活得自在、洒脱、长久。

颜鹤并没有回答孙振文的问题。因为现实状态下的德令哈，条件已经明显好转，饿死人的情况已经没有。但这儿却有句特别流行的话，活着就是劳动，劳动就是日子，日子就是明天，明天就是活着。教官们更是一只手提着棍子，一只手掐着腰说："对犯人来说，劳动改造说不上光荣，但可以赎罪，可以脱胎换骨，可以重新做人，可以换来小麦油菜，可以好好地活，可以活得好好的。"全天底下的劳动人民都不会想到，在劳动和活着二者的关系上，联系最紧密的，会是在德令哈。马克思也绝对想不到。他再缜密的头发和胡须，都不会知道德令哈在哪儿。

"老人家，你以前是做什么的？"

"教书匠。下九流。还不如你们演木偶戏的地位高。我还得提醒你一句，千万别惹一二三组的大组长,他是一中队的头,那小子比黑龙啸还狠。他叫王大阔,河南人,解放前是土匪,曾经帮着日本鬼子活埋了三千妇孺。黑龙啸和他是死对头。他俩公开说,总有一天,会把对方弄死。"颜鹤平躺下身子,然后又再次转过来,把手罩在嘴唇之上,"他俩死磕,根子还在一中队、二中队的两个管教不和。一中队一二三组的管教姓权,叫权大棒,喜欢用棍子揍人,他支持王大阔。二中队四五六组的管教姓吉,叫吉岩利,就是刚才领你进来的那个,他支持黑龙啸。都有靠山,互不服气,这事就来了麻烦,也来了热闹。记住,在这里,惹不起躲得起,谁的事都千万别掺和。"

"我知道了。谢谢老人家。"孙振文的声音有些颤抖,右手的几个指头不停地搓着细细的桃木棍。过了一会,他想起什么似的问道,"对了,大爷,你刚才说那边寄东西来。那边是谁?"

有人起来撒尿。木桶里空荡荡的,那人故意在桶里转着圈地尿,落在木桶里的声音低沉,回旋着从木桶深处旋上来,越旋越大,最后竟成了嘭嘭声。

"我大哥,国民党的高级将领。他从台湾去了美国。因为他,我被判了通敌叛国的重罪。一个臭老九,我只有热爱共产党的份,不敢通敌,更不敢叛国。可我们校长说,他听到了我们家发报机的嘀嘀声。呵呵,我都不知道发报机是啥声音。公安来抓我的时候,我第一感觉便是,我们校长真像是干特务的,他一定懂密电码,有着超强的阶级敏感性。后来他对别的老师说,他嫌我絮叨。絮叨也是罪吗?那位高明的校长后来又觉得另外一位老师不让人待见,说他像特务。那位老师气愤不过,把他痛打一顿,满头满脸的是血。当了一辈领导,面子丢尽了,自己想不开,疯了,让家里人送进了疯人院。我给政府反映,我是被冤枉的。政府问,证人呢?我说证人疯了。说完我就后悔了。让疯子作证,我不是疯子谁是疯子?我大哥知道我在这儿服刑,经常寄美国产的东西来。嗨,寄多少我都捞不着,那些管教,还有大组长他们,谁见到谁收。我能看到,也高兴啊。对了,咱监室里有一个上海的演员,叫沙鸥,在最里边睡着。小伙子有才气,人也可交。我琢磨着你们都是演戏的,以后可以多交流。"

管教查夜的手灯照亮监室的门。

颜鹤似乎有话瘾，这事儿监舍里的人都知道，整个五大队都知道，所以不少人都叫他"老絮叨"或者"大舌头"，两个外号他都答应。他教学时拖堂拖到下一个老师跺脚骂人，进了监狱只要是阴天下雨，逮着谁给谁讲马列主义。即使坐监，讲马列主义没错啊，所以管教们对他也是无可奈何。颜鹤又说，我不说话还能干什么？

"睡吧，小子。"老人刚要睡，猛然想起什么，转过身，对着孙振文，"还有，刚才大组长说的那些规矩，你也要记好。在监狱里，不准问姓名，只准喊多少号，不准互相打听犯了什么罪，判了多少年。还有两条：永远听黑爷的话没亏吃，家里寄来的东西，要孝敬黑爷一半，这叫见一面分一半。其他的人是见者有份。你知道黑爷管这叫什么？他说，这叫真正的共产主义。"

夜，重新进入黑暗。

孙振文的眼睛睁得大大的，他努力地想看清自己周围的一切。可黑暗像一口万米深的洞，无边无际，无从探知。孙振文想知道外面是一种什么景象，天空是不是蓝的，风是不是清的，土是不是黄的，花是不是每天都唱着歌快乐地开着。一切都显得陌生，陌生得如同到了另一个世界。他的心绞疼，他努力地想着可以联系到娘和楝花的一切可能，最后只有一个词，那就是走投无路。孙振文使劲地揉眼，发现在眼帘之下，竟然有一个小小的红色光点慢慢出现。他加大了揉眼的力度，那光点越来越大，渐渐泛起红晕，像天边的彩霞。孙振文继续使劲揉，彩霞越来越亮，最后变成满世界的阳光，带着温度向他直射过来，然后便有娘和楝花的脸，如细细的线圈，像娘针线筐里的彩线，飘来飘去，忽上忽下，然后随着所有的光亮迅速消失，一并被吞没在哪个人起夜的尿声里。

在黑夜里揉眼，从这天开始，成了孙振文在德令哈多年的习惯。他要在短暂的光亮里，寻找娘和楝花的脸，并以此触摸那一丝丝的温暖。那温暖是飘着的，飘在云上，飘在看不见的风里。更多的时候，孙振文的眼帘并不多么善解人意，那些光点简直就和常开玩笑的太阳一样，有时闪现，有时默不作声，总让人感觉阴晴不定。孙振文想，到底是那些光亮欺骗了自己，还是不争气的眼帘成了罪魁祸首？

孙振文仰面朝天，心更疼。孙振文觉得，这是他躺着，唯一可能优美的姿势。

土炕冰凉。

凉的不只是土炕。

夜色，声响，光亮，臭味，马蹄表的催眠声，这些都不属于孙振文，却又直通他的神经，让他周身的毛细血管泛滥起绝望、哭喊、酸涩、迷茫以及无边的恐惧。夜的风声不属于风，它属于夜，是黑色的一部分，在任何一个狭小的空间游走，在任何一个人的梦境中扮演死神的角色，吞噬失意的夜行者。时远时近的狼嚎，是透过夜色踽蹒穿行过来的，遥远，空洞，流淌着哀伤。孙振文想象着一只失去母亲的仔狼，绿绿的目光中，泪水像滚落在夜里的钢珠，始终噙着，来回转动。它捂着胸口，一步一跪地走了过来，似乎就在自己的床前。它走过的脚印里，滴满了血，泛滥着绝望。

是的，绝望，只有绝望。孙振文哭了，如同走到了地狱的入口。

"我昨晚做了一个梦，很奇怪。我们监室的所有人，记住，是所有人，都挤在一个鸡蛋壳里，说三道四。一个一个小鸡的头，黄的白的，乱糟糟的，叨我们的耳朵，差点弄瞎我的眼。人的声音鸡的声音，鸡粪的味道人尿的味道，统统混在一起，忽大忽小，乱糟糟的。"颜鹤低着头，一边扣身上的衣服，一边对孙振文说，"突然就有人喊，要发大水了，鸡蛋壳要被冲到天涯海角去。咱俩拉着手，要跑着回到老家去。管教打我们，照死里打。周误途挡在我们前面，嬉皮笑脸的。然后就有人说他找死，我没听清是谁说的。"

孙振文沉默着，提起尿桶。颜鹤夜里告诉他，倒尿桶的活他要抢着干。

孙振文发现，手中的尿桶，和鸡蛋壳差不多的模样。

"那只是个梦。"孙振文看见颜鹤一直盯着自己。他知道颜鹤渴望一个答案，可他没有，什么都没有。

"是啊，梦这玩意儿，就是这监房里的尿臊气。我们这些人的梦，跑不远的，再远也是在监狱里。"颜鹤的话没有说完，就听到外面凌乱的脚步声。

"还有一种解释，那就是你想吃鸡蛋了。"孙振文说。

颜鹤第一个撸着棉裤，冲下土炕，趿拉着鞋子，对着正北面的墙跪下。孙振文看见墙上用粗组的线条勾出一个人物，像是观世音菩萨，也像是主席像。

"那是主席像。"颜鹤说，"我每次出门前都拜，免灾。灵着哪。拜几秒钟就行。"

颜鹤想拉孙振文跪下，孙振文没动。

"我心里揪得慌，不知会出啥事儿。"颜鹤低声对孙振文说。

"也就是鸡蛋大的事，呵呵，都是鸡蛋惹祸。"孙振文开着玩笑。他下意识地抬手想看看表，却似乎看见上千上百的鸡蛋堆在自己的手表上面，流出的蛋黄将手表淹没。再看，胳膊上空空的，然后便是浑身冰凉。孙振文打了一个哆嗦。

"二中队集合。"黑爷一声令下，四百多号人黑压压地集中到监舍与围墙之间的空地上。这片空地靠近六组，便成了二中队小型批斗会的专用场地。

三个犯人扭着一个犯人，其中一人死劲地抓住头发，另外两个人每人拧着一只胳膊。

负责二中队的管教吉岩利站在旁边。

"报告队长，58110刚才去茅房，骂监狱食堂黑心，几个月没有一点肉了，说肉都让狗给吃了。这个人没有端正改造态度，仇视社会主义，对农场改造有意见。我们请求批斗。"黑龙啸上前打了一立正，向吉岩利报告。

"斗吧，要狠狠地斗。"吉岩利的军大衣刚刚消失，几个犯人便轻车熟路地上去，迅速把58110按倒在地上。

"你，把几个组的尿桶都提过来。"黑龙啸指了指孙振文。

孙振文不敢怠慢，跑到几个监舍里，把三个尿桶提了过来。

"把尿倒在一起。"黑龙啸命令道。

孙振文按他的指令，将其中两个尿桶的尿倒在第三个尿桶里。满满一桶尿，泛起黄沫。

"让他跪下。"黑龙啸命令道。

扭着58110的三个人，像抓小鸡似的把他提起来往前走了几步，踩着他的腿弯子，让他跪在已经准备好的两块方砖上。

"把尿桶给他挂上。"黑龙啸命令孙振文。

五六十斤的木制尿桶，随即被挂在58110的脖子上。

"现在就让58110给大家承认错误，剖析错误根源。"

"我错了，不该骂吃肉的。"58110号说。

"轻描淡写，认识不深刻。再加点分量。"黑龙啸喊着。

四块方砖压到58110号头上。

"黑爷，这人可不是咱这边的。"颜鹤走到黑龙啸身后，悄悄拉了拉黑龙啸的棉袄，说。他看黑龙啸的目光，仍然是从镜框的上沿讨好似的飘出去的。

黑龙啸瞪了颜鹤一眼："五湖四海皆兄弟。在德令哈农场五大队，我们就是一个大家庭，是一个劳动改造的整体。谁犯了错误，都要进行批评和自我批评。你是哪个组的？"

"二组的。"58110头上冒出汗。

"二组？我看你就是二百五。是不是王大阔那个组的？"

"是。"

"那好，我问你一个问题。如果答对，我就放了你，也算给王大阔一个面子。如果答不对，你就要在这儿改造一上午。你说，王大阔兄弟九个，他的九弟叫王九阔，他的八弟应该叫什么名字？"

"王八阔。"58110号低声回答。

"声音太小，我没听见，再说一遍。"

"王八阔。"

所有人都放声大笑，身子前倾或者后仰，大张的嘴对着天或者地。

孙振文觉得，这满场地的黑和无所顾忌的笑声绞在一起，有种说不出来的怪异味道。

"好，答对了。我放过你。回去给你那个历史反革命，外加现行反革命的主子说，我承认自己是穿过国民党军装的土匪，但马步芳的部队毕竟还是国民党的正规军，比他一个草寇土匪要强上百倍。你那主子只会欺负妇女儿童，只能算败类，算不得英雄。他还给日本鬼子舔腚眼，那就是汉奸，人人可以杀之，灭他九族都不过分。"黑龙啸话音未落，脚已经对着58110的后背踢出去了。58110猛地往前趴，整个脸砸进尿桶，人和尿桶一起滚在地上。

颜鹤悄悄告诉孙振文："黑龙啸和王大阔没命批斗对方的人，是在斗狠。只要他们一斗，下边就会有人跟着遭殃。总有一天，会闹出人命的。你初来乍到，千万要小心。"

午饭时刻，孙振文和颜鹤，与同监室的周误途一起去食堂。孙振文发现有一个外国人也在排队打饭，便问颜鹤："那个外国人是谁？"

"巴甫洛夫，俄国鬼子。抗日战争时期帮着日本人做尽了坏事，在黑龙江奸淫中国妇女无数。最早是在哈尔滨监狱服刑，去年才从那边转过来。"颜鹤清了清嗓子，"共产党的劳改政策就是，不管你是中国人还是外国人，不管你是政治犯还是刑事犯，只要在德令哈农场，就要老老实实地接受改造，农场有铁的手腕和铁的纪律，有能力把任何一个犯人，改造成对社会有用的人。巴甫洛夫来了之后不服从管教，被打改了。现在就很好嘛，他现在成了汽车队里的修车能手，这说明我们改造的力量有多么强大。所以，任何一个坏分子，都不能有一丝一毫对抗政府的痴心妄想。啧啧，怎么样？我是不是特像我们的政委讲话？"颜鹤问周误途。

"是像，特别像。"周误途回答。

巴甫洛夫看到有新人来，有些幸灾乐祸的兴奋，起劲儿地吹起口哨，是《莫斯科郊外的晚上》。

作为回应，颜鹤用手中的筷子和搪瓷缸子，敲出了《我是小二郎》的节奏。孙振文眼睛一热，这么多天，他还第一次感受到音乐的节奏。这节奏如同故乡的风，有一种贴近肌肤的亲切感，胸腔也似乎一下子开阔起来。孙振文嗓子里咕哝几声，他真想大声地唱上几句。颜鹤说："监狱的规定很清楚，任何人不得大声喧哗。唱歌早已经被当作喧哗的内容了。再说了，在一个把屁都能饿死，即使饿不死也能冻死的监狱里，还有什么可唱的？"

孙振文点点头，不再说话。

"长铗归来乎，食无鱼。长铗归来乎，出无车。长铗归来乎，食无肉。长铗归来乎，食无馒头。"周误途的筷子啪啪作响。

"周糊涂啊周糊涂，我看你是越来越糊涂。你还归去乎？你归得去吗？你闹了多少年了，谁敢让你回去？你说你，嘴馋就馋吧，馋哪里的饭不好，还非得馋监狱里的饭。糊涂啊！"颜鹤打趣周误途。

"你老人家就不要哪壶不开提哪壶啦。饿了三天的那种情况，换成你，也会去领那个馒头。那天的郑州火车站广场，黑压压全是人。一队队一排排，领了馒头就上火车，白领白吃的活谁不干？没想到我领了馒头就有人非得把我弄上火车。我说我不是犯人，那个小兵说，你不是犯人谁让你领的馒头？监狱的饭好吃，你就上吧，让你天天吃白面馒头。我还真相信了。当时就想啊，要是真能天天吃白面馒头，坐监怕啥，家里的茅草屋下雨就漏，有风就刮得满屋是土，里里外外也就我这一根老枪、破枪，一个人吃饱全家人不饿。呵呵，没想到这农场，连草根都吃不饱啊。"周误途摇着头。

"那就是姜太公钓鱼——愿者上钩，是调犯干部玩的一个计谋。你说你说，天底下哪里还有你这样的傻蛋？你上什么当都不要紧，这种当你也上，咋解释？只能说你傻嘛。"颜鹤说。

孙振文弄清了，周误途真的是误打误撞来到德令哈，心里暗笑这人的傻气。他也以此宽慰自己，这种无任何污点的人都来坐监，自己坐个冤狱也算是有了伴。可自己不也是没有污点吗？像汶河水一样清，清到可以捧一口就喝，清到可以看见水草，看见鱼眨眼，看到沙粒沉起落下，像人生。只是这坐监的日子，要过多久，自己又能坚持多久，他心里没底。孙振文再次劝自己，无论如何，要活下去。这辈子，他必须活着见到娘，见到楝花。

"哎哎哎……"

孙振文听见周误途的叫喊声，回头，见他已经被摁倒在地。

周误途前面，是一本掉在地上的《毛主席语录》，上面被踩上了脚印。

"报告队长，50694故意搞破坏，污辱我们的伟大领袖毛主席。他故意把《毛主席语录》扔在地上，还踩上一只脚。"一个方头大脸的人，脑袋光得像扒皮的鸡蛋，向旁边的一个人报告。

孙振文刚想上前帮周误途说几句话，就被颜鹤从身后紧紧拉住。

"看来他是活得不耐烦了，要教育教育。你们一定要让他彻底改造世界观，端正人生观。"

周误途叫嚷着："那本语录不是我的，我的还在口袋里，不信你们摸摸。"

两个人架着周误途开始往外拖。

孙振文回头，看见黑龙啸就站在自己身后，牙咬得咯咯响。

犯人们继续排队打饭。

颜鹤在身后小声告诉孙振文："那个方头大脸的人，就是王大阔。那位队长，就是权大棒。周误途完了，要受大罪。"

两千多人的食堂里没有任何声响，只有咀嚼的声音。孙振文感觉那声音像谁的心沉着，在敲着闷鼓。他害怕自己咀嚼的声音大了，便极力把饭吃得缓慢，然后将声音往下压，再往下压。孙振文突然想，怪不得那么多人晚上要放屁，他们肯定也和自己一样，把吃饭的声音，咽到了肚子里。真好，没有动静，还能用空气填饱肚子，一举两得的事。只是害了监舍里的人，天天晚上都是响声雷动，臭气熏天。响屁不臭，臭屁不响。但德令哈监狱里劳改犯的屁，既响也臭。

晚上的教育活动，没有一个人说话，都在听管教念材料。

管教走后，黑龙啸铁青着脸，打发旁边的人："唐伯虎，去打听一下情况。"

"那个人和唐伯虎是同乡，长得也是一派江南，所以大家都叫他唐伯虎。"颜鹤小声告诉孙振文。

"龙爷，周误途被关了禁闭。"唐伯虎回来说。

"就这么简单？"

"打了个半死，饿了一天。他们骂他是龙爷的走狗，是河南人的叛徒。说非要把他打死不可。"

"再去看看。"一个小时后，黑龙啸又指使唐伯虎。

"他们在禁闭室，用马钉把他钉在了墙上。周糊涂疼得昏死过去了，头耷拉着，上眼皮盖住了下眼皮。"

黑龙啸仰天倒下去，头碰到炕上的声音，很重，响过一声闷雷。

黎明时分，黑龙啸猛地起身，推了一把唐伯虎："去门口看看，什么动静？"

唐伯虎推开门，见有一个人躺在门外。点上提灯，看见是周误途。他把手指伸到周误途的鼻子下面，发现人已经死了。

"龙爷，人已经死了。"

"先弄到屋里来。"

所有人都醒了，影影绰绰地起床，把周误途平放在监舍的正中间。

"你们看胳膊和腿上的四个洞。他被人钉成了十字架的样子，像受难的耶稣。"

孙振文回头看身后说话的人，长得白净，藏不住的书卷气。

"王大阔，你这是找死。"黑龙啸咬牙切齿地说。

第二天一大早，颜鹤跟管教要来一块砖，一个盛青霉素药面的空玻璃瓶，一条长长的白纸，一根铁钉。颜鹤在砖头上刻下周误途的名字。颜鹤的手颤抖着，每一笔都歪七扭八。他极力地把笔画刻得深些，再深些。刻完砖，颜鹤又从棉袄的里层，拿出一支圆珠笔，把那条白纸铺得仔细和工整。旁边的唐伯虎看着颜鹤弄来弄去弄不完，有些急，夺过颜鹤手中的纸，不料把纸撕成两半。所有人都傻了。这是唯一能记录一个人姓名、籍贯的小纸条。唐伯虎急急地说："算了算了，别给他写了。啰唆。"

"唐伯虎，你去管教那儿再去给我要纸，你拿不来我跟你拼命！"颜鹤指着唐伯虎的鼻子，嘴唇哆嗦着，目光火山喷发一般。

"不就是一张破纸吗？凑合着把两个半截对起来就行。给一个死人穷讲究啥？"唐伯虎把颜鹤的手打到一边，不耐烦地说。

"你不讲究我讲究。等你死的那天，我会把你抬到草原上喂狼，喂狗也行。周误途这辈子活着活得稀里糊涂，不被当人看，死了我就让他堂堂正正地上路。你给我马上再去要张纸条！"颜鹤挥起手中的钉子，"你敢不去，我就用这根钉扎瞎你的狗眼。"

"去！"黑龙啸对着唐伯虎喊。

纸条拿来，颜鹤老泪纵横："周糊涂啊周糊涂，你糊涂了一辈子，还是糊涂害死了你。我们只知道你家在河南，可没有人知道到底是河南哪儿。只知道你叫周误途，可谁都不知道你今年多大，生日哪天。你糊涂了一辈子，糊涂成了这二指的小条。老天爷，我写了一千九百八十八个人名了，还要我再写吗？"

黑龙啸蹲下身子，仔细看着周误途身上的伤：马鞭抽打的印痕，被抽烂的皮肉；胳膊和腿上，四个被穿透的洞；洞周围的血，结成了痂。周误途是流血至死，眼睛始终睁着。

黑龙啸把周误途的眼合上。

孙振文和几个室友，把周误途拉到草原深处，找了一块向阳的地方，挖了一个深深的坑。那个小小的青霉素瓶子，被那张纸条塞满，放到了周误途棉袄的最里层。

那块砖，埋在坟前。露出名字的小半截，向着阳光。

2

埋掉周误途之后,几个人一起往回走。

夕阳如同流着血。

漫无边际的戈壁滩,广阔得不讲任何道理。死寂、空旷、僵硬,像铺展出去的石板,没有任何生机。对弱小的草,吝啬得简直就像一个绝户。孙振文深切地感受到,一种迫近于死亡的气息,几乎要把血液压迫到凝固。天空纵然是蓝的,蓝得似乎隐藏着巨大的阴谋,谁都不敢对它抱有任何的幻想。流动的云像是招摇的罂粟花,妖媚得露出了肩膀和腰身,甚至时不时地露出刻着骷髅头的黑色底裤。戈壁滩上是没有鸟的,那些落在地上的羽毛,纯粹是众多死者的记忆,关于家乡的炊烟、小径和花草,在此地,都成为宇宙间最飘游不定的飞絮。

戈壁滩上关于草原的美和浪漫,纯粹就是一个假象,欺骗着无知茫然的世道人心。比如草原的四季,春不像春,夏不像夏,秋天的果实都板着脸,沾染上了冬季的冷酷无情。

一个人拍了拍孙振文的肩膀:"听说你是演木偶戏的?"

"对。"孙振文点点头。

"既然是演戏的,就不要成天愁眉苦脸的。演戏嘛,别人高兴,也混个自己痛快。我叫沙鸥,以前是上海话剧团的演员。今年二十四岁。"沙鸥伸出手,孙振文握住,感觉他的手要柔软许多。

"我们是同一年的。我刚刚过了生日。就是前几天的事。你几月份的?"

"我比你大半年,七月二十八。呵呵,缘分哪。"沙鸥用胳膊捅了捅孙振文,"反正闲着也是闲着,你的木偶戏,来一段?"

"木偶戏是需要木偶人子的。要不,你的话剧,来一段?"孙振文脸上慢慢泛起笑容。他想不到,在这草原之上,竟然还有人跟他谈戏剧。

"好的,来就来。你们几个,放下车子,免费欣赏一段世界级话剧大师沙鸥的经典剧目哈——姆雷特。"沙鸥故意把声音拖长,然后半躬下身子,很绅士地做了一个致敬的动作,但肥大的棉袄棉裤像魔术师的拆台者,让一切美丽回归原形。"啊,这无边的草原、荒漠、戈壁滩,这澄净的蓝天、白云、日月山,和那成片的我见不到的羊群,请让一位世界级的大师沙鸥向您致敬,请你们记住他,他来自上海,来自人人向往的上海话剧团。感谢您万能的主,给我们食物,给我们欢乐,给我们一群生死相依的兄弟。我们不是羊群,我们有着高贵的头颅和文化的血脉,思考着人类的生存、发展和与之相关的哲学、逻辑。可我们需要面包、牛奶,以及那些盛牛奶的瓶子,而不是那个小小的青霉素瓶。"

几个人笑起来,沙鸥的表情夸张、幽默。

生存或毁灭,这是个问题。
……
死去,睡去。
……
此境乃无人知晓之邦,自古无返者。

一句"自古无返者"让所有人哑口无言,也让沙鸥瞬间沉静下来。

"对不起各位,沙鸥无意,属于狼心狗肺系列。我不是会念咒语的巫婆,不懂任何巫术,我只是在朗诵哈姆雷特的台词,不算数的。下面,有请世界级的木偶大师,我们伟大的孙振文先生而不是孙文先生为大家表演白天不笑、晚上不哭的木偶戏。"转眼之间,沙鸥把所有的尴尬化解得无影无踪。

白天不笑,晚上不哭,孙振文一下子愣在那里。沙鸥说的是木偶,还是人?

孙振文晃晃自己的头,感觉到有风吹来,然后嚅嚅着:"各位,以后有了木偶人子,我再给大家表演木偶戏。今天我就唱一个小段《刘海砍樵》。哪位有会女声的吗?"孙振文看了几个人一圈,没有人答话,"那我只有一人两唱喽。"

女：我这里将海哥（男白：哎！）好有一比呀。

男：胡大姐，（女白：哎！）我的妻啊，（女白：哦！）你把我比作什么人啰？

女：我把你比牛郎，不差毫分哪。

男：那我就比不上啰！

女：你比他还要多哇。

男：胡大姐你是我的妻啰！

女：刘海哥你是我的夫哇，

男：胡大姐你随我来走啰！

女：刘海哥你带路往前行哪，

男：走哇啰。（女：行哪。）（男：走哇啰。）（女：行哪。）

合：得儿来得儿来得儿来哎哎……

孙振文的声音犹如清澈天水，余音像冰凌上滴下的水珠，拂动着旷野之上的枯草。沙鸥带头鼓起掌来。

"振文，以后好了，我们21号班房，你唱戏，我表演加朗诵，热闹啦。咱可都是世界级的。藏在墙角的蝎子蜈蚣，也会为我们鼓掌，他们也跟着沾光，也成了世界级的。哈哈。"沙鸥挽起孙振文的胳膊，学着刚刚听过的唱腔，"老弟，走哇啰，行哪，走哇啰，行哪，得儿来得儿来得儿来哎哎……"

沙鸥高兴地跑起来："振文老弟，让我们以上帝的名义，来一场雄师和骏马的比赛。怎么样？"

"你可以是雄狮，可我不是骏马。"孙振文脸上的忧郁比天边的云彩还浓，"你眼里的草原，真的就这么美？"

沙鸥没有回答，呼喊着跑去。

孙振文同样拼命地跑着，他并不是去追沙鸥，而是漫无目的地跑。只有那么短暂的一瞬，孙振文似乎受到了沙鸥的感染，放开了所有的羁绊，不再想今天、明天或者任何与时间相关的问题。那一刻,他似乎拥有了整个草原,那些芨芨草,那些烂碱蓬,那些戈壁滩上正在枯死或者渴望孕育的生命。他回头看到了柏树山,茂密的柏树如同描在画里,缭绕其间的云雾缓缓升腾,与天上的白云互诉情思、缠绕融合,铺成与天接与地接的云水长卷。一条巨大的瀑布穿石而出,为青黛之色围上洁白的哈达,像天女长舞,如笙歌缥缈。这样的人间仙境,如同戏中场景。自己身居其中,竟没有太多的陶醉,有的只是伤怀。

戈壁滩,似乎死去。柏树山,仍然鲜活。孙振文似乎看到了两个世界,有着地狱和天堂的遥远距离。

"你知道吗?今天没有警官端着枪看着咱这些人,咱才能如此放肆。现在的警官,知道咱再有本事也跑不出这茫茫戈壁,都懒得理咱。跑了也总是能抓回来。抓不回来也得让野狼吃了。这埋死人的事,他们觉得晦气。"沙鸥跑得上气不接下气,"振文老弟,你有太多的忧愁,要放开。在德令哈农场,忧愁是乌龟王八蛋,会有一天把自己绞死。这个世界本来就有太多的枷锁,头顶是上吊的绳索,脚下是一条条的绊马索,中间还有大鬼小鬼各种恶鬼的索命锁。咱就是活在这样的日子里。来这里两年了,我习惯了让自己苦中作乐,用汗水熬盐,借泪水下菜。这儿的日子,不能以天计,要以年计,以十年计。我前一段时间作了一首《水调歌头》,想不想听?"

"什么叫《水调歌头》?"旁边的一位室友问。他叫巴扎尔,蒙古族。

"谁掉到水里就割谁的头。"孙振文学着沙鸥的口吻,开了个玩笑。

"哎哟娘唉,那可得离水远一点。"

沙鸥开始朗诵,声音依然是充满磁性的那种。每次诵读之前,沙鸥总是把右手从贴近左胸的位置,由低到高地飘出去,下巴也是随着手的方向,画下一个小小的弧,接着便是一声"啊":"时间不以天计,屈指待来年,星移斗转,豪气冲天。给我三千母骆驼,屠宰蒋家王朝,看台湾,五星红旗插遍。"沙鸥捅了捅孙振文的胸膛,"怎么样?给个评价,这世界级是不是名副其实?"

"哈哈，肯定是。你为什么非得要三千母骆驼去台湾？"孙振文故意装作不懂，问。

"你想想，在这德令哈，咱能去台湾的交通工具，不就只有骆驼吗？至于为什么非得是母骆驼，我是替那些管教们着想，有个伴儿嘛。这也是为骆驼们繁衍后代着想，不至于绝种。"

"你真是骆驼的上帝。"孙振文放声大笑。他故意让自己笑到肆无忌惮，笑到彻底崩溃，笑到没有了一丝力气。

孙振文仰面躺在草地上。

"娶老婆了吗？"沙鸥突然问。

"娶了。她叫楝花。"

"多美的名字啊。紫色的花，略带忧伤。在欧洲，玫瑰紫色、粉红紫丁香色、紫罗兰色，曾经是艺术感伤主义的代名词。让我猜猜啊，她一定很漂亮，气质型的小资做派。娶这样的美女为妻，此生足矣。"沙鸥瞬间转换话题，"法国有部歌剧叫《玛尔塔》，里面有一个咏叹调：'我献出我的爱情，我的眼光和她相遇，美丽的她使我心渴慕向她飞去……玛尔塔，玛尔塔，你失踪，而我心和你同走了！整个平静把我夺了去，因痛苦而我将死去。啊！因痛苦而我将死去，是的，会死去！'振文，你说，我们会死在这里吗？这个世道太不公平，我们这样忧国忧民的青年才俊，怎么就到了这里？凭什么我们一辈子，注定就要与这烂碱蓬为伴？"

"谁知道？我只想玩好木偶人子，演好木偶戏，却被不知哪儿的风刮到这里。"孙振文长叹道。

"在西方人的《圣经》里，人子其实就是耶稣基督。在你手里，成了把玩不尽的木偶。你很厉害啊。"沙鸥停顿了一会，"振文，你知道堂吉诃德吗？将来出去后，你一定要编一部关于他的木偶剧。执一把长矛，与风车殊死搏斗，有多少英雄气概？那简直就是辛弃疾笔下的气吞万里如虎。明知不可为而为，明知是一场梦，还沉浸于所有的自我想象，我似乎每天都能听到他的喊杀声。咱这一代青年才俊，被放逐到茫茫戈壁，能够与苍天对话，与白云相爱，与黑暗和死亡交朋友。我们都是堂啊。"

孙振文触到了干硬的草，几乎要把他的手扎出血。他使劲地扯出一截，压在自己的眼皮上："这片土地，早晚会干死的。我们……会跟着死。"

沙鸥的目光有气无力地看过来："我一直渴望拥有乌托邦似的理想生活，能让所有的鸟自由恋爱，每一条鱼都可以随便嬉戏任何一棵水草，就连蚂蚁都能快乐地唱歌。振文，你告诉我，这样的世界，哪儿有，哪儿没有？"

沙鸥是演员，沙鸥不表演。沙鸥不是诗人，沙鸥像诗。电网和高墙像枷锁，思想却可以自由。戈壁滩可以死去，灵魂必须活着。孙振文想。

两个人的眼角，有泪，缓缓流下。夕阳把最后的姿势固定在泪滴上，轰然滑落，埋进干枯的戈壁深处。

孙振文总是记不住21号监舍所有室友的号码，名字倒是一清二楚。那些号码并不难记，只是孙振文觉得，歪七扭八的数字就像颜鹤刻写死人名字的砖，与死亡相连，冰冷，没有任何温度，与活着的人不搭界。就像厚厚的囚衣，乌黑，没命的脏，包裹的却是有血有肉的人，这不公平。每个人都是一部书，几个简单的数字，翻不到他们生命的最后一页。比如他已经熟悉的老大黑龙啸、江南唐伯虎、颜鹤、沙鸥，每个人都是一部传奇。还有，陕西宝鸡的马跃川，为了霸占邻居的女人，将邻居用刀捅成重伤，被判无期徒刑；辽宁盘锦的超级大盗寇仙超，抢劫银行得手，却在偷窃一位副市长的保险柜时落网，只因为偷看市长夫人的娇容起了淫欲，腰带没解开便被进门的市长抓个正着；福建宁德的刘大闽，抢劫一个过路的妇女，劫财并劫色之后，觉得还不过瘾，当晚就又去盗窃大队仓库，被抓了现行；四川郫县的成大业对大跃进发表不满言论，以反对公社罪被判入狱七年，明年他就可以出去了；成都的苟流，因为和他的姘妇熊妮偷了住在红照壁宾馆一位作家的玉手把件，被人抓住，以盗窃罪被判了十年。苟流的姘妇熊妮就是那家宾馆的店长，眼看着就要被路人追上，跃过桥栏，摔在河中央的石头上，一命呜呼。苟流经常流着口水说着那块玉的好，玉料是最通透的一种，形状如一个人的心脏，黄色的翡，上面雕的马像神笔马良画过的，旁边的猴子聪明可爱，真是一块绝世佳品。只可惜，在熊妮跳下桥的瞬间，它也失去了踪影，如同天堂所有的美丽，本就不该在人间留存。还有河南安阳的满夫，因为给土匪做饭，以反革命罪被判二十年，争辩了几句，便又加刑，改判无期；天津渤海县卫杰年少无知，在高中时加入一国民党的青年组织，肃反时以敌特罪名被抓，判了十年监禁；湖南浏阳的谭湘山因为粗心，把毛主席的像章戴反了，以反革命罪入狱十年；蒙古族盗羊贼巴扎尔偷走了生产队的一只羔羊，只为让久病的母亲临死前能吃顿饱饭，被判十年……

孙振文从心底里渴望和这些室友交朋友，他们却像戴着面具的人子，挨得再近，脸也总是冷着的。一个夜晚，孙振文翻来覆去地睡不着，便坐起来，然后就听见黑龙啸在梦中整训着他的部队，先是齐刷刷的脚步声，然后便是一二三、卧倒、冲锋的号令。孙振文不知道，一个人的梦境可以如此丰富，便有意在半夜时分，走入每个人的梦中。黑龙啸如同从来没有打过败仗的将军，梦里只有攻城略地后的胜利欢歌。他分配给士兵们粮食、银圆、青楼里的妓女。他最享受的，莫过于青楼头牌在他怀中的娇滴软语。颜鹤在梦中，经常问一句话，絮叨也是罪吗？然后便开始吟诗作赋。梦里的诗词并不合仄押韵。但他摇头晃脑的样子，实在可爱。孙振文曾经在一个夜里，专心观看颜鹤梦中作诗。颜鹤突然睁开眼睛，一束光从眼球深处猛然跳出来，把孙振文吓了一跳。颜鹤闭上眼就睡，然后便是一首绝句："谁说长江三千里，思乡愁絮比山高；且看前途无去处，只将红颜暖细腰。"第二天，孙振文把这首诗念给颜鹤听，他一头雾水，问孙振文发什么神经。江南唐伯虎，在梦里定然是一个风流才子的模样，经常喊着"娘子，拿酒来"。马跃川经常磨刀霍霍，说着把这些人全部杀掉之类的话。苟流常常念叨，熊妮，你该死，这是上天的报应，偷那块玉的人都得死，然后便吓得浑身发抖。巴扎尔梦里只知道哭，从来没有说过一句完整的话。很多时候，这些梦中的室友，突然间就变成没有重量、没有声息的一群魔鬼，一个个都被压得扁扁的，白发飘扬，脸是极凶恶的，搅动的舌头上滴着血，一尺多长的獠牙似乎要吃掉整个世界。这些魔鬼互相凝视，然后便是厮杀、咒骂，尖厉的叫声带着骷髅的阴迷之气，他们把怀中藏着的婴儿的尸体举过头顶，使劲地摔在地上，看看能开出什么样的肉花，比比谁的花更像一朵盛开的莲。猛然间有鸡的一声鸣叫或者管教的一声咳嗽，那些魔鬼便像灵异小说中写的那样，化作一缕白烟，瞬间进入各自的身体。只剩下孙振文，努力地睁开眼睛，看到面前有一大堆发出腐臭味却刻意扮作新鲜的尸骨。

孙振文感觉，他与自己的梦总是隔了一层东西，像雾，像水，又像一层薄纱。自己不是自己，梦也不是梦。睡下就开始做梦，梦中更像现实。他渴望自己能够在梦中可以做任何事，种植成排成行的深绿色的韭菜，摆弄木偶，用臭椿树的泪粘知了，或者与楝花缠绵。可他不能，他的梦并不自由。他的梦也是在监舍中的。是的，不自由。孙振文喃喃着。他常常看到一只鸡被追来追去。孙振文属马，家里只有母亲属鸡，所以他便胡思乱想，不知道母亲出了什么状况。每每遇到这样的梦境，孙振文便一天没有胃口。无论走到哪里，似乎都有一只被抹了脖子的鸡，在血泊中挣扎，打着气嗝。还有一只狗，幸灾乐祸地走到鸡的跟前，一遍又一遍地看着那只永远不会闭合的鸡眼，头歪来歪去，若有所思。孙振文想起县委书记郑直来赵家堂的时候，爷爷曾让人杀过一只鸡，孙振文想起了那只鸡，也想起了它的眼泪，和它的灵魂飞起的姿势。

孙振文真切地意识到，与自己同在一个大炕滚来滚去的这些人，在现实生活中有着不同的罪行，在梦里同样有着千奇百怪的人生。与这些人相比，自己的反革命罪纯粹是无中生有。更可悲的是，自己甚至不知道是谁给他制造了这项罪名。制造，对，就是制造。孙振文清楚，在这样的境况之下，他不能把自己排除在21号监舍之外。他与室友们在梦中的交流，是一个只有自己知道的秘密。他提醒自己，这样做并不是想探寻他们灵魂深处的丑恶，而是要在自己身上，找到与他们同样丑陋的相似性，比如男盗女娼，比如抢掠奸淫，比如杀人放火，比如瞬间可以变成随风而舞的魔鬼。丑恶，当所有的高尚都成为丑恶，到底是苍天的丑恶，还是大地的丑恶？还是他一个人的丑恶？

梦最卑贱的地方就在于，人人都可以拥有它，好人，坏人，不好不坏的人。谁都可以在梦里为所欲为，践踏和破坏"梦"这个词的美丽和可爱。而梦的最高贵之处恰恰也在于，谁都可以拥有它，好人，坏人，不好不坏的人。梦对谁都是公平的，它没有世界观，并且不分阶级。孙振文想，如果以阶级论，沙鸥应该归属于哪个阶级？

沙鸥是一名才子，入狱的罪名是伤害风化罪。他和未婚妻卓珏领取结婚证后，因为家里的住房紧张，暂时没有举办婚礼。年轻人毕竟把持不住，在家里有了肌肤之亲，床榻上的翻滚声搅扰了寡妇邻居。巧的是，这位寡妇是话剧团副团长的相好。副团长一直对卓珏垂涎三尺，便借题发挥，鼓励寡妇到公安局报案。公安局不知出于何种目的，竟然接手这个案子，以流氓罪和伤害风化罪，判沙鸥入狱十年。

上海话剧团全力培养的台柱子，一夜之间成了被废弃的烂木头。

沙鸥服刑的农场，离他父亲的服刑地只有不到一百公里的路程。他的父亲沙半农是上海复旦大学的外文系教授，因为对西方文化的推崇，尤其是与严复的师徒关系，被打成走资派。沙鸥异想天开，说如果能与父亲见一面多好。同是格尔木草原，却是咫尺天涯。后来沙鸥才听说，父亲在服刑两年后，已经咬舌自尽。至于原因，无从追究。

沙鸥在得知父亲去世之后，更加坚定了活下去的信心。他唯一的愿望便是，有朝一日，抱着父亲的遗骨，返回上海，给老人家一生推崇的信、达、雅的生命信条，找一个恰当的安放之地。沙鸥每天晚上都要向着格尔木草原的方向跪下，他坚信父亲的灵魂就在那儿飘着，飘得有些孤单和委屈。他告诉孙振文，他相信灵魂的存在，它是思想的另一个名字，忧伤而美丽的名字，像四季的花草，生生死死，明明灭灭，今天属于你，明天属于我，前天属于古人，后天属于未来。所以活着的人常常能感觉到死去人的光芒，未来的人也不一定不能体味今天的你我。沙鸥说，这片草原会留下我们的足迹和气息，那便是我们的灵魂，并且会生生不息地传递给后来者，让他们在某一个深夜或者午后,感受到我们今天如丝如雨的挂念和哀愁。沙鸥坚信,自己能在某一个阳光灿烂的日子,离开德令哈。他这样给孙振文描绘自己回去的场景:上海市委领导领着一干群众,一字排开在车站广场前,欢迎的群众挤满了数十公里,他们手中拿着的无论是欢快的彩旗,还是叮当锣鼓,都扯破了嗓子在喊一句话:"欢迎沙鸥归来,欢迎王者归来……"

"如果真有那么一天,我会哭,真的。"沙鸥说。

有个早晨,沙鸥发现颜鹤站在炕上,面对墙壁抖开棉袄,好长时间没有系上扣子,不知在拾掇什么。沙鸥悄悄走过去,一把抓过去,发现在颜鹤的棉袄上,竟然还缝上了一个口袋,里面藏了一个小的青霉素瓶子。沙鸥打开来看,写的竟是颜鹤的籍贯、生辰年月、何事被发配到德令哈农场之类。沙鸥不解,问:"你这是演的哪一个桥段?"

颜鹤便长叹道:"我这一把年纪,一阵黑风就能把我噎死,摔上一跤就有可能再也醒不过来,一个人在地里累死,连个看见的人都没有,死了也就白死了。我提前给自己写好了张条子,就算是私心吧。咱说好,监狱里可不能搞斗私批修那一套。"

沙鸥哈哈大笑:"人真是越老越怕死。放心吧,咱21号监舍的人,谁活不到一百岁,马克思都不答应。我跟你商量个事,你把小瓶子借我用几天,咱找个乐子。我也让你高兴高兴,说不定能多活二百年。"

"二百年?做梦去吧。人生七十古来稀。这大漠黄沙,谁要是能活过一百,不是神仙就是妖怪。"

"妖怪就妖怪。千年才成妖,你成不了妖怪,放心吧。"

"那你得告诉我,想找什么乐子?"

"暂时保密。"沙鸥一脸神秘。

孙振文站在一旁,听着他俩在那儿瞎扯,边看边笑。

此后的一段时间,孙振文经常看见沙鸥从地里捉一些虫子,用鲜嫩的草尖喂着。十几天过去,虫子越喂越瘦,然后便直挺挺地死去。

"你到底想干啥?"颜鹤夺过瓶子,问。

"我想把这些虫子养成蝴蝶。基本程序就是，虫子变成蛹，蛹变成蝶。可我弄不明白，这些虫子怎么就养不活呢？"沙鸥又把瓶子抢过来。

一个疑问没有解开，沙鸥便又开始养甲壳虫。三五天之后，甲壳虫以干硬的死告终，沙鸥便问："卡夫卡在小说中可以把人变成虫，我的甲壳虫怎么就变不成人呢？"

监舍里没有人知道卡夫卡，对沙鸥的研究和试验也没有太大的兴趣。只有孙振文，天天打听沙鸥的研究进展如何。

"你精神有毛病。"颜鹤给沙鸥下了定论。沙鸥并不恼。沙鸥后来的研究，便是扒拉开自己的衣服、被子逮虱子，然后放到瓶子里面。他每天都要从自己嘴里省下一小块窝窝头，用水稍微泡过后，放进小瓶子。沙鸥说："我要养一批吃粮食不喝血的虱子，然后让吃粮食的虱子替咱喂那些喝血的虱子。"

十天之后，沙鸥的虱子人工培育计划再次宣告失败。那些有骨气的虱子们，宁肯饿死，也不愿吃一口窝窝头。沙鸥一脸沮丧。

"可以把我的瓶子还给我了吧？"颜鹤脸上的表情怪怪的。

沙鸥摇摇头："我还有一个主意。"

"什么主意？"

沙鸥走到苟流的被子前，恶狠狠在上面撕了个小口，把瓶子里饿死的没饿死的虱子，全部倒进苟流的被子。

"这家伙是狗，不是人。试试这些虱子的适应性，看看在他身上，咱还能培育出什么新品种。"

三天后，苟流大呼小叫地从梦中惊醒，浑身上下地搔着。第二天，沙鸥故作关心地看了看苟流身上，发现那些死去复生、饿急眼的虱子们，竟在苟流身上咬出了鸡蛋大小的包。

"这一定是虱子的新品种，是狗身上培育出来的。"沙鸥肯定地说。

苟流恍然大悟，追着沙鸥满院子跑。沙鸥最后躲在孙振文背后，像老鹰抓小鸡一样，让孙振文替他挡着苟流。苟流拾起一根木棍，要打沙鸥，沙鸥求饶，答应中午饭把一个窝窝头让给苟流。

"你就是一条狗。吃我这一个窝窝头，晚上做梦会被撑死。"沙鸥不想让肚子白白挨饿，便骂苟流，也算过足了嘴瘾。

"放心吧，大爷我晚上从来不做梦。再说了，做梦撑死也总比饿死强吧。"苟流拿到窝窝头后，故意在沙鸥面前晃来晃去，并特意留下一块，晚上躲在臭烘烘的被子里，慢慢品着，觉得一口比一口更香。

按照惯例，五大队每年春节前，除了宰杀一批自己喂养的猪、羊之外，还要到山上打一批猎物，比如豹、熊、鹿、羚羊、野牛、野驴、野羊、狼、狐狸、雪鸡、天鹅等各种野生动物。从去年开始，大队又组织人到山里猎杀野牛。野牛体形大，野劲足，很少有人敢去与他们正面较量。大队长何逊正是部队团长出身，在抗日战争和解放战争中，都是部队里敢冲敢打的硬汉。他去年带了二十个人，去野牛沟拉回四头野牛，割下的野牛头至今还挂在办公室外的土墙上。损失是，两个犯人被野牛活活顶死。

在何逊正看来，天底下所有动物的肉，都没有野牛肉香。人们常说，天上的龙肉，地下的驴肉，但驴肉处理不好总有一股腥臊味。野牛肉的香，是一种纯粹的天然的香，香得有品味，有骨感，有质地，能香到人的牙齿缝里，舌头尖上。何逊正觉得，去年野牛肉的香味，一年之后还留在他的唇齿之间。今年他再次提出要去打野牛，与他争着去的，是政委胡炎宇。胡炎宇也是部队转业回来，做过文职干部，没有打过几次枪。所以在由谁去、带谁去的问题上，两人产生了分歧。为他们解决分歧的，是沙鸥。

队长何逊正爱喝酒、下棋，沙鸥恰是象棋高手，曾经让大队长十盘不赢一盘。队长说："你的棋好，我承认。但你再好也好不过二监室的郓谷子。"

沙鸥不服，问："他算老几？"

政委胡炎宇喜欢写诗，沙鸥便常与他交流国内外的优秀诗歌，爱伦·坡恰是两人共同喜欢的诗人。

我的爱，她在安睡！哦，我惟愿，

愿她的安睡永远像这般酣甜！

愿虫豸只能轻轻地爬过她身边！

愿在远方森林，迷蒙而悠久，

……

那是死者在墓中发出的呻吟。

朗诵完诗歌，沙鸥通常的表现，便是哭，嘴里说想自己美丽的未婚妻。胡炎宇安慰他，递给他纸和笔，两人比赛似的写出自己的诗歌，然后诵读，再流泪。

"前天让你放跑的那匹马找到了。要是找不到，你可就倒霉啦。不光你倒霉，孙振文，还有那家牧民，都要跟着倒霉。你到底是怎么想的？好好的一匹马，为什么非得把它放跑？"胡炎宇问。孙振文和沙鸥被派到农场外运菜，丢了拉车的一匹马。

"我想让马成为真正的马。"

胡炎宇一愣，接着摇头："浪漫的诗人，外加天真。"他把手中的诗歌折叠，放在嘴上，"让诗成为诗。"

"可现在的人……都不是人。"

胡炎宇看沙鸥的眼光直直的，然后垂落下来，像干透的秋叶，落在地上，旋即被风吹走，时停时飞，凌乱无序。

"你是个例外。"沙鸥的话像是安慰，更像是吹捧。

沙鸥成了队长和政委两个人的朋友，也成了农场监狱最吃香的犯人。沙鸥的话，他们一般会认真听一听。有人把沙鸥当作农场的眼线，看他的眼神也是怪怪的。

沙鸥建议道："队里为何不举办一场象棋比赛呢？让比赛结果决定所有事项。由谁带队？简单，两位领导选择支持一个中队，哪个中队赢了，哪位领导就去。至于带谁去，不就是从劳改队里出吗？一中队、二中队，哪个中队去多少人，也以象棋大赛结果确定。比如，总共去十个人，每个中队出十个人进行比赛，赢的不去输的去，输几盘去几个人。哪个中队会下象棋的人数不足十个，一个人可以代替几个人，甚至可以一对十。"

冬季正好是农场的大闲季节，除了培训就是教育改造，象棋大赛正好可以丰富和活跃劳改犯们的业余文化生活，是一举多得的事。队长和政委两个人一碰头，痛快地答应了。队长支持一中队，政委支持二中队。

"我有个条件，队长作裁判，一中队郓谷子必须参加比赛。他可以不去打猎，但象棋比赛必须参加，我听人说他的象棋天下无敌。"

队长用手指着沙鸥，哈哈大笑，以浓重的四川口音说："你小子还会记仇。是不是还记着我给你说过的话？小心噢，报复心会害死人的。"

象棋比赛的消息很快传开，在整个农场成为轰动事件。

黑龙啸着急地问沙鸥："小子，你到底有多大把握？咱二中队没有几个人会下象棋，哪里能出十个人？如果全输了，十个人全是我们中队去，肯定会有人丢掉性命。小子，到那个时候，你的罪过可就大了。就算是大爷我饶了你，兄弟们也不干哪。你上海佬书生一个，根本不知道野牛的厉害，它能把山顶出个大窟窿。"

沙鸥眯起眼："老大，你说吧，你想让他们去几个人？"

"别吹牛！咱五大队牛不多，马多。你要是吹马可得当心点，马蹄子能踢死人。"

"老大，我有绝对把握，你让我赢几盘我就能赢几盘。"沙鸥悄悄伏在黑龙啸耳朵上，"我是全国象棋比赛青年组第三名。"

黑龙啸咧开嘴，笑着。他的眼珠子一会儿黑一会白地来回转，左手拽着自己上唇的胡须，从右至左，右手则弹钢琴似的乱动。"这次打猎，是除掉王大阔的好机会，必须想办法让他去打猎。这样吧，你只能赢下六盘棋，只能是六盘。他去六个人，咱去四个人。他那边的人多了，就会放松警惕。看我不玩死他！"

比赛当天，是德令哈少有的好天气。温度高了许多，阳光更加炽烈。

食堂里早早挤满了人，一个个伸长了脖子，像吊在烤炉里的烤鸭。

一中队郓谷子领着九个人进了食堂，坐在对垒的桌子一侧，郓谷子坐在正中间的位置。郓谷子眼睛眯着，似乎在养精蓄锐，耳朵却听着周围所有的动静。

郓谷子刚来的时候，因为年龄大，不会干活，经常受人欺负。他又是奸杀幼女被判死缓，在犯人中是最被瞧不起的货色，所以也没人拿他当人看。除了经常被人打骂之外，小组长也故意刁难他，出工总是分给他最不好干的地块。尤其是夏天割麦子，郓谷子得到的就是石子或草多的麦垄。镰刀常常卷了刃，进度也跟不上，接下来便是挨罚了。犯人们最会折腾人，常常用尽各种办法，弄得郓谷子哭爹叫娘，跪在地上两手合拢着作揖磕头，膝盖磨破、额头磕破是常有的事。监舍里的人还经常故意偷他的东西，今天偷点这个，明天偷点那个。郓谷子被偷怕了，出工时便带上他的全部家当，肩头斜挎着两个装衣服的大包，胸前挂着马蹄子闹钟和一个大搪瓷缸，如同灾民逃难。郓谷子有一样绝活，给人卜卦，谁要感冒发烧、谁家要有大事，有几次还真让他蒙准了，这才引起王大阔的注意。郓谷子便调到王大阔的监舍，成了他的军师。欺负他的人从此绝迹。

王大阔站在郓谷子身后，背着手。在王大阔身后，是同样背着手的四个壮汉。

二中队的人站在自己一侧，等着为自己的队员助威。

黑龙啸和沙鸥有说有笑地进来。

沙鸥坐在郓谷子对面的桌子前。黑龙啸站在沙鸥的背后，抱着胳膊，眉头往一块拧着，瞪向郓谷子的目光冷冷的。在黑龙啸背后，是同样抱着胳膊的马跃川、寇仙超、巴扎尔和孙振文。在他们四个中间，是眯着眼的颜鹤。颜鹤想把谁看清楚的时候，总是把头低下，黑色的眼镜框边缘上，便有一道飘忽的光闪出来。

大队长何逊正、政委胡炎宇走进餐厅。

何逊正皱紧眉头："小子，你的人呢？"

沙鸥笑笑："我一个人足矣。"

"你小子是不是疯了，不要命了？你可要想好喽。"何逊正见沙鸥意念坚定，硬把旱烟袋在桌上磕了磕，"好，比赛开始。沙鸥以一当十，符合比赛规定。"

从对面的十个人走出第一步开始，沙鸥就把十盘棋分成了几个类别，有偏好进攻的，有专于防守的，有攻守兼备的。对这些布局，沙鸥在其中的六盘剑走偏锋，选择了比较冷僻的应手。独独对郓谷子，他选择防守，这远远出乎郓谷子的预料。郓谷子推断，这样一个年轻气盛的小子，定然会全力进攻，那么他，就以诱敌之计，杀它个片甲不留。

沙鸥在比赛桌前来回走着，何逊正紧跟在他的身后，他要看看这个狂妄的小子，到底有多少能耐。有那么几招，他甚至想提醒沙鸥，昏招，但再回来看时，形势并没有自己想象的那么艰难。

何逊正一边看，一边在心里默念：浑水摸鱼、瞒天过海、顺手牵羊、调虎离山、暗度陈仓、欲擒故纵、釜底抽薪、苦肉计、将计就计、声东击西、围魏救赵、连环计、假道伐虢。这不就是三十六计的运用吗？上兵伐谋；致人而不致于人；攻其不备，出其不意；将欲取之，必固与之。这小子，简直就是奇才啊。

沙鸥来回奔走，他感觉到自己是一个全身铠甲的武士，他的一辆辆战车，身陷重围，必须纵横冲杀。这些广阔的草原、戈壁、山川，是他追梦的疆场，他要让胜利的种子撒在每一片土地上；他的炮，是生命的副将，其所重在势，必须深藏以蓄其力，以遥制彰其力度，以闪击显其威猛。敌众我寡，而炮必能制其命脉，如武林中的点穴神功，一招致命。沙鸥感觉暗影中有小人，将锋利的匕首，直直地插进自己的心脏，刀刃游走在血管的每一次跳动之中，疼，只有疼。沙鸥感觉到了心的痉挛，血流一地；而他的马，如的卢，如赤兔，似绝影，昂头嘶鸣，仰天长啸，更将儒将风流，神逸气度，挥洒于万里长空；那些誓死忠诚的兵士，一步一步，滴洒着鲜血，如即将奔赴野牛谷的室友，生死难料……

北风突然呼啸，天空昏暗下来。十盘棋胶着，如十万将士的鲜血，遮蔽了万里晴空。

必须贴上去，以最尖利的匕首，手刃顽敌……

必须远打近攻，以最有效的方式，逼敌就范……

必须围而攻之，以群狼之力，分而食之……

必须插入敌人心脏，让其束手就擒……

必须双刃其发，让其无路可逃……

必须食其肉啖其血，让其孤苦无告……

四面楚歌中尖厉的呼喊声，擂鼓声，震破耳膜，我自岿然不动。还有那些哀鸣，遥远的，妇孺的，舞台下的掌声，罗密欧与朱丽叶的歌唱，盛开的夜来香，还有孙振文念念不忘的楝花，如紫色的云飘荡，一块方砖，是的，一块方砖，上面写着一个个名字，在风中、雨中，消逝……

十盘棋，沙鸥在残杀中，赢下六盘。

其余四盘棋，皆走成和棋。

沙鸥似乎要倒下去，黑龙啸赶紧扶住他："不是让你赢六盘吗？"

"老大，我就是赢了六盘。"

"可那四盘你也没输啊。"

"没赢就是输。"沙鸥回过头，看着黑龙啸，目光疲乏无力，如慢慢熄下去的灯火。

黑龙啸眼中似有泪水，他使劲地拍着沙鸥的肩膀："小子，爷服你了。"

"我不服！"郓谷子猛地站起身，喊道。

王大阔一拳把郓谷子打倒在地："别在这儿丢人现眼了。还他娘的自称军师，懂得阴阳八卦。狗屁！要是你这种人也懂周昌，那还不把周昌气死。"

周昌？周易？

一封信从沙鸥的口袋里掉在地上。孙振文弯腰拾了起来，折叠好放进自己的口袋。

沙鸥站起身："你不服？好，咱俩再下一盘，一盘定胜负。我输了，给你一条命；你输了，我要你的一根胳膊。一条命赌一根胳膊，这账划得来。"

队长何逊正伸出手摆了摆，制止道："小子，别胡闹。下面我宣布，比赛结束，二中队赢，四个人参加狩猎，一中队六个人参加狩猎。"

郓谷子眼睛瞪着沙鸥，把手中的一个棋子从左手扔到右手，又从右手扔到左手，猛地把棋子扣到桌子上："成交！"

郓谷子把手拿开，看到字面朝下，脸变得煞白。他翻过棋子，是"将"。

又是一场恶战。

外面的北风更大，带着尖厉的哨声。

沙鸥先手，他与上盘对局选择了完全相反的路数。沙鸥分明看到了太极推手，看到了八卦围城，看到了敌人故意布下的陷阱，看到了自己薄如白纸的命门，被自己的无意显露于旷野之中，而敌人在空城之外，犹豫不行。这些他统统不顾，只将自己的车马炮全部拉到了战场的最前沿。他似乎感觉到隆隆炮火的炽热，那些骏马的狂啸，那些战车辗轧着敌人的尸体。他似乎看到了敌人被围困的城墙，那一面面即将举起的白旗，已经拿在敌人的手中。此时，却听到急马来报，自家的城门已被围困。已经做好了攻城的打算，只好，含泪折返。疼痛的心脏，如痴情者的失恋，谁会是谁的救赎？手捂着心头的伤口，却将自己的战旗扬得高高。

最后，最后的战车，砍下了敌帅的头颅。

身后的箭镞，已然成山。

被刀枪掩盖的是，血流成河。

郓谷子跪下来，抱头痛哭。

沙鸥感觉到天旋地转："老小子，哭啥？你那条胳膊能比我的命值钱？如果王大阔能替你去狩猎，我就不要你的胳膊。"

几千人的目光，一下子聚集到王大阔的脸上。

"我去！"王大阔几乎要用满嘴的牙齿，嚼碎沙鸥的骨头，咬出的字，带着杀气。

沙鸥被抬着送进21号监舍。

眼泪从闭合的双眼中，慢慢地流出，被风吹干。

傍晚的时候，孙振文被叫进管教科。

孙振文喊了声报告，进屋后见到了从济南送自己来劳改的訾世良。是这头驴，孙振文的眼中便只有驴长长的脸，丑陋，散发着尿臊味。

"报告队长。"孙振文怯怯地喊了声。

"谁是队长？你狗日的眼瞎了？"驴的舌头发硬，孙振文一听就知道，驴喝酒了。

"老子刚刚挨了队长的批，你还叫我队长，是不是讽刺老子？"驴站起身，走到孙振文身后，一脚踹在孙振文的腿弯上。孙振文的两个膝盖硬生生地磕在地上，嘭的一声响。

"给老子说，你到底犯了什么罪，非得让老子押你来这儿？"

"我不知道。"孙振文的声音很小。他明白，与一个喝醉酒的驴，没有任何道理可讲。

"你还说不知道！"驴抽出皮腰带，不管三七二十一，劈头盖脸地朝孙振文抽了过来，"我让你不知道，我让你不知道。"

孙振文的脸上，身上，被抽出了一道道血印。

"你个狗娘养的，要不是你犯了罪，还用得着老子把你押这儿来吗？都是你的错，都是你的错！"驴刚放下皮腰带，想起什么似的，转过身又抽打起来。

孙振文跪着，不躲，不喊，不求饶。

"你狗日的还挺有骨气。好，看我不打死你，让你连累我，让你连累我。"

驴终于打累："王八蛋，老子今天饶了你。你记住，从押你来的那天开始，老子就下了决心，只要老子还在这座监狱当管教，想什么时候打你就什么时候打你，不管初一十五。你要是给我耍滑头，报告给队里，老子打得你更狠，我要打得你狗屎不在腔里。滚！"

孙振文几乎站不起来。他看到流在地上的血，浸湿了一块砖，旁边的砖上，是三五成群的血滴。

回到监舍，沙鸥看到孙振文被打成这个样子，非要去给队长报告。孙振文拉住他："报告了他打我更狠。"孙振文闭上眼，泪从眼缝中涌出来，"穷人家，骨头贱，不打就痒。"

成大业看到孙振文："这个私孩子生的，怎能把人打成这样子嘛。"他递给孙振文一杯水。孙振文接过，漱口的水吐出，比血还红。

孙振文把上午捡到的信递到沙鸥手里。

沙鸥接过来，拿在手里，来回转了两下："你看了？"

孙振文点点头："沙鸥，咱都得活着，还得好好地活，就得像戈壁滩上的芨芨草，活得没脸没皮。谁死了都是白死，没人同情，也没人记得。芨芨草再卑微，它也有自己的天空，自己的活法。这话可是你说的。"

沙鸥的泪刷地流了下来："卓珏走了，我活着还有什么意思？"

"是没什么意思，可变得有了意义。她为你死，你就得为她活。上午你给郓谷子赌命的时候，你就准备要死。可你想过没有，卓珏以自己的死，证明了她的真爱和清白，她想证明给谁看？不就是你吗？你可以为她哭，为她伤心，为她骄傲，绝对不可以就这样去死。这样的结局，肯定不是她想要的。"孙振文疼得几乎不能直身，但他依然努力挺直胸膛，劝沙鸥说，"这个世界，有些人是为信念活着，比如，我想着见到娘和楝花，还想把孙家木偶传下去。有些人，必须为仇恨而活，你就应该这样。那个副团长罪有应得，已经被判了刑。说不定过一段时间，他就会被送到德令哈五大队来服刑。咱等着他来，等着跟他算账，向他复仇。即使他现在来不了，等你回到上海，再向他复仇。君子报仇十年不晚，晚上十年还有十年，怕啥呢？你只要还能记得仇恨，记住那个施暴者，是他毁了你的幸福和将来，夺走了你爱人的生命。几年监狱，不足以让他赎清所有罪过，他必须下地狱。你一定要做那个复仇者，我愿意和你一块，向罪恶复仇。"

沙鸥哭得更猛："复仇，可我得等到猴年马月啊。"

"青山在，人不老。只要活着，总有机会。戈壁滩一年到头没有几滴雨，只一滴，对芨芨草就够了。哪怕一滴雨都不下，它还有渴望一滴雨的信念，它用枯死又复活的生命,一天一天、一月一月、一年一年静静地等。沙鸥,记住你说的话,我们必须活着。活着才有希望,才可能发生奇迹。"

"好,我活着,活着。我们谁都不能死,就像芨芨草,春天的芨芨草。"

> 假如我的鲜血,
> 能够染红整个黑夜,
> 就让我的血管,
> 成为沙漠的路标,
> 为所有的失路者,
> 指正归途。

沙鸥吟完自己的诗句,放声大哭。

3

何逊正考虑到胡炎宇没有带队打过仗，便替他挑选了枪法比较好的四个管教，都是在部队服过役的。他还建议胡炎宇再多带几个人。胡炎宇让每个中队多加一个，黑龙啸带了马跃川、巴扎尔、沙鸥和孙振文。这几个人虽然不是二中队最强壮的，却最有智谋。

看到麻秆似的几个人，王大阔笑了。他带的人，一个个膀大腰圆，凶神恶煞一般。

十二个人被分到两辆卡车上。黑龙啸他们五个人一组，在前面的第一辆车上，王大阔的七个人在第二辆车上。刚上车的时候，跟车的管教想让王大阔选一个人编到二中队，没有一个人同意。

管教们坐进车头，犯人坐在车厢。

黑龙啸在车上嘱咐："各位兄弟，一旦被野牛追赶，一定要想着拐急弯，绝对不能顺着路跑。不管哪个人受到野牛攻击，其他的兄弟都要过来帮忙，照死里攻打这一头牛。谁要是能在野牛身后，猛拽它的尾巴，猛打牛蛋最直接有效。记住，千万不能受伤，更不能送命。爷昨天给你们弄到的破裤子现在别穿，到了野牛沟之后再穿，一定要把那条红色的裤腿遮得严严实实。巴扎尔，爷让你弄的东西到手了吗？"

"到手了。"巴扎尔从裤腿里掏出一把只有巴掌长的弯刀，递到黑龙啸手里。

黑龙啸来回翻看，用手指敲了敲，薄薄的刃，闪着寒光，他又用手指试试刀口。"好刀。蒙古人真有好东西。"他把刀连同皮套，一块插进自己的裤脚下面，"兄弟们，龙爷这次出来，就是要干掉王大阔。爷可能顾不上你们，你们之间要互相照顾。你们是爷的手下，无论是谁，都要给我活着回去。"

"谁要是死了，咱回去跟他算账。让他给咱逮虱子，让他喝虱子血。"孙振文开起玩笑。

为了预防犯人们逃跑，除了四个管教和教导员有枪以外，其他人只有木棍。

进山的路，坎坷难行。汽车并不是在路上行驶，而是行进在坚硬的山地上。只要能行车的地方，都是路。冬天所有的水滩结了冰，冰面也成了路。如果是夏天来，必定到处翻浆。夏天进山，至少是两辆车，如果一辆漩进窝子，确保能有另一辆把它拖出来。

到野牛沟口，需要开上一整天的车。车上的时光，犯人们便由着性子地喊着叫着。沙鸥因为卓珏的事，仍然提不起情绪，眼睛呆滞，不知看着哪儿，或者哪儿也没看。黑龙啸问他什么事，沙鸥就是不说。他不想没上路就影响大家的情绪。倒是马跃川，忽然来了兴致：

> 青海好，青海好，
> 青海的山上不长草，
> 黑风吹着石头跑。
> 青海好，青海好，
> 青海的妹子不洗澡，
> 大姑娘跑了没人找。

马跃川将青海流行的顺口溜，改成陕西民调，在天地之间，唱出了鼻音与噪音自然切换的喑哑味道。

孙振文清了清嗓子，刚准备来几句，沙鸥猛地站起身，开口说话了："孙振文同志，别再唱你的人子戏了。这个世界上，到底谁是谁的木偶，谁是谁的人子？总是唱在别人的戏里，伤的是自己，疼的也是自己。看戏的人一个个手舞足蹈，活脱脱一副群魔乱舞相，你是变态狂？"

一路的风景，孙振文再也无心欣赏，他一遍遍地回味沙鸥的话，心透凉。

虽然已是冬天，宗务隆山依然苍翠。越往里走，山景也越发幽深、奇幻。漫延无际的柏树，幽黑之美穿透严寒，连接成满世界的力量和勇气，在山巅，在深谷，与天比高，与云比奇。那些在树丛中跑来跑去的羚羊，警觉小心地偷窥着外面的一切，驻足，然后消遁。悠然踱步的鹿，像山涧中的精灵，瞪大的眼睛似乎洞察了荒原中的一切变化。那些狼和狐狸，白天似乎见不到踪影，但谁又知道它们，在密谋着怎样的血案。一群野马在半山腰嘶鸣，如霹雳长箭，在旷野中驭风而驰，扬起的马鬃，在阳光照射下闪着奇异的光彩，它们奔跑的姿势，如同拔剑而起的勇士，在时空中演绎着一骑绝尘的美丽。

这儿，已不是尘世，是原始的伊甸风光，是神灵的休憩天堂。那些不知名的花，在冬天并不衰败。那些草，绿得像刚刚萌芽的青春，娇嫩，憧憬满怀。那些鸟鸣，珍珠般的晶莹剔透，似乎伸出手就可以接住。柔柔的风，如同母亲的催眠曲，温暖得细腻而安详。不知什么树上结下的果实，红红的，在山谷中竟成了另类，它随风而舞的姿势似乎有些招摇。山顶流下的水，起初是缓慢的，带着音乐的节奏，然后在一块突出的岩石上垂下的时候，溅成一条开花的水线。这条线，不知从什么时候起，结成了冰，成为一条冰瀑，冰瀑便有了花的脉络，花的盛开和凋落。自然的四季在这儿铺展开来，铺成醉人醉心的画卷。

沙鸥眼里现出迷茫，心里暗想，这两辆卡车，以及这车上的人，是这山野的异类。汽车马达的肆无忌惮，一群黑衣人的粗劣卑俗，与这自然的一切，格格不入。这些人，把自己当成了自然的主人。可惜啊，他们连自己的主人都不是。

此刻，孙振文与沙鸥的心境又是如此相同。他拍了拍沙鸥的手背，他的手冰凉，似乎覆盖了一层薄冰。孙振文不再把手挪开，摩挲着，让自己的体温一点点渗透到沙鸥的手背。

傍晚时分，车到野牛沟口。这儿是一片宽阔的草原，野牛通常是在白天从沟里出来，到这儿觅食吃草。车上的人下来，开始搭建帐篷，准备吃饭睡觉，养足精神，投入第二天的猎杀。

三个帐篷外燃起篝火，管教和司机们烤着带来的羊肉。羊肉的香飘散到整个草原。

黑龙啸烤着馒头。趁着管教换防的时候，巴扎尔一溜烟地跑过去，抢过一块羊排，一边往上面吐唾沫，一边回头哈哈笑着："就着羊排吃馒头，就是王母娘娘的蟠桃会。"

沙鸥脸上终有了笑意："伙计们，伟大领袖马克思说过，共产主义的定义就是偷来羊排的时候，大家伙儿都有份儿。"

"真这样说过？"巴扎尔问。

"绝对的，骗……你是小狗，呵呵。老絮叨学过政治，孙振文是老絮叨的学生。振文你说说，我刚才那句话对不对？"沙鸥一脸认真的样子。

"不光是羊排，还有牛排。只要咱明天打了野牛，牛排人人有份。"孙振文也开着玩笑。

王大阔那边的人，走过来一看这边有羊排，便跑到管教那儿要羊排，被管教骂了个狗血喷头。黑龙啸笑着："你们这帮臭小子，不让你们气死，也能让你们笑死。"

一群绿眼睛的狼，大约有十只，悄悄地聚拢过来。他们闻到了羊肉的香味，更受到了人肉的诱惑。

"有狼，快进帐篷。"一个管教喊。

"兄弟们，抱紧手里的木棍。这可是咱救命的家伙。"黑龙啸提醒几个人。

帐篷外的篝火仍然烧着。狼怕火，有这团火在，狼就不敢靠近。

人与狼对峙，都在看那团火，眼睛里同样充满惊恐。人希望它一直烧着，狼希望它快点灭掉。孙振文想，人与狼，有着同样的好斗天性。狼猎杀的是异类，人残杀的却是手足。人与人的明争暗斗，绝非狼群可比。

午夜之后，火灭了。这些草原狼迅速成为世界的主宰，它们来回转着，幸灾乐祸地嘲讽着渐渐冷却的灰烬。它们嚎叫，叫声此起彼伏，像一次次吹响的战斗号角。它们围着帐篷转，寻找最合适的战机，寻找着敌人任何可能的破绽。帐篷里，没有一个人敢睡觉，眼睛瞪得很大。每个人都在盼着天亮，手里的木棍抓得紧紧的。

管教的帐篷里突然传出一声枪响。

一只狼哀叫着倒下去，一群狼迅速散开。

一声绵延数百公里的狼嚎，在山谷中盘旋，刺破凛冽的夜空。

之后便有更多的狼聚集，围在帐篷周围，旋转，低吼，眼里闪烁出复仇的光。它们开始扒开帐篷的下沿，用尖锐的牙齿撕扯帐篷。

"快上车。"管教一边打枪，一边往卡车跑。所有人趁着狼群四散的机会，迅速爬上卡车。

月亮的光倾泻下来，将草原照得如同白昼。坐在车厢里，寒冷袭击着每一个人。狼的叫声，从四面八方涌了过来，像海潮冲向海岸的疯狂，撞在车厢的铁皮上，发出金属的回音。对狼的恐惧，随着狼嚎音量的一点点增加，使每个人的心脏都经受着考验。

更多的狼涌过来，足有几百只之多，无数双眼睛聚成了深绿的海。它们一次次地向车厢内跳跃，跳到车厢的下沿，便跌落下去。它们在车下转来转去，绿绿的眼睛充满杀气和血光。

在它们确认无法跳进卡车之后，便一群群地趴在地上，用自己的身体堆成了一座狼山。然后由其中的一部分，从最高处跳向车厢。当最先一只跳过来时，黑龙啸迎着狼的头就挥出一棍，将狼打到车下。嚎叫和呻吟似乎成了进攻的鼓点，更多的狼起身、跳跃。

孙振文的棉袄袖子几乎被狼咬住，他的棍子和狼一起，被甩下车厢。

"快开车，快开车。"黑龙啸拍着驾驶室的车顶。

司机扭动车钥匙，能听得见打火的声音，却听不见汽车马达的救命之声。

又有几只狼跳过来，几个人或者迎头痛击，或者顺势挑过，将几只狼全部撂到地下。

更高的狼山堆了起来，更多的狼都在准备着纵身一跳，它们的眼睛由绿变红，红得像翻滚奔腾的火山岩流。

汽车像离弦的箭，突然启动。十几只狼扑了空，摔到地上。汽车开始在草原上追逐狼群，辗轧着那些躲避不及的独狼。

草地上终于见不到狼的踪影。只听到山谷里狼的哀号，从深夜直至黎明，从山谷到山顶，一阵阵，忧郁，伤情，绝望，将大山和月光的宁静，撕得粉碎。

黎明的晨光之后，两车人重新点上篝火，烧了一黑铁桶的热水。每人分了三个馒头，一个咸菜疙瘩被传来传去，留下每个人的牙齿印。

胡炎宇站起身。他的脸上留下一大片不规则、不均匀的惨白，应该是被狼群吓的，尚未恢复正常颜色。他开始训话："各位，进了野牛谷，我们的主要任务就是打野牛。去年何队长打回去四头，咱今年要打回去六头。完不成六头谁也不能回去。即使回去了，我也要关你们三天禁闭。我们十七个人，分成两组。我和张管教、王管教跟一中队在一起，李管教、赵管教和二中队在一起。王大阔和黑龙啸你们两个大组长，要带好自己的几个人，不能出差错。"

"政委，我们二中队少一个人啊。"黑龙啸说。

"那一中队挑一个人过去。"张管教说。

"一中队没有人愿意过去。"王大阔声音很大，喊道。

"黑龙啸，你出个主意。"胡政委说。

"政委，他们这是耍滑头，怕来我们组吃亏，多出力。这样，我们三个人换他们四个，在哪个组他们的人都占多数。我们多干，他们少干，他们的人在哪个组都不会吃亏。这样总可以吧？"黑龙啸说。

"行。"王大阔的表态干脆利索。

"马跃川，孙振文，咱们三个跟着王组长，好好听他的命令。巴扎尔，你和沙鸥在第二组。"黑龙啸早就有了打算。他盯着王大阔，见他的睫毛不停地跳动，脸上的肉颤了几下，然后一切归于平静。

孙振文知道，鼓板已经敲响。他听到了鼓槌的节奏，听到二胡声在琴弓之上慢慢变得坚硬。此刻的扬琴声没有江南水乡的悠扬，只有一触即发的力量与激情，在蓄积，在升腾。

楝花，此刻你在做什么？孙振文看到天空中的一只孤鸟，围着卡车转来转去。滴落的鸟鸣，在草尖上变成露珠，映成孙振文眼角的一滴泪。

两辆卡车缓缓驶进野牛谷。

野牛谷的入口大约有二十米左右，进去之后，就有了五六十米谷底的开阔地带。野牛通常结成小群在森林中活动，一个小群十多头，一般在晨昏出来吃草，白天在阴凉处休息。野牛的嗅觉和听觉极为灵敏，它们性情凶猛顽劣，遇见强敌时毫不畏惧，绝不退缩。

车开进去三百米左右，停了下来。

为了不惊扰野牛，两车人分成东西两支队伍，步行寻找目标。

下车之前，黑龙啸招呼几个兄弟，都把那条黑色的裤腿套上，用别针别得结结实实。有红裤腿的人，便只有王大阔的人了。

"妈的，搞的什么鬼玩意儿？"王大阔皱着眉头嘀咕。

"政委、管教，你们在前面危险。不如把枪给我们，让我们在前面开路。"黑龙啸提议道。

"不行，政委，黑龙啸是马步芳的心腹，心狠手辣，诡计多端。要是按他说的办，他会杀了咱们，带上枪逃跑。"王大阔带头反对。

黑龙啸冷笑一声："怎么小子，害怕啦？你这是以小人之心度君子之腹。该杀。"他猛一回头，发现王大阔的死党许大牙跟在身后，心里一惊。趁低头的空当，黑龙啸搜寻到许大牙腰间鼓鼓的，便对马跃川使了个眼色。马跃川点点头，算是明白。

黑龙啸说要去旁边撒个尿，吹着口哨，解开棉裤就对着天空滋。许大牙跟过去，刚解开棉裤，马跃川就快速跟上，从他鼓起的裤腰间拔出一把蒙古长刀。

"报告政委，许大牙藏了一把蒙古刀。"马跃川跑到政委跟前，把刀递到政委手里。

胡炎宇走到许大牙跟前，对着他的脸来回抡了几个巴掌。

王大阔的眼皮几乎要睁开，简直像死鱼的眼，牙根咬得生疼，露出脸上的青筋。他跺着脚，"妈的！"

黑龙啸想着王大阔还会有什么花招。他叮嘱马跃川和孙振文，都要注意自己的身后。

王大阔始终跟在队伍的最后面。

"前面有野牛，赶快蹲下。"张管教小声地喊。

三八大盖在山谷中脆响，没有野牛倒下，却见一群小牛顺着山谷，迅速逃去。

"快追。"政委喊。

孙振文假装一个趔趄，绕到王大阔的身后。他将藏在棉袄里的一块红布，快速地别在王大阔的后背上。

孙振文突然想，自己演木偶戏练就的手指绝活，在这时竟然派上了用场。黑龙啸分派给自己这个活之后，孙振文犹豫着不想干。黑龙啸瞪起眼："你不干这活，老子就把这块红布，贴到你后背上，让你死在野牛角下。你信不信？"孙振文感觉到黑龙啸眼里喷发出的死亡之气，便点头。"你记住，王大阔这次死不了，你就要死。"黑龙啸指着孙振文的鼻子。

别针扎在自己的手指上，孙振文定睛看着，忽然有种不祥的预感。一滴血慢慢渗出，凝固，像残败的夕阳。

王大阔依然跟在最后。

几个人终究没有追上那群小牛，抬头却见三头大牛，一动不动地立在半山腰，其中一个哞哞叫着。

"我认识那头牛，眉心有大片大片的红。去年它还没有长大，半大牛犊子。我们打死了两头牛，应该是它的家人。去年它逃过一劫，今年绝对不能再让它跑了。"张管教悄悄对身旁的胡炎宇说。

"这牛可真漂亮。眉心里的红，就像一轮弯弯的月亮。要是有照相机，真该为它照张相。"胡炎宇感叹着。

几个人从谷底开始往上爬。

枪在两个管教的手里，方向直指着那三头牛，政委胡炎宇的手枪也高高举起。

孙振文害怕起来。三头牛占据着十分有利的地形，如果它们冲下来，手持木棍的几个人，是绝对抵挡不住的。

恍惚间，一块巨石轰然滚下。孙振文仔细一看，正是那头红眉心的牛，硬生生地把几个人正前方的石头顶了下来。

几个人呼喊着躲开。

管教们的两声枪响，带着风，吹着哨。三头牛还是站在那儿。

"把枪给我，让我先干一个。"黑龙啸冲着一个管教喊。

"绝对不能给他，他会先杀了我们。"王大阔喊。

又一块巨石落下，几个人连滚带爬地躲开。

张管教的枪再次响起，一头牛倒下去，发出沉闷的叫声。

红眉心的牛回头看了看刚刚倒下去的伙伴，挨到它身边，把嘴贴上去，然后发出一声"哞"的震天巨吼。

红眉心野牛冲了下来。他眼睛红了，他看到了去年熟悉的异类，熟悉的脸孔，熟悉的枪口。他想起了去年被打死的母亲和妹妹，母亲的慈爱像一座山，一下子塌了。妹妹的美貌像天上的星，也在枪响中变成碎片。而父亲，一年了，只在山间游荡，像一只孤魂，他在找自己最亲近的两个生命依靠。可刚刚，他也去了，死得痛苦而惨烈。还有那些听见响声就丢了魂似的兄弟姐妹，他们的家在这儿，他们需要丰美的水草和阔大的天河，谁来破坏这美丽的家园，谁就是天大的仇人。这些仇恨可以把巨石碾成尘土，可以把整个野牛谷填平。这样想着的时候，红眉心野牛的力量膨胀了千倍万倍，以至要把整座山踏平。

随它一起冲下来的，还有一头纯白色的牛。那白，像雪，不染一尘。

两头野牛并不沿着直线跑，而是摇来摆去。他们尽力躲避着子弹的袭击。

政委和两位管教的枪，都失去了准星，成了冲天炮。眼看着两头牛从半山腰冲下，几个人乱了阵脚，四散逃开。

几个人藏身到卡车后面，两头牛并不围着卡车追，却从一侧，将卡车生生掀起。卡车翻了个，将许大牙硬硬地砸在车厢底下。

几个人重又暴露在两头牛的目光之下。两头牛冲了过来，他们转身就跑。王大阔跑在最后，他左转，牛也左转，他右转，牛也右转。王大阔不知道这头红眉心野牛为何单单看上了他，心里咒骂着老天爷不长眼。王大阔左右摇摆，后背上的红布飘起，又落下，像招摇的旗帜，像跃动的火苗，嘲讽着牛的愚笨。两头牛更加暴躁狂乱，它们把蹄子深深刨进地里，将山谷的石块刨出十米开外。它们蓄积着力量，然后像喷发的火山，朝着王大阔直冲过去。

王大阔在马上要被红眉心野牛顶住的瞬间，看到了黑龙啸。他想把黑龙啸拉到身后，让他作自己的盾牌。在他抓住黑龙啸棉袄的同时，却被黑龙啸猛地转身，使劲儿往后一推。短短的蒙古刀瞬间插进王大阔的心脏，然后被快速地拔出，红眉心野牛尖厉粗壮的犄角，同时插进王大阔的后背。野牛把王大阔顶起来，用犄角旋转着他的身体，狠狠地甩了出去。贯穿前后的血液从王大阔的胸腔和后背喷涌而出，画出一条美丽的弧线。

几个人被两头野牛，重新逼到卡车跟前，无路可退。

野牛眼里似乎被点着了火，拼命地对着孙振文顶了过去。孙振文在感受到死神像两把钢刀插进身体的那个瞬间，迅速转身，高举起攥在手里的桃木棍，硬硬地插进野牛的左眼。那一刻，孙振文看见野牛眼中的自己，如魔鬼一样地狰狞，瞬间被桃木棍捅破，化作薄薄的皮影，然后变成一缕轻烟。野牛眼里流出了血，它疼得甩着头，咆哮着，后面的蹄子倒退两步，将身体的所有力量聚集成火山的喷发口，如一道闪电似的对着孙振文再次顶了过来。孙振文向下一蹲，身体蜷曲在野牛脖子下面，迅速躲过。野牛再次把卡车顶翻，四个轮子朝天，车厢扣在地上。

黑龙啸夺过胡政委的枪，对着那个拧得变形的红色眉心，连着开了三枪。红眉心野牛轰然倒下，它眉心的月亮，瞬间在山顶绽放成血色的玫瑰，映红了整条山谷。

雪色的野牛转过身子，看见了倒下去的红眉心野牛，看见它嘴里汩汩流出鲜血，四条腿痛苦地颤抖着，绝望着。它围着它转着，一圈，又一圈，低声哞叫，泪流不止。

张管教举起枪，瞄准，扳机卡住。然后便听见轰隆隆巨响，山上的石头如雨点般翻滚而落。

"坏啦，来黑风了。"黑龙啸大声叫着，"赶快钻到车底下去。"

黑风裹挟着乱石沙尘，遮天蔽日地刮了过来。脚下的地在晃动，整座山似乎要被连根拔起，轰隆隆的响声震破耳膜，撕裂着脆弱的神经。乌云如泰山压顶，将整个山谷遮得严严实实。顷刻间昏天黑地，再没有了一丝光亮。卡车开始摇动。飞起的石头砸在卡车的车厢上，发出啪啪的声响。一道白色的光，霹雳而去，如穿透宇宙的闪电。黑色更迅猛地集结，呼啸，旋转，流动，黏稠成更浓的黑，似乎要把整个世界都收拢进无边的让人窒息的黑暗之中。几个人在车厢底下，没有谁敢动一动。"这样的风，像屈死鬼在哭。"胡炎宇毕竟在德令哈待了几年，知道这黑风的厉害，便开口说了一句。

"真的是鬼在哭。"孙振文看到许大牙的尸体，被黑风吹起来，又重重地摔到地上。然后又是王大阔，被风吹得东倒西歪，像喝醉酒一样，步幅凌乱。黑风更大，王大阔似乎已经复活，他在黑风中稳稳站立，胳膊甩来甩去，如指挥着千万个恶魔的阎王。所有的黑风都开始围着王大阔旋转，搅乱了整个世界的秩序，草飞上了天，山压在了头顶，云被踩在脚下，身体空洞飞翔，毫无温度和质感。那些啪啪作响的音调，成为雷电的长歌，忽短忽长，撕裂了所有的黑暗，然后又被黑暗吞没。王大阔被黑风直挺挺地吹立在半空中，一步步走到他们几个面前，血在脸上流成一道道刺眼的光。孙振文捂上眼，不敢再往外看。

一个小时之后，风过天晴。

几个人钻出卡车车底，站在山谷里放松身体。巴扎尔仍然瘫在地上，孙振文费了好大劲儿，才把他拉起来。

另一小组的狩猎相对顺利，他们打到了三头野牛，还有一只小牛犊。

五头野牛，没有达到胡政委要求的六头，总比队长去年的四头要多。一行人开始有说有笑起来。

张管教让王大阔的人把两具尸体埋了。巴扎尔摇摇晃晃，走到王大阔旁边,然后对着王大阔的尸体踢了几脚:"兄弟们,来啊,有仇的报仇,有冤的申冤。这种人不人鬼不鬼的东西,死了还吓人。该叫他死上八回。"

孙振文看着王大阔狰狞的脸,沉默了一会,突然间聚起浑身的力气,对着王大阔的胸膛跺了下去。一股血,喷向天空,黏糊的,黑色的,带着浓浓的腥臭。

孙振文慌忙躲开。

"行了你们几个。"管教喊。

王大阔的几个手下胡乱地捡了几块石头,将王大阔和许大牙的脸遮住。

孙振文想,可惜,颜鹤不在。这两个人连个小瓶也捞不着,只能做没有姓名的孤魂野鬼了。

一辆卡车车厢严重变形,车窗玻璃已经全部碎掉。所幸汽车的发动机还能正常工作。两辆车拉上五头野牛,开始往回返。

临出野牛谷口的时候,孙振文回头,他看见那头雪白的野牛,立在山顶,如同一尊雕像。雪色野牛的脚下,是一条流泪的冰河。

车上野牛的红色眉心,既像是滴血的玫瑰,又像是残败的月亮。它们是兄妹,还是恋人?孙振文想。

王大阔死了,黑龙啸成了五大队犯人们的老大,说一不二。他突然对任何事都没有了兴趣。

沙鸥说:"龙爷是一个与天斗与地斗的角儿,没有对手就成了孤独求败。"

颜鹤把头低下,目光依然是从黑色眼镜框的上沿探出来,看了看黑龙啸,摇摇头。

郓谷子被调到21监室,和马跃川一起,一文一武,成了黑龙啸的哼哈二将。

孙振文经常被驴叫去,或者在管教科的办公室,或者在驴的单身宿舍,被他打得鼻青脸肿,有时几天爬不起来。驴打他的理由很简单:"王八蛋,老子今天不高兴,要打你。""王八蛋,老子今天高兴了。让老子抽几鞭子,过过瘾,再高兴高兴。""王八蛋,老子今天喝多了,手痒,要打你。""王八蛋,老子的女人跟别人结婚了,都是你这个狗日的惹的祸。如果你不犯罪,我就不会陪你到这儿来。你要赔老子的青春,赔老子的女人。"以及其他各种各样的理由。腰带、马鞭、木棍,手头有什么就用什么打。

孙振文天天生活在恐惧之中,他不知道驴会在什么时候、以什么理由打他。他睡不好觉,吃不下饭,一米七六的个头,已经不足九十斤的重量。

还有王大阔喷出的血,像鬼魅的影子,让孙振文心里充满恐惧。他一次次地自问,当时的我为什么要踩上那一脚?我为什么要别上那块红布?手指上的血是老天爷要告诉我什么?

沙鸥说:"不能总是这样,咱得想个办法。"

成大业把牙咬得咯咯响:"这个乌龟王八蛋。振文,再有几个月我就出去了,看我怎么收拾他。"

孙振文赶忙捂住他的嘴,如果这话让管教听见,成大业说不定又会被加刑几年。

黑龙啸眨眼之间是救星,眨眼之间又是魔鬼。看到孙振文被打,他有时故意说:"小子,给老子来一段?你不是会唱戏吗?拣爷爱听的唱。"

孙振文掏出自己用破布缝的小布袋,上面用圆珠笔画出人子模样,简单粗陋。他抹把泪,努力把破烂的棉袄袖子甩起来,便唱:

> 有日月朝暮悬,有鬼神掌着生死权。天地也!只合把清浊分辨,可怎生糊突了盗跖、颜渊?为善的受贫穷更命短,造恶的享富贵又寿延。天地也!做得个怕硬欺软,却原来也这般顺水推船。地也,你不分好歹何为地?天也,你错勘贤愚枉做天!哎,只落得两泪涟涟。

孙振文唱得满屋子的人不再说话,只有静静的喘息,以及躲在被子里流眼泪的眼睛。这些男人的眼睛,不像男人。

"戏里戏外，他总在戏里。"孙振文想起爷爷的话。我是替别人疼的。我不是孙振文，孙振文只是一个戏子。"上天给的，你躲不开。"还是爷爷的话。

沙鸥拿过孙振文的破布袋，把手伸进去，用两个手指挺起人子的头，让它面对自己："一鞠躬，再鞠躬，三鞠躬，谢客。"

寒意袭来。孙振文抬头，他觉得天空像一个不知被谁摔裂的人子头，邪恶，丑陋，且不讲道理。自己恰像是生活在人子头中间的蜗牛，看到的全是深深的裂痕，眼睁睁看着那些随时可能砸下来的碎片，一秒不停地担惊受怕。他把自己藏进被子里，趴下，双手抱住头。夜。白天。手表的响声。楝花落满院子。红布飘起来。血冲向天。开饭啦。有人喊。饭是狗屎。

沙鸥说："振文，如果真的熬不过去，你就装疯。我去找队长，把你调得远远的，再也不用见那个龟孙子。"

孙振文的额头上被敷上蘸水的毛巾。

"他现在和一个疯子，还有什么区别？别说疯了，就是死了，振文也会是那个恶魔毒鞭下的受气鬼。"颜鹤的手上长满老年斑，在胡子上抓了一把，把泪拢在手心，"三中队有一个人，也是装疯，去看了菜地。可他，装着装着，就真疯了。"

春天，终于悄悄来临。

21号监室门边的墙缝里，长出一棵草，只有一根细细的茎和一片小得可怜的叶。刚刚发现她的时候，孙振文满脸惊异。天天早晨六点出工之前，他都要用并拢的五指，小心翼翼地为她撩上几滴水，像露珠，更像昨夜梦里的眼泪。终于有一天，在草茎的顶端，开出了一朵五岁女孩小指甲般的黄花。草茎近乎无力，垂下来，小花却倔强地向着太阳的方向，略带羞涩地张开。这朵不知名的小黄花，似乎有一种神奇的力量，在她身体周围，淡蓝的太阳光在空气中聚拢，摇曳，将小小的黄花围成七彩透明的玻璃球。更为神奇的是，这朵小小的黄花，竟然引来了两只蝴蝶，一只黄的，一只紫的，天天围着她上下翻飞，把那只流转的空气光球，搅动得五彩斑斓。

回到监舍，孙振文放下农具。他几乎是冲出监舍，眼球成了高倍放大镜，观察着那朵黄花周围的太阳光球，用手轻轻触摸，感知她近乎灵异的转身、摇动。空空的，炽热，沉重，与痛苦无异。孙振文两眼追逐着上下嬉戏的蝴蝶，猜想她们的喜怒哀乐，想象着她们驻足或者飞翔时，该是怎样一种心境，是快乐还是忧伤。孙振文对着空气说，她们一定是从上帝的花园里偷偷跑出来的，带着天的旨意和神的迷惘，只为给21号监舍，增加一些气息，人间的气息……人间的……气息。那只紫的蝴蝶娇小灵动，总让孙振文想起楝花，想起楝花的香。他发现紫色蝴蝶的翅膀上，多了一个小小的缺口，黄色的蝴蝶便用她长长的须，轻抚，抵吮。她还模仿着世上最缱绻情人间的无边深情，凝望，用细小得几乎不被人看到的唇颚，心疼地吮吸、抚摸残缺的边缘，眼里布满忧伤。

孙振文和那两只蝴蝶，成了亲密无间的朋友。他把她们唤作紫儿、黄儿。孙振文蹲坐在门边轻唤她们名字的时候，她们特别兴奋，在他眼前飞来飞去，如仙子般舞蹈、吟唱。而当他离开的时候，她们便屏起翅膀，坐落在草茎上，悄无声息。他还发现，黄儿要比紫儿调皮很多，黄儿常常隐身在那朵小小的黄花下面，让紫儿找不到她。紫儿的心情似乎一下子坏了起来，焦躁不安，如失恋的少女。

娘和楝花成了眼前的蝴蝶。衣服像，声音像，哭声也像。乱了眼。阳光被弄得支离破碎。

"如果你不要她，就没有人愿意要她了。她会嫁给一个瞎子、一个瘸子或者满身臭味、脏乎乎的老头子。他们会打她、骂她，不把她当人看，她会吃一辈子苦，吃一辈子气，受一辈子的欺负。"

每每此时，孙振文总是情不自禁地抬头看着监狱围墙上的铁丝网，看它们如何把外面的天空分割成零乱的小孔，想象着铁丝网通上电之后，越狱之人会被电成烧焦的核桃。这两只蝴蝶呢？它们是否也惧怕那些铁丝和电网？如果自己能变成眼前蝴蝶的模样，要做的第一件事，是不是飞越这道铁网，去追寻楝花的香？在两只蝴蝶眼里，自己会是一种什么样子？令其垂怜或是遭其鄙视？孙振文突然十分在意自己在蝴蝶眼中的形象问题了，每天来看蝴蝶前，都要把衣服上的尘土拍得干干净净。

突然有一天，那株草不知被谁连根拔掉。孙振文看见那两只蝴蝶徘徊踯躅，不忍离去，翅膀上如同结了厚厚的冰霜，眼里充满绝望。在孙振文看来，两只蝴蝶和自己一样，被拔掉了整个春天，以及关于春天的所有温暖和幻想。剩下的，便只有黑风掠过时的苦难和悲凉。

楝花盛开的四五月间，孙振文收到楝花的来信。信里只有简单的几行字，告诉他娘和她都好，不用挂念。信的最后五个字，孙振文天天回味、抚摸、念叨，白天想这几个字，他会笑；晚上想这几个字，他会哭。"等着你，到死！"楝花不会写字，信的最后在落上楝花的名字之后，特别注上了老师赵泰山代笔。这样的标注，让孙振文感动，他感觉自己的老师也成了家的一部分，他似乎在用这样的方式告诉自己，他已经承担起关照娘和楝花的责任，让他放心。孙振文想，赵泰山老师是自己小学时候的恩师，一直对自己疼爱有加。在赵泰山老师知道自己坐监之后，一定心痛，一定又像上课时对不用功的学生一样的唉声叹气，却又无可奈何。是不是他还会像小时候那样，说："凡是不听话的孩子，你们晚上肯定会做噩梦，梦见白兔子长着大灰狼的牙，咬你们的脚后跟。"孙振文把那封短短的信，读了千遍、万遍，他知道前面那些通顺的话，一定是老师想的写的，然后念给娘和楝花听。最后的五个字，一定是楝花说的。她不会说，她一定比画着，费了好大的劲，让赵老师明白她的意思。孙振文想着，一个"等"字，楝花该做出怎样的姿势，一个"死"字，她又该如何描述。楝花一定是躺在地上，像死一样没有任何声息，才会让赵老师有了如此精确的表述，"等着你，到死！"那大大的感叹号定然是老师的杰作了，因为楝花不知什么是标点符号。而那个感叹号，是一滴泪，更是一座山，让孙振文从白天哭到夜里。

颜鹤看到孙振文拿着的信："孩子，以后要少往家里写信。监狱里的信多了，家里人抬不起头来。县里公社里，还要派人监视、调查。你要少给他们惹麻烦。"

孙振文把头埋进黑黑的被子里，不出声地大哭。他想死。

"等着你，到死！"

沙鸥成了大队长的红人，其实他一直都是。他被调到子弟中学，当了一名语文老师。黑龙啸说，沙鸥的父母每个月都要从上海给大队长寄两条万宝路香烟，沙鸥才能去子弟中学教书。孙振文不信，因为沙鸥的父亲已经死在监狱，他的母亲定然没有太多的钱，给监狱里的儿子买如此高档的走私烟。沙鸥就是一个奇才，无论在什么地方，他都会以自己的光芒，照亮所有的黑暗，让痛苦消遁，让快乐成为呼吸，成为心跳。孙振文为沙鸥高兴，他终于可以像他一直渴望的那样，放声朗诵他的哈姆雷特，故意把"特"字的爆破音，念得有节奏，有美感，舌尖微微上翘，嗲嗲的高音和低音错落飞扬，把"生存或毁灭，这是个问题"念得有着上海滩的文艺味道，有着他一直想沉浸和感受的外国人开着的酒吧里弥漫着的贵族气息和奢靡感觉：红酒流香，灯光暧昧，舞步舒缓缠绵，人人摇曳陶醉，吻在腮边留印记，相拥成舞梦天堂。还有那些侍女或者服务生，浑身洋溢着青春的气息，脸上挂着谦卑的笑容，小声地说着，"Yes, sir."

监舍和学校，竟成了两个世界。自从沙鸥离开21号监舍，孙振文就几年没有见过他。

四川郫县的成大业也要离开监舍，他已经坐穿了七年刑期。

恰在此时，农场有了"四留、四不留"的留放政策，让劳改农场的犯人们看到了萤火虫般的希望。颜鹤拿着文件，用一圈圈的近视镜片琢磨着那些政策，改造不好的、无家可归又无业可就的、家在边境口岸和沿海的县，还有大城市的，都要留；那些改造好了的、家在农村、家里有特殊需要和本人坚决不愿留场的都不留。

"你留还是不留？"颜鹤问成大业。

"咋着不留？"成大业头一扭，浓重的四川腔很响。

成大业离开的前夜，21号监舍成了最热闹的地方。

黑龙啸说："各位兄弟，成大业明天就要走出21号监房，成了农场里的就业人员。按照农场的鸟政策，成大业是可以不留的。他自愿留下，龙爷我很感动，说明他还想着我们这些兄弟。龙爷命令，21号监室的兄弟，不管符合什么政策，能留下的要尽量留下，我黑龙啸和你们没有待够。龙爷我被判无期，会是最后一个出去的。所有的兄弟，都要在德令哈等着我，一起再打一片天下。成大业成了农场职工，一定要照顾一下这些兄弟。虽然大家没有结拜，但在这种鬼地方，一起困上几年，就像蛟龙困在戈壁，都是以命相交，不是结拜胜于结拜。"

"龙爷说得对。"马跃川说。

"龙爷，咱在牢里早已经是靠墙啃泥的角儿，手头都没有值钱的东西。成大业这一走，咱多少都该表示一下。我提个建议，每人送成大业一个菜，必须是家乡地道的名菜，如何？"自从沙鸥走后，21号监室少了太多的快乐。孙振文提出这个建议，也是想让大家高兴一下。

"名菜？怎么做？用梦做？咱这是在监狱里。你小子是不是疯了？"黑龙啸问。

"就是报个菜名，过过嘴瘾。"郓谷子阴阳怪气地说，"也就是唱戏的能想出这种招，总喜欢来假的。"他双手垫在头下，右腿压在左腿上，翘着，脚趾头黑黑的，四仰八叉，像发霉的烂蒜头。

"这个主意好。一说吃我就来劲。"唐伯虎接着说，"谁先说？我看，咱就从北边的先说。老寇，你在最北端，你先说。"

"让我说，老简单啦，我就给成大业做一桌满汉全席，那可是我们祖宗的发明。这个满汉全席，是清朝康熙帝六十六岁大寿时，为汉、满两族特设三天六宴，提供三百多种名菜佳肴，圣祖玄烨在皇宫之内第一个品尝，用流出的口水御书'满汉全席'，满汉全席名噪一时，也成了皇家的最高礼遇。"

"用哈喇子写字？你这是听谁胡编乱造的？再说了，你这一桌满汉全席，把天下名吃一网打尽，下边的人吃什么？"颜鹤插嘴道，"你就说一个菜，你们辽宁地界儿最好吃的,就行。"

"那好,我懂了。就一道菜,是吧?那就是盘锦文蛤。这个菜被称为'天下第一鲜'。盘锦文蛤肉质鲜美,营养丰富,具有很高的食疗药用价值。俺家的邻居李时珍老先生说过,盘锦文蛤能治瘰疮,去疖肿,消积块,解酒毒。盘锦盛产芦苇和文蛤,所以聪明的盘锦人,将二者合在一起烧,做出了一道入肝入肺的'芦苇烧文蛤'。哎呀,那个鲜啊,就别提了。"

"好,这个菜好。真他娘的馋人。来,兄弟们,喝一杯。"黑龙啸大声吆喝。监舍里不允许喝酒,他便指使唐伯虎,"看看谁缸子里有水,分一分,当酒喝。"

"正好,我这儿有。"郓谷子说。

唐伯虎便把郓谷子大搪瓷缸子里的水,每人倒了一点。

"不是尿吧?"黑龙啸问郓谷子,"哈哈,兄弟们,干!"

只一缸子水,每个人分得都很少。

离成大业坐得近的几个人,还和成大业碰了碰:"大业,恭喜了。"

"大业,这出去第一件事,就是快点找个暖脚的媳妇。"

几句话,把成大业说得哭了起来。

"大老爷们儿,哭什么哭?娘们儿出息。出去是好事,高兴呢。来,继续,上菜。"黑龙啸喊。

"老寇开头就上了一盘花蛤,不合厨子上菜的规矩。咱来个符合规矩的,先上鸡。那就是道口烧鸡。这鸡是老鸡。话说张家的老祖宗张炳在大街闲逛时,冷不丁地遇到一个人。大家猜猜是谁啊?"河南满夫卖起了关子。

"你他娘的少弄这些哩格隆,快点说。"黑龙啸催促。

"这个人就是他以前的一个老伙计,他在宫庭内府御膳房做过厨师。那位厨师给了他一个'要想烧鸡香,八料加老汤'的秘方。这八料是陈皮、肉桂、豆蔻、白芷、丁香、草果、砂仁和良姜共八种佐料,易得。老汤则是张炳花了百两纹银,从老友处求得。张炳潜心制作,形成色、香、味、烂的四绝技艺,声名大震。这一辈子,我最想学想做的菜,就是道口烧鸡。"河南满夫说完，好久没人说话，却听见咽东西的声音，像是有谁的喉结砸在了闷鼓上。

"谁他妈的在吃东西？谁有好吃的都拿出来。"黑龙啸环顾四周，发现所有的人都在大眼瞪小眼地看着满夫，然后笑了，"呵呵，真他娘的好鸡，神鸡。兄弟们，来，干一杯！"

"我给大家上一桌席，是俺老家的四八席。四八宴席是宁阳十里八乡用来招待贵客的最高礼遇，以形式高雅、席面丰盛、待宾有礼、上菜有序著称。这桌席有四八三十二个菜外加整鸡整鱼两大件组成，每个菜都讲究细致，色、香、味、形、质、养均为上乘。"

孙振文说到这儿，就被颜鹤打断："你犯了和老寇一样的毛病。三十四个菜让你全敬了，其他人还敬不敬？"

"其实，我最想吃、最想敬的，是宁阳的狗肉，那可是给皇帝进贡的名吃。宁阳的狗肉味道咸得厚重，烂得熨帖，香得入魂，一家人吃肉全村人馋。我们当地话叫作'一口狗肉十年香，下辈子不想当皇上'。粟裕将军临死前，让人专门从宁阳给他送去狗肉。这话没半点虚言，谁说谎，谁是儿的。"孙振文开始发誓。

有人吧嗒着嘴。黑龙啸看看，竟是郓谷子："他娘的郓谷子，你是最没出息的一个。别人都不馋，就你馋。来，兄弟们，大碗喝酒，大口吃肉。来啊！"

"看看郓谷子的舌头还在不在，我看见他刚才把舌头咽下去了。"唐伯虎咧着嘴。

"他把狗嘴里的象牙也咽下去了。"颜鹤也开起玩笑。

"那算什么本事，有本事把自己的头咽下去！"苟流接了一句。

郓谷子坐起身，指着苟流说："我看也就你这老狗有这本事。"

"老狗，老苟也。"颜鹤哈哈大笑。

"好了兄弟们，别闹了。刚才咱吃了狗肉，现在上驴肉。"马跃川从炕上跳下，扭着屁股，两根筷子敲打着，如同说快书一般，"这关中驴四个蹄，能干活来能赶集，活着就是宝一个，死了还能填肚皮，谁家要是男丁多，一头毛驴换媳妇儿，如果实在换不到，就让毛驴垫草席。哈哈，各位，下面听我细说，这宝鸡驴肉可是取自全国有名的'关中驴'。选材精细，要专门挑选驴的后腿肉。做法是将上好的驴宰杀之后，咔咔，去蹄，选其四腿和筋肉，悬挂晾晒，晒干后切成块放入大缸，分层加上硝盐，上面压上石头，一个月后取出。白天挂于阳光下晾晒，夜间挤压排出水分。然后，用松木水加五香调料煮熟，提溜出来后再浸入驴油、老汤之内，文火加热，到一定程度后再提溜出来。这提溜进去提溜进来的，也怪馋人。变凉后肉块就结了霜，漂亮啊。切成片，颜色鲜红，晶莹透明，肉质细腻，酥而有筋，五香喷鼻，余味回长哪。"

郓谷子鼓起掌："马跃川讲得好，连怎么做都讲得一清二楚。好。"

"我小时候就想跟着卖家学做驴肉，卖家不让。我那个生气啊，就趁一个晚上，到他家的驴肉缸里，偷偷撒了一泡尿。看见旁边还有狗拉的屎，想办法弄了一块进去。那个解气啊。"马跃川脸上的皱纹挤在一起，成了他的得意之色。

"他娘的，你这是上菜啊还是恶心人？那狗屎是不是你用手捏进去的？这驴肉，不吃了。下一个。"黑龙啸生气道，"上羊，吃羊肉。"

"那就是该我说了。好，俺给大家上一只烤全羊。这可是蒙古族的传统名菜，是专门招待尊贵的客人，过节时也吃，自己家的人一般舍不得吃。"巴扎尔声音粗重，带有浓重的鼻音，"烤全羊要用草原上最好的膘肥绵羊，杀了之后，把毛刮净，肚子里加葱、姜、椒、盐配料，把一整只放进炉里烤。烤完以后，羊跪在木盘内，是向客人敬礼。全羊肉色泽又黄又红，外酥里嫩，肥而不腻，那香气是从里到外，慢悠悠地飘出来的。"

"好啊，真好啊，好羊，神羊。兄弟们，咱吃吧，喝吧，还等什么？"黑龙啸说。

零落的杯子声。整个监舍的人不知道该看谁了。

孙振文闻到了楝花的香，入心入肺，连呼出的气息，都有了楝花的味道。

他眯上眼睛，回想着在家时楝花做过的饭，油饼一层一层，薄而脆；面条她至少要揉上一个小时，劲道，细如发丝；那些无肉少油的菜，只因为多了一点葱花、香菜，或者蒜末，吃起来便如山珍海味。

"你们看看孙振文，一定是想老婆了，色眯眯的样儿！你老婆这会儿说不定陪着谁睡觉呢。"郓谷子看见孙振文眯上眼，取笑道。

孙振文猛地冲过去，掐住郓谷子的脖子，把他的头猛地往墙上撞去："我扇烂你这老娘们儿的裤裆嘴。"

黑龙啸大吼一声，孙振文举起的拳头停在空中。

"行了，别坏了老子的兴致，惹老子生气。该干吗干吗去。老子这会儿刚刚吃上瘾。"黑龙啸指了指后面的人，"该谁了？"

"龙爷，刚才他们跳过我去了。我给大家上道菜，是地道的天津菜，叫挣蹦鲤鱼。一桌子菜了，大家都还没有上鱼。我上的这道名叫金鳞活鲤鱼。把活鱼去鳃，不去鳞鳍，顺着腹部中间开膛，除去五脏，贴着中刺一边一刀割断软刺，鱼头刀劈两半但不能断开，皮肉保持完整，头腹敞开，脊背朝上，伏卧盘中。油炸让鱼鳞翻起，鳞皮及头骨酥脆，放入盘中，用葱、姜、蒜丝炝勺，放入白糖、醋、料酒、姜汁、盐、青红辣椒丝、高汤，勾薄芡，淋花椒油，兑成糖醋汁浇在鱼身上。这道鱼皮鳞酥脆，肉质鲜嫩，鱼鳞翻起成挣蹦跳跃之势，寓意鱼跃龙门。"天津渤海的卫杰虽然年纪轻轻，说起做菜来头头是道。

"这真是好鱼，神鱼。"孙振文为了缓和一下刚才的气氛，借着揍了郓谷子的痛快劲儿，学着黑龙啸的腔调，说。

"你这个王八蛋，找死啊。"黑龙啸骂道，他抓起炕上的麦草，朝着孙振文扔过来。

"呵呵，真是好鱼，神鱼。"颜鹤也开始学。

整个监舍的人都唱起来："好鱼啊，神鱼……"

谭湘山忽然哭了起来："这些菜，俺都没吃过，俺只吃过家里的红烧肉。俺不想吃你们的大菜，能有一块红烧肉，就行。"

"俺也没吃过,俺也想吃。"卫杰说。

"俺也没吃过。"许多人开始嘀咕。

"哪个王八蛋吃过,给我站出来。"黑龙啸一骨碌从炕上跳下,喊道。

没有一个人站出来。

"老大,你问谁没吃过,就都站出来了。"唐伯虎说。

黑龙啸走到成大业身边,拍了拍他的肩膀:"成大业,这帮兄弟,把自己从来没有吃过的菜,都给你端上来了。你要好好地吃,慢慢地吃。这可是兄弟们的一份情哪!来,干一杯!"

"干!"

"干!"

整个监舍里一片碰杯的声音。

"好肉啊,神肉。我爱红烧肉啊,红烧肉不爱我……"不知谁唱起来。

4

不知从何时开始，四川女人八分钱的说法，就在德令哈的各个农场之间传开。

这话其实有些谬误。所谓八分钱，并不是卖身或买人的钱，而是一张八分钱的邮票。如果哪个男人想在四川找个媳妇，通过一个熟人，发一封信过去，告诉女方一个基本情况，就能让女人来到德令哈。

找四川女人的，大多是刑满释放后在农场就业的男人，有了固定工作，有了养家糊口的工资，便可以寻个女人过日子。来德令哈的四川女人，有没结过婚的大姑娘，也有死了丈夫带着儿女的一家子。她们来到之后，大多也到了农场里的各个部门，打些零工，或者成为农场里的正式职工。

成大业的女人叫小美。成大业把他十年前的照片寄过去，姑娘一看，人长得帅气，有版有型，是标准的帅小伙美男子。名字也好，成大业，具有干大事的雄心壮志。信封是德令哈国有农场的，能用公家的信封，在农场里不是干部也得是七级工八级工。小美没有任何犹豫就来了。两人一见面，小美就像泄了气的皮球。好在成大业知冷知热，嘴甜得像熟透的香瓜："小美啊，喝点水吧。你大老远地来了，咱这叫有缘千里来相会。""小美啊，洗洗睡吧，累了一天了。""小美啊，你又瘦了，我心疼啊。明天我去大队的商店买点甜点。价钱是贵了点，却是地道的川味，合你的口喽。""小美啊，这衣服你先放着，我回来洗撒。"如此这般的疼爱，让成大业的媳妇如掉进蜜罐子里。柴米夫妻，没有多少的惊天动地，只要由着性子地疼，便是幸福了。

小美心灵手巧，做得一手好针线，便到裁缝组当了缝纫机手。

结婚半年之后，小美有了身孕。小美肚子大了，脸上也放光。成大业更是疼不过来亲不过来的劲儿，手放头上觉得腰不舒服，脚放腿上觉得脸不舒服，浑身长了刺一般，非得给小美洗完脚洗脸，一天到晚地忙个不停。

一天夜里，成大业唉声叹气，坐着就是不睡。小美奇怪，问到底是怎么回事。成大业就是不说。一气憋了三天,成大业终于开口。

"小美,我在里边欠了一个命大的债。"

"咋个叫命大的债?"

"有个兄弟叫孙振文,俺俩一起去地里干活,我的《毛主席语录》从衣服口袋里掉了出来。如果让管教或是哪一个坏人看见,你知道我会被咋样不?关三天禁闭,不让吃饭,这是轻的。重的会被拉到会场,用马鞭抽,一直被抽到昏死,然后用冷水浇醒再抽,抽得十天半月下不来床。还有更重的,俺监舍的一个兄弟,叫周误途,被另一个中队拉到禁闭室,一拃长的马钉把手脚都穿透,钉到墙上,活活流血流死。兄弟几个把他拉到草原埋掉,俺都不敢看,我心口窝这里疼了好几天。那个兄弟告诉我语录掉了的时候,我两眼一闭,坏了,我死定了。"

"那是你遇到好人喽撒。要不,咱哪天请他到家里来吃顿饭?"

"吃饭就能还上这份人情?拿我的后半生还,都不过分。那个时候,我还有几个月就能释放。要是死在农场里,就太亏了撒。"

"你刚才说他叫啥名字?"

"孙振文。"成大业叹口气说,"长得比女人还好看。这个人心也好,好到你找不到他一点毛病。无论谁和他在一起,都会觉得自己犯了太多的罪。"

"那是因为你们在那种地方喽。"小美说,"你想个啥法子还嘛?"

成大业被小美的四川方言逗得大笑,他的手一上一下地摆弄几下:"你这腔调,曲里拐弯的,好比风筝飞,不,好比蝴蝶飞。俺给你说,俺待的那种地方,好人一样很多,被冤枉的人到处都是。俺也是好人,嘻嘻,好人就该帮着好人吧。"好不容易停下笑声,成大业把自己的想法告诉小美。起初小美不同意,说那不是害人吗?成大业便告诉小美,那人有多坏多坏,简直比土匪还坏。

"你想做这个活,到底是不是有哪个鼓动你?让你在这儿冒啥子皮皮呢。"

"小美,在监狱里这么多年,我终于明白了,爱会长,恨也会长。爱长得长，恨扎得深。无论爱与恨，都要有个结果。这个结果，没有好坏，只是一个结果。"

"你的学问快赶上马克思喽。"小美笑话着成大业，算是答应，"你要是把事做砸了，我就得死给你喽。"

成大业摸着小美的肚子："你这肚子里还有我们革命的种子，我绝对不会让你有一点闪失的。"

第二天晚饭前，小美遇到手里拿着白瓷缸子晃来晃去嘴里吹着口哨的訾世良，招呼道："訾管教，你也去打饭去啊？要不来俺们家吃吧。我听说你爱吃辣椒，俺们家的辣椒是四川最好的，能香掉牙，辣掉嘴。要不你尝尝？"

訾世良觉得眼前的女人眼熟，皱着眉头看了又看，想了好久，才认出是裁缝组的小裁缝。

"我忘记你叫啥名字了，是在裁缝组吧？"

"我是在裁缝组，訾管教，俺叫小美。"

"你还知道我是訾管教，不错。谢谢你的好意，我去食堂吃，不麻烦你了。"

"訾管教客气，都是一家人嘛。如果不是嫌弃我们家大业在农场待过，方便的时候就到家里来吃顿饭撒。"小美的声音甜，说话也极有分寸。

成大业在屋子里听着，一直拍手跺脚："好，好。这样不出三天，这条狼就会钻套，到时候我就关门打狗，咔嚓。"成大业的手做出一个屠夫剁猪头的动作。

第二天小美回来，急急地拉住成大业说："訾世良今天来裁缝组找我了，送来一件上衣，让我给他缝扣子。我一看，那扣子明明就是刚刚被他剪掉的。这个人还真不是好东西。"

"这回你信了吧？这家伙只知道喝酒、打人，隔上三天五天就要把孙振文打一顿，每次都打个半死。我是真看不过去。再说，孙振文是咱的恩人，咱得恩怨分明。"成大业继续往灶里添柴。

"你那边的人找好了？"

"绝对没问题。"成大业拍着胸脯，说，"你想想，一个农场好几万人，一个五大队就有几千人。这些难兄难弟，都是和我一样的劳改犯，我们才是一个阶级，呵呵，是最基层、最有战斗力的阶级。在德令哈，劳改犯就是人民的汪洋大海，当官的算什么？历史上是官官相护，老百姓也是唇齿……什么什么，就那个意思，就是舌头离不开嘴。咱这是光脚的不怕穿鞋的，他们有枪，我们有夯，他们有马鞭，我们有铁锨。只要咱出了这监狱的大门，就是天王老子，谁怕谁啊？他们不怕劳改犯，怕的是自由的人民。俺现在自由了，所以咱不怕他们。是吧？"

成大业把竖起的大拇指使劲一摇，像是自己给自己打气。

"哎，你这不还挺有学问吗？说起啥子事都是好马配大车一套一套的。"小美笑话成大业。

再一次约訾世良到家里吃饭的时候，小美特意说："大业去城里了，说是找朋友喝酒，半夜才能回来。"

訾世良的眼里放出异样的光，凑近小美低声问："我来好吗？你家的辣椒辣还是妹子辣？"

小美的声音开始颤抖，心里闪过一丝害怕，僵住了脸上的笑容："这有啥不好的？你也是多少年没回老家了，就算是回家吃顿饭吧。"

"那我回去换换衣服。"訾世良一步三回头地回了宿舍。

"上钩了。"小美急匆匆地回去，跟成大业说。

成大业快速出门，到另一工友家，通过他家的小窗子，看着訾世良进了自己的家门，然后按照和小美说好的程序，掐算着时间。

成大业的眼珠子盯着手里的马蹄表，觉得这秒针不是快了就是慢了，没有走准的时候。大约二十分钟过后，成大业和四个工友推门而入。

小美正在床上挣扎。

这次是真的来晚了，小美系成死结的红布条腰带，已经被訾世良解开。

"你这个狗日的。"成大业抡起木棍，对着訾世良的后背砸了过去。

几个人只顾别让成大业打出人命，用力拉他，没想到让訾世良趁机跑了出去。几个人一看不对，反过头来又去追訾世良。出门一看，訾世良跑得比狗还快，早已经不见了人影。

成大业带着几个工友，找到队长何逊正，把訾世良欺负小美的事一说，何逊正暴跳如雷。他让人把訾世良找来，要亲自问个清楚。訾世良一进门，"扑通"一声跪倒在何逊正面前，扇着自己的嘴巴，然后把头硬硬地砸在地上。

訾世良说小美勾引他，发着毒誓。

成大业一棍子捣在訾世良的后背上："放你娘的狗屁，小美已经怀孕四个月了，怎么会勾引你？"

"小美怀孕了？"何逊正问。

"已经四个多月了。这种不要脸的畜生，连怀孕的女人都不放过，应该罪加一等。何队长，你一定要给俺主持公道。"成大业也跪在何逊正面前。

"訾世良，你在管教科工作，打过成大业吗？"

"绝对没有，天地良心。"訾世良竖起手掌，五指并拢。

"成大业，今天的事，公说公有理，婆说婆有理。只有小美和訾世良两人，各说各话，都拣自己有理的地方说。这样吧，既然都是一个大队，这事咱就在队内消化，传出去会丢大队的人。让訾世良给小美赔礼道歉，赔点损失费，也就算了。你看怎么样？"

"这……不行！队里绝对不能便宜了这种狗东西。"成大业的坚决反而让何逊正起了疑心。

"成大业，我看你是蹬着鼻子上脸，这事是不是圈套我还没有核实。咱是不是把小美叫过来，我亲自审审？"何逊正背着手，来回踱着，话语间明显带有试探的口气。

"审审"这个词让成大业猛一哆嗦。成大业没有跟小美商量如果遇到队里或公安调查应该怎么说，担心小美会说漏嘴。成大业一时的犹豫，让何逊正看到了成大业故意栽赃的可能性。

"成大业，别把我何逊正当傻瓜。我带兵打仗经历过无数的枪林弹雨，你这点小把戏就能糊弄我？我看你刚刚出去，又想进来了，是吧？"

成大业无言，不知如何是好。

"今天这事我说个意见，谁不同意我就把谁逮起来。一，訾世良调离五大队，去尕海农场，降级使用。二，成大业夫妻二人开除出农场，遣回原籍。其他人，严格保密，不能对外说出一个字。"何逊正斩钉截铁地说。

孙振文从工友处听说了成大业的事。他知道成大业是为他做的，难过得一天没吃饭。

成大业临走的那天，是个周末。

成大业提出来要见见孙振文，何逊正网开一面，让他们在自己的办公室说会儿话。

小美也来了，坐在那儿，脸上是恬淡和安详。

"大业，你何苦要搭上自己的后半生，做这样的傻事？误了你不说，还让小美搭上名誉，这对一个女人来说，比命都重要。"孙振文见到成大业，便责怪道。

成大业还没有答话，小美便站起来，让孙振文坐下："大业说，你是他的恩人。他说不能眼见着你被人欺负不帮你。他还说，如果不帮你，他的良心到死都会过不去。他说只要那条狗在，你的苦日子就会像巴音河里的水，怎么流都流不完。"

"你们才是我的恩人。那头驴被调走啦，我就再也不会做噩梦了。"孙振文说着，声音湿润、颤抖，"大业，你在德令哈八年了，回去还能适应不？"

"怎么会不适应？故土故乡，多亲哪。"成大业故意把话说得轻松。

"可邻居们，会笑话你吧？"孙振文问。

"都是亲戚、街坊，舌头和牙，谁笑话谁啊。"成大业的泪终于忍不住，"振文，你心太好，会吃亏的。"

"没事。监室里的人，都成兄弟了。"

"你是真傻还是装傻啊，监狱里能有兄弟？顺眼了，是爷们儿是哥们儿，一句话不中听，打得比孙子还狠。"

"挨打不怕，习惯了。那头驴打得我那么狠，我都不怕。"孙振文苦笑一下，"我都把挨打当成信仰了，像马克思主义。再想想，那头驴说的也没错，如果我不犯罪，他就来不了德令哈。那头驴就像是我的孪生兄弟，是我自己的另一面，邪恶的一面，比邪恶还邪恶。所以他打我的时候，我就劝自己，这是我的左边打右边，上边打下边，我能承受。我受不了的是，21号监室的兄弟们，一个个地走，走了就散了。卫杰还有两年，谭湘山还有两年，巴扎尔也是两年。我害怕到最后，只剩下我一个人，连个说话的都没有。"

"你要一个人熬着、撑着。你要记住你说过的那句话，无论如何要活下去，还要好好地活。对不起振文，我实在帮不上你的忙啦。回去我会给你写信，给你寄吃的来。"

"不用。只要你和小美好好的，就行。"孙振文突然有一种强烈的陌生感，与成大业，与德令哈，与这儿的空气和阳光，似乎一下子隔了千山万水的距离。快十年了，孙振文总是想与德令哈的天地适应，也想与这儿的一草一木亲近。可这儿的山水、空气，似乎总是流不进他的身体。他像被风吹起又重重摔下的卡巴柴，种子包在心里，无论怎样努力，总落不到土里，更扎不下根。

"振文……"成大业抱着孙振文，放声大哭，"振文，你要记住自个儿说过的话，无论如何，你要活着出去。"

成大业和小美，一步一回头，离开了德令哈农场五大队。

孙振文，站在办公室门前，抬起的手，再也放不下。

两排白杨，哗然不止，落下的，是片片黄叶。

和冰冷的，一地夕阳。

德令哈的云，是开在上帝胸前最纯净的花，透明，温暖，安静。德令哈的云成团成簇，慢慢歌唱着长大，那些深浅不一的白，相互吸引、排斥、融合，然后升腾。白云飞舞的姿态像一名贵妇，步履间满是雍容华贵，随手一扯，便是比雪还净的手帕，揩在凝香的额头。比蓝还蓝的天，是闭目养神的逍遥大仙，看着那些调皮的树，不知高低，被风蛊惑着一跳再跳，非要把自己从梦中逗醒。那些树终于累了，便梦呓着睡去，睡在一片云里。

孙振文看那天上的云，如同飘不起落不下的命运，像舞起的人子的衣袖，不知应该停在何处。

农场里有了异样，孙振文感觉自己的耳朵里，突然就听到了老鼠的窃窃私语。

农场干部都是急匆匆的神色，走路低着头，一副严肃的表情，没有了以往随处可闻的口哨声。就连食堂里的伙食，口味也一下子寡淡起来。

写黑板报的人天天像是在与黑板谈恋爱，写着各种各样的社论、语录，人贴黑板很近，粉笔末弄白了头发。墙上贴满了各式各样的标语口号，诸如"文化大革命万岁""造反有理革命无罪""打倒一切牛鬼蛇神""真正的反革命不在犯人中间，而在干部队伍中间"。那些字或大或小，或认真或潦草，在孙振文看来，都像是趴在墙上的蜈蚣，身上带着剧毒，随时都有可能爬下来，冷不丁地咬谁一口。

黑龙啸也发现了种种变化，比如墙头上的岗哨经常不能及时到岗，比如查夜的管教常常不再查夜，比如大队会议室里的灯时常要亮到很晚，里面传来打倒×××的喊声。被打倒的名字经常换，也一直有人在被打倒。

"打倒打倒，打倒了就扶不起来。"颜鹤说。在给管教要小瓶的时候，他偷偷看了几眼办公室的报纸材料之类，知道了在全国有一场"文化大革命"，要打倒一切反动权威和走资派，回来便说给黑龙啸听。

黑龙啸的脸上现出惊奇的光，黑白眼珠轮换着转来转去，几乎要从眼眶里飞出来。能把眼珠子拧出充满疑问的道道，只有黑龙啸能。

"我们的机会来了。"他低声给马跃川和郓谷子说。

黑龙啸害怕同监舍的人听到，故意让马跃川和郓谷子离自己很近很近。没有人知道他们在说什么。

"不过，我要先去干个私活。"孙振文盯着黑龙啸的嘴唇，看到了他所说的话。

棟花听不到，只能看孙振文的嘴唇，也让孙振文刻意观察别人说话时的嘴型。慢慢地，他懂得了一些唇语。

"什么时候干？"马跃川问。

"这两天吧。"黑龙啸回答。他忽然发现孙振文正看着他，便用手一指，"你小子，看什么？找死啊。"

农场里干部职工之间的批斗会，似乎开得非常激烈。何逊正被几十名职工押着，后背上插着一个大牌子，上面白纸黑字地写着"反动权威、杀人犯何逊正"，还打了一个大大的叉。据说周误途被残酷折磨致死，成了他管理松懈的直接证据，被胡炎宇直接上报到省监狱管理局。和何逊正同时挨批斗的，还有物资科、生产科的两位科长，罪名则是死不改悔的走资派。

五大队的犯人们不懂得这些批斗的名目。看到干部们之间互相批、互相斗，心里萌生出特别的快感。管人者挨管、斗人者挨斗，这从天上到地下的感觉，任何一个管教都有可能体会。这种幸灾乐祸的情绪在大队里慢慢滋生、蔓延，造成犯人们开始不服从管理，出现了大规模的怠工和偷懒。

何逊正等三人在极短的时间内，被送进了五大队的监房。同时送进来的，还有其他大队的几十名干部。他们都和曾经管教过的犯人一样，成了社会主义的罪人。

从施政者到阶下囚，只有一夜的距离。孙振文感觉到透骨的凉，不是因为自己，而是因为命运的无常。

下午五点多，所有的犯人突然被全部集合，清点人数，各个监舍被全部清查。

胡炎宇用标准的青海普通话开始训话："今天上午，农场有位干部家属报告，她的女儿失踪了。从早上八点开始，直到现在还没有找到。队部要求各位管教、各位大队长、中队长、小组长，全面核查每个犯人今天一天的活动情况，发现异常，要及时报告。我同时提醒犯罪分子，如果对这个孩子做了什么违法犯罪的勾当，必须马上向政府坦白，我们将坚持坦白从宽、抗拒从严的法律精神，及时做出处理。我还发现，因为农场正在'文化大革命'，有些犯人蠢蠢欲动，有了对抗的念头。我也劝这部分人，丢掉一切幻想，回归改造正路，真正把自己改造成为新人、好人、对家庭和社会有用的人。"

"咱以前是对家庭和社会没用的人？"颜鹤侧着头，小声问孙振文。

孙振文微微一笑。在他扭头看黑龙啸的时候，他发现黑龙啸的目光，如一把刀，直直地盯着自己，心里猛然一惊。黑龙啸所说的干点私活，是不是就是杀害这个女孩。孙振文的后背，冒出了冷汗。

晚饭过后，大队里接到消息，小女孩找到了，是一具冰凉的尸体。

公安局的人进驻大队，开始对案子进行侦破。一个多月之后，没有找到任何线索，案子就此搁下。

自从小女孩被杀，孙振文天天从噩梦中惊醒。他感觉总有一个黑衣魔鬼，在梦里追杀自己。醒来后，他总是第一眼看看黑龙啸是不是还在，在干什么。孙振文确信杀害女孩的事肯定是黑龙啸干的，但他没有任何证据，无法向队里揭发。即使有，他也不敢。孙振文开始变得烦躁不安，他觉得是自己杀了那个小女孩。他想象着那个女孩，一定穿着漂亮的衣服，活泼可爱，就像楝花小时候的模样。可楝花不会说话，这个小女孩会，她的声音一定像天上的仙女，不带尘世的一粒灰尘。孙振文听奶奶说过，童年就夭折的女孩，大都是天庭的仙女，在人间是无法存活的，她总要以某种方式，飞向天宫。临死的时候，这个小女孩一定是哀求着黑龙啸的，死后的眼，也一定是睁着的，像周误途。

孙振文不得不把头埋进被子里睡觉，强迫自己睡去，但每次睡不了十分钟，就会一次次被梦惊醒。

农场里的批斗被引向深处。更多的干部进入劳动改造的行列，大队的管理人员数量锐减，管理力量明显削弱。

马跃川经常深更半夜偷偷溜出去再溜回来。没有人知道他去干了些什么。

又是一天收工的时候，负责看管犯人的两个武警，前面一个进了监狱之后，发现殿后的武警不见了。他让犯人们蹲下身子一个个点名，发现犯人少了三个。紧急集合的哨音吹响，所有犯人集合，每个小组清点人数，发现黑龙啸、马跃川、郓谷子三个人不见了踪影。

"他们越狱了。"孙振文的第一感觉是这样。他长出了一口气,"越得好。"

所有的武警出去,开始在德令哈的所有出入路口查追逃犯。

传来消息,在大田深沟里,发现武警尸体,是被人用蒙古刀割断了喉咙。

郓谷子不知何时,从监舍里冒了出来。

"报告队长,黑龙啸和马跃川开着汽车逃跑了。"在所有的追查人员出了大门之后,郓谷子向胡炎宇报告。

"你他妈的怎么不早说?"胡炎宇抽了郓谷子的脸,"开的什么车?"

"一辆小货车。"

胡炎宇通过电话向上级报告情况,并要求所有追查人员,在各个路口盘查可疑的小货车。

黑龙啸和马跃川两人,开上车便直奔都兰。他们没有想到,小货车的车况本来就不好,在离都兰只二三里的地方抛锚了。黑龙啸让马跃川到城里找个修车的师傅,马跃川进了城便被追查的武警抓住。黑龙啸一直坐在车里等着,打着逃出去之后的如意算盘。听到动静之后猛一抬头,黑龙啸看到的是两支黑黑的枪管。

黑龙啸和马跃川被抓回来第三天,农场召开了公开审判大会,判处两个人死刑,立即执行。在台上陪绑的郓谷子因为举报有功,被减刑一年。黑龙啸大骂郓谷子,如果不是管教押着,他一定会一刀宰了他。郓谷子一脸得意,时不时地侧过脸,把头伸出去,对着被五花大绑的黑龙啸挤眉弄眼。

"你他娘的是死不了的王大阔,你是要下地狱的。"孙振文看见黑龙啸骂郓谷子。

"王大阔是我的亲爹,你是我的龟孙子。"郓谷子骂黑龙啸。

颜鹤对孙振文说:"黑龙啸和马跃川是没有资格要那个青霉素玻璃瓶的。只要监狱出一封公函,告诉他们家里人,他们因为抗拒改造已被枪决,万事大吉。"

"他们的尸体呢?"孙振文问。

"他们的尸体，连狗都不吃。"颜鹤说。

黑龙啸死后，21号监室冷清了许多。郓谷子一副以老大自居的模样，巴扎尔、卫杰他们，一直想着要狠狠地揍他一顿。颜鹤便劝："你们可是马上就要出去了，忍一忍吧。这个老东西，巴不得临死能拉个垫背的。"

日子寡淡如水。

倒是农场里的派系革命，越来越热闹，不少学生模样的年轻人，冲到队部批斗反动权威。锣鼓声，喊杀声，从清晨震吼到晚上。颜鹤告诫孙振文："监狱里越乱，越要小心行事。所有人都疯了，疯子可以做任何事。我得管管自己的舌头了。咱俩开展一项比赛，看谁能十天不说一句话。"

"蜗牛，蜗牛，先出角，后出头。"孙振文把两手支的头上，想引着颜鹤笑。

"我不比出角，更不比出头，老老实实就行。你知道我以前为什么不让嘴闲下来吧？"

孙振文摇头。

"我的嘴不停地说，只是想证明自己还活着。我怕死。"颜鹤不自觉地把手伸向内衣口袋。

孙振文知道，颜鹤的口袋里有一只小青霉素瓶。他心里咯噔一下，突然感觉那个小瓶子里，真的就有颜鹤的一条命，被囚着，困着。拔下瓶子盖，颜鹤的那条命就会像烟一样，随风飘走，留不下任何痕迹。

队长何逊正自杀了。他头朝下把自己淹死在水缸里。

省监狱管理局派出专门的调查组，看到监狱管理的种种乱象，加派了大量的管教干部，让躁动不安的五大队，瞬间安静下来。

等监室的其他人陆续刑满释放的时候，已经没有了送成大业离开时的热闹劲，那天南地北的名菜，再也没有了踪影。

卫杰被算成大城市里的人，属于"四留"范围，无论如何不能回天津渤海县。他哭了，哭了三天三夜，眼睛像熟透的西红柿。他被安排到修理厂，做了一名钳工。他说自己天天想着，什么时候能用手中的这把铁钳，剪断所有管教的命根子，炒熟了当驴鞭吃。他说话时的眼神狠巴巴的。

谭湘山在老家时就是拖拉机手，就业时被安排在机务队开车。

巴扎尔不想做犯人、劳教人员和刑满释放"三类人员"中的"小三子"，哭着闹着回了草原。他说男人就应该像雄鹰，在草原的天空飞翔，他做梦都想着要飞。终于可以回去了，他要把草原当床，拿蓝天作被子，让羊群为自己生下千千万万个子孙。他要建立自己的王国，就像当年的成吉思汗。他要给自己的每一只羊，都分封一块领地，让哪怕再弱小的羊，也不受欺负。

唐伯虎在这几个人中，是最晚一个就业的。他说他会做南方的烧鹅，就是王羲之喜欢的那种。他说自己和王羲之都是高雅之士，所以都喜欢鹅。说完这话，他自己都笑了。但队长胡炎宇信了他的话，让他去了厨房。队长本想让唐伯虎给干部和家属们做烧鹅尝尝，无奈找遍整个德令哈也找不到一只鹅。唐伯虎说："其实我根本不会做烧鹅，听见鹅叫就害怕。小时候还让一只鹅拼命追着，扭肿了小鸡鸡，三天尿不下尿来，差点没让尿憋死。"没有鹅做，唐伯虎便从干部食堂调到了犯人食堂，这倒成了21号监舍的好事。颜鹤、孙振文他们来打菜，唐伯虎总要不经意地多打上一点，把明油多撇一点给他们，过节改善生活时再多盛两块肉。日子久了，颜鹤、孙振文的脸上，多出了些油润的气色，体重也增加了一些。

原来的老狱友死的死，走的走，最后只剩下了寇世超、郓谷子、颜鹤和孙振文。虽然还是同样的21监室，虽然还是住着满满的狱友，孙振文却感觉到前所未有的孤独。看着那些一茬又一茬年轻或年老的室友，孙振文想起野火烧不尽、春风吹又生的诗句，觉得天下之事都是一样的滑稽可笑。任何赞美稍一错位，便成了嘲讽。

一张狞笑、怪异的脸谱，真正的青面獠牙，经常在孙振文的眼前浮现。有那么一段时间，他看谁似乎都成了那种样子。他怀疑自己得了什么毛病，便使劲地眨眼，直到把一个人看成他的本来面目。

颜鹤非常神秘地拿了一小块报纸给他看，报纸被撕得豁豁牙牙，一看便知是他匆忙之间偷偷干的事。

"你看你看，中国和美国在上海发表了《中美联合公报》。"颜鹤的脸上写满兴奋，皱纹似乎都站了起来，要跳舞的模样。

"两个国家发表联合公报，有你啥事？"孙振文话一出口，便想到颜鹤的大哥在美国，"你大哥能接你去美国了？"

"哪有这么简单？两个普通人有了仇，心里都会结成疙瘩，多少年解不开。两个国家有仇，就更难了。朝鲜战场上中国死了多少人，美国死了多少人？哪能说好就好起来。不过，希望总是有的。你看中国的声明，过瘾。"颜鹤小声念着，"哪里有压迫，哪里就有反抗。……一切外国军队都应撤回本国去。"颜鹤停了停，说，"你猜美国会怎么说？美国将致力于建立公正而稳定的和平。……任何国家都不应自称一贯正确，各国都要准备为了共同的利益重新检查自己的态度。哎哎，你看，美国服软了。"

两个国家的声明，颜鹤没有再读下去。

他突然沉默不语。他在想，两个国家的关系，比如美国和中国，在许多人看来像是飘在空中的东西，与普通百姓没有太多的关联。但如果细细追究起来，事情并不那么简单。一个人与一个国家，就像是风和沙子，不知会卷起谁，更不知会被卷到什么地方。就像他们兄弟二人，都是具体的人，都有真切的思念和关切。整个国家不一定没有第二个人，能把中美之间的外交政策，与德令哈农场的劳改犯联系在一起。他抬起头，眼睛闭着："一切都只是刚刚有个苗头，要开始好了。我真想好好活着，等着天亮，等到大哥回到中国。看来，我等不到那一天了。小子，我这几天老是梦见黑龙啸，对着我傻笑。我骂他，他便打我，非要把我拉到一个深坑里去。我觉得我活不长了。"

"只是一个梦罢了。"孙振文说。

"我已经六十多岁的人了。活一天是一天，活一天少一天。如果我真的睡过去醒不过来，你就经常帮我看看报纸，中美什么时候建交了，我大哥也就快回来了。到时候你一定跟他说清楚，我信里说想去美国的话，是假的，我只想死在老家，葬在老家。中国才是我的家，我的老家就在宁阳，泗皋的颜林才是我的家林。只有那儿的黄土,才能埋得下我这把忠骨啊。"颜鹤看着阴阴的天,眼睛也潮湿起来。他说话的力气已经大不如从前,似乎丢掉了活下去的心劲。孙振文发现,这个监舍的所有人,大队的所有人,每一个人都有自己的心事,每个人都被孤独缠绕着,身体的孤独,灵魂的孤独。这些孤独像魔鬼的影子,慢慢地生长,腐烂,变成肿瘤。

"小子,求你一件事,你要记住埋我的地方。哪天我大哥来的时候,你要让他一眼就能看到我。"颜鹤既像是开玩笑,又像是郑重嘱托。

孙振文的心沉下去,如同面对漆黑的深渊。他拍了拍颜鹤的肩膀:"别想太多,有我在呢。"

"我没有子女,只有大哥。大哥会知道我现在的苦吗?每个人,是不是都像我,一样孤苦无依?我想飞出这铁丝网,像一只鸟,一只麻雀吧。可谁能托我一把?"颜鹤像是自言自语,又像是在问他远在大洋彼岸的兄长。

这是颜鹤留给这个世界,最后的语言。

最后的遗言。

最后的……

> 我是德令哈的石头,我是德令哈的天,我是德令哈的沙漠戈壁滩,清晨的太阳照原野,三尺窗棂月弯弯;
>
> 我是德令哈的湖水,我是德令哈的草原,我是昆仑山下马兰滩,乘风驭马弄琴弦,日暮何处问乡关;
>
> 我是巴音河的水啊我是柏树山,我是天上的白云梦连连,青海建设需要我,变成胡杨建家园。

孙振文拍着颜鹤的肩膀,小声哼唱着。

"老颜,我要把你埋成整个草原。"

"老颜,我要让你哥一眼就能看到你。"

5

几根竹竿挑起大块的黑布作背景，前面松松垮垮地挂了一条用了几年的红条幅。红条幅上的灰渍一块一块，浓淡不均地挤眉弄眼。"总结大会"四个字显得无精打采，与队长胡炎宇的慷慨陈词有些不搭调。

"我们青海监狱系统建立了108个劳改单位，其中农场79个，工厂29个。我们劳改系统的各类人员占全省人口总量的八分之一，经济总量却占到全省的三分之一。我们德令哈农场是全省建设的第一个大型农场，与上海军天湖农场、安徽白茅岭农场齐名。我们五大队，创造了亩产2020斤的世界春小麦纪录，全年总产量达到了2000万公斤，创造了农业生产的又一个奇迹……"

这些数字像枯燥的卡巴柴，让孙振文提不起任何情绪。他只知道小组长每天会分给他多少活，必须什么时候完成。如此而已。

日子索然，如一成不变的日出、日落。

孙振文记起，沙鸥说，在农场改造的日子不能以天计，只能以年计，以十年计。这真的是一个具有战略眼光的思想。日子越长，以年计就越会觉得疲劳乏味，时间也变得空洞，虚无，不好把握。孙振文开始了反向思维，他把时间精确到以秒计。此一秒做什么，下一秒做什么。秒与秒之间，是完全不同的内容，日子一下子丰富起来，也生动起来。比如他总是在离六点还差三秒的时候睁开眼，那么他还有三秒钟的时间把眼皮睁大、伸个懒腰、抬头巡视一下整个监室，然后再思考一秒钟的问题。当然，这个问题只能是小问题，不能是国家大事，思考国家大事一秒钟是远远不够的。他所能思考的，便是昨天有点拉稀，今天的肠胃是不是好点；昨天中午的饭里看见了老鼠屎，是不是有人一不留神，已经把老鼠屎吃掉，他今天是不是也会拉稀；昨天集合时谁谁晚了，被管教骂了个狗血喷头，今天他还会不会晚；昨天晚上的哭声是从监舍最里边传来的，到底是哪个小子在叫；比如那些梦里的喊杀声，是谁的梦杀了谁的梦,诸如此类。

寇世超怎么就能做二中队的大组长,成了人人畏惧的头?孙振文不知道。前段时间,一中队来了一个和王大阔一样斗狠的角色,说要灭掉寇世超。不管谁灭掉谁,孙振文觉得都与自己无关。

与自己有关的,只有楝花的香。

知道自己在德令哈之后,楝花每年都会把一束楝花放进信封,随着赵老师的三五句话,一起寄到五大队。收到信一般要在半年之后。初秋时节,收到春天的礼物,这种时间的交错,常常让孙振文迷惑,他必须费力地静下心来,睁开眼看看自己到底是在何时何地。孙振文盼着的,除了楝花散发着香气的春的时序之外,又多了对初秋那束干枯的楝花千里迢迢地从赵家堂到德令哈的渴望,和那从未飘散的花香。那些花枝,曾经没命地开放。然后又悠闲地飘山过水,像舞着长袖的人子,慢慢来到孙振文的枕头之下。

盼着的事,由一件变成了两件,也让孙振文多了以秒计的生活乐趣。

十一束楝花,记录着十二个年头的盼和想。能准时收到那束干枯的楝花,从第二年开始,便成了孙振文天大的事。寥寥几行字,是赵老师关切的眼神,是厚重的情谊和爱,依然坚定。那一束花,一定是楝子树林里最美的花,如同楝花的双眸。孙振文看着花的时候,就能看到长睫毛下纯净的眼睛,纯得像春天的露水,汪在那里,随时可以流淌的样子。早一天收到那封信,孙振文就安心,晚一天收到,他就要多做一天的噩梦。

就在接到第十一束楝花的第二天,孙振文被叫到了大队部。

队长换了人,原来的胡炎宇被送到了怀头他拉农场改造。

新来的队长姓石,叫石济方。

石队长问孙振文:"听说你会唱戏?"

"我会演木偶戏。"

"会演木偶戏就是会唱戏嘛。"石济方的"青普"话里,带着明显的山东口音。"青普"是来青海的所有外地人,杂糅各个地方的乡音之后,向普通话靠近的一种亲切语言。孙振文喜欢。德令哈的所有人都喜欢。

"队长是山东人?"孙振文壮了壮胆子,问。

"山东济宁。我听说你是宁阳的,我们离得很近嘛。"队长改到家乡口音上,让孙振文一下子改不过口来。

"是的队长。"

"十二年了?"

"十二年。"

"还有几年?"

"不知道。"

"好好表现吧,争取早点回去。农场今年要搞二十年场庆,需要表演一些节目。礼堂快建好了,就在农场总部的对面。"

孙振文知道农场总部,每年的总结表彰会就在总部的操场上开。

"场里成立了京剧团,你想去吗?"

"能演木偶戏吗?"孙振文的眼一下子亮了。

"给剧团说说,演是可以演的。德令哈的人来自五湖四海,德令哈的文化也要百花齐放嘛。"

石队长的话,让孙振文全身的毛孔都兴奋起来,眼里的光似乎能把整个屋子照亮。

"我想去,队长,我想去,想去,非常想去。"

孙振文一连几个想去,把石济方逗乐了。"那明天就去剧团报到吧。"

"德令哈的天,是解放区的天。"孙振文突然想起这句话,对队长说。

石队长和孙振文聊起家乡的山水人情,济宁玉堂的酱菜,宁阳的狗肉,彩山三十二酒坊的老酒,黄家大院的迷宫阵,太白楼上的诗词铭刻。孙振文感觉自己一下子回到了家,那些魂牵梦绕的清风明月,变得具体实在,有血有肉,成了人间烟火。

"队长,我想给你磕个头。"孙振文话没说完,就扑通一声跪下去。他想起爷爷曾经让他给胡子书记磕头的事,一时竟不知自己是在赵家堂还是在五大队。

"你这小子。"石济方笑着,嗔怪道。

孙振文第二天向剧团团长刘震挺报到的时候,刘团长让孙振文唱两句。

孙振文摆好姿势,试了试已经十几年没用的嗓子,觉得还能唱。他蹲下身子,伸出手,缓缓地用指尖触向舞台的地面,然后是整个手掌小心翼翼地压上去。木地板,有心跳的声音,有些发烫,光滑的漆像娇嫩的皮肤,清香的味道一丝一丝地飘上来,似乎要深入到灵魂里边。他慢慢起身,看着空旷的舞台,心跳得嘭嘭作响,他觉得只有这儿,才是自己的土地、家园、爱之所在。这舞台上的灯光、音响、帷幕,都像自己的呼吸一样亲切。他拼尽全力甩着自己的棉袄袖子,空阔,撩起动人的风,如同甩着长长的水袖,惊心动魄,万古柔肠。在泪涌出的瞬间,孙振文春溪一般的嗓音,慢慢流了出来:

[梅花酒]呀!俺向着这迥野悲凉,草已添黄,兔早迎霜,犬褪得毛苍,人掤起缨枪,马负着行装,车运着糇粮,打猎起围场。他、他、他,伤心辞汉主,我、我、我,携手上河梁。他部从入穷荒,我銮舆返咸阳。返咸阳,过宫墙;过宫墙,绕回廊;绕回廊,近椒房;近椒房,月昏黄;月昏黄,夜生凉;夜生凉,泣寒螿;泣寒螿,绿纱窗;绿纱窗,不思量!

[收江南]呀!不思量,除是铁心肠,铁心肠,也愁泪滴千行。
美人图今夜挂昭阳,我那里供养,便是我高烧银烛照红妆。

刘团长情不自禁地鼓掌,那掌声有着明显的节奏,缓慢而有力量。末了,他站起身,拍着孙振文的肩膀说:"在德令哈唱《汉宫秋》,正符合大漠黄沙的雄迈。少闻了。不思量除是铁心肠,铁心肠也愁泪滴千行。这也是你的心里话吧?"

孙振文搔着头皮,傻笑。

刘团长介绍孙振文与其他演员一一认识。这些演员唱京剧豫剧的居多,还有演黄梅戏的,唱昆曲的,角色各异,简直就是戏曲大全。

一个十七八岁的小姑娘,叫苏红柳,在介绍给孙振文的时候,脸微微红过。

孙振文看到了那动人的绯红，故意视而不见。红柳的眼神，和楝花简直太像了。

戏曲角色并不全，排一部完整的戏非常困难。好在演员都具备戏曲的基本功，换角的事便成了常态。

孙振文能唱文生戏、演花旦，各种唱腔都能通晓，成了团里的万金油，哪儿缺便去哪儿补。

苏红柳跟在孙振文身后，像一条灵巧的小金鱼，活泼可爱。

"苏儿，怎么我去哪儿你就跟着去哪儿？"不知从何时起，孙振文把苏红柳叫作苏儿了。

"我想跟着你学戏。"苏儿的声音娇嫩，像草原上初开的花。

戈壁滩上的花，四月份开，开得娇艳，热烈。戈壁滩上的花谢得也快，十几天之内，迅速衰败，结出成熟的籽。十几天的花期，是自然界最残酷的游戏，它把美摧残成一种悲情。一年的风雨干旱和满腔的等待，绽放的娇艳竟然如此短暂。孙振文意识到，自己把苏儿比作戈壁滩上的花，似乎有些残忍。她不是戈壁滩上的花，她自命红柳，这种戈壁草原上随处可见的植物，比花更茁壮，也更能给人希望。

"那你，跟我学木偶吧。我最拿手的绝活是木偶戏。"

"好啊好啊。"苏红柳拍着手，雀跃的样子。

"怎么取了红柳这个名字？"孙振文问。

"大人们说，我生在戈壁滩上的红柳树下。"苏红柳脸上又一次透出绯红。

以后的日子，孙振文慢慢了解到，苏红柳的母亲苏小茹是广州人，因为流氓罪被发配到德令哈，也是五大队的犯人。入监的时候就不知怀上了谁的孩子。在戈壁滩开荒时，生下苏红柳。生孩子得了破伤风，苏红柳没出满月，苏小茹便死了。监狱里的管教轮流值班，把苏红柳养大，取名沙漠上最常见的野生植物红柳。

孙振文到剧团以后，仍然住在 21 号监舍。成了演员，他要经常到礼堂排练，武警对他的看管要放松许多，对作息时间的要求，也远比在劳改队时宽松。

孙振文从木工组找来几块能做人子头的木头和各种颜色的漆，从缝纫组找来各种花色的边角料，向场部申请了一把刻刀，刻人子头的工作从某一个太阳初升的时辰开始。

孙振文想着，要演一场《武家坡》，用的演员少，表演的难度小，学起来也快。只是不知道谁能和他演对手戏。

自告奋勇要演的，自然是苏红柳。

苏儿的悟性极高。对木偶的操作技术学得快，没几天便操作自如。对《武家坡》的唱词，她记得也快，唱腔更是日渐圆润成熟。她在唱腔和表演中，把王宝钏对失散多年丈夫的幽怨和疼怜，演绎得无可挑剔，也让孙振文心里酸酸的。"后面无有路了"，每个字都刺疼着孙振文的心脏。他感觉自己几乎不能呼吸。

场庆演出的当晚，五大队的两条道路上，黑压压地挤满了人。全场的干部职工以及他们的家属，再加上老人小孩，把礼堂前面塞得水泄不通。

刘团长和孙振文商量："《穆桂英挂帅》演完之后，如果观众还想再看，就把你的木偶戏推出来。你和苏红柳演《武家坡》。舞台好布置，如何？"

孙振文求之不得，爽快地答应了。

多少年没有听过戏了，那些花花绿绿的戏服，让只有黑色的德令哈农场，有了天堂草般的烂漫和绚丽。干部职工听完《穆桂英挂帅》坚决不走，站起来有节奏地鼓掌，非得让演员加演不可。孙振文在后台激动地走来走去，苏儿似乎被吓傻了。

"苏儿，能上吗？"

孙振文拍了拍苏红柳的脸，见她反应迟钝，"苏儿，你今天可是我的大救星啊，关键时刻不能掉链子。从今天开始，我收你做徒弟，今天是我们第一堂表演课，《武家坡》。"

"第一堂课就要上台？俺害怕。"

"有老师在，别怕。让台下的人见识一下咱厉害的孙家木偶，让他们知道什么戏种才是真正的综合艺术之王。"孙振文既是给苏儿打气，也是给自己壮胆。他害怕自己演砸。弄不好，他还要再回到以前的21监室，去山地里弄那些扎死人的卡巴柴。

锣鼓声响起，"苏儿，走喽。天塌不下来，塌下来老师顶着。"

  王宝钏（西皮摇板）：前面走的王三姐。（薛平贵上）

  薛平贵（西皮摇板）：后面跟随薛平贵。

  王宝钏（西皮摇板）：进得窑来把门关，

  薛平贵（西皮摇板）：将丈夫关至在窑外边。

  ……

  王宝钏（白）：要我开门，倒也不难，要你依我一件。

  薛平贵（白）：哪一件？

  王宝钏（白）：你往后退上一步。

  薛平贵（白）：我退上一步。

  王宝钏（白）：你再退上一步。

  薛平贵（白）：再退上一步。

  王宝钏（白）：还要退上一步。

  薛平贵（白）：哎呀，妻呀，后面无有路了。

  ……

没有以往木偶戏的花样，只是两个人的唱腔，两个木偶人子的离合缠绵，惊了全场。他们从帷幕之后站到舞台前面，所有观众都站了起来，随即便是掌声雷动。

孙振文深深地跪下去。

多少年了，孙振文一直没有听到这样的掌声。

多少年了，孙振文的舞台，只有那个二十平方的21号监室。

多少年了，孙振文才可以这样跪下去，跪得没有屈辱，只有骄傲，和尊严。

"后面无有路了……"不知是谁拉起长长的唱腔，大声喊道。孙振文双肩一抖，心里阵阵绞疼。

据史料记载，进入八月，海西州普降暴雨，出现了三十多年未见的洪灾。仅 8 月 1 号这一天，德令哈就连续降雨 9 小时 51 分钟，降雨量达 84.5 毫米，其中 1 小时降雨量 54.3 毫米。

所有的人，对这次的狂风暴雨充满恐惧。从大田里没有赶回来的犯人、职工，像百米决赛一样往回跑。黑风肆虐，刮起的沙子、杂草和雨水搅成浑浊的泥汤，像从天上直挂下来的幕布，重重地砸向世界的每个角落。风在旋转，落下的沙石也旋转成尖刀，以更大的力量向骨头深处钻去。所有的人都睁不开眼，只是凭着直觉和眼睛偶尔睁一条线似的缝看路，跑回农场。

犯人们脱光了衣服，骂着黑风，擦拭着身上的雨水。农场的大喇叭突然扯开嗓子吱吱啦啦地响起来，被黑风吹得失去音准像魔鬼怪叫："农场子弟学校的房子塌了，所有人马上去学校救人。"

五大队各个监舍的门被打开，几千犯人冲出监狱，开始往子弟学校方向跑。值班的武警也走下岗哨，奔命似的跑向学校。

学校里有两千多名职工子弟，从小学一年级直到高中。

孙振文是跑在最前面的。他到达学校的时候，几十名老师正在用手挖着倒塌的教室。孙振文看到前面教室的几根水泥柱子，歪歪斜斜地撑着一面摇摇欲坠的墙，柱子底下有十几名学生。孙振文招呼后面的几个人，一起用手撑着柱子，让学生从他们胳膊底下钻了出来。十几个学生，在雨中跑去，消失。然后就看见几根柱子一同倒下，三个犯人被砸在下面。孙振文在柱子倒下的瞬间，侧身而出，胳膊却被压在砖头下面。疼像刀割。孙振文费力地把胳膊一点一点地抽出来，一道道的血印，深深浅浅。血被雨水冲掉，又慢慢渗出。他试着活动了一下关节，觉得骨头没有问题，便又重新加入救人的行列。

先救学生还是被柱子砸住的犯人？孙振文瞬间怔住。"快过来快过来，这边有学生。"孙振文顺着声音跑过去。回头看那几根柱子，像压在自己心头。

十几口教室倒塌，近千名学生被埋。德令哈农场五大队的劳改犯人，一个个都成了拼命三郎，共救出学生七百多人。只要有救出的学生，便有人抢着上前，背上就往医院跑。雨水像密不透风的墙，让人看不见路。再加上狂啸不止的黑风，让人寸步难行。

一个个黑色的影子，在雨中成为最忙碌的天使。

整整十八个小时过去。农场没有挖掘设备，搬掉那一堵堵砖墙，全凭犯人们的一双双手。现场留下的，除了雨水，便是淡淡的血色。

在挖到最后一栋教室的时候，孙振文突然发现了沙鸥。沙鸥双手向上举着，跪在地上，身体前倾，已经停止了呼吸。沙鸥的姿势，让孙振文想起"生存或者毁灭，这是个问题"。跪向大地，手指蓝天，如同指着苍天的鼻子。这样的姿势，沙鸥是在诠释莎士比亚的台词，还是面对苍天的诘问？孙振文心里刺痛。他慢慢地跪下去，抱住沙鸥。他似乎还能感觉沙鸥的体温，还能听到他的激情澎湃。孙振文压抑着喉咙，劝自己不能哭。他抬起头，看看天边，他想知道头顶上的天空中，是不是有沙鸥的灵魂，快乐或者痛苦地飞翔。这个年轻的生命，一直想着用死祭奠他的爱人，此刻，他是否感受到生命的轻松，以及爱情的可贵？

孙振文把沙鸥，抱到双轮车上。

犯人死亡八人。

在确认所有学生都已找到之后，劳改犯们一言不发地抬着八具尸体往回走。这些黑色的天使，瞬间沉默起来。监舍，才是他们的去处，唯一的去处。早晨离开，晚上归来。生着离开，死着归来。死去的人，只需要一块青砖，一个小玻璃瓶，一张二指宽的纸条。

沙鸥走出21号监舍时，孙振文曾经默默地祝福他，希望他能够早些带着父亲的尸骨，离开德令哈，回到上海，回到他的爱人安眠的地方。沙鸥曾经说过,他的父亲给予的生命的营养,让他一辈子享用不尽。如今,父子二人生未见面,死亦隔了不知多少山水。与他的爱人生生死死的时空距离,再也无法穿越。

孙振文想起,沙鸥到学校之后,曾经在某一个星期天,来到 21 号监舍。他带来一大堆学生们从家里拿来的好吃的,全部分给了室友。他悄悄告诉孙振文,他爱上了学校里的一个女老师,也是上海人。他们约好一起回去,在外滩举行盛大的婚礼。他会邀请所有的亲朋好友盛装出席,男人一个个都是西装革履,女人们都穿上婉约的旗袍。婚房要布置成西洋味的,有一台旧式的留声机,他们要在音乐的缠绕中生儿育女。沙鸥说,他一生都追求浪漫,渴望优雅的温柔,现在的爱情,就是他想要的样子。孙振文记住了"优雅的温柔"这句话。他知道沙鸥生性浪漫,浪漫得如同天上的飞鸟,这也让他感觉自己如同一块千年的朽木,已经死亡却不知死亡。枯死,枯死的状态。孙振文看着自己的脚尖想。最恰当贴切的词,枯死,像戈壁滩冬天的卡巴柴。

听到沙鸥再次恋爱的消息,孙振文从心底里为他高兴。他以为沙鸥已经放下所有的仇恨,有的只是快乐和爱情。后来,孙振文听说,那位女老师最终嫁给了一名管教。这让孙振文想起沙鸥曾经说过的一句话,德令哈的秋天,就像一个始乱终弃的怨妇。始乱终弃像一个命运的标符,不定会撞上谁的额头。孙振文不知道那时的沙鸥,会是怎样的一种状态,他是如何调整自己,让生命从炼狱重回人间。但孙振文确信,沙鸥就是沙鸥,他会以自己的方式,重新站立起来,把酒问天,笑对生死。现在,他却以这样激情慷慨的姿势,重新回到 21 号监舍。他的手仍然向上指着,这次指着的却成了 21 号监舍的墙。孙振文把沙鸥放在他曾经躺过的墙角,墙上还隐约显出透着贵族气息的圆体英文"To be, or not to be – that is a question"。孙振文为沙鸥擦洗身体,为他换上干净衣服,然后和他并排躺下。孙振文喃喃自语,说着你死了,关于爱情,谁还能配得上用优雅二字、温柔二字,说着他已经偷偷读过了《堂吉诃德》,说着我们的确都是堂。郓谷子走到孙振文旁边,踢着孙振文的脚:"沙鸥已经死了。"孙振文瞪了郓谷子一眼:"我们都死了。你最该死。"孙振文稍停片刻，又说，"只有堂吉诃德，没死。"

一只猫，在沙鸥的胳膊底下悄悄死去，没有人知道那只猫从何而来，何时死去。

死亡像一个寓言。

管教把沙鸥刚来时的随身物品扔到土炕上，嘭的一声响，像一颗人头落地。沙鸥安静地躺着，等待着和其他犯人一起，一并安葬。

待所有犯人都进了监狱大门，管教们到各个监舍清点人数，五大队三千二百名犯人，除了死亡的八个，一个不少。

大队长石济方激动万分。他让厨房烧了姜汤，由管教们亲自送到各个监舍。从当天起，改善伙食三天，算是对犯人的体贴和照顾。与此同时，五大队形成文件材料，报青海省监狱管理局，申请为所有犯人减刑。

表彰大会上，石济方宣布省监狱管理局的表彰决定：对五大队通报表彰；参与救人的劳改犯每人减刑一年；死亡劳改人员宣布提前释放，由家人领取抚恤金，队里下发表彰决定。

无动于衷的犯人，黑压压一片，依然是蹲坐在地上，双手抱膝。减刑与否，似乎与自己毫无关系。孙振文意识到，生命的价值和尊严，在面对死亡的时候，其实分不出多少的贵贱高低。他低下头，想起沙鸥，想着与他同时站到水泥柱子下面的三个人，他已经记不起他们的容颜，只记得他们的衣服，和自己的衣服一样破烂，一样是褪了色的黑或灰，补丁摞着的补丁上，滴着雨水。

几天后，石济方队长找到孙振文。

"政工科的同志跟我说，他们在给你办减刑的时候，找遍农场的所有档案室，都没有见到你的材料。你当初来的时候，档案是不是由押你的人带着？"

"我不知道。"孙振文一脸茫然。

"还记得是谁吧？"

"訾世良，是他从济南一路带我来德令哈的。"孙振文说，眼里现出驴的脸。

石济方安排人把訾世良从尕海叫来，查问孙振文的档案情况。

"我也没有见过他的档案啊。押送他的时候，是部队的首长口头命令，说要把他发配到青海德令哈。我也正面临转业，就安排我到德令哈后，和他一起在青海就地安置。"驴一头雾水。

"孙振文的判决书呢？有没有判决书？他被判了几年？"石济方又问。

驴和监狱的管教面面相觑。

"大概二十年吧。"驴说，带着粗粗的喘息声。

"大概？有没有人见过他的判决书？"

"对，对，想起来了，我箱子里好像有一份当时带着的材料，让交给农场监狱。我竟然忘了。箱子还在咱们五大队。"驴跑到他原来住过的圈舍，拿过来一份档案材料。

石济方把材料打开，摇着头："訾世良啊，你犯了个天大的错误。判决书上这个孙振文，明明写着是国民党78军的一个团长，在济南战役中负隅顽抗，被定性为历史反革命。他是济南曲艺团职工，是一个烧锅炉的。"

"我们首长娶了一个木偶皮影剧团的小老婆，叫马荻亚。她一直说要整死孙振文，我以为说的是他。"驴解释道，两个蹄子来回搓着。

孙振文猛地跳起来，对着驴冲过去："我操你八辈祖宗。"

孙振文一拳打在驴的鼻梁骨上。驴的头撞到墙上，鼻子窜出了血。孙振文又抡起一把椅子，向驴砸去。石济方上前把孙振文拉开，把他摁在椅子上。

孙振文捂住如堵了蟠龙山一样的胸口，说不出一句话。他感觉一切像是在做梦，梦得有些离奇，有些不可思议。

"狗娘养的，你还我的那块表！"孙振文大喊，然后放声大哭起来。哭到最后，孙振文失去了知觉。

给我点空气，给我点空气。孙振文的嘴唇一开一合。

没人听得清他在说什么。

雨过之后的草原，绿得能酥了心。

孙振文走到颜鹤的坟前。见他青砖上的名字有些模糊，便站起身，找了一块带尖的石头，用力地依着原来的痕迹，为他描着。墓志铭难道就是这样来的？孙振文心里想。可是我们，总是在故意忽略某一段历史，也淡忘那些被历史尘烟席卷得风雨跌宕的卑微人生。"老颜，在咱们老家，有一种风俗，我不知道你是不是还记得，无论生前做过什么，身后都要立一块碑。做碑的人总是在碑眉上写百世流芳，也有的写万世流芳。看到这些碑，我就在想，百世流芳，也只是三两千年。如果万世流芳，就要二三十万年。嘿，这个时间，比人类的历史都长，谁信？更可笑的是，我们村给一个老光棍立碑，觉得他没有家人，可怜他，便立了全村最高最大的碑，也刻上万世流芳。他无儿无女，没有家人，碑上空无一字。你说，他要流芳给谁看啊？所以啊，你别抱怨一块青砖，它比那块碑要实在得多，充实得多。"

孙振文把青砖放到嘴边，吹掉石子磨出来的碎末子，重新摆正，"老颜，你一个人在这里，我知道你寂寞孤独。你说过，你不停地说话，只是想证明你还活着。现在你再说几句？你说不了啦，还是听我说吧。你想听啥？想知道啥？我全部告诉你。老人家，让我叫你一声叔吧。我一直想叫你叔。可监狱这种地方，再近也得装得很远，人情薄如纸啊。颜叔，我要走了，走得有点窝囊。白白坐了十五年的监。十五年啊，手表上的时针要转多少圈，分针要转多少圈，秒针就转得更多了。从青春少年，到命过薄秋，眨眼的工夫，数不尽的酸甜苦辣。应该算死过吧，身体没死，心死了千次、百次。我这所有的付出，谁能想到都是因为一个不长眼的王八蛋。我们孙家班演戏的时候，最怕的是大衣箱拿错人子，人子错了，戏也就错了。我就是那个被拿错的人子，唱错了人生，也唱错了戏。以前我不太明白，为什么会说戏如人生、人生如戏，走过这半拉子人生，我是真服了。人生这东西，真他妈不是东西，犟得像一头驴，任谁都不能好好地过，总归折腾出点事来。不过，这次我还算解气，我把那头驴的鼻梁骨打成了粉碎性骨折。医生说他的鼻子将歪一辈子，永远不可能复原，吸一口气都会感觉到疼。活该！这样的人，歪着眼看人看惯了，鼻子歪了是对他一个不大不小的教训。你没见过犯人打管教吧，呵呵，整个德令哈农场，也只有我孙振文敢了吧。十五年低声下气，像狗一样活着，我终于可以站直身子，扬眉吐气一回。"

孙振文的泪流下来，不可控制。他任泪水流下，流到脸上，流到下巴，再滴落到颜鹤的坟前。"那头驴送我来德令哈的时候，有一个当兵的劝他，说你打坏了首长的花瓶，领导惩罚你转业到青海，如果反过来想，因为惩罚你去青海你打碎了首长的花瓶，心理就平衡了。这话糙理不糙。人世间的事，总是这样才能找到存在和快乐的理由。我也得这样给自己找个理由。我打碎了那头驴的鼻梁骨，那头驴就把我送到监狱。这样想，坐这十五年牢，心里就舒服多了。自欺，欺人。这就是生活，一切都是假象，假得像真的一样，让一个人的命变成了一棵路边的草。"

孙振文抬起胳膊，用衣服袖子擦了擦泪。他往颜鹤的坟上堆着石子，然后拔掉了青砖前的乱草。"老颜，十五年，我终于信命了。有一位高僧对我说过一句话，勿罔轮回石如玉，且顾来年马失蹄。直到今天，我才明白其所指为何。石与马，是我生命中的两个人，不知道被谁都提前安排好，在哪个路口等着我。此世炎凉，呵，命运就是这样捉弄人的。它不给你回头的可能，也不给你重新走过的机会。即使我比窦娥还冤。不过，比比周误途，我还算是幸运的，我没有死在监狱里。一个没有罪的人，如果死在这里，我该给谁说？找谁去申诉？谁能知道我的无罪？！"

"这十几年，我还明白了一个理儿，每一个人，从生下来就是一个演员，被一个叫作命运的舞台监督，使来唤去，让你开灯拉幕，你都得认真干。有时，我们觉得这个世界上的好多事，都与我们无关。比如中美是否建交，我一点都不关心，这事儿跟我没有一毛钱的关系，可你得天天惦记着。所以我觉得你累，你的心被两个大国间的大事牵着。唉，我们这些人很可怜啊。就像你，大事管不了，小事跑不掉。那个混蛋校长一句最不靠谱的台词，就把你逼上了绝路。有时我就想，到底谁是这个世界最后的导演，为何不能导一出好戏，让每个人的日子都过得好好的，都能幸福安康、功德圆满呢？"

孙振文拿出火柴，想点上为颜鹤带来的香。风大，火柴点不着。孙振文背对着风向，解开衣服，用大大的衣襟，遮住，把香点上。衣襟里，是孙振文松弛的皮肤。地有些硬，孙振文费力地扒了点土，堆成一小包。"好人好命的事，戏里才有。这样的好戏，我们都看不到了。中美建交的好消息，你还是可以听到的。我知道你一直在等中美建交之后，你的哥哥能来接你。中美去年就正式建交了，可大队里一直没有收到你哥的来信，我怕你空等着，就没有告诉你。明天我要走了，必须把这个消息告诉你，你再耐心等等，说不定明天，你哥就来了。我给你念念这份公报？好吧，我知道你想听，我向沙鸥学习，用最标准的青普话读给你听……"

孙振文把报纸铺展开，把上面的每一个褶子都用手抚平，然后在四个角分别压上一个小石子。他站起身，仔细端详了一会报纸，"人民日报"四个字像草原最扎眼的花，在绿中盛开。"老颜啊，这报纸我给你放这儿了，如果你能自己读，自己看，该有多好。我还得说，我念得再动情，也改变不了你的通敌叛国罪。我一直给你叨叨，你关心中国和美国之间的外交关系，操心太大了，想得也太幼稚。你以为和美国建交了，就能改变你通敌的性质？我一字不落地把公报念给你听，就是想让你知道，朋友一个词，在两个公报里没有出现过一次。就别在'敌'这个字上瞎琢磨、做文章了。这是你当老师时的臭毛病，在地下就安分些吧。你还不如想想那个校长，为何非得治你的罪，就因为你絮叨？我不信。如果你觉得不服气，就变成个厉鬼，变成个女鬼也行，找他算账去。老颜，你说得对，我们都是戈壁滩上的碱蓬，无论被风刮到哪儿，想着播撒我们的种子，就够了。可我们不是风啊，只是一株将死的碱蓬。"

孙振文再也说不出任何话。将死的碱蓬，他喃喃着。

一朵不合时令的小花，远远地开着。孙振文走过去，小心地掐下花朵，放在了颜鹤的青砖前。

德令哈，是一片辽阔的金色的草原，像她的名字一样，总是让人感觉她的神秘和空茫，一切似乎都充满了神与禅的玄迷。雅丹地貌透出的时光沧桑和历史雄浑，似乎能让人看见远古的湖礁从时间的缝隙中被托举而出，那是土地的成长，长成漫漫山峦，长成皮肤的颜色，长成骨骼的坚韧，任凭无边的风雨冲刷独自岿然不动，只留下冥思苦想的头颅和对这片神奇土地的倾情守望。绵延数千公里的祁连山、昆仑山，更像父辈温厚的脊梁，以无言铮骨抵御着凛冽北风的无情嘶鸣，也给世间生灵孕育了茫茫草原、温润的气候，以及目无穷极的绿色。氤氲的水汽自柏树山底升起，笼罩着山巅，美丽着天之涯。那些水汽，白得像棉朵，像精灵，她并不急于升腾，而是旋转着、张扬着、蕴积着与天同语的能量，然后将霓裳羽衣般的深情缱绻，化成无数条天使的长袖，舞出一片来自天堂的水声。托素湖和柯里克湖，两个毗邻的湖，只由一条银色的小河连通，上游的湖是淡水，水草丰腴，鱼鸟相嬉，到了下游竟成了咸水，近于一条死河，没有半点生机。人们称之为"姊妹湖""褡裢湖"，也有传说认定它们是由一对情侣化成，所以又称之为"情人湖"。两湖近在咫尺，却生态各异，风姿迥然不同，显示着上苍造物的神奇和别致。生与死、光与暗、爱和恨，原来，竟是这般接近。这两个湖，或许就是怀头他拉草原的两只眼睛，一只在白天看牛羊遍地，一只在夜晚看天堂繁华；这两个湖，或者就是神的两汪心事，一个甜蜜徜徉，一个酸涩冰冷，一个有关人间，一个通往天堂。

还有那随心所欲的黑风，从何而起，又至何而终？

别了，德令哈，以及那些沧桑涩苦的岁月。

别了，德令哈，你曾是我生命中最悲壮的悬崖，而我，只是你脚下最卑微的一棵碱蓬，生死由天。

不是再见，是永别！

赵家堂

1

从德令哈到西宁，从西宁到兖州，四十多个小时的火车，对孙振文是一种煎熬。他有飞翔的渴望，从德令哈，直接飞到赵家堂，飞到自己亲手栽下的楝树林里，飞到娘和楝花跟前。

从兖州站下车的时候，已经是夜里十点。没有回宁阳的汽车，孙振文背上蓝色背包，快步如飞地往回走。

曾经四处演出的路，没有太多的变化，孙振文还记得。重新再走这条路，似乎有太多的泪水，模糊了他的眼，让他的呼吸沉重而急促。他只想快点到家，推开那扇熟悉而又陌生的门，厚重的门板，褪化成树的原色，露出弯弯曲曲的纹理。路太长，比十五年还长，比岁月还长。

漕河上的蔡家桥，依然写满时间苍老的模样。天下第一的蟋蟀产地故城，在秋虫鸣叫的静夜，独享着来自天堂的美丽曲调。只是，这些秋虫，已然成为别人罐中的宠物。孙振文多想停下脚来，他觉得自己仍然可以听到那些鸣叫，似乎那些鸣叫只为他这位离乡十五年的苦人。城南公社的驻地泗店，记录着过往的车马和曾经的四人店。依然安详静谧的县城宝相寺，和文庙遥相呼应，庇佑着宁阳的子民。还有堽城、沙岗、张店……这些熟悉的名字，十五年后依然亲切，如同融化成为血液中的某一滴，支撑着生命的所有毛孔、每个细胞。

初冬的雾气很重，重得让人看不清路面，抬不动双腿。孙振文前半程在跑，整个世界都在跑。孙振文磨坏了鞋，磨破了脚掌。后半程孙振文在挪，整个世界都在挪，挪得艰难、缓慢，每一步都有血的印记。孙振文把湿过的棉袄搭在肩膀上，粗布衬衣很快被汗水浸湿，像一块锈过的铁皮。

回来了，我的娘亲，我的赵家堂，我的爱人……

天上已有微光，孙振文看到村头的那三间房子，模糊，却又如此清晰，像一座生命的宝殿，里面跳动的是自己的心脏和灵魂。他站住，不敢再动。他害怕眼中的景象会是虚幻缥缈的海市蜃楼，害怕哪怕一丁点细微的脚步声，就会把它吓走。

孙振文捂住自己的胸口，一点点挪向自己家的房子。终于，他坚持不住，倒在地上。他把嘴唇贴近眼前的土地，泥土的香气吸入鼻子，他闭上眼，再深吸一口。他感觉到了自己的贪婪。好久，孙振文才站起身，来到房子跟前。他并没有急于敲开那扇门。他围着自己家的房子转着，一圈，又一圈，他抚摸每一块砖、每一块土坯、每一个窗棂。他觉得这些旧砖老瓦，依然充满温度，像温润的皮肤。墙缝里长出的草，虽然干枯得像戈壁滩上的碱蓬，却更像人子的舞袖，随时可以甩出惊人的美。那些泥土的凸凹不平，那些细密的雨淋痕迹，在指尖轻触的瞬间，和心脏一起跳动起来，如同有了生命，有了感知。

楝子树已经长成了碗口粗，叶子没命地黄着，皮上到处裂着口子，如同流泪瞎过的眼。

想起和楝花一起栽树，一起浇水，一起在母亲的身前身后捉来藏去，如在昨天。

昨天，竟不知在何时凋谢。

天大亮的时候，孙振文缓缓举起手，敲着屋口。声音很轻，忽然间想起，楝花听不到，刚要使劲砸，门却吱吱呦呦地开了。

一个门槛之外，一个门槛之内，两座对视的山，两片奔腾的海。一个门槛隔了十五年的光阴，一个门槛让两个年轻的生命，生死不能相望。孙振文抱住瘫下去的楝花："你是娘，还是楝花？"

"我不是做梦吧？"孙振文看到楝花的泪模糊了整个世界，看到她的嘴唇闭合。

孙振文左手捧着楝花的脸，右手自上而下地抚摸着她的眉毛、她的脸颊、她的鼻子、她的双唇，然后两手捧着楝花的脸："楝花，我回来了，回来了。回来就再也不走了。我走的时候，娘也是你现在的年纪。我回来的时候，你成了娘那时的年纪，你看你脸上的皱纹，你看你长满头的白头发，你看你眼里的泪水都浑了，你看你瘦得光剩下了骨头，你怎么一下子就老了呢？楝花，你怎么就老了呢？还有，娘呢？"

楝花摇着头，只哭。她回头指了指墙上的黑白照片，孙振文明白了一切。

一次别离，竟是生死。

一次转身，再不相识。

"娘，可怜的娘，原谅你不孝的儿啊。"孙振文跪下，把头磕在地上，磕得很响，磕出血，磕红了十五年的时光。

楝花把孙振文拉起，把他扶到椅子上，坐下。然后抱着他的腰，跪在他的两腿之间，再哭。

孙振文把无罪释放通知书拿出来，给楝花看。楝花摇头，孙振文便念给她听："孙振文同志被定反革命罪一案，查无实据，无罪释放。特此通知。"

一行字，十五年的时光。

一行字，让两代人生死两茫茫。

十五年换回"无罪"两个字，"无罪"两个字能不能再换回十五年？

十五年，他在死亡边缘小心翼翼地走着，今天终于可以挺直了脊梁。

十五年，他想着今天不想明天，现在回到了赵家堂，终于可以笑看太阳升起，静待初月清明。

终于，孙振文可以放心地看着自己头上的晴天，天是蓝的，云是白的，鸟是自由的。他要把自己无罪清白的消息告诉爹，告诉娘，让他们在地下，为他高兴。他拉上楝花，去了自己的家林。

爷爷的坟，爹的坟，娘的坟，二叔的坟。这么多年来，他就这样与各种各样的坟，打着这样那样的交道。还有颜鹤的坟，周误途的坟，王大阔的坟，黑龙啸的坟。大的小的，深的浅的，长草的不长草的。死亡像一个解不开的咒语，在孙振文的脑海中一一闪过。他想起沙鸥的朗诵，"生存或者毁灭，这是个问题。"只是，孙振文不知道，沙鸥的坟成了什么样子，他父亲的坟谁还会去祭扫。他哭瞎了眼的母亲，是不是有机会去德令哈，让白发人哭黑发人，说上几句"阿拉好着呢，侬放心"之类的家常话。

死过了，还要活。哭过了，还要笑。

毕竟，还有楝花，还有孙家木偶。

街坊们来了，坐一会，说着"回来就好"之类的闲话，看看孙振文摆在桌上的"无罪释放通知书"，客气着离开。

听到消息的赵泰山老师来了，他抱着孙振文，老泪纵横。

赵泰山依然清瘦，六十多岁的年纪，看上去不到四十的模样。目光是深而空的，声音似乎是从胸腔发出的，低沉，深厚，如同连着土地的气息。在德令哈的日子里，在母亲和楝花之外，孙振文经常想着饱读诗书的赵老师会怎么样，是不是也像其他人一样，"文革"中受到批斗；是不是不再坚持独身，找一个合适的女人，一起过温暖平淡的日子。当他回来的时候，才知道赵泰山如同他走之前一样，仍然是一个人，吃自己栽的菜，打自己种的粮，神仙般地生活着。

赵老师照旧手里拿着一把紫砂壶，来回摩挲。他告诉孙振文："孙家班去了济南后，家里留下了一群妇女老弱。孙家没有了兴旺时的景象，也没有了心劲。所谓树倒猢狲散，墙倒众人推，破鼓乱人捶，这是多少年的古训，孙家也不例外。马传旗当了书记，对孙家更加不利。大队里又来了一位包村干部，叫彭化一。他牛皮吹得特别大，得了个外号叫彭大吹。他和马传旗狼狈为奸，做尽了坏事。趁你娘赶集的时候，彭化一偷偷跑到你家，想对楝花使坏。你娘走得匆忙，忘记拿钱。回来的时候，正好碰见彭化一把楝花按倒在床上。你娘摸起屋里放着的铁锨，照着他的腰拍了下去，正好拍着他的腰椎。

这家伙罪有应得，腰椎神经被拍断，腰部以下永久性瘫痪。老天爷长眼哪。"赵老师长叹一声，接着说，"从那以后，你娘的麻烦就来了。彭化一和马传旗不敢公开治你娘的罪，怕你娘告彭化一。马传旗就使了阴招，给你娘扣上故意伤害包队干部、进行社会主义破坏的帽子，经常让她和大队里的落后分子一起挨批斗。你娘也是为了好好地看着楝花，守着楝花，忍气吞声。马传旗见你娘好欺负，常常到你家里，替彭大吹要医药费。你娘拿不出，马传旗就吓唬她，说要把你娘关起来，治她的罪，把她也送到青海劳动改造。你娘害怕，成天过得像受惊的马。时间长了，终于熬不住，到彭大吹的家里上吊，吊死在他家的门鼻子上。彭大吹受到了开除党籍的处分。"

"楝花的娘，也就是你姨，从你娘去世以后，一直想让楝花回去和她一起住。楝花不依，说一定要等你回来。你姨没有办法，就从北落星搬到咱们村来，陪了楝花几年。前年得了病，治了一年多没有治好，留下苦命的楝花。这下好了，楝花的苦日子终于熬到头了。"赵老师说着，又去抹眼泪。

楝花一直牵着振文的手，看着赵老师说话，泪流得无声、恣肆。

孙振文压抑着自己的哭声，拳头攥得紧紧，牙咬得咯咯响。

"我也有愧啊，没有照顾好你娘和楝花。"赵老师的嗓子似乎被堵上，"你回来就好，楝花的苦日子也到头了。你以后，有什么打算？"

孙振文抬头看着屋顶，好长时间才低下头，长出一口气："在德令哈，我是千方百计让自己活下去。回到赵家堂，无论如何，我也要让孙家木偶活下去。"

赵老师点点头："需要我帮忙，尽管吱声。"

孙振文点头。

赵泰山刚走，马传旗便闯了进来。

"哟，我听说孙大掌门回来了。"马传旗走路的姿势仍然是一上一下，脚上原来穿过的军皮鞋换成了人造革皮鞋，鞋的后跟，一个厚一个薄。进门的时候，差点被门槛绊倒。

马传旗还是那张驴长脸，脸上的皱纹松松垮垮，像生过孩子的女人肚皮，恐怖，阴诡气十足。两撇山羊胡长得没有道理，四仰八叉，极像电影里张飞胡子的恶搞版。

孙振文从随身带着的包里，拿出一把在德令哈街头买来的蒙古刀，短而锋利。

"怎么，一进家就这样杀气腾腾的？"

楝花的眼里冒出火，躲在孙振文身后，一只手拉着孙振文的衣襟，一只手对着马传旗做出刀抹脖子的动作。

"马传旗，按辈分，我应该长称你。可论起你对我们家做过的那些坏事，你连孙子都不如。"孙振文指着马传旗的鼻子，骂道，"以前对你太客气，把你当成了人，说白了你就是一条狗。你连狗都不如，狗还通点人性，知道忠诚，你身上从头到脚流的都是坏水、脓水，你就是一个恶鬼。"

"骂完了？孙振文，你给我说话老实点。'四人帮'虽然被打倒了，但现在还是共产党的天下，老子还是大队书记。你在青海是不是没待够？要不咱试试，老子还能再把你弄进监狱，你信不信？"

孙振文拔出蒙古刀，刀尖顶在马传旗的脖子上："你这个狗娘养的，把刚才的话再重复一遍，信不信我让你出不了这个门！"

马传旗从牙缝里挤出几个字："不是我欺梁你，你没这个胆儿！"

孙振文把刀尖使出点力气，把马传旗扎得龇牙咧嘴，"振文振文，小心点，大叔跟你玩笑，千万不要闹出人命。"

孙振文把刀子捅进刀鞘，对着马传旗的脸就是一巴掌，然后一脚把马传旗踢倒在地："你这种下三烂，杀你脏了我的手，败坏了我这把杀猪宰狗的刀。你给我滚！"

马传旗并没有滚。他拍了拍身上的土，又一上一下地坐到孙振文家的椅子上。

"有些账我还没有跟你们孙家算清，我是不会滚的。你小子有种。老子上了年纪，打不过你，也不跟你打。我要给你讲道理。你打我这样的老头子，老天爷会打雷劈死你，不信咱走着瞧。你娘畏罪自杀，她欠下彭大吹几万元的医疗费，都是我替她垫的。父债子还，你娘欠的就是你欠的。你小子既然回来了，你就得还上这个账。"马传旗的眼珠子滴溜溜转着，看着孙振文的脸，攥在手里的子弹壳，已经被磨得光滑，有些发白。马传旗把子弹壳的细头朝下，在桌子上一颠一颠，声音乱成一团。

孙振文听见子弹壳在桌上颤个不停，噼里啪啦，一把抓过来，快步走到门口，抬手扔到大街上，"你别他娘的拿一个子弹壳吓唬老百姓。我不吃你这一套。"

马传旗伸出手，要夺回子弹壳的架势，连说着"你，你……"身子一动没动。

"既然说到还账，咱确实得一笔一笔地算算。那个彭大吹的强奸罪，我去法院问问是不是还可以告。你是帮凶，我连你一块告。还有大队里的账目，搞'四清'时你就说不清，多少年过去了你还是拿着明白装糊涂。上级的拨款被你给自家买了电视机，大队的东西都成了你家的。'四人帮'都能扳倒，你一个丧尽天良的大队书记，我就不信没人能治你的罪。你就是一只秋后的蚂蚱，我看你还能蹦跶多久，你还有什么本事能让赵家堂变成黑天！"从德令哈回来，孙振文突然感觉自己变了，变得没有了畏惧。走过了生死，所有事他都愿意淡然处之。德令哈都没让自己死，回到赵家堂，更没有人敢让自己死。自从见到马传旗的第一眼开始，他就暗下决心，不管马传旗是多么可怕的魔鬼，他都要和他斗到底。

更何况，他生命中唯一的爱人、亲人，楝花，就在他跟前，牵着他的手。他要给她安全，给她温暖和希望。

"孙振文，话不能说绝，事儿也不能做绝。想想你们孙家班，以前多威风，在赵家堂，那可是要风得风，要雨有雨。现在呢？老大老二死了多少年了？老三中风，在济南躺在病床上，自命不保。老四，在一个马上就要破产的工厂，吃了上顿没下顿。三十年河东三十年河西，这日头不会光照到你们家的堂屋里。我马传旗这一辈子做不了多少大事，演不了木偶，也进不了省城，但我祖上积了阴德，我活得滋润，活得舒坦。前半辈子没受苦，枪子都长了眼,绕着咱跑。后半辈子又找了一个黄花大姑娘,给爷生下一个小牛犊子。今年已经十岁了,香火旺得很。可十里八乡无人不知、无人不晓的孙家班,连毛主席都接见过的木偶戏,十年八年之后,谁还能演?"马传旗说这话的时候,他并没有想过人有旦夕祸福的老话。他儿子后来遇到的灾祸,他从来就没有预料到。

"滚,你给我马上滚!"孙振文拧住马传旗的胳膊往外拖。

"孙振文,我这张老脸,不是魔鬼,是你的冤家。三十年前,你爹和我斗,他没有斗过我,早早就让你气死了。你坐了监回来还想和我斗,你他娘的更不是个!孙振文,这辈子,只要你还在赵家堂,就得看着我的脸色行事。"马传旗站在门口,说完,一边得意地回头,一边一上一下地离开。走出几步远,他又折回身,对着屋里喊:"对了,公安局今天来人了,让你每个月都到公安局一趟,报到销号。咱赵家堂,就你能,就你的本事大,经常和公安局打交道,很光荣嘛。别一不小心当了公安局长。"

"老子是无罪释放。"孙振文提着通知书,对马传旗喊。

"谁他娘的信啊?!"马传旗撂下几个字,故意用那条木腿在地上跺下一个个的坑,"我一个月来要一次钱,你给老子记住了啊。"

孙振文不自觉地抬头看表,正是下午2点28分04秒。

听到孙振文回来的消息,六指来了。

他是夜晚来的,身后跟着一个十岁大小的男孩。

"东家。"

"什么东家?我是你振文哥。"

"振文哥。"朱六指嘿嘿笑着,上下左右地打量着孙振文,从头看到脚,"嗯,黑了,瘦了,结实了。"

孙振文刚想让六指坐下,六指又猛地砸了孙振文的胳膊一下,"嘿嘿,好,好,回来就好。"

朱六指不知说什么合适,眼里泛起泪花。

"这是俺那小子，叫平贵，成天价像个尾巴，哭着闹着地非要跟着来。"六指把一直躲在身后的男孩拉到身子前边，"快，叫大爷。这是你振文大爷，天下第一的孙家班掌门人。毛主席都看过他演的木偶戏。他还和毛主席一起照过相呢。"

"真的吗？俺不信。你拿出照片让俺亲眼看看俺才信。"小平贵问。

"那些照片都在济南呢，大爷没有带回来。"孙振文摸了摸平贵的头，忽然心生悲凉。他从济南被押走的时候，什么东西都没带。自己用过的东西，还有孙家班的木偶人子，早已经不知道遗落何处。他想，整个剧团不会有人在乎他的东西，就像没有人在意他的被逮捕一样。路过的是风，卷走的是落叶。没有谁为一片叶子伤心。

"家里也没什么值钱的东西，这些花生，是自己地里种的。也想着让你和嫂子快快生，生他个花里胡哨。"六指把背上的包袱放到条几上。

六指的话，孙振文故意装作没有听见。

楝花在厨房做好菜，端到桌上。振文便温了酒，和六指叙旧。

六指说："你被带走之后，木偶皮影剧团基本就完了。木偶戏没人演了，皮影组也跟着不行了。李兴盛还想着能把孙家班用起来，排不成大戏，排些小戏也行。孙家班没人听他的，皮影组的人跟着看热闹。李兴盛成了光杆司令。后来又赶上'文化大革命'，剧团里的几十号人，分成了四五派，今天你斗我，明天我斗你。革委会的公章刻了好几个，后来快成一人一个了，无论谁出门都把公章放在口袋里。振武领着我们几个，横冲直撞，想斗争谁就斗争谁。毕竟年轻，身体是本钱，吃过苦头，也尝过甜头。振武当时就和疯了似的，他说自己受别人挑唆，逼死了自己的老爹，他要报复。到了后来，振武成了济南文化系出名的孙武斗，有人叫他孙悟空，被当成一霸。他把团里的老人，斗了一个遍。孟书记，李团长，都被当成批斗对象，李兴盛也被打得回家后再也不敢出来。这还不算，振武后来成了济南市文艺系统所有造反派的头头，所有的文艺团体，只要看着不顺眼的，都让他领着的一伙人，狠狠批斗，游街开批斗会，想怎么办就怎么办。振武走了二叔同样的路，和刘飞龙不清不浑地搅在一起，成了黑白两道通吃的人物。看似风光，暗地里藏下不少祸根。再到后来，剧团解散，所有人原则上都被遣回原籍。振武领着十几号人，围堵市文化局的办公室，吃住在办公室不回家，要求重新分配工作。市里没办法，顺从了他们的意愿，有的分到了企业，有的分到了文化系统的其他单位。振武要求到电影公司当经理，还没到新单位报到，就被公安局抓了起来。他和刘飞龙一起，策划了一起打砸抢事件，出了人命。判了几年没人知道，最终去了哪里，也一直没有消息。三叔分到了市图书馆，在那儿看大门。四叔分到自行车配件厂，根本不受重用。孙家班因为木偶戏出名，也因为武斗出了名，到哪个单位都不受欢迎。你带去的人，走的走，散的散。才几年啊，孙家班就在济南彻底消失了，想想就心里堵得慌。俺去的时候本来就不是团里的正式人员，回老家是唯一的出路。回来后就托人找了个老婆，一天两顿饭，不饥不饱，不咸不淡，总是有一个落脚地，简单，俺也知足。阴天下雨的时候，心里又空落落的，想玩木偶，想和孙家班一起再唱大戏，咿咿呀呀，躺在床上都想唱，多好。"

振文和六指碰了碰杯，一饮而尽。

"振文哥，你知道俺家这小子为啥叫平贵吗？"六指有点故弄玄虚，问。

孙振文故意装作不解，摇头。

"薛平贵啊。《武家坡》里的薛平贵，你喜欢他的唱，俺也喜欢。俺盼着这小子也能当个薛平贵，出去闯荡世界，骑着高头大马，带一个金枝玉叶回来，置办一份像样的家业。说这话您也别笑话，俺确实是这样想的。演惯了戏，日子也成戏了。嘿嘿。俺还有一个念想，就是想让你和楝花嫂子，也做一回《武家坡》里的薛平贵和王宝钏，你变成青海国的皇帝，也不枉楝花嫂子十几年苦熬。"六指说起儿子的时候，脸上的笑变得开阔，说起孙振文的时候，表情又带着小心。

孙振文苦笑着，摇摇头："六指，你以为我是去博功名啊？我是去劳改。"

"啥叫劳改？"平贵突然问。

"小孩子别乱说，大人说话你插什么嘴？"六指打了平贵一巴掌。那巴掌举得很高，落到头上的动静也是脆脆的，属于只响不疼的那种。

棟花抚着平贵的头，笑着，一直亲他的脸，一会儿左边一会儿右边，看平贵的眼神如天上的月亮，柔得让人心里酥酥的。

"六指，有个事你知道，我还一直想着能演木偶戏。你给我说说，现在的社会，还能演不？"孙振文把小酒盅捏在大拇指、食指和中指之间，转了几个小圈，问。

"当然能演了。孙家班的木偶传了多少年啦，这十里八村的老百姓哪个不记着不想着的？阴天下雨的说起来，都还竖起大拇指，说孙家班的各种好。"六指急急地说。

"县里的剧团还有不？"孙振文问六指。

"俺听人说，早就解散了。也不知道为啥，说没就没了。"六指的情绪一下子低了，接着长叹了一口气。

"花开四季，人分春秋。就连三国里都说，分久必合，合久必分。这演戏的事，从来都是下等的营生。咱戏子们，也只能自生自灭喽。唉，所谓的艺术，已经完喽。"孙振文也是跟着一声长叹。

"振文哥，咱孙家班可不能完。俺爷爷那个时候跟着你爷爷，走南闯北，风里钻雨里爬的，这才有了孙家班这天底下最有名的招牌。到咱这一辈上，说完就完啦？咱死了还有脸去见他们不？"朱六指似乎有些激动，脖子一拧一拧的。

"这话不假，一点也不假。我也答应过爷爷，孙家木偶一定要传下去。可你看看现在的形势，还能让人演不？要钱没钱，要人没人，穷得叮当响。村子里的人还都拿我当一个劳改犯，老老少少的没一个拿正眼瞧我。呵，不是他们到孙家借米借油借钱看病的时候了。"孙振文摇着头，"此一时彼一时，说这些一点用处都没有。你说说，如果孙家班敞开大门收徒，能收到多少徒弟呢？"

"肯定不少。俺第一个报名。原来学的那些技巧、戏文，俺都还记得一清二楚。平贵儿，从现在开始你也是孙家班的学徒。咱再看看能不能把四叔从济南找回来。先凑个七八个人的小戏班子，锣鼓喧天地先开了场，后面的事就好说了。"

"六指……"孙振文的泪水涌了出来，似乎是从心里抽着血出来的，到了眼里成了血丝，也成了疼。他没想到，从青海回来，第一个和他商量发展孙家木偶戏的，竟是朱六指。"寒风瑟瑟周身冷，五内如焚泣无声。欲向三秦说悔恨，荒草凄凄魂不应。"孙振文低声唱过几句唱词，五个手指在桌子上轮流敲着。

朱六指听出，那是《大儒还乡》的唱词。

"俗话说得好，大难不死必有后福。你从大老远的地方回来，一定会带来好运的，大哥不用这样愁。俺理解你，是心急，可心急吃不了热豆腐。三叔家的振兴，四叔家的振国和振家，都不太喜欢木偶戏。倒是振兴的女儿湘儿，在济南上的是艺校，一直想继承孙家木偶的传统。不知她愿意不愿意回来。"六指对孙家两代人的情况，掌握得一清二楚，"可是，孙家班的传统，是传男不传女，传内不传外啊。"

孙振文沉默着。他不知道孙家的子孙，为何会对木偶戏产生如此强烈的抗拒。

"对了振文哥，那个马荻亚回来了。你听说了吗？"

孙振文摇头。

"她疯了。这样的女人，活该。俺听人说，她嫁给了一个五十多岁的军官，就为贪人家的荣华富贵。自从她进了那个家门，就没有人看得起她。那个老头子一死，他的儿女们把马荻亚赶到大街上。是马传旗把她从济南绑回来的，还带回来她十四岁的女儿。"

太多的人和事，似乎一下子全部涌到了振文面前，让他不知如何面对。他长出了一口气，站起身，两只手绞在一起活动了一下，"六指，这些事今天不再说了。这几天我好好想想，理个头绪。你也再琢磨琢磨，有什么好法子，能让孙家木偶传下去。我这辈子还有两件事要做，这便是其中一件。另一件，暂时保密，以后你就会知道。"

孙振文看了一眼楝花，笑笑。

楝花不知所以，指了指他的嘴，意思是让他说话。

六指离开，孙振文把他送出村外。六指和他的平贵到北落星，还要走八里多路。孙振文拉过六指，又抱了一下，算是分别。

幸亏，有月亮做伴。

今天的月亮，圆圆的，洒在地上的光，像水银，泛着清波。

树枝的影子光秃秃的，有风吹过的时候，在地上摇来摆去。没有人知道，是风在动，还是树枝在动。

十几年前走的时候，家家户户还是煤油灯，如今，已都是电灯了。虽然是不明不暗的二三十瓦，总比煤油灯强了不知多少倍。

一天忙碌之后的沉寂，比灯光还懒。楝花只想让孙振文把自己抱得紧紧的。她从里屋拉出一个大大的木桶，在里面倒上多半桶热水，然后从柜子里抓了一把紫色的楝花，撒进水里。

孙振文怔住。他不知道楝花是这样洗澡的。

"我知道你喜欢楝花的香，就把自己天天泡得香香的，等着你回来。"楝花的眼睛和手势，一起说着。

衣服充满羞涩地慢慢滑落，楝花的喘息急促。她转过身，背对着孙振文，胸前两座山峰骄傲地挺立，此起彼伏。转身的那一刻，泪水伴着喜悦和激动喷涌着漫过雪山，一股清凉温柔地划过滚烫的身体。那是一片深幽清澈的丛林，幻象与魔法同在，空气中弥漫着原始的气息，渴望伴着升腾起的轻霜薄雾，在空中翻滚着，纠缠着，呻吟着。

孙振文伸手抓住楝花的胳膊，只一瞬间，手便伸向楝花的胸前，炽热的温度几乎要把木桶烤焦。他无法按捺，有些粗鲁地抱起楝花，赤脚走进里屋。

时光在肌肤上烙下生命的伤。这些伤，只有爱可以治愈。熟悉的而又陌生的。一切感觉敏锐到如同一触即断的神经。眼，唇，脖颈，高高的山峦，阔远的蓝天，无边的草原。十五年的渴望早已经流成巴音河里的水，从无边大漠到汶水岸边,从奇峰山巅直到柔软的心田。爱就是大海的波涛啊,时而汹涌,时而静谧,每一股浪花都是无数个和音的缠绵。还有透过窗棂洒进来的月光,犹如蓝色的夜精灵,跳跃着,嬉戏着,追逐着。孙振文火热的唇亲吻着楝花,不落下每一个毛孔。这是一片盛开的土地,温厚地成长,一年四季不变的渴望,盼雨润春芽,揽夏夜长风,说秋语呢喃,与冬雪赋闲。他要沉浸于这片土地,让自己的骨血播种,发芽,长成森林,长成高山。

孙振文跪在床上,用手捂住脸,无力地哭。

楝花不知所以。她起身,抱住孙振文,一只手装作无意地探向孙振文的两腿之间,手被刺了一下,快速缩了回来。

楝花扳过孙振文的肩膀,让他躺下,起身趴在孙振文炙热的胸膛上。她知道自己的爱是滋润生命的雨露,能让孙振文的生命回归,激情飞扬。暗夜里,她的目光散发着潮湿的气息,温柔地凝视这张被渴望和失望交织着的脸。时光沧桑,像心上的皱纹。她的心很疼,这种疼不断地蔓延,扩散。楝花放下女人所有的矜持,俯向孙振文,一股柔软温暖地掠过孙振文的额头、眼睛、鼻子、耳朵、脖颈……她湿滑的舌尖在孙振文的身体上四处游走,仿佛流浪多年的孩子终于回归家园,依恋和贪婪交织成吞下孙振文的强烈渴望。她要停下来,她强迫自己必须停下来,她要把渴望撕成房顶冒出的烟,让它慢慢地飘,慢慢地升高,像人子的衣袖。她要让这慢慢飘着的烟,流出鲜血,流出岁月积淀的花香。她起身从床头的柜子里,抓出一把楝花,放在枕头旁边,香气愈来愈浓,像陈年的酒,像经年的歌,让孙振文的心慢慢沉醉。楝花清楚地感受到孙振文的复活,一寸一寸的土地慢慢苏醒,发芽,疯长,茁壮。她感觉到令人窒息的坚挺。孙振文像山一样压了下来,带着撕碎这个世界的力量,山河沸腾,云雾翻滚,河流在山巅流成瀑布。这世间的美啊,像天上的白云在飘,像河上的绿叶在流,像阳光下的树影变幻,像冬日火炉里跳跃的火苗在舞蹈。她紧紧抓住孙振文的臂膀,让身体像蛇一样地缠绕着、吸附着,她想钻进孙振文的身体里去,想去他的心里,去他的肠胃里,去他的毛孔间跳舞,直到死亡。飘上天吧,绽放成人世间最妖艳的花,沉入大海,像两条赤裸裸罪恶的鱼。楝花感觉到孙振文十五年蓄积的力量最后终于崩塌，也将自己烧成一团灰烬，像雪一样渐渐融化……

许久，两个人绕成一体，仿佛从未分离。

"楝花，我欠你的，会用以后的日子还你。你要给我生个儿子，孙家木偶一定要传下去。"孙振文捧着楝花的脸，声音颤抖。

楝花看懂了孙振文在说什么，她使劲地点着头，"如果我生不出，你就别要我了。再找一个年轻的。"

"傻楝花，我怎么会？你是我今生唯一的爱人，福是你，痛是你，我都认了。你就是我的命，世上哪有不要命的人？"孙振文喃喃着，说。

"不，再过几年，如果我真不能生，你就再找一个。你找了，生下孩子我给你看着，像养自己的孩子一样。你不找，我就死。"楝花的坚决让孙振文惊愕。

"那好，你给我生。我只让你生。你说过要给我生九个男孩，我们一起唱大戏。你还要做我们的女王呢。"

十五年，就在一个瞬间融化，融化成泪水，融化成一地散落的月光。

空气里弥漫着楝花的体香。孙振文觉得，就连自己睡觉的姿势，也有了香甜的味道。

"我要为你排一出戏。"孙振文把楝花的手指，轻轻地放到自己的嘴唇上。

手指上也有四月楝花的香。

"我也要演。"楝花说。

"肯定。"

"你想排什么戏？"

"《洛神赋》。"

楝花听不懂，起身看孙振文的嘴。孙振文笑了，他夸张地把嘴唇张得更大，"洛——神——赋，是献给楝花的爱情木偶戏。"

楝花趴在孙振文的肩头，笑着，笑声咯咯，打破夜的宁静。

幸福流了一地，如天堂里的祥云。

"对了，我忘了告诉你，我的手表在德令哈丢了——不，是让贼给偷了。"孙振文突然对楝花说，心里绞疼。

"没事，咱再去买一块，买一模一样的。"楝花比画着，拇指和食指围成一个圈。

"买不回来了。"孙振文的眼里，是21号监舍的蜘蛛网，挂在夜空。

还有两只鸟，像他们结婚时的那两只一样，站在窗外，悄然无声。

一只小小的人子，是天仙配里的仙女，舞着，跳进梦里。

2

　　大汶河里的水开始泛起春的绿。那些波纹，如同藏着心事的新娘，在清晨阳光的抚摸之下，含着羞涩的表情。孙振文看着缓缓流过的水，这水声，就是在德令哈的时候，梦里流过的模样，绵软，如扬琴的弦，也像楝花的香。这是他渴望了十五年的声音啊，如此真切，真切到可以与身上的毛孔互动。还有眼前的这一片石头，虽然如此散乱，却一直镌刻着时代的光荣。元代的祖先们，为了引汶济运工程，为了三分朝天子七分下江南、如诗如画的兴国梦，怎样的肩挑背驮，从最近也是上百里的山上，把一块块奇形怪状的石头运抵河中。那些刻有铭文的汉代画像石，虽然字迹已经模糊，却记录着一个墓主人的生命轨迹，以及寄望于子孙的美好愿景。这些石头，像是历史的肌肤，贯穿时空隧道，从古蹒跚至今，写满祖先身上的体温，和他们不朽的骨头散发出的坚硬。在去德令哈之前，孙振文就曾感慨于这些石头的厚重，无言，以及经过风雨剥蚀之后的沧桑不改。而今，自己也似乎成了其中的某一块石头，带着戈壁滩的粗粝，还有草原气息的荣枯，和阔远天空的静默。孙振文蹲下身子，在十五年前同样的位置，找到了同一块石头。他把石头小心地捡起来，托在手心，凉凉的，用另一只手抚掉沉淀的流沙。时光改变了太多的人心世事，却无法改变一块倔强的石头。比如手中的这块，颜色、纹理、凹凸的程度，还是十五年前的模样。那个他百思不解的鸟首兽身符号，仍然像是一个千古之谜，玄妙，神秘，在粗细扭转之间，不知掌管着谁家的悲欢，左右着哪个人的命运。时间像一个失败的风车，无法改变石头的本性。孙振文忽然感伤起来，他发现自己抵不过脚下的任何一块石头，没有石头的坚韧，也没有石头的包容，已经承担不起太多的风雨。他深切地感受到，自己的骨头老了，皮肤皱了，头上已经长不出黑发，真正像一个撞了霉运的破落人子。孙振文对这个自喻笑了起来，觉得如此恰当、贴切。孙振文自言自语，然后哼着："我就是一个小小的落魄的人子，唱着别人的戏文，摆起别人的架势，过着自己的日子。不论悲喜，冷暖自知。"

孙振文把那块石头放回原地，依照原来的痕迹，如同没有挪动过一样。从河堤上慢慢往回走，正遇到老师赵泰山来找他："振文，青海那地方，阴湿，待时间久了，身上的湿气会重，需要调理一下。老师给你配了三样东西，阴阳藿、何首乌和枸杞子，都是房前屋后能找得到的材料。你坚持喝上一段时间。"

"谢谢老师，这是治湿气的？"孙振文接过老师递过的药包，多问了一句。

"算是吧。老师今天主要是想跟你说个正事。我打听了一下，现在的文化局局长是我的一个学生，家是樊营的。要不咱去问问，县里没有剧团，能不能成立一个木偶剧团。"

"要是能成忒好喽。不过这事，我看悬。"孙振文问。他想起老县委书记劝爷爷进城的事，恍惚几十年，如梦散去。

"什么事不都是争取的吗？走，咱去试试。办不成事就等于找他喝二两，咱也不费什么。"

孙振文和赵泰山坐上公共汽车，进了县城。

文化局在新盖的政府楼上，局长姓李，正好在。

赵泰山说明来意。李局长一边让座，一边用白瓷杯子倒上两杯茶。茶杯递给赵老师的时候，李局长是用两手端着，慢慢放下去的。递给孙振文的水杯，他是用四根手指捏住了杯子的上沿，吊着蹲在孙振文眼前的沙发背上。孙振文看见李局长翘着的小手指，伸在杯子外面，抖了两抖，像极了变色龙的尾巴。

赵老师说完，让孙振文补充。孙振文摇了摇头，眼睛一直盯着李局长，看他的眼神和表情。他在想李局长的眼，像是戏里的谁。

李局长站起来，又给两人添水。李局长把身子紧靠在椅子上："赵老师，你是我最尊敬的老师。我还记得小时候你用教杆敲我的头，总是提起来很高，落下去很轻。那根教杆被你磨得光溜溜，是柳条做的，上面有一个个的小坑，像我们生理老师的麻子脸。当时,我们私下称呼生理老师叫生理麻子。我还清楚地记得他说过的话,你们这些小孩子的初恋,就像是小母鸡费力生下的没有硬壳的蛋,看着光鲜漂亮,一戳就破。这话真是经典。小时候的事情,就像雪地里埋着的童话,天晴了,什么都记起来了。现在想想,即使挨敲,也是很值得庆幸的事。遇上您这样的老师,是福气,一辈子的福气。刚才老师说的那事,确实办不了。学生给您说句实话,现在全国的文化形势,已经是多少年来最贫乏的时候了。县里唯一的剧团解散,老百姓有多少人骂娘啊?那些演员也不愿意,给县里提了不少意见,人大代表政协委员的,也没少呼吁。但这是上边的大政策,不允许再保留,没办法的事儿。旁边的县市区,兖州知道吧,演员不想散,有上吊自杀的,怪惨的。孙家木偶我老早就知道,当年合并到济南也是件很风光的事儿。从一个草台班子到地市级的正规院团,多少人羡慕啊。后来的解散,也确实可惜。振文的情况我也听别人说过,特殊的历史时期,特殊的人和事,都不好评判。不过我相信历史,会还所有的真相一个公道。'四人帮'不都倒台了吗?冤假错案都在慢慢清理,慢慢恢复。我也祝贺振文从青海回来。至于县里再成立木偶剧团,这种可能性几乎为零。这种事,不是一个局能办得了的。如果能办,县里的剧团就不会撤了。"

赵泰山的右手一直搓着左手背,从手腕到指尖,一下,又一下:"你看,这事,给你出难题了。"

孙振文突然站起,两腿快速地并拢,两手放在两腿的外侧,身子微微向前弓着。他刚想说话,就被李局长打断:"有话坐下说,坐下说,别弄得和……"李局长的话含混下去。

说者无心,听者却有意。孙振文的脸一下子红了。

"局长,以前有个县委书记,大胡子,姓郑,到过我们家。"孙振文坐在椅子上,两只手不知放在哪里好了。

"那都是老皇历了。郑书记去世已经有几十年了吧。他人还不错,我听说过他。"

"他挺重视文化的。一个县委书记，不容易。现在的书记是谁啊？"孙振文问这个问题的时候，仰着脸。

"怎么，你还想去找他？文化这玩意儿，在领导眼里，就是个毛！需要往脸上贴金的时候，弄上点发胶，疤瘌眼子也让它放光彩。不需要的时候，像多余的头发那样，恨不得拿剃头刀子连根拔掉，落得个头皮锃亮，头发还可以送到酱油厂做原料，提取个氨基酸色素啥的。从头发到酱油你看着不搭界的事，就是文化从生到死的模样。所以啊，我劝你，也别费那个劲。"李局长摇着头，然后看着赵泰山说，"帮不上老师的忙，我心里也很不是滋味，理解吧。不过，国家不办文化了，老百姓咱可以自己办啊。孙家班传了上百年，不都是自己办的吗？"

"那个时候日子苦，没办法，日子逼的。那叫卖艺。卖艺就是为了填饱肚子，有口饭吃。"赵泰山端起茶杯，嘘了一口。放杯子的动作轻轻的，唯恐惊了谁的样子。

"你看你看，老师这就是你落后了吧？现在全国都在搞'实践是检验真理的唯一标准'大讨论，讨论的目的就是解放思想，实事求是。那时卖艺糊口不错，现在能吃上饭了，丰富群众的文化生活，也是挺好的事嘛。"李局长笑着说。

赵老师摇着头，摸了摸自己的嘴巴："人老啦，什么事都跟不上形势了。不过我琢磨着，说书唱戏这事如果没了，老百姓成天干啥呢？看什么、听什么呢？"

"呵呵，老师还是一样的忧国忧民。这事咱管不了，也别管了。"李局长几个手指轮番敲着桌子，中指突然停住。李局长一定是在桌上按住了一个虱子，孙振文想。他不知自己为何想起了虱子，想起了沙鸥养在瓶子里的虱子。他听见李局长继续说，"这样吧，赵老师，让振文成立一个演出队伍，我给他批个证，让他到全县搞商业巡演。"

赵老师问振文："这事可以办不？"

孙振文低着头，笑笑。那些虱子在苟流的被子里活了多久？

李局长继续说:"批证的事我可以办,演出的事需要振文去联系。我倒是更担心老孙家班的人,是不是还能聚起来。我倒有个建议,如果老演员人手不够,振文可以多培训点演员。说不定哪天国家政策一变,又让成立剧团了呢。"

"但愿吧。只要你给批了证,演员的事就让振文多想想办法。真不行回去给大队里说说,让他们在喇叭上喊喊,看有没有愿意学木偶戏的。一个村不行两个村,两个村不行就整个公社,我就不信凑不起一个演出班子。这事包在老师身上。"赵泰山大包大揽。

"那就先谢谢老师了。"李局长似乎替孙振文说了话。

"嘭嘭——嘭嘭——"节奏像轻盈的鼓点,是恰到好处的声音大小。孙振文想起马传旗的那条假腿,一条平路都让他走得像跛脚的鸭,"咚呗咚呗咚咚呗——"一名文化局办公室的工作人员,满头的黑发伸进来,"局长,电力局关局长又来电话催了,让你十分钟之内赶到,晚了就不给赞助了。他还说,要饭吃还装什么老爷。"

"他娘的,再要饭也当不了孙子。这事关咱文化的骨气。"李局长说话的声音虽然有骨气,身子却快速地站起来,收拾公文包,准备出门。猛然间一个响声,要把几个人都震起来的样子。"谁的通风口有问题?"李局长意识到是自己走神了,脸上现出尴尬,岔开注意力,说,"真他娘的不是时候,呵呵,响屁不臭,臭屁不响。现在的人啊,都把文化当成路边店的婊子,呼来唤去的,真是狗眼看人低。振文,以后演出方面如果有什么困难,直接来找我。孙家班还是县里的传统文化品牌,要坚持下去。"

孙振文点点头。

"赵老师,咱去剧院看看吧。"下了楼,孙振文说。

"行啊,我也有几个老朋友在那儿。正好叙叙旧。"

从政府大院到剧院的路,要经过三个路口,转三个弯。孙振文突然想起赵老师曾经说过的宁阳城:"老师,我还记得你给我们上课时说过,宁阳城太大了,91条路,71条街,552盏灯,当时惊得同学们嘴巴都合不上。"

"哈哈，就是一条路，其实一条街，无百无十两盏灯。一个玩笑嘛。那是旧时的宁阳，现在不一样啦。变化可真大，都快找不到原先的路了。"赵泰山的个子不高，走路却特快。他走在前面，孙振文几乎跟不上他的步伐。

解散了剧团的宁阳剧院，像一位失语的老人，孤独而沉默。掉了漆的大门，透出岁月的无情剥蚀，斑驳，破败。曾经是全城几万人义务劳动，肩挑背扛，用血汗一砖一瓦垒砌的县城标志，如今只留下一片冷清，成了一座过时的文化遗留，就像清代那些只会捻着苍白胡须摇头晃脑的文化遗老。文化就是一块拿在手里的鸡肋，食之无味，弃之可惜。"毛，李局长说文化就是个是毛。啥毛呢？呵呵。"孙振文这样想。

剧院只有几位留守人员，过着一张报纸一杯茶的清闲生活。

孙振文曾经熟悉的几位演员，都已经分流到县里的其他单位。看门人掰着手指头算："唱青衣的赵羽飞，分到县纸厂。纸厂破产了，他也得了癌症，没钱治，跳到西沙河里，淹死了。唱花旦的杨小龙，前几年闯了深圳，先是挣了几个钱，花天酒地的，带着一身病回来，在木器厂家属院看大门。唱花脸的庄大山，没事可干，成天在街上下下棋、打打牌，他老婆是当教师的，两个人成天因为钱的事吵架，庄大山脸上的血道子一茬接着一茬。人家不管那个，老婆的钱照样花，不给就打。演武生的任海，在一个武校当老师，一个月二百块钱，算是混得最好的。其他那些跑龙套的，没有一个成器，能吃上饭就不错了。"赵老师随后问起他的几个老朋友，看门人说有的已经死了，有的不知去向。赵泰山和孙振文连头也没回，走着去车站坐上车，赵泰山坐在车的前面，孙振文坐到最后一排。两张脸上都写着失望。

楝花做了菜，留下赵老师吃饭。

"振文哪，还记得你上学的时候我教你的那篇课文吧，'天将降大任于斯人也，必先苦其心志，劳其筋骨，饿其体肤，空乏其身，行拂乱其所为，所以动心忍性'。动心忍性这个词，是我最喜欢的。你是经历过大灾大难的人，这点小小的挫折击不垮你。只要你还有传承木偶戏的意志，孙家木偶就倒不下。刚才我说的在大喇叭上喊喊，这个办法可行。其他村里咱也打听着点，紧七慢八十富余,不就十来个人嘛。"赵泰山端起一杯酒,轻轻碰了碰孙振文的酒杯。

孙振文点点头,仰头把酒干掉:"我知道,我会想尽一切办法。"

"对了,你去学校搞一个木偶表演怎么样?我劝劝学校领导,把木偶戏当成课外活动的选修课,兴许还能招不少人。对那些有天分的孩子,你再去给他们家里做做工作,让他们有空就练练,没空咱也不耽误人家的学习。说不定还真有人命里该着就是吃这碗饭的。"

"这个主意挺好,可以试试。"孙振文脸上有了一丝笑意,"来,楝花,我们一起敬赵老师一杯酒。"

"振文,你发现没有,从你回来以后,楝花才真正到了她的花期。就像戏里的人子,活成真人啦。"赵老师夸奖道。

楝花莞尔一笑,斟满了一杯酒,端到赵老师面前,算是谢过。

"说完他戴好护胸,攥紧长矛,飞马上前,冲向前面的第一个风车。长矛刺中了风车翼,可疾风吹动风车翼,把长矛折断成几截,把马和骑士重重地摔倒在田野上。桑丘催驴飞奔而来救护他,只见堂吉诃德已动弹不得。是马把他摔成了这个样子。"孙振文突然就想起了一段话。

一位不速之客,让孙振文觉得惊愕。

三晃荡依然是三晃荡。标志性的胡子和脸,仍然各是各的,没有丝毫混淆,满脸头发,满头是脸。而他走路的姿势,开始左摆右晃起来,幅度再大一点,就成横着走了。

"振文兄弟,还记得我不?"三晃荡人还没进屋,声音已经闯到八仙桌子前,在桌沿上打了一个转,落到地上,噗的一声响,"我可是不请自到,好茶端上来吧。"

楝花不认识三晃荡,一脸的疑惑。孙振文向楝花介绍着三晃荡的来历,说着脸上长头发的就是他。楝花一边听一边笑,然后去烧水。

"三哥,啥时候回来的?"孙振文迎上前,问。

"刚回来没几天。我和你不一样,你是无罪释放,我是刑满释放。"三晃荡不等孙振文让座,便一屁股坐在八仙桌东边的椅子上,"不过,话又说回来,其实都是一个屌述,他奶奶的,都是坐过监的。"

三晃荡的话让孙振文心里咯噔一下,脸上有些不快,被三晃荡看个正着。

"兄弟不高兴了?这有啥不高兴的?无所谓嘛。这都是社会主义给咱的光荣,怕啥?要不是饿得慌,谁去偷那几个破窝窝头?现在给我馒头我都不希吃。"

三晃荡对强奸的事只字不提,只说偷窝窝头的事。

"也是。"孙振文附和着。

"我听街坊邻居们说啦,弟妹是个好女人,村里人都竖起大拇指夸奖她,一顶一的好。俺刚才也看见了,长得还真和仙女一样。"三晃荡正巧看见楝花掀开门帘出来,便一下子抡起大拇指,"你看你看,只有电影里的七仙女才这样走路。他奶奶的,我还真开了眼啦。你看你看,这一夸她还害羞啦,哈哈。"

孙振文有些不知如何回答,只好嘿嘿笑着,有一搭无一搭地问:"三哥回来有什么打算?"

"能有什么打算?简简单单,过日子呗。"三晃荡的眼睛跟着楝花的手转,看着她倒上茶,给他端过来。

"来,喝茶。"孙振文端起茶杯敲了敲桌子。

"兄弟,别光喝茶,让弟妹弄几个好菜,咱兄弟俩喝两盅。让俺解解馋,咱也叨叨几句掏心窝子的话。"三晃荡的声音突然变了,"他奶奶的,村里的人都他娘的狗眼看人低,眼皮底下都藏着把刀子,能剜出人的心来。不管咱怎么装扮,都写着标签似的让他们说三道四,老子心烦这些烂事儿。心里难受啊,没法给旁人说。今天找你就是想和兄弟交交心,喝他个小辫朝天,蒙上头睡他个天昏地暗,管他姥姥跟谁去。"

"好,那就喝点。"孙振文让楝花去做菜。

三晃荡酒量并不好,几酒杯下肚,头上、脸上便像憋急眼的公鸡。

"兄弟，三哥我佩服孙家班的为人，热心肠，知道穷人的不容易。大叔在世的时候，里里外外都帮着我，还说要给俺介绍对象哪。"三晃荡脸上现出陶醉的神情，"也就是咱这张脸长得不争气，怪不得别人。"

"哪有，你这脸不是挺好吗？"孙振文不太喜欢喝酒。小时候爷爷从来不让他喝，更不让他抽烟，怕弄坏了嗓子。

三晃荡便有些自斟自饮的味道，不一会儿舌头便不打弯了。

"兄弟，村里人不知道我强奸了谁，我今天告诉你。我不但要告诉你，还要告诉全村的人，她就是荞花的娘。这个老娘们儿，开始是她勾引我，让我给她偷吃的，说只要给她偷十个窝窝头，她就和我好。等我真把窝窝头给她了，她反咬我一口。这样的女人，我一定要好好收拾她。天地良心，我真没把她办了。那娘们儿的裤腰带系的都是死扣，解不开，我用牙咬都咬不开。"三晃荡的话开始没有分寸，他低声告诉孙振文，"兄弟，我的家伙什儿，差点没让她抓断，疼死我啦。这个臭娘们儿。"

孙振文让楝花去里屋，他自己陪着三晃荡喝酒说话。

"你刚才问我有什么打算，告诉你，我现在算看清楚村里这些人了，都是软的欺硬的怕。他们表面上巴结你，心里看不起你，背后骂咱是劳改犯，骨子里是真的怕咱们。光脚的不怕穿鞋的，咱还有什么可怕的？我想明白了，这辈子，劳改犯的名声改不了。这事真他奶奶的算不上什么事儿，这是咱老少通吃的老本儿。别人谁有？"三晃荡拍着胸脯，一个酒嗝上来，"大不了再进去，让政府给咱养老送终。"

"那是那是。"孙振文应和道。

"兄弟，我给你透个实底，我已经让人去荞花家提亲了。你知道我想娶哪个？"三晃荡满脸得意地挤眉弄眼，问。又是一个酒嗝上来。

孙振文的眼前晃过荞花爹的脸。村里人都说他是嘴用铁闸锁着的货，遭雷劈也惊不出一个字来。前段时间他刚刚去世。

"谁？"

"荞花！你不信吧？我让媒人去她家，扔下了三百块钱，算是聘礼。我也给她家放下了狠话，如果不同意荞花嫁给我，我就杀了她娘俩儿。"

"她家答应了？"

"敢不答应！他奶奶的，这叫报应。那个骚货要是不糊弄我，不把我弄进监狱，我还能办这事？我三晃荡也是一条汉子，顶天立地，说不定早就成家立业，孩子都能下地干活啦。可现在呢？光棍一条。这还不都是那个老娘们儿的事儿？前几天连生请我喝酒，一直问我，到底办没办成。我就说了，办没办成重要吗？我坐过监才是天大的冤屈。连生这个小子，还是老样子，总喜欢刨根问底。这么傻的问题，他一遍遍地问，也不嫌烦。我给你说，她闺女我是真办了。荞花那妮，你就别提多俊了，又嫩，一掐一股水。他奶奶的，出来那天我就把她办了。那个老骚货就在院子里干站着，屁都不敢放。二十年没见过女人长啥样子，谁还管它二八一毛八？一个男人一辈子最好的二十年说没就没了，做梦一样。你说，还有什么可怕的？再进去一次又怕啥？咱知道里面的道道儿。再说了，三百块钱不是小钱。老骚货肯定一辈子都没见过这么多的钱。"三晃荡的话重复来重复去，明显喝多了。

"荞花要比你小二十多岁吧？"孙振文问。

"小了嫩啊。"三晃荡的眼眯起，一副陶醉的模样，"嘻，没二十岁，也就十八岁。我逮之后的第二年她出生的。兄弟，我告诉你，办了荞花，我才知道什么叫嫩，什么叫一掐一股水。"

"她同意？"

"她娘都同意了，她能不同意？生米做成熟饭，掖腰里再说。她要是敢说一个不字，我就一斧子劈了她！"三晃荡端起一杯酒，猛仰脖子灌下去，"再说了，我还能让她吃亏？实话跟你说，我在监狱里学会了汽车摩托车维修的手艺，随便找个地方摆个小摊，绝对能让她吃香的喝辣的。就是有点便宜那个老骚货，把我弄进监狱，到最后还得让我养着。"

"她是你丈母娘，养着还不应该？"孙振文开着玩笑。

"我吃亏大了。前几天一个狱友来看我，你知道他怎么劝我？大不了把她一块办喽。哈哈，这事咱兄弟们还有个分寸，下不了手。"三晃荡说着话，眼神瞟向楝花，转了一屋，没发现人影。

"三哥这话说厉巴了。"孙振文摇着头，说。

"兄弟，今天来找你，是想借你三千块钱。我要开间门头，搞三车维修，汽车摩托车自行车，全修。你别说你没钱啊，我知道你的补偿款有好几万。我也不白用你的，利息你愿意怎么算都行，三年之内我还清。还不清你怎么办我都没意见，谁要说个不字，谁是孙子。"

孙振文沉默。他真的对三晃荡是什么人心里没底。他听到楝花从压水机里提水的声音，压水的铁杆吱嘎吱嘎响，然后提着桶，给每棵树浇水。浇水的节奏是缓慢的，声音有些叮咚作响的清澈。

已是春分节气，离楝树开花没有多长时间了。

"兄弟，如果你觉得我不靠谱，我可以找个保人。"

"找谁？"

"马传旗。"

"只要不是马传旗，谁都行。"

"那我就找荞花。如果到时还不上，这个女人就是你的。给你当牛做马，给你擦屎端尿，我屁都不放一个。"

"别人你借不到？"孙振文仍然犹豫。

"别人？我刚才就说了，村里的老老少少都是狗眼看人低。他们不知道我三晃荡是一言九鼎的汉子。振文，我来求你，一个是我一直敬重孙家班的为人，别人有难的时候总是帮这帮那，还不求回报，老一辈少一辈的都是这样，这话我刚才就说过。这样的德行总不能在你这里卡壳吧？再就是大叔在世的时候，一直对我很好，我念旧情。拨拉拨拉整个赵家堂，我只能向你借。我们是一路人，其他人都不是人，是狗屁。我们是同一年生的，我生月比你大那么一点。小时候我们一起过家家，比谁娶的媳妇漂亮，一个说喜欢长长的瓜子脸，可以当瓜子嗑，一个说喜欢圆圆的烧饼脸，好看又打饿。我们还玩过老鼠钻象鼻，你还记得不？你全赢，我全输。你觉得我真的那么笨吗？我那是看着你小，当哥的让着你。你再想想，那个时候，我什么事不都是让着你？我们那年出生的人，都苦。一个比一个苦。"三晃荡声音低了许多，眼里竟挤出了泪花。他用两个手指来回揉揉眼，抬起头，再次打了酒嗝，"再说了，我走到这一步，也与你有关。"

"与我有关？"孙振文不解。

"二十年前，因为看了你演的二姑娘，我才控制不住自己，去调戏那个老骚货。那天晚上，我还梦见你和荞花光着身子，没命地咋呼，馋我，在梦里我就想杀了你。第二天，便出事了。"

"荞花那时还没出生呢。"孙振文说。

"是没出生，可那个女人，明明就是荞花现在的脸盘。二十年前你就在梦里睡了我老婆，你说这事怪不怪？"

孙振文语塞，背上这样的黑锅，他想不出能够拒绝三晃荡的理由。

"上天给的，你躲不开。" 这是谁说过的话？爷爷说过的，就像是昨天刚刚说过，还有唾沫的温度，散发着旱烟袋的味道。那味道绕在发了锈的烟锅上，被时间冲得很淡，淡得像旧时人的目光。

三晃荡醉了，趴在桌子上睡着。孙振文呆呆地坐在那儿，不知如何是好。

楝花把楝树上的鸟窝全部捅了下来。看到傍晚归巢的鸟，飞上飞下围着她吱呀呀乱飞，楝花吓得躲到屋门后面，两条胳膊紧紧地抱在一起，眼里现出惊恐。她发现那些鸟聚集起来，开始往屋里飞，她便把屋门关上，然后便有不要命的鸟撞到门板上，鸟的血滴落在地上。楝花吓坏了，赶忙拿出家里的几只纸箱，敞开口侧放，铺上厚厚的棉花，做着"来啊来啊"的手势，让这些鸟到里面过夜。那些鸟根本不懂她的心思，依然围着她四处乱飞。楝花抓了一把麦粒，放在箱子外面，鸟儿们似乎看到陷阱一般，尖尖的嘴唇再也合不上。

"小鸟骂人呢。"孙振文开着玩笑。

楝花二话没说，上来就对着孙振文的胸脯一阵乱捶，然后藏进孙振文的怀里，放声大哭。

第二天一早，楝花从墙角拿出一把梯子，让孙振文给她扶着，爬上楝子树。她把从地上捡起来的满袋子树枝，找到那些坚固的树杈，一根根地搭成鸟窝的形状。第一个还算顺利，第二个还没搭好，手一滑，便从树上掉了下来。孙振文一边哎哎地喊着，一边伸胳膊去接，结果是顾得了人顾不得梯子，人没抱住，把自己也一起摺在地上。

楝花摔得哇哇大叫。孙振文没有起身，一骨碌翻过身子，就左按右按，问楝花哪儿疼，让她站起身走走试试。楝花根本不理这一套，赖在地上，像一个受了委屈的孩子，两只胳膊上下挥舞着大哭。

楝花在床上躺了一个星期，让孙振文吃喝拉撒地伺候着，抱怨他不该让她爬树。孙振文说："你是那些鸟的娘，就该上。"

"我就是想当娘，咋啦？你不是那些鸟的爹？"手指未落下，楝花的泪又掉下来。

等到楝花下床，她看到那些鸟窝一个个地恢复了原来的模样，咧着嘴笑了。还有两只小鸟，竟然飞到她的眼前，旋转着跳起了舞。

家里养了九只鸡，一只公鸡，八只母鸡。母鸡里有一只抱了窝，领着抱出来的十只小鸡，天天在楝树林里耀武扬威，扒着树根找虫子吃。还有五只一天一个蛋，让楝花和孙振文他俩一天一个地吃，剩下的还能换些油盐酱醋。还有三只，喂得再好，鸡屁股就是裹得死死的。楝花对这三只鸡，不是踢就是拿着扫帚赶，没一点好气。

几个月过去，楝花终于忍无可忍。

一天早上，楝花打开鸡窝，把不下蛋的三只鸡全部用绳子绑住腿，然后提着其中一只鸡的头，一刀剁了下去。鸡头拿在手里，鸡身子仍然坚强地站了起来，跳出去三五步，倒下，扑棱着翅膀。鸡血汩汩地往外淌，甩到楝花的衣服上、脸上，楝花吓得闭上眼啊啊大叫。孙振文听见动静，趿拉上鞋就往外跑。看到楝花满脸血滴的模样，孙振文又急又气。

"这鸡又咋惹你了？"孙振文大吼。

楝花满脸的惊恐。她跺着脚，把刀使劲地扔到地上，把另外两只被捆住的鸡，一脚踢出去老远，反身进屋，往脸盆里倒水洗脸。

楝花和孙振文好长时间不说话，互不理睬。

雨后的初晨透着薄薄的凉。一大早起来，楝花抬头看着楝树，似有所思。楝花早已过了盛开期，稀稀落落的淡紫色被暗绿的叶片遮掩着，落寞而寡淡。偶有三五串的花束仍然开得浓烈，但那花香却是淡淡的，隐在树枝的深处，从斑驳的树影中有意无意地飘出来，忽远忽近。随风流动的花香和雨后潮湿的空气融在一起，那香便成了湿的，像豆蔻少女在溪水边弄湿的薄纱。湿气把那些香气凝在一起，在林子中踱来踱去，忽上忽下，忽高忽低，像女人不可捉摸的心思，又像冬日里无法捕捉的雪影。这花，这人，其实都有着相同的宿命，合着时间进退，也随着悲喜开合。人向往花的美丽，总在月下窗前，生出种种关于浪漫与美的渴望，如同爱的缱绻，也像梦飘荡在月光下的婉约一般。但人并不懂花的黯然无奈，花瓣凋落的瞬间，心疼的不止是人，还有花。这样想着的时候，楝花低下头，眼里无端地含了泪。她看见林子里的地上到处散着被雨打落的花瓣，细细的，像针，又像瘦瘦的月牙。就连上面残留着的颜色，也是瘦瘦的，瘦得让心不知往哪儿搁。楝花蹲下身子，慢慢地拣起被雨打湿的花瓣，感觉她的柔软一下一下地扎进心里，凉凉地疼。想起几天前还站在楝子树下，她透过月光看这些花，似乎在听着孙振文的情话。今天再看这些花，竟似隔了几世的光阴。

"我最后一遍告诉你，我必须和你离婚。我生不了孩子，别说九个，一个也生不了。我做不了你的女王，只配做你的丫鬟。你再找一个年轻的，为你生孩子。"楝花的脸离孙振文的脸不到十公分，双眼直直地瞪着孙振文，她不允许他看别的地方一眼。她的手指头几乎就在他的眼皮底下，划来划去。

"绝对不可能！离了婚，我就违背了自己的所有誓言，对你的，对娘和姨的，对自己的。活过这几十年做过的所有事情，就成了一阵风，没有了任何意义。"孙振文回答。

"誓言顶什么用？誓言就是两片嘴唇一张一合，是翻过来烙再覆过去铛的饼，正是它，反也是它。信就信了，不信也没人管。谁拿誓言当回事，谁就是傻瓜。我不懂什么叫意义，过日子没有人讲意义。我只想让你有个孩子，有个你们孙家的孩子，学木偶戏，传你的手艺。"楝花脸上的表情严肃，让孙振文害怕。孙振文想拉住她的手，她挣脱，继续比画，"如果你不放心我，不想让我一个人过，咱可以像村里的其他人，离婚不离家。我一样可以伺候你，伺候你的女人，你的孩子。"

孙振文的心被刺得生疼，手里一直转着的桃木棍，被他死死地攥在手心："楝花，你这是拿刀往我心口上捅啊。我没有孩子，孙家木偶一样传，我把手艺传给别人不就行吗？可我没有你，我的日子就没法往下过。你还想着照顾我和其他女人，你傻不傻？"

"你不答应我，我就死。"楝花的眼里流出了泪。

"那我就把你埋在这片楝子林里，让你看着，即使你死了，我也不会再娶。"不知从什么时候起，孙振文说话的声音有了喊的味道，摇来摆去的手势和楝花的手势没有太大区别，幅度很大，看起来有些夸张。

楝花放声大哭。她的哭声没有节奏，只是啊啊啊地诉说。孙振文听懂了楝花的委屈，知道她是为自己好。他让楝花自顾哭着。他不想劝她。人就是这样，再大的委屈，哭出来就好了。

从心底讲，孙振文确实想过孩子的问题。他曾经偷偷去医院查过，知道自己的身体没有问题。如果楝花没事，两个不到四十岁的人，生个孩子完全可以。他本想让楝花也去查查，想想楝花的敏感，如果她真的查出有什么问题，还不寻死觅活的？孙振文也就放弃了这样的念头。在监狱里的时候，每时每刻地想楝花，想着能天天和楝花在一起就是天大的幸福，可现在又天天想着能有个孩子，人真是贪心不足。孙振文摇摇头，他想起前段时间赵老师说过的话："人不但要认识自然，还要改造自然，道就是这样讲的。你命里是有子嗣的，只不过早一天晚一天。"赵老师还专门拿出他发黄的相书，指着其中的一段让他看。孙振文看不懂，但赵老师的话，他懂，心里便有些释然了。生命本来就是一粒种子，是长成参天大树，还是细草浮萍，都是自然的造化。命中有的，谁也夺不走。命里没有的，强求也求不来。

"赵老师说，我们命中有儿子。"孙振文说。

"赵老师的话你也信？他成天神神道道，算命的事准的时候少。"楝花反驳。

不管怎么说，孙振文越来越相信命，越来越相信苦尽甘来。他坚信有一种叫作美好的东西，结局似的站在哪一个路口，等着他。

正是这个时候，孙振文看到了一甩一甩拐着过来的马传旗，手上系了一根绳子，后面拉着一个衣衫褴褛的女人。女人身后，跟着一个小女孩。

"孙振文，我把获亚给你领来了，交到你手里。从现在开始，她生是你孙家的人，死是你孙家的鬼，我马传旗再也不会管她了。至于理由嘛，我不说你也知道。在孙家班去济南之前，获亚就是孙家班的人。孙家班的规矩我懂，女人跟了孙家班学戏，就是孙家的媳妇。获亚当时就相中了你，闹死闹活地一门心思当你的老婆。这一辈子，她死活都是你的女人。要杀要剐，都是你孙振文说了算。后面这个孩子，是你在济南和她过夜生的，叫苑雯霏，不不，应该叫孙雯霏，连名字都离不开你孙振文的文。这两个人，从今天开始，就给了你。我马传旗与这两个人，井水不犯河水，老死不相往来。你看着办吧。"

马传旗边说边甩拉着过来，说完就走。路在他的脚下，仍然是一上一下，晃得飞快。

"马传旗，你给我站住！"

无论孙振文怎么喊，马传旗头也不回。

马获亚目光呆滞，被捆着的双手低垂。她忽然把绳子甩起来，觉得好玩，便边跑边甩，嘴里喊着："好啊好啊，我要飞了，我要飞上天了。"

那个叫苑雯霏的小女孩，一直在后面追着，喊着妈，声音尖尖的，带着哭腔。

马获亚不小心，脚踩到绳子上，一下子倒下去，头碰到楝子树上。

苑雯霏哭起来，她用袖子给马获亚擦着头上的血，越擦血流得越狠。

孙振文和楝花站在屋门前，不知如何是好。

"叔叔，帮帮我妈吧。"小女孩哭着，看着孙振文，眼里全是哀求。

振文看看楝花。

楝花到里屋拿了一块棉布，给马荻亚扎上额头。

马荻亚突然看见孙振文，跪着爬了过去："振文，振文，我终于见到你了。你是我的男人，谁也夺不走。你是我的男人，你要和我生孩子。"

楝花挡在马荻亚跟前，没想到马荻亚低下头，抓住楝花的胳膊就咬。

楝花大叫，气得两脚直跺。孙振文抓住马荻亚的一条胳膊，把马荻亚拖到一边。

"对不起，叔叔。对不起，阿姨。"苑雯霏走到孙振文跟前，小声地道着歉。

"雯霏，你妈病了，我们不怪她。你赶快把她领走吧。"孙振文说。

小女孩用袖子抹着眼泪："叔叔，我们哪有地方去啊。我妈今天偷吃了姥姥家的一个馒头，姥爷就把她打了一顿，还把我们赶出家门。姥爷的那个女人，天天拿着棍子打我妈。她打起人来的样子，吓死人了。呜呜……"

"我们家也没地方住啊。雯霏，你去大队院里住，那里有十几间房子空着，随便你们娘俩住。你给你姥爷要钥匙就行。他要是不给你，你就把门砸开，反正里面什么东西也没有。"孙振文哄着苑雯霏。

小姑娘一边哭，一边领着马荻亚，离开了楝子林。

楝花抬头，看着孙振文，泪水汪在眼里，眉头拧紧。

"楝花，我知道你想问，马传旗说的是不是真的。"孙振文捧着楝花的脸，"咱俩之间，从来没有指天指地地发誓。我只想告诉你一句话，咱俩不需要指天，也不需要指地。你是我这辈子唯一真爱的女人。今生今世，从未更改，也永不更改！"

楝花点点头。她知道自己不需要振文发誓。振文说的话，从来都不会虚假，更没有谎言。

"可她们，真可怜。"楝花用眼神告诉孙振文。

"都是命啊。"孙振文说。他想起那位高僧的话，"勿冈轮回石如玉，且顾来年马失蹄"。马荻亚就像是伴随自己一生的人子，总是带给自己灾难和不幸，让他错失了太多的人生幸福。而她自己，也在命运的洪流里，被冲得面目全非。孙振文不知道她和那个男人究竟过得如何，但如此的结局，却是他从来没有想到过的。他看了一眼马荻亚碰头的楝子树，那片血，似乎仍然流着。他分不清是马荻亚的血，还是楝子树流出的胶汁。

没过多长时间，苑雯霏再次领着马荻亚，来到孙振文家。

"叔叔，我们到村里，又被姥爷打了。他说我就是你的女儿，你应该养着我们娘俩。他说，如果你不养我们，我们就去跳河。叔叔，俺也不难为你，只想听你一句实话，我到底是不是你的女儿？"小女孩的眼里充满疑问，也充满期待。

孙振文摇摇头。

这样的回答，显然让小女孩失望。她的泪流下来，成了线。她默默地牵起马荻亚的手，像一个大人领着一个孩子，慢慢走出村子。

孙振文和楝花，坐在楝子树下的方凳上，一言不发。楝花的手在孙振文的膝盖上，转来转去。她目光空洞，看着村子之外。

楝花突然起身，拉起孙振文的手就跑。他们一直跑到汶河大堤，见雯霏牵着马荻亚的手，已经走进河里。河水没到了小雯霏的腰间。

楝花大声呼喊，没人听得懂她在喊什么。但孙振文听懂了，她在告诉雯霏："孩子，快回来，孙振文是你爹。"

孙振文跑下河堤，跳过那些乱石，将马荻亚和苑雯霏拉上岸。回头再看那些画像石，孙振文突然觉得很恐怖。

楝花烧了两大锅热水，为马荻亚和雯霏洗澡。紫色的楝花碎片，在水面上飘来荡去。那是今年楝花刚刚留下的，还没有干透。那些花在水里慢慢被水泡开，像电影镜头里一朵花的慢慢绽放。马荻亚孩子似的笑着，捏起一个，猛地扔进嘴里，然后苦得龇牙咧嘴。雯霏也给妈妈搓背，背上皮带的印痕，是姥爷留下的。雯霏的泪盈满眼眶，落在水里，水滴声像是谁的委屈。

楝花让马荻亚穿上自己的衣服，马荻亚如同换了一个人。如果不是一个劲地傻笑，谁也不会想到她是精神失常的人。她的美，竟与楝花有几分相似，有苦的味道，隐在皱纹里，随着时光悄悄渗出。

雯霏像一个天使和精灵。她骨子里透出的纯净，如当年的楝花一般。楝花情不自禁地亲了雯霏的额头几口，梳理着她的头发，把她紧紧地搂在怀里。

马荻亚突然看见柜子上放着的人子，飞快地跑过去。见是穆桂英的扮相，咿咿呀呀地唱了起来。

孙振文跑进屋，见是马荻亚操作着木偶，在唱，一下子愣在那里。

"叔叔，我妈妈没生病的时候，唱得可好听了。她天天唱，天天唱，一边唱，一边哭。我原来那个爸爸嫌烦，就训她，训她也唱。我跟着妈妈学了好多戏，我也会唱。"雯霏说着，接过妈妈的小人子：

> 想当年桃花马上威风凛凛，敌血飞溅石榴裙。有生之日责当尽，寸土怎能够属于他人？番王小丑何足论，我一剑能挡百万兵。我不挂帅谁挂帅？我不领兵谁领兵？叫侍儿快与我把戎装端整，抱帅印到校场指挥三军。

孙振文再次惊呆，他的脸上是惊喜，是兴奋，是久别老友的激动，是再见亲人的手足无措。

"你看，楝花，楝花，你看看，这孙家木偶有戏了，孙家班有人了。我们俩，我们的孩子，还有她们娘俩，我领着你们这一批娘子军，像穆桂英一样，唱到北疆，唱到全国。再让国家领导人接见我们。哈哈，啊……"孙振文昂起头，大笑，然后便是大喊。

低下头，泪水落在地上，湿了一片。

孙振文转身的瞬间，似乎看到楝树林里有一个身影一闪而过，长发骄傲地向后梳着，颀长的身材，清秀的脸庞，诗意写在脸上，闪着童话般的光。那不是沙鸥吗？他突然想起，自己在前几日的清明节，曾经向沙鸥遥远的灵魂祭奠过三杯酒，难道他真的是地下有知？

> 我一直渴望拥有乌托邦似的理想生活，能让所有的鸟自由恋爱，

鱼儿可以随便嬉戏哪一棵水草，就连蚂蚁都快乐地唱着歌……

孙振文大步跨出房门，四处转着，树上树下地打量。待他看过所有的树之后，失望地坐在一棵树前，头抵在树干上来回撞击几下，脸上的肌肉跳了又跳，"唉，连蚂蚁都能唱歌的世界，亏你想得出。你这该死的沙鸥……"

六指和朱氏鼓乐的班主朱尚金，来到孙振文家里。他们是同村，也是同族。

楝花泡上茶，静静地坐在一旁，看着他们聊天。

去济南之前，孙振文和朱尚金已经认识。同一个公社，同是手艺人，彼此仰慕，又彼此疏远。那时，孙云福当着大队书记，孙家班享有太多艺人享受不到的特权和骄傲，让人羡慕，嫉恨，不相往来也是正常的事。那个时候，鼓乐班子没有市场，是被当作"四旧"批掉了的。丧事简办，毛主席当时就说，"开一个追悼会，寄托我们的哀思。"仅此而已。追悼会上的音乐是留声机里的塑料唱片早就灌好了的，唱得最多的是《红梅赞》，唱得每个人的脸上，都是朵朵放光彩。

朱尚金是一个自来熟，振文长振文短，没有一点隔阂的样子。

"说说，给我们说说你在青海的事。过得怎么样？"朱尚金把头伸过来，一副打探事的模样。

这种样子让孙振文陡添了许多不快，脸上的笑容变得僵硬。俗话说，打人不打脸，揭人不揭短，朱尚金恰恰犯了忌讳。

"兄弟我知道你是无罪释放，别人不信，我信。说说怕啥？"朱尚金不达目的誓不罢休的样子。

孙振文看看六指，六指赶忙喊着朱尚金喝茶："尚金哥，咱是来谈事的。少啰啰别的。"

"对对对，谈事谈事。"朱尚金感觉有些不好意思了。像朱尚金这样走南闯北的人，少有这样的时候。朱尚金是朱氏鼓乐班子的唢呐手，气厚，说话的声音也洪亮许多，"老弟，'四人帮'打倒了，对咱来说是好事，农村的丧事复杂啦，又大兴鼓乐。那些孝子贤孙，可着劲儿地让咱吹。人活着的时候孝顺不孝顺没人管，死了不好好地操办一下，就让人笑话。当作'四旧'破掉之前，咱们朱家鼓乐就是十里八乡的龙头老大，活多得接不过来。那时候咱也很牛啊，要专门挑家庭条件好的，钱多，吃的也好。现在经济发展了，人更讲究了，活儿更是好得不得了。鼓乐里正好缺一个唱戏的，能够给朱家班撑撑台面。前些日子听说你回来了，就想着一定要请你出山，一直没得出空来。今天终于有个清闲，就让六指老弟陪我来了。六指老弟也是好心，他说你刚回来，缺吃少喝的，就算是我帮忙。这话虽然不太中听，可是六指的一片心意。街坊邻居，篱笆拦不住肉味，矮墙隔不开交情，啥事儿都得有个照应。这个理儿咱懂。你要是去呢，就和我一样的价，拿最高。十块八块是一天，三十二十也是一天，就看主家的实力。在朱家班，我不亏待你，把你当爷一样供着。你看行不？"

朱尚金的一番话，让孙振文不知所以。

回来之后，孙振文只想着把孙家班弄起来，跟着别人干，还真没有想过。

"这事，有点突然，我得琢磨琢磨。"

"琢磨啥？你是不是还惦记着你的木偶戏？如今这个世道，你说说到底谁是谁的木偶，谁是谁的人子？咱不能总是唱在别人的戏里，自己的日子却是白开水加西北风，这样不是太没劲了吗？日子是用来过的，要一天一天地过，日子不是唱的。朱家班算不上啥，可天天吃香的喝辣的，比哪个大队书记差？说不定比公社书记都不差。"

孙振文的心被狠狠地刺了一下。那刺尖厉，冰凉。他想起沙鸥也曾经说过这样的话，两个完全不搭界的人，怎么会有同样的想法？孙振文长吐一口气，沙鸥的坟前是不是长满草了？是啊，这个世界，到底谁是谁的木偶，谁又是谁的人子？

马荻亚不知从哪儿跑了出来，后面是紧追她的苑雯霏。

"哟，怎么，马传旗把这两个包袱甩到你这儿了？"朱尚金快人快语，惊道，"马传旗这种人，算不上人。你知道她娶的那个女人是谁？是他的妻外甥女,根本不是一个辈,老百姓的话那叫乱伦。他老早就想把这个疯闺女找个瞎子瘸子嫁了,一直愁着找不到主儿。他还专门把我请到他家里,让我给他留心点,有谁家愿意,就当个牲口养着。呸,这种人还算人吗?连我这个吹鼓手都看不起他。还有这个小闺女儿,他还想着送给哪个没儿没女的人家,给人家养老送终,给他自己换点酒钱。唉。"

朱尚金摇头。

"善恶终有报。"孙振文说。

"你以为老天爷长眼?想想你们孙家班,多么兴旺的一家人,让老天爷弄的,哪还有以前的半点影子?吃得喷香,喝得痛快,唱得敞亮,多少人眼馋啊,那才叫孙家班。要是还像以前那样红红火火,还用得着我来请你,屈驾到我们的鼓乐班子?"朱尚金似乎有些愤愤不平,"过去的事呢,咱就不提了。今天这事呢,我觉得你也不用想了,就跟着我唱一段时间。要是觉得合适,咱就继续合作,觉得不合适,你随时可以退出。"

"那你需要我做什么?"孙振文问。

"你就带上几个木偶人子,比画几下,唱上几段。主要是装箱子的时候唱。其他时间,你只管喝茶。"朱尚金端起一杯茶,一口干了。

朱六指起身,为朱尚金倒上茶。倒茶的空隙,朱尚金瞟了孙振文一眼。

孙振文犹豫着。

朱尚金有些急:"兄弟,老祖宗把咱们都列到下九流了,咱就得按下九流的样子过,千千万万不能天天端着架子白受穷。你数数,这一流戏子二流推,三流王八四流龟,五剃头,六擦背,七娼八盗九吹灰。这下九流,哪有什么高低贵贱?你是不是觉得自己委屈啦?有啥委屈的?我看那些把人分成三六九等的家伙,都是些吃饱了没事干的狗屁货。你再看看时下的下九流,哪个不是吃香的喝辣的?这世上平平常常的人占大多数,谁都得吃饭穿衣睡觉,谁都得活着。活着,就要活得好好的。人活一世,有吃有喝最恣,吃好喝好更恣。穷讲究那些体面不体面,没啥意思。啥叫体面?我给死人吹个喇叭,我还专门拣那些喜庆的调子吹,他们哭我在笑。他们哭得没个人样,就体面?

都吃五谷杂粮，都要放屁拉屎，脱光了一个屌样，穿上衣服装模作样，都是一样的乌龟王八蛋。活得快乐点，舒服点，得儿，万事大吉。"

"谁都得活着"，朱尚金的几个字，似乎点中了孙振文的穴位。他想起在德令哈的十五年光阴，活着，曾经是他最高的目标和追求。当活着都是问题的时候，谈何体面？

"兄弟，我再戳你几下，让你觉到疼，也让你再清醒清醒。我知道你放不开你的木偶戏。我承认，木偶戏是艺术。可现在谁还把艺术当回事？剧团解散，演员下放，艺术成了当官人的擦腚纸。老百姓没文化，更不懂艺术，他们懂的只是回家抱着老婆亲嘴摸奶睡大觉，把生孩子当游戏玩。对吧？听戏，就听瞎子戏，三五两粮食，便宜，方便。想听书是吧？大集上，拉魂腔打渔鼓，柳琴戏梆子戏，还有谁都听不懂的莱芜讴，想听啥听啥。三分钱二分钱，一听一天。他们每个人也都把自己当艺术吗？中国不需要艺术，老百姓不需要艺术。中国的老百姓，要的只是娱乐，只要热闹了，谁管它艺术不艺术，热闹就是最好的艺术。"

"毛，文化就是个毛。" 孙振文突然想起沙鸥举着手，朗诵"生存或者毁灭"的表情。沙鸥充满磁性的声音，以及温暖而遥远的太阳，似乎都与艺术相关。在朱尚金眼里，那些都只能是梦境，是老百姓的痴人说梦。**"毛，文化就是个是毛。"**

"兄弟，退一万步讲，你跟着我干，也是传播你的木偶戏啊。如果有人愿意跟着学，你照样可以招收学徒。你收的徒弟，和我的徒弟一样，不分门里门外，占一样的份子。这样总行了吧？"

朱尚金的话虽然粗了些，但话糙理不糙。

孙振文终于吐口："你还要答应一条，我随时可以退出。"

"好，随时可以退出。痛快。弟妹，做菜，上酒，上好酒。"朱尚金手猛地往桌子上一拍，喊。

孙振文注意到朱尚金的手指，又白又粗，像白萝卜。

"还有一条，我要带着楝花。"

277

"没问题,不就多张嘴嘛。没工资啊,咱可说好喽。"朱尚金看似玩笑,却把话说得一清二楚。

六指戳了戳孙振文的后背:"振文哥,委屈你了。"

孙振文被他说得一头雾水。他疑惑地抬头,低声说:"六指,孙家班,放心,完不了。"

六指点点头,端起一杯酒。喉咙里发出的声音,有些委屈。

3

孙振文变得忙碌起来。

每天一大早,孙振文都要带着楝花,去周围的某个村子,和朱氏鼓乐班子会合,然后边演边唱。

孙振文自从回到家的那一刻起,就答应楝花,两个人再不分开,不管去哪。楝花成了孙振文自行车后座上的永久乘客,风雨无阻。

孙振文活泛起来,脸上渐渐有了光彩。不管这是一个什么样的舞台,孙振文知足。他可以尽情地唱,尽情地哭,尽情地将他的人子,表演得活灵活现,酣畅淋漓。他的唱盖过了所有的哭声、叫嚷声、打闹声,在天地之间,洞穿了远远近近的悲情村落。太多的岁月,小小的人子只是他梦中的玩伴,与他若即若离。而现在,当他操纵这些木偶人子的时候,他感觉那些小小的人子,慢慢地长进自己的骨头里,有了血液流动的声响。它们像娃娃般地说着话,一会儿这,一会儿那。那些声音,带着稚嫩和奶香,通过他的手指,通过他的耳朵,进入他的大脑,让他一下子变成年轻时候的模样,变成戏里的帝王将相、王公贵族,所有的喜怒哀乐,就在指尖,在唇齿之间,婉转凄切地流淌出来。

孙家班一直就是传奇。

孙家班的孙振文一直是个谜。

孙振文进了朱氏鼓乐班,更成了村里人的奇景,让人琢磨不透。

每一个丧局,都出现了人山人海的局面。太多的人,为的只是看一眼孙振文,看看年轻时的俊俏还在不在,坐过监之后的孙振文会是什么样子,然后听一曲他的木偶戏,看一看他变幻无穷的木偶表演。

朱氏鼓乐班走到哪儿,人海便会涌到哪儿。

朱氏鼓乐的身价翻了几番。

孙振文腰包里的钱,也慢慢多了起来。

某一个晚上,楝花瞪着孙振文。

"怎么啦楝花?"

"明天我不去了,以后再也不去了。"楝花把手攥紧,胳膊往下甩。

"怎么啦,为啥突然不想去了?"

"那些人笑话我,说我是哑巴。他们觉得我听不见就不知道他们骂我,骂得可难听了。"楝花的泪流下来。

孙振文把楝花抱在怀里,弯起的手指轻轻抹去她眼角的泪水。去或者不去,对孙振文都是两难的选择。

"如果能招到三五个学徒,咱就不去了。"孙振文跟楝花说。

"你跟着朱尚金,永远招不到学徒。"楝花说。

"为什么?"孙振文不解。

"这几天一直有人打听,想跟你学戏,都让他撵走了。"楝花的手指间充满气愤。

"这是真的?"孙振文也生气起来。

"绝对是真的。"楝花拍着胸脯,说。

"还有,那个朱尚金,他不是个东西,他捏我屁股。"

孙振文咬着牙说:"这个狗娘养的。"

"他不光捏我的,连他儿媳妇的他都捏。还有一个女的,天天追着他跑。他经常给她丧局上的菜,偷偷给她装箱子的钱,我还看见他俩去了一个麦秸垛后面。人家发丧,他在作孽。"楝花连比画带张嘴,给振文解释着。

"那好,咱不去了。我明天就给他说。"孙振文抚着楝花的头发。

第二天,在丧局最热闹的装箱子环节,孙振文表演了京剧《武家坡》。他觉得这段戏,唱词里有太多的念,太多的苦,楝花能懂。他是唱给楝花的。然后他站在长条凳上,开始说话:"各位老少爷们儿,大家都知道我孙振文,是孙家班的嫡系传人。我们家经历过的沟沟坎坎,想必大家也都知道,也肯定是大家茶碗酒盅里的茶根儿、酒根儿,说着念着就当了闲话找个乐子,哈哈一笑,谁也不会往心里搁。可我想趁着今天这个机会告诉大家,只要孙振文在，孙家班就在，孙家木偶就会一代一代传下去。凡是愿意跟着我学木偶的，可以到我家去报名，我一定会让木偶戏再兴盛起来，一直流传。凡是跟我学木偶的，吃住免费，出场演戏还有工钱，我话搁在这儿。我还要告诉大家一件事，因为我是被冤枉的，政府给了一笔补偿金，够我的学员们吃一阵子。这一段时间，跟着朱掌柜也挣了不少钱，还能对付一些时日。在此也谢过朱掌柜。"

"振文客气了。"朱尚金大喊。

"木偶是我一辈子的魂儿，我丢不开。一辈子，几辈子都丢不开。我一直这样说，小小的人子，可以低头，可它从不低贱。可以被人遗忘，绝不能被人糟蹋。"孙振文动情了，泪水挂在眼角。

朱尚金鼓起掌来："好，非常好！"

孙振文无奈地笑笑："下面的话，朱掌柜就不爱听了，就不会说好了。我还想在这里告诉父老乡亲，也顺便告诉朱掌柜，从今天开始我就要离开朱家班，离开朱氏鼓乐。理由很简单，还是因为我们家的木偶。我要组成新的孙家班。"

朱尚金一把把孙振文拉下来，脸上充满愤怒："孙振文，你咋这么不地道，搞突然袭击。怎么说走就走？"

"你请我的时候就说过，我随时可以离开。"

朱尚金来回转着圈，有些急："嗨嗨嗨，你说什么？我请你？你太把自己当回事了吧？就你这德性，我还请你？别老拿自己那破玩意儿当艺术，啊呸，狗屎！"

"朱掌柜，你可得注意自己的形象。你毕竟是大掌柜啊。"孙振文拾掇着自己的木偶人子，说。

"我大掌柜怎么啦？我有吃有喝有玩，惹着谁啦？我没你那么高贵，形象啊，名声啊，全都是你们这些人放屁。"

"所以，朱掌柜，我们本来就不是一路人。我不但在乎艺术的名声，更在乎做人的名声。你可以不管站在你跟前的这些活人，可我们现在是在送亡魂。

你就不怕他们来找你？"

"孙振文，你是不是找挨揍？我做人的名声哪里不好啦？你今天给我说清楚，说不清楚我揍死你个兔崽子！"

楝花咿哩哇啦，没人听得懂她在说什么。但孙振文懂。

孙振文拉着楝花的手，从看热闹的人群中挤了出来。

楝花脸上笑如春风。她拍了拍孙振文的左肩，向他竖起大拇指。

孙振文离开朱氏鼓乐的第二天，就有三个学员来找孙振文报到，都是十八九岁的小伙子大姑娘，初中毕了业，下学没事干，想着学一门手艺。赵泰山老师的一个侄子，也由赵老师领着，来找孙振文学木偶。

同时进门的，还有六指爷俩儿。

几个学员的名字非常有趣，孙振文经常记错。他想喊平贵的时候，偏偏叫成了幸福，朵朵是一个女孩子，还算好记。遥笛和满江长相都是棱角分明，小分头，即使面对面，孙振文也是经常喊错人名，闹出笑话。

"现在的人有文化了，名字起得也长了学问。"孙振文感叹。

"这还不都是赵大仙的功劳？"六指说，"现在的人，干什么都要看风水，起个名字都得讲五行八卦。"

六指听说了孙振文在丧局上的事。他觉得这是孙振文回来后，第一次为孙家班出了口气，心里十分敞亮。

孙振文的孙家班，就有了十个人。他们夫妻俩，马荻亚母女俩，六指父子俩，再加上四个学徒。赵泰山老师自告奋勇："让我做你们的大衣箱吧。"

大衣箱专门负责保管木偶人子和各种道具，掌握着人子上场的先后顺序，非得有一个明白人不可。赵泰山做大衣箱，孙振文求之不得。

孙振文拿出自己的一部分补偿金，盖了三间房子，让几个路远的学生住。

楝子林里，一下子热闹起来。

刚开始，几个学生并不习惯蹲着身子举着木偶跑的样子，孙振文板着脸，他学着爷爷的腔调说："木偶戏，就是蹲着演的戏，有时还得跪着。这不要紧，只要能站直了身子做人。这正是孙家班的传统。"

马荻亚的病明显好转。如果不特别注意，不会有人看出她得过精神病。只是她看孙振文的眼神，仍然有些吓人。捉摸不定的幽怨，飘过来飘过去，随时都可能化成泪水，悄悄流下来。没有人知道她想起了什么，或者什么也想不起。

苑雯霏显出她与同龄人完全不同的成熟和聪慧。她从家里背来的初中三个年级的书，都已经读完。赵老师为她借的高一课本，也并未觉得困难。更可喜的是，孙振文给她的中国戏剧书籍，更是过目不忘。孙振文有意识地教给她一些地方小调，两三遍就能唱出来。

孙振文越发喜欢这个孩子。

楝花也一直把她当作家里的人。

突然有一天，马荻亚说："我要回济南，去找他们算账。"

"去找谁算账？"孙振文惊讶。

"雯霏也得回济南读书。"马荻亚说，面无表情，眼睛死死地盯着地面。

"我不回去。回去会被他们打死的。"雯霏躲在孙振文身后，揪着孙振文的衣角。

"我要杀了他们。我要拿回我的钱。"马荻亚似乎又回到了精神失常的状态。

雯霏哄着马荻亚睡觉，然后在堂屋里看着孙振文给她的戏本。

第二天一大早，苑雯霏大声喊着妈妈，从里屋跑出来。

孙振文赶忙起床，发现马荻亚已经不见了。他想起马荻亚头一天说过的话，便拉上苑雯霏，坐上了去济南的汽车。

孙振文领着雯霏先去了大观园。大同剧场已经破败得如同解放前的建筑。剧团解散，一个单位从历史中消失，消失得如同从来没有出现过一样。留下的残砖破瓦，如被摔碎的时间，更像是寡淡了的人情世故。被风雨剥蚀的济南市木偶皮影剧团的木牌子还在，只剩下上面的五个字，木偶两个字仍然笔画粗重，孙振文第一次到大同剧场的时候曾经仔细端详过，今天再看，更多了酸楚与悲凉。孙振文心里堵得慌。二十年的工夫，竟是天上人间。那时的人不知有多少已经离去，有多少在四处奔波，还有多少如自己一样，不知路在何方。还有那些曾经在戏里鲜活过的人子，它们的命运又是如何？

苑雯霏领着孙振文到了他们曾经住过的部队干休所。苑雯霏指了指最前面的一排平房，便再也不敢往前走。孙振文搂着她的肩膀，小姑娘才被硬拖着似的，走到了那扇厚厚的铁门前。

孙振文敲门，出来的是一位苍白头发的老太太，苑雯霏并不认识。

"请问，苑首长的孩子们搬到哪儿去了？"

"他们家的人啊，都搬走了，回浙江老家。你们是他家什么人？"

"她叫苑雯霏，是首长最小的女儿。"孙振文回答。

那人上下打量着苑雯霏："哎哟，这孩子，长这么大了。快进来坐吧。"

"不了。你认识雯霏她妈不？她来过吗？"孙振文问。

"我认识她，荻亚。这个姑娘就是脾气不太好，可人挺漂亮。一直和家里人合不来。被苑家赶出去之后，就一直没有来过。"

孙振文和雯霏又在附近转了转，没见到马荻亚，便又坐车回了赵家堂。

楝花没睡，一直等他们回来。

孙振文摇摇头。他看见楝花急切的眼神，知道她想问什么。

雯霏的泪挂在腮边。

楝花把雯霏拉到自己怀里，抚着她的头。

"我想姓孙。"雯霏说。

雯霏的声音很小，楝花听不见，但孙振文听得一清二楚。

又是楝花盛开。

屋里屋外的香，弥漫成悠闲的风，随着晨雾的缥缈升腾，在所有人的衣襟间，窜来窜去。成片的香气在某一瞬间，突然就簇成云朵，调皮地砸向谁的额头，不小心又跌落在鼻翼之上，把整个鼻腔灌得满满，整个人也便醉了。就连楝花林里觅食的小鸡，也常常被阵阵香气弄得神魂颠倒，开始替树下的虫子们梳妆打扮起来。香气中飘荡着或浓或淡的紫色，随着阳光飘飞，落在地上，或者谁的脸上，便与香气融合成一种温暖的紫色味道。

楝花脸上，是无限的愁容。她呆坐在楝子树下，眼角满是泪水。

孙振文伸着懒腰出来，见楝花一个人闷在那里，有些惊愕。他快速走过去，"楝花，怎么啦？"

楝花抬起头，泪水悬着，问："我以前给你说过的事，你忘了吗？"

"什么事？"

"你看外面那些树，开了花结籽，结了籽种下还是树。我不能再做那些不能开花也不能结果的空叶子。你算过没有，你回来五年了。我给你说过，要是我不能给你生个孩子，我们就离婚。"楝花的手势沉重，话说得很慢。

"楝花，这事我们已经商量过好几回了，已经没有再谈的必要。我再说一遍，即使不要孩子，我也不能和你离婚。"孙振文蹲下身子，悄悄给楝花说。

孙振文的手把楝花捏得生疼。

"那不行。你不要孩子，孙家木偶的绝技传给谁？"楝花拧着额头。

"我有这些学生，他们都可以学。"

"孙家木偶是传内不传外，你不能什么都教给他们。猫教老虎还知道留一手。他们不姓孙。"楝花似乎很执拗。

"都什么年代了，你脑子还这样不开化。报纸上不是说了吗，国家早已经改革开放，实行了市场经济，企业自主经营，农村分田到户。那些老传统，那些死脑筋，可以丢了。"孙振文劝着楝花。

"我不认字，也不看报纸，更不管你那些大道理，我就想再给你找个媳妇。不管你同意不同意，我已经给你找好了。"

"你给我找好了？"孙振文哈哈大笑，"你开什么玩笑。"

楝花拉起孙振文的手，来到里屋，霏霏也在，"我已经给霏霏说好了，你们俩结婚，生了孩子我给你们看。"

"你胡说些什么？霏霏还是个孩子。"孙振文的脸上现出不悦。

"她已经十九了，明年就是二十。"楝花争执着。

"楝花，你糊涂啊。她是我们小一辈的孩子。"孙振文摊着两手。

"什么小一辈？她姓苑，你姓孙，不是一家人，就论不得辈分。雯霏已经同意了，她说要报答咱们这些年的养育之恩。"楝花不管孙振文的反对，"我们去办离婚手续，你和雯霏结婚。"

"楝花，这事我只当你喝醉了酒，做了个梦，说了个笑话，就此打住。这事以后谁也不能再提。"孙振文的声音很高，脸上的表情充满气愤，让雯霏有些害怕。

"你们不结婚也行，偷偷把事办了，生个孩子我养着。今天晚上我就让出床来。"楝花表情有死一般的坚决。

"楝花，你越老越不懂道理。这种事我孙振文能办吗？"

楝花弯腰从床底下拿出一瓶农药："孙振文，你再说一个不字，我就喝下去。"

孙振文转过身子，故意让楝花听不见他说话："雯霏，你婶子犯傻你也犯傻啊？这是什么样的糊涂事？要是传出去，我还能活不？快去把她的瓶子夺过来。"

楝花转到孙振文身子前面，扯着他的衣服问："你捣什么鬼？你怕我听见？说了些什么？"

"楝花，在赵家堂，你还让我直着身子做人不？儿女辈的一个女孩子，即使她同意了，你说我能和她在一起吗？楝花，这一辈子，我们就是拴在一条绳子上的蚂蚱，一块吃青草喝露水钻坷垃地。当初我没有因为你不能说话不要你，现在更不会因为你不生孩子就丢下你。"孙振文摆着两手，继续说，"你还记得我们结婚那天晚上我给你说过的话吗？你娘，也就是我小姨说，如果我不要你，就没有人愿意要你了。你会嫁给一个瞎子、一个瘸子或者满身臭味、脏乎乎的老头子。他们会打你、骂你，不把你当人看，你会吃一辈子苦，吃一辈子的气，受一辈子的欺负。姨一这样说我就想哭，我受不了你变成那种样子。我给姨说，我绝不会让你受别人欺负，谁都别想。你再不能说话，再可怜，我也要牵着你的手，慢慢地走，走一辈子，然后照顾你一辈子。这一辈子，我就让你欺负我。我要给你唱一辈子的戏，说一辈子的好话，就算你什么也听不见，我还是要一句话一句话地说给你听，唱给你听。要是连我都不跟你说话了，就没有人给你说话了，你就会一辈子一个人，像被扔掉的人子，孤独无靠。如果真的那样，你就会像墙上的一块砖，或者野地里的一棵树，眼睁睁看着别人快活，所有的人来人往都与你无关。这些话，我天天晚上念叨。这些话和那天晚上的话，一个字都差不了，因为这是刻在我心里的。"

孙振文捏住楝花的鼻子，拧了一遍二遍三遍才放手："楝花，你是个活生生的人，是一个好女人，我不能说不要就不要。家里养个猪呀牛呀，我们都还舍不得卖掉，舍不得杀掉。你总比猪、比牛强那么一点点吧？"

孙振文的玩笑话，让楝花破涕为笑，接着便是放声大哭。

雯霏把楝花手中的农药瓶子拿走，放到院子外面。

孙振文把楝花的手指放在自己嘴唇上："楝花，我知道你喜欢雯霏。我们就认她当女儿吧，让她改姓孙，叫我爹，叫你娘。"

雯霏跪下，泪如泉涌，"爹，娘……"

孙振文把雯霏拉起，抱住她和楝花，老泪纵横。

雯霏改姓孙，成了孙家班的大事。平贵、幸福、朵朵、满江、遥笛追着雯霏瞎挠乱打，让她请客，要她给每人买一根玉米棍。楝花便拿出钱，让雯霏去街上买了，算是给几个小年轻解解馋虫。

楝花的脸上挂着笑容，那笑，闪着光辉。

雯霏掰了一块玉米棍，塞进楝花的嘴里。

甜了两颗心，也甜了时光。

幸福和朵朵恋爱了。

楝花看见幸福把楝子林里最美的一束楝花插到朵朵头上的时候，她就知道，他们恋爱了。她自己的脸上也现出绯红。她背转过身，摸了摸自己的脸，有些发烫。

平贵和满江都喜欢雯霏，暗地里较着劲。他俩学唱戏文较劲，刻人子较劲，就连吃饭，也是较着劲，看谁往雯霏碗里夹的菜多。孙振文要求严格，谁都不能浪费粮食，吃了不疼瞎了疼，谁碗里的谁吃净。雯霏每次吃饭，都是一副愁眉苦脸的样子。她吃不完碗里的饭就要挨爹的批，吃完就要撑得难受。后来两个人似乎达成了某种默契，非得要雯霏用眼神挨个向他们求饶，才不给她夹菜。楝花便笑。她庆幸自己当时没走那步臭棋。每到这个时候，她也要凑凑热闹，往雯霏碗里再夹上一大筷子菜。可雯霏一个拖着长腔的"妈"，又让楝花笑着把菜再夹回自己碗里，或者干脆夹到孙振文的碗里。

只有遥笛，一身轻松。一有空闲，便拿一把二胡，楝子树下一坐，即是万马奔腾。

几年的磨炼之后，几个年轻人各有绝招。这些人的表演才能和实力，已经远远超过父亲一辈的孙家班。孙振文暗自高兴。

孙家班的演出，慢慢多起来。刚起步的时候，重点是在各地举办的物资交流会上，从春季到秋季，再到冬季，一年没有断趟的时候。元旦、春节、五一、国庆等等一些大的节庆，不少地方名目繁多的各类晚会，就要请他们演上一段。还有不少剧场剧院，为了丰富群众文化生活，或者为了挣几个酒钱，安排他们演上一两场，也是常有的事。孙家班的木偶，虽比不上省市财政拨款的艺术院团，但吃饭还不成问题。

人总是赶不上世道的变化。

电视的普及，电脑的兴起，年轻人像蜜蜂追花似的到花花绿绿的外部世界去打工，撕乱了世间的一切节奏。

大集上、物资交流会上，再看木偶戏的人越来越零星，各单位和剧场的邀请更是一落千丈。即使各个村子里的夜场演出，锣鼓响过之后，也只有三三两两的人来，听不过十分钟八分钟，便又被时远时近的电视剧片头曲吸引，拿起小马扎，漫不经心地离开。最后是看戏的没有演戏的人多。

孙振文愁眉苦脸，几个徒弟也没有了恋爱打闹的心情。他们看不到木偶戏的路在哪里。

"我们现在声光电都用上了，效果比原来强上百倍。我们的灯光舞台音响，和电视上的表演也没有太大的差别，怎么会没有人愿意看呢？"孙振文不解。

"电视，把观众都带走了。"雯霏说。

"我们的节目也老了。《穆桂英挂帅》之类的传统戏曲，现在的年轻人都不喜欢听。不光这一出，所有的戏，咿咿呀呀的，慢而拖沓，年轻人觉得不如流行音乐的紧身衣、开衩裙，既养眼又好听。年轻人都成了追星族，嘴上挂着电影电视明星的名字，不是粉条便是粉丝，痴迷些的就成了粉皮。"

"你们都是年轻人，你们想想，还有什么高招，让乡亲们重新喜欢木偶戏吗？"

几个年轻人互相看了看，几乎同时摇头。

孙振文感到一种绝望。这绝望像是从骨髓深处袭来，让他感到了刺骨的冰冷。

已经十几天没有演出了。

一个傍晚，幸福、满江和平贵兴高采烈、满脸通红地回来。朵朵站在楝子林里地，叉着腰："幸福，你是不是又去集上看那些不要脸的脱衣舞了？"

幸福把食指竖在嘴唇上，做了个别出声的动作，然后就看见孙振文从屋里出来，脸色铁青。

"你们几个给我跪下。"

孙振文拿出放在身后的木偶人子，对着几个徒弟狠狠地抽下去："我让你们没出息，我让你们没出息！那些下三烂的东西，是你们能看的？"

几个徒弟任凭师傅打着，一句话不说。

楝花跑出来拉住孙振文。孙振文生气地举起手中的人子，摔在地上。人子头碎了一地，眼睛被摔在两个地方，鼻子滚了很远，嘴巴咧开。

孙振文蹲在地上，手掐住两个鬓角，泪随着一声叹息，慢慢渗出。

"要不，咱还是去集上唱戏？"朵朵拉起孙振文，说。

"再去集上，不是给孙家班争脸了，是添堵，只能让别人看笑话。不是卖艺，成了卖脸啦。"

孙振文躺在床上，想着各种各样的法子，最后又都被他自己一一否决。

幸福和朵朵来找孙振文。朵朵说他们想回家结婚。这男大当婚，女大当嫁。他俩都老大不小了，这婚早该结了，结婚之后便要孩子，有了孩子幸福就老实了。孙家班的戏，以后就不再演了。

孙振文答应着。他让楝花把这几年攒下的钱，按人头平均分成几份。给了幸福和朵朵两份。

"这几年，我们还挣了点钱，拿着，买点结婚用的东西。"

朵朵把钱接过去，掂了掂，像是开玩笑，又像是抱怨："师傅，这些钱，真不如出去打工挣得多。"

一句话，把孙振文说得无地自容，他扭过头去："回到村里以后，别说是跟着孙家班学戏来。就给师傅留张老脸吧。"

"师傅，我没那个意思。"朵朵自知口误，道着歉。

遥笛也来告别。

"遥笛，你的二胡已经到了炉火纯青的地步。师傅知道你也要走了。就拉一段《二泉映月》吧，老师最喜欢瞎子阿炳。我老是觉得他就躲在咱家的楝子林里，二胡不知道挂在了哪棵树上。月圆的时候，他就会拄着拐杖出来，一个人说着啥。"

遥笛坐下，凄楚之声凉了秋风，也让楝子树的叶子，垂泪低眉。那叶子金黄，黄得如同大地流沙，铺满所有的眼窝。

弦断了，遥笛没有把孙振文喜欢的曲子拉完。孙振文似乎看见那轮月，定格在拱桥之上，蒙了一层青雾，如凉凉的薄霜。月下光影暗淡，驼着背的阿炳，拄一根破落的拐杖，蹒跚而行。

"遥笛，打算去哪儿？"孙振文问。

遥笛欲言又止。

"说吧，师傅没事。"

"朱家班。他们找我好几次了，答应每天给我二百块钱。他们说，比当年给师傅您的钱，还多。"

孙振文点点头，闭上眼，他竭力不让泪水流出来。

"遥笛，师傅曾经给朱尚金说过几句话，也是在光天化日之下，当着几百号的父老乡亲说的。无论走到哪儿，我都一直这样说。你要走了，也送给你：小小的人子，可以低头，却从不低贱；可以被人遗忘，绝不能被人糟蹋。遥笛，你生性柔弱，自己保重吧。"孙振文转过头，"满江，你想去哪？"

满江抬头看了看雯霏，脸上的表情痛苦而决绝："我要去西藏。也不知道要去干什么。去过那儿的人都说，西藏是灵魂的净土，我看看有没有哪个人，能洗净我的悲苦。"

"满江……"雯霏喊着，跺着脚，泪水在眼里打转。

"你呢？平贵。"孙振文问。

"雯霏去哪，我就去哪。"平贵的声音粗，是一个嘹亮武生的声音。自己一辈子想做一个武生，用了一辈子，都没有做成。

"雯霏，你想去哪？"孙振文侧过身子，问雯霏。

"我哪儿都不去。我就在赵家堂，守着爹和娘。"雯霏似乎有些赌气。

"走吧，你也走吧。爹给你提个建议，去泉州，那儿的木偶还一样兴盛。前几天我看电视，人家的节目上了中央台，还是当年南北二泉对抗赛时候的《劈山救母》，孩子们愿意看，大人们陪着看。你看看还能不能找到那个林团长，向他学点真本事。爹那时候赢了他，不知他还记恨我不。现在，不用比，爹也输给他了。"孙振文捂住胸口。楝花看见，慌忙把他扶住。

几个人陆续离开。

赵泰山老师一直摇头，他说自己一直弄不明白，为什么木偶戏竟走到了如此田地。

六指是哭着走的。一个五六十的大老爷们儿，哭得呜呜的，还时不时地用袖子擦泪。他说他要带走几个人子，让它们白天陪他下地，晚上陪他睡觉，寂寞的时候陪他唱戏。孙振文说："你了解那些人子，它们是苦的。心里苦，你懂。你去挑吧，几个都行。"朱六指选了穆桂英、孙悟空和薛平贵，把他们仔细地摆放在一起，背在肩上。出村的时候，六指一步一回头，那些人子也是一步一回头，它们在朱六指的背上，摇摆着袖子，没有唱词的唱，无端地响着。"哎呀，妻呀，后面无有路了。"孙振文感觉那就是自己的子孙，突然离开，心被扯了很远，揪着疼。

楝子树下，一下子空了许多。

雯霏是最后一个走的，她一直不想走。倒是孙振文，一直催促她。

"雯霏，你爷爷一直让我，把孙家木偶传下去。这道题，爹做得不及格。爹一直觉得自己是飘在半空中的，像弯着脖子的豆芽，总是扎不下根。如果我现在对你说，要你把孙家木偶传下去，你愿意吗？"

"我愿意，爹。"雯霏很坚决地说。

"爹这一辈子，记了三百多部戏文，今天全部交给你。有家传的，也有听着别人的戏记下的，也有爹自己创作的。爹还有一部戏，到现在没有写完。我不知道还能不能写完，那是我为你娘……楝花写的。等演完那场戏，爹一辈子的任务就完成了。剩下的事，就成你的了。"孙振文把一个大木箱搬出来，打开了那把几乎锈死的锁。

平贵把箱子搬上车。

"雯霏，如果你能见到林团长，告诉他，你就是我孙振文的女儿，就说我孙振文还活着。如果他不服气，我还想和他再比一场，最后一场。时间我定。"所有的荣耀与激动跃入孙振文的脑海，他的眼里散出异样的光彩，瞬间又归于沉灭。

"我一定把孙家木偶传下去。我记下了，爹。"雯霏跪下去，脸上流满了泪。

"别把它当成你的负担，就当它是你阴天下雨的一件心事，天晴了，就拿出来晒晒。"孙振文别过脸去，老泪纵横。

苟流身上的虱子。沙鸥的哈姆雷特。"主人，那只是一架风车。"

"这部戏，就是要唱着哭，哭着唱。"爷爷说。

在天才和虱子之间，是否存在某种关联？发黑的血迹，或者发霉的肉体，更甚至是一片发白的虮子，像戈壁滩？

冬天像长满皱纹的巫婆，在时光的森林里，散布她所有的邪恶。

天上飘起雪花，在空中便化了，最后变成淡如烟尘的虚无。

孙振文站在叶子落净的楝子林里，双眼模糊。眼见着女儿的背影消失，他大喊一声："老天爷……"

楝花扶着孙振文，慢慢挪进三间老屋。

大雪，覆盖了所有的去路。

和归程。

4

马传旗答应儿子马守金,要给他过一个有意义的十八岁生日。

为了真正做到有意义,从十天前,马传旗就开始忙活。

马传旗先是买了一辆日本三菱摩托车。送货的人到村口时,马传旗已经等在那儿两三个小时了。他买了六挂一千响的鞭炮,为儿子的摩托车上香,求吉利。鞭炮声连绵不断,刺透耳膜。

孙振文在楝子林里,看到马传旗一大早就在村口忙活。

凡是马传旗的事,孙振文一概躲得远远的。

孙振文按照楝花的要求,摘着楝子树上的花。楝花让他摘哪一朵,他便摘哪一朵。几十年的习惯,楝花洗澡时,总要放上一把。

村里人拥着送货的车,把三菱摩托送到马传旗的家中。马守金还没起床,听见是生日礼物到了,一骨碌爬起来。

马守金喜笑颜开。他使劲地往后抓了一把油亮的头发,搭腿骑上摩托车。

"现在的年轻人,就是聪明,一学就会。"马传旗夸奖儿子道。

马守金一溜烟地骑出去,又一溜烟地骑回来。他跳下车,跑到马传旗跟前,对着马传旗的额头亲下去:"你真是我的亲爹。"

马传旗的脸上开了花,故意吸吸鼻子:"奶奶的,就连这摩托车放出的屁,都好闻。儿子你说,是汽油好闻还是香油香啊?"

马传旗买了五十六张请帖,要给儿子办订婚礼。他算了算亲戚朋友的总数,八桌四八席,七八五十六个人。满缸满瓮地下五十六张请帖,再加上倒酒的,人似乎多了些。但拨拉来拨拉去,不让谁来都不合适。马传旗想,多几个人就多几个人,每桌可以按八个人坐,不用特别计较。如此大规模地搞订婚宴,在村子里是没有先例的。但马传旗有马传旗的想法,只要办这么一个喜宴,来的人都不能空着手来,又恰好是儿子的十八岁生日,所以最好的名义便是替儿子办成人宴。

马传旗集合了能找得到的最好的八个厨子做菜，一天二百块钱，喜钱另算。

既然是成人礼加订婚宴，喜钱就是必需的。给马守金订婚的女孩，是孙滩村支部书记的女儿，名叫岳小蝉。马传旗对这个女孩满意得简直没法说，要个头有个头，要长相有长相，又同是支部书记的孩子，也算得上是门当户对了。但马传旗又对准儿媳的名字有点想法，蝉与馋同音，不太好听。马传旗劝自己，名字只是个记号，又是父母早就起好的，这点小瑕疵，算不得数。

按照风俗，订婚环节非常重要，几乎和结婚相同。这一环节俗称照订婚相。照相不能放在马守金的生日喜宴这一天，两家商量，定好提前一天，由娘家人、婆家人，一起到县城，给孩子们买些订婚的东西。在赵家堂，订婚的东西是随着经济条件的宽裕，越来越丰厚的。二十世纪五六十年代，只是简单的四季衣服，陪着照相的七大姑八大姨，顺便也扯上几尺布。七八十年代，变成了小三样，自行车、手表、缝纫机。八十年代之后，则成了大三件，冰箱、电视、洗衣机。这些东西买了，运到娘家，出嫁的时候当作嫁妆，给娘家多些体面。说白了，还是谁花的钱谁受益。八十年代之后，年轻人更实际，金银首饰不说，还要喜钱，从最初的千里挑一，到万里挑一，也只是三五年工夫。

照订婚相常常压垮一些家境贫寒的人家。比起女孩买的东西，七大姑八大姨顺手牵羊沾光的东西有时更多，男方不买就会被女方的这些本家笑话。对这些，马传旗家大业大不怕。马传旗在给儿子找对象时就夸下海口："只要我相中的儿媳妇，要什么买什么。"便有街坊笑话他："是给你儿子娶媳妇还是给你娶媳妇？你相中就给你使？"这话说得刻薄，传到他耳朵里，也让他嘴上多了个开关。

照完订婚相，在县城里转来转去，已经是傍晚，婆家和娘家的人各自回了家。马守金拉住岳小蝉，非要带她去县城看电影。马守金拍着胯下的三菱摩托车："日本原装进口的，像飞一样。不试试？"

岳小蝉经不住摩托车的诱惑，坐上去，揽住马守金的腰，脸贴在马守金的后背上，幸福在路上撒了一地。

一声撞响，摩托车飞出去二三十米远。

车祸发生在离赵家堂只有六里远的蒙馆公路上。

马传旗赶到医院的时候，岳小蝉还在抢救，马守金身上已经拔掉了所有的输液管，参与抢救的医生正在洗手。

马传旗看到面目全非的马守金，一句话也说不出来。他狠命地抓住自己的头发，突然间整个身子往后仰，倒地不起。

村里的几名干部，一边指挥着抢救马传旗，一边让家里忙活的人，通知所有准备明天赴宴的亲朋好友，成人喜宴取消。

马传旗的老婆哭得死去活来："俺的娘哎，俺的天塌了啊。俺活着还有什么意思，让俺替他死多好。"她一次次地昏过去，然后被死命地掐住人中，又是一口长长的憋气，粗粗地喷了出来，"哎哟哟，俺的儿来，俺的娘哎。"

邻居们说，马传旗的第一个老婆，就是被她气死的。真相如何，没有人追究过。

马传旗醒来后，一个劲儿地傻笑。别人拍拍他的脸，他便嘿嘿两声，低下头，捏着自己的手指头玩，捏一会儿便放进嘴里没完没了地嘬。

"完了，这一家人完了。"邻居们说。

也有人说着活该。但眼见这样的惨剧，又觉得不应该再恨了。

世道人心，总是在大灾大难中，现出它本来的样貌。

有人说："如果追究，罪魁祸首还是那辆摩托车。非得买日本货。日本货就是日本祸，祸害的祸。日本人自古以来就是祸害中国人的，他们的东西也能买？"

"日本人的什么东西都不能买，谁买谁就是这样的下场。"

各种各样的议论……

马传旗成了赵家堂的游魂，天天拿着一件儿子小时候的摩托车玩具，在街上走来走去，时不时地喊着："守金哪，回来吧，明天就是你的生日了……"偶尔哪一天，他也会喊："荻亚啊，回来吧，明天是你的生日了……"

马传旗的腿依然是一上一下,他的喊声也是跳跃着的,时有时无。木腿上的皮鞋早已经没有了踪影,只有一根木棍,在地上戳来戳去。

有时他突然睁大了眼睛,给半死不活的老婆说:"去找那个岳小蝉,她是狐狸精。"然后便再无下文。

孙振文给楝花商量,要砍一棵楝子树,做人子头。

楝花起初不同意,她把两只手并拢,指着胸口,这可是我们爱情的见证啊。

孙振文捧着楝花的脸:"老婆子,你再想想,咱这一百棵树,一年砍一棵,还得再砍一百年。一百年之后,咱都一百六十岁了。要是到那时候再砍,咱都砍不动了。不如趁现在还能动得了,砍一棵是一棵吧。"

楝花笑了。她喜欢孙振文叫她老婆子的感觉,但她更喜欢他叫她丫头,便揪着孙振文的耳朵,指指自己的头发。

"明白明白,丫头。"孙振文咧着嘴求饶。

"还砍树吗?"楝花手指着孙振文的脑门,问。

"树还是得砍。咱不是还要再演一出戏吗?演戏就得开辟出一块场地来。我要先把门前的这几棵砍掉。我们的戏台子,就搭在屋门口。"孙振文说。

"我们屋里不是已经有一百多个人子头了吗,为什么还要刻?"楝花不解地问。

"那些人子头,我都得卖掉,换了钱,买一个真金的凤冠。这个凤冠就是给那出戏的一个仙女戴的,她可是天上的仙女啊。你知道她叫什么名字吗?"孙振文的笑有些发坏的味道。

"不知道。"楝花摇摇头。

"我告诉你,她叫楝花。"

楝花追着要挠他。孙振文一直怕痒,只要一挠,啥事都解决。

孙家班木偶最早的人子头是用梧桐木做的,容易刻,但也容易变形。后来用石膏做过一段时间,但模具不好造,一个头一个模具,做起来费事。再后来摸索着用纸浆，加白面糨糊，优点是轻，但遇到雨天就不敢拿出来演了。孙振文一直喜欢木头刻的，拿在手里有一种质感，做起动作不飘，戏也更出效果。从青海回来后，孙振文还是坚持用木头刻，只在脸谱材料上做了改进，将丙烯、白面、鸡蛋清和油画颜料结合使用，出现了色泽鲜艳、光彩照人的奇妙效果。尤其是在灯光下，更让人提神醒目。

偶然的机会，孙振文发现用楝子木做人子头，结实耐用，不轻不重，好上颜色，非常容易保存，时间再长也不变形。

刻木偶人子，是学习木偶戏的第一步。徒弟们都在的时候，孙振文让他们自己动手，刻下了几十个木偶人子。他们刻的技术虽然不够完美，但毕竟是基本功，学会了，便是手艺。

"你真的要把这些人子头都卖掉？"楝花看着整整齐齐地摆在柜子里的人子，有点舍不得。那些人子哭着笑着，嗔着怒着，有的蟒袍锦衣，有的破衣烂衫，都是自己的儿孙。时间长了，就有了感情。

"不卖没钱买真金凤冠啊。"

"为什么非得是真金？"楝花不解。

"一辈子一出的戏，一辈子一个的人。再金贵都不过分。"孙振文解释。

楝花似懂非懂，便不再问。

孙振文刻人子头，楝花亲自动手，缝制各种各样的衣服配上。

现在的人，讲究的是华丽，是好看。楝花买来了大红大绿、金黄耀眼的绸缎，然后画上帝王将相、白面书生的脸谱，举手投足都是富贵气象。经过楝花修整的那些木偶人子，似乎留下了楝花的体香，成了活生生的人。这些木偶人子在手中跳来蹦去，和着空气中弥漫着的春的味道，让日子一下子鲜亮起来。

孙振文和楝花第一次去樊营集上卖，五十块钱一个，一上午卖出去四个。孙振文一遍遍地数着那二十张十元一张的钱，故意把唾沫吐得震天响。然后便说："如果换成一块钱一张的钱，那就是二百张，厚厚的一沓子。哈哈。"

"你真是越老越糊涂，二百张一块的就变成了四百？你以为是变魔术的?"楝花戳着孙振文的额头,问。

"老头子,你真是为了钱?"楝花仍然不相信孙振文卖掉这些人子,只是为了换钱。

"这些人子,闲着也是闲着。卖掉一个,便有一个人玩。指不准有谁喜欢,还来找我拜师,我就又有徒弟了。"孙振文似乎是开玩笑,又像是认真在说,"孙家木偶,不能在我手里消失啊。"

楝花不再说话。她走到楝子林里,抬头看今年的楝子树,不知会在何时开花。

集市上卖人子的效果越来越差,有时等上一天都卖不出去一个。老两口开着玩笑,"要是等卖掉人子再吃饭,人子饿不死,人先饿死了。"

"你是孙振文吧?俺老远就看着你像是孙振文。"一个身材臃肿的妇人走到孙振文卖人子的小摊前,一脸的惊喜。

"我是孙振文,你是?"孙振文站起身,目光中的疑问在空气中旋转。

"俺一眼就看出是你了。俺年轻那会儿,天天追着你看木偶戏。这远远近近的大姑娘小媳妇们,都十里八庄地撵着看。俺还记得一个小姊妹听你唱戏的傻样,长长的辫子缠在小手指上,不住地绕来绕去,上牙咬着下嘴唇,每次都要咬出血来。哈哈,让你迷的啊!简直是茶不思饭不想,像得了相思病。"

"都是老皇历了。"孙振文笑笑,有些不好意思,手指不自觉地拿起一个人子,"你也买一个?"

"买。"妇人从口袋里往外掏钱,钱太靠近裤袋底部,掏起来有点费劲,"就跟眼前的事儿一样。那时你真年轻,比那些大姑娘小媳妇们都俊。俺给你说,那些小媳妇们心可野了,商量着一起摸摸你的脸,不行就扒掉你的裤子,看看你下边长啥样儿。哈哈,那个疯劲儿,俺那些小姑娘们都不好意思听。"

"你是哪个村的?叫啥名字?"孙振文的脸红起来。那些红在皱纹里被扭曲,然后弥漫开来,像乱爬的蚯蚓。

"俺叫添香,娘家樊家营,婆家张店。"

孙振文把木偶递到妇人手里："倒也应了这人子的架势。看这红红的袖口，采了片云彩似的艳。这可是《红楼梦》里的尤三姐，敢爱敢恨的奇女子。回去后，别忘了天天给她洗把脸。"

添香的胳膊停在半空，拿钱的手抖了抖，脸上的笑容僵在那里，嘴唇里发出的声音，只有低低的咕哝了。

生意就这样越来越淡，最后赶一天的集，也不见得有人来瞅一眼他们的人子摊。

没有办法，孙振文给楝花商量，走街串巷去卖。

楝花沉默。

"咱在这大集上卖，都有人指指点点。要是再串到村里去，还不让人笑话死？孙家班的脸往哪儿搁？"楝花比画着。

孙振文便劝她："以前孙家班演戏的时候，不也是走街串巷？只不过那时候卖的是艺，现在卖的是人子。"

"卖完人子，你再卖什么？"楝花把胳膊一甩，生气地问。

"大不了我把自己卖了。"孙振文也有些急了。

楝花落泪，掏出绣着鲜红梅花的手绢，犹豫着："你能把自己卖了，我怎么办？你也要把我卖给别人？"

孙振文无语，知道自己说错了，便拍了拍楝花的脸："傻丫头，咱谁都不卖，只卖人子。"

傍晚归家，孙振文看见马传旗藏在楝子树后。他的头发很长，乱成一窝草，脸上的灰被抹得一道一道，比人子头上的妆还均匀。

孙振文让楝花拿一个馒头给他。楝花白了孙振文几眼，不情愿地把馒头拿出来之后，扔到地上，踩了一脚，踢到马传旗跟前。马传旗没命似的抢了过去，三两口下肚，眼巴巴地再看孙振文。

孙振文想起马传旗曾经对家里人所做的一切，想起失踪的马荻亚，又想起那个不满十八周岁的马守金，曾经是和自己一样的青春年少，意气风发。如今，唉……孙振文犹豫着，又回屋拿了两个馒头，递给马传旗。

马传旗噎得几乎断了气。

孙振文拿了一个破一点的木偶人子，操作了甩袖、翻跟头几个动作，便将人子递给马传旗。

马传旗嘿嘿笑着，手伸了伸，缩回去，直盯着孙振文。他不甘心，又试探着伸出手，五个手指弯曲着，接过人子，胡乱扭了几下，终不知怎么玩法。孙振文拿过人子，想再次教他。

马传旗突然跪下，双手捂着脸，嘴唇哆嗦着："你别打我，俺喊你爹，俺喊你爹行不？"

孙振文愣在那里。他看着马传旗抖成一团，目光从一开一合的手指间，小心翼翼地往外钻，心里酸着，绞疼。好久，孙振文才说："马传旗，我应该叫你……大叔。"

"你叫我大叔？"马传旗放开两手，两眼猛然间放出光来，瞪得如同牛眼大小。

孙振文点头。

马传旗站起身，抢过孙振文手中的人子，对着空旷的村子大喊："有人叫我大叔啦，有人叫我大……"马传旗后面的声音戛然而止，满脸惊恐地指着楝花说，"你是黄珊玉？你是黄珊玉……别再跟着我了，我求求你，别再跟着我了。"马传旗撒腿就跑，像被猎枪追着的兔子。木头腿突然掉在地上，马传旗重重地摔倒，打了几个滚。

孙振文看着马传旗把光秃秃的腿费力地安上，一瘸一拐地离开。马传旗回头看向孙振文的目光，充满恐惧。

自己也有这样的恐惧，梦里梦外。孙振文的心一缩。他回头，看见楝花的脸上，挂着泪。

"这都是命。"孙振文搂着楝花的肩膀。

"这人世间，本就没有隔夜的仇。"孙振文又说。

"你还把人子给他！糟蹋了我用心缝的人子。"

"算不上糟蹋。总是有人喜欢。"孙振文长叹道。

一张纸片飘到孙振文脚下,他拾起来一看,竟是赵泰山的笔迹:竹茹、远志、芒硝。孙振文皱起眉头,这是赵老师开给谁的药方?

三晃荡死了。

是被荞花的娘用斧子活活砍死的,她砍了他七七四十九斧。她家里的墙上地下,到处都是血。

有人听见,三晃荡临死的时候只喊了一句,你还给我的窝窝头。

荞花的娘被公安局抓走了。她一边喊二十年后又是一条好汉,一边被塞进了警车。

村里人说,荞花的娘声音真大,她喊得全村人都能听见。

开始有人传言,荞花娘砍死三晃荡,是因为三晃荡这个人爱记仇,二十年前没有完成的强奸事儿,趁着酒劲要来真的,要申冤。这话有点不靠谱。但世事难料,如今的事能有多少靠谱呢?

也有人说,三晃荡有了几个臭钱,现出了原形。他开始和不同的女人鬼混,都是年轻漂亮的。荞花的娘气不过,发誓要为女儿出头,杀了这个负心汉。

村里人说,二十年前,荞花娘把三晃荡送进监狱,这次是三晃荡把荞花娘送进监狱。日子就是这样轮着转的。还是那句老话,谁作谁受。

村里人还说,荞花的娘心真狠,她杀三晃荡的时候,她闺女荞花正在医院里生孩子,生下的是个男孩。

见过那个男孩的街坊说,这孩子,活脱脱又是一个三晃荡。

听到三晃荡的死讯,孙振文浑身一个激灵。

"上天给的,你躲不开。"有个声音一直重复着这句话,也让孙振文莫名其妙地发了三天烧。

5

　　进入冬季，大汶河安静下来，静得像一位失语的哲人。一场接一场的雪，在河床上堆积，随着河水流动的形状，蜿蜒成一条不知被谁扯断的琴弦。不经意的石头露出来，像是黑色的头颅在思考着什么，与周围的纯净显得格格不入。散落在地的树枝上，落雪或厚或薄，如淡淡的水墨晕染，勾描出宋元山水的沧浪风骨。雪是上苍铺在大地上的一张宣纸，造化的神奇之后，便由着人的性子涂鸦。深浅不同的雪层，定然是不知被谁澄澈轻盈的唱词，卷走了所有生动，留下的便只有安静。

　　孙振文坐在河边的石头上，不知自己在想什么。他努力地在雪地上寻找自己的影子，发现它并不存在，有些释然，也有些失落。

　　孙振文越来越害怕自己的影子。他感觉那些形态各异、长短不同的影子，如同藏在暗处的蛇，会在哪个不经意的瞬间，突然跳起，把自己咬得遍体鳞伤。有时它又会像一条拧紧的、冰冷的绳索，绞得他窒息，直到死亡。还有那么几次，影子突然间就变成了人子手中的两根甩棍，像霹雳一样闪着寒光抽打下来，爷爷则站在瓢泼大雨之中看着他，面无表情。他想起在德令哈的时候，因为那头驴的毒打，他也有那么一段时间，惧怕所有人的影子，更痛恨自己的影子。他幼稚地想，如果有谁能把他的影子拿走，他当牛做马都行。阳光下，他用尽所有的力气，踩、踩、驱赶自己的影子。他努力地缩起身子，那些影子也不离前后地扭曲着、痛苦着、狰狞起黑暗的脸孔，让他惊恐万状。他甚至故意做出越狱逃跑的样子，让岗哨对着他开枪，他渴望哨兵一枪能把他的影子打掉。回到赵家堂十几年，他以为对影子的惧怕已经完全消失，可不知为啥，最近愈发严重。尤其是到了阴雨天，身上受过的伤又疼又痒，那些影子似乎是从地底钻出来的，从伤口处钻进他的肌肤，绞住他的心脏，让他不得呼吸。他甚至不敢向着太阳走路，必须要走路的时候，他就回过头，倒着走。他要让自己的影子，完全暴露在眼皮底下，完全在自己的掌控之中。

只有到了晚上，对影子的惧怕，才稍稍好转。

可噩梦接踵而至。梦里有他的爷爷、父亲、母亲，和一些认识不认识的人。他们的表情几乎都一样，大笑，笑得狰狞，可怕。看得最清楚的应该是睁着眼死去的王大阔，被黑风吹来吹去，后背上是飘扬着的红布，红布像魔术师的斗篷，裹挟起更凶猛的风，把整个世界吹得摇摇晃晃。在王大阔的身后，是伸着手、舌头往外耷拉着的大大小小的鬼魂，围着他跳跃着、号叫着，或哭或笑。然后他们蜂拥而上，像粘了胶的皮影，忽上忽下，最后变成一条巨蟒，或者一条沉重冰冷的锁链，慢慢地缠到他的脖子上。每每此时，他便会从梦中醒来，看到熟睡中的楝花，惶恐地偎进她的怀里，忐忑着睡去。

孙振文不知自己到底怎么了，他变得手足无措。他觉得自己突然间就成了一个人子，不知道在谁的手中，命杆又立在何处。

日子跌进十二月份，离孙振文的六十岁生日，只有二十多天的时间。世纪之交的钟声，近得也只隔了一层薄纱。

孙振文已经刻好《洛神赋》所需要的所有人子：日神、月神、山神、水神、风神，另外还有十八童男童女列班。他还和楝花一起，搭起了一个十乘六米的舞台。舞台就在他的堂屋正前方。

孙振文一一给雯霏、平贵、幸福、朵朵、满江、遥笛打电话，给他们说："你们给我听好了，都得提前几天过来，和我一起排演孙家班历史上场面最宏大、样式最新颖、舞台效果最美的戏。这是师傅人生的最后一场大戏，也是你师娘一生唯一的一场戏。"几个徒弟听得出师傅言语之间的兴奋和得意，便满口答应。满江笑着问："给多少出场费？"孙振文明明知道满江是在开玩笑，可他心里还是堵了好多天。孙振文在想，如果真给这几个弟子些钱，他们会怎么样？

十号左右，除了雯霏，其他几个人陆续到了赵家堂，带着惊喜，说着家常。平贵已经成了泉州一家木偶剧团的技术总监。虽然他一直等着雯霏，两个人却始终没有在一起，都过着独身的生活。雯霏总是很忙，经常代表泉州木偶出访世界各地。幸福和朵朵结婚后，有了两个孩子，一儿一女，孩子们非常有艺术天赋，表演才能出众，大的是男孩，已经准备报考中国艺术学院，他说毕业后要深入研究、发扬光大孙家木偶戏。这话无论真假，都让孙振文心里暖暖的。满江已经与朱氏鼓乐分手，成立了自己的民乐队，演出不断。虽然挣不了多少钱，但吃饭总还可以。民乐队的拿手好戏，还是木偶表演，几段唱词，写字作画，总能赢得不少掌声。遥笛不想被人束缚，做过鼓手，也客串过DJ，随心所欲地生活，南来北往地飘着。朱六指也让孙振文请了回来，主要负责舞台灯光效果。孙振文给他打电话的时候，竟用了"请"一个字。六指说了句："东家拿我当外人了。"他自己的泪先掉下来。"东家"一词也引来孙振文的一阵心酸，人老了，时间也老了，这些称呼，却还是暖暖的，像儿时的模样。六指把以前用过的灯光绝招一一摆弄出来，配上蓝色天幕，舞台四周则以飘动的轻纱环起。孙振文便笑着说，六指老了老了，却比以前更懂得浪漫。赵泰山依旧做他的大衣箱，他还把宁阳剧团的板胡郑、扬琴徐等一干早已退休的乐队骨干，请到赵家堂，帮助演出。

孙振文明显老了，说话速度慢了许多，唱腔也似乎有些飘。几个徒弟担心他能不能把整场戏演下来。孙振文开着玩笑："你们会因孙家班自豪，会因为师傅是孙振文骄傲。放心吧。"

朵朵问："师傅，观众都有谁？"

"赵家堂的父老乡亲。这是孙家班最后一次为这片土地演戏了。"孙振文伤感中流露出不舍之情。他还想说，风也会看，云也会看，那些楝树也会看。

"平贵扮演日神，朵朵扮演月神，幸福扮演山神，遥笛扮演水神，满江扮演风神。"孙振文这样分工，"这出戏我是主角，谁也别争啊。"

几个人哈哈大笑。

排演中，几个徒弟发现了师傅孙振文在这部《洛神赋》中的良苦用心。

平贵与几位师兄妹交流："师傅探索着让人与木偶同台演出的创意和实际效果，一定会超出所有人的想象。十八童男童女或固定或移动的灵活摆放，打破了木偶必须由人举着的惯例，更加自由，强化了舞台的空间纵深感。而他将话剧舞台艺术移植到木偶戏剧表演中，丰富了木偶戏的表演手段，也使木偶戏的唱念做打，更多了现代生活元素。"

"一听这话，就是艺术总监的专业术语。"朵朵调侃平贵，"你们木偶剧团缺人吗？我和幸福现在不用伺候孩子，可以跟着你去演戏了。"

"要是你们去了，我的艺术总监位置，还不得让你们给抢了去？"平贵笑着，打趣。

"师傅，你怎么会想起排这样一部戏？"遥笛提着二胡，琴弓在手指间一上一下，琴弦发出轻微的摩擦声，问孙振文。

"我一生追求浪漫，渴望优雅的温柔。"孙振文突然想起沙鸥的这句话。他并没有把这句话说出口，而是回答道："我曾经答应过一个朋友，要排《堂吉诃德》。可我，做不了西方那玩意儿，只能排这个。"

"《堂吉诃德》？老师也喜欢他？"遥笛问。

  说完他戴好护胸，攥紧长矛，飞马上前，冲向前面的第一个风车。长矛刺中了风车翼，可疾风吹动风车翼，把长矛折断成几截，把马和骑士重重地摔倒在田野上。桑丘催驴飞奔而来救护他，只见堂吉诃德已动弹不得。是马把他摔成了这个样子。

"振文，我得告诉你一件事。"赵泰山悄悄把孙振文拉到一边。
"什么事？"
"前几天我去灵山寺，见到了马荻亚，她削发做了尼姑。"
孙振文愣住，好久才长出一口气，说："雯霏回来的时候，让她去看看吧。"
"她已经想不起以前的任何人、任何事。"

孙振文手捂住胸口，一阵发紧。孙振文知道，精神疾病中有一种叫选择性遗忘。这或许不能称之为病，而更像是一种幸福。人不能选择生活，却可以选择遗忘。

"赵老师，人子一辈子的悲哀，是它永远要被人牵着。影子的美，是因为人的苦，这谁能想到？没有别人，它动一根手指头都难。"孙振文说。

"什么？"赵泰山没有听清孙振文说什么，皱起眉头。

孙振文并没有回答。

正式演出的日子日益临近，雯霏还没有回来。楝花天天走出村子转一圈，踮起脚尖，向远处望着，往前走走，再看。

孙振文的眼里，满是焦急。他想着，哪怕不来演出，来看看你娘这一生唯一的表演，也行啊。

省市县三级电视台的记者，在正式演出之前，齐刷刷地来到赵家堂。四五台摄像机在楝树林里，抓拍着他们感兴趣的素材和镜头。

演出开始。

天上飘起了雪花，小而柔，如苍天的故意。

楝花端坐在莲花宝座上。特意从县城给她请来的化妆师，孙振文并不满意。他亲自给楝花化妆，将一个五十六岁的老太太，装扮成一个十八容貌的天堂女子。楝花头戴金色女王冠冕，那是孙振文卖出的木偶人子换来的纯金顶饰。一身素衣，袂带如风，表情恬淡，右手持一束水草，左手是一束楝花，红的粉的紫的，散发出淡淡的香。她今天扮演的，是洛水之神，是曹植的生死之恋——宓妃。十八个童男童女的木偶人子，在宓妃身后静立。

楝花没有一句台词，只这一坐，便惊了所有的人。

孙振文扮演曹植，是他擅长的京剧唱腔。他穿上皇帝加冕的盛装，金黄金黄的，威严，有神一般的统治力。他俯视了台下的观众一眼，见下面的人全部变成了黑色的斑点，如同下雨前搬家拥挤的蚂蚁。帷幕上有水流的光亮和声音，慢慢铺展开来，像汶河水的春天，绿得很深。他又抬头看天，忽见一片草席样的雪花飘荡下来,一片,只一片,收起了翅膀,然后又绽开了笑容。他伸出两只手去,捧住,那雪片便如德令哈的云,柔软而亲切。孙振文两眼注视着手掌,感觉手上的云慢慢融化,一半散发着诗意,一半写满忧伤。"优雅的温柔",这是谁的唱词?孙振文皱紧了眉头,他发现自己已经想不起来。

何处一声零落的鞭炮声,和孙振文的一声"咿呀",一同刺破夜空。

(鼓板起)

曹植(念):余从京域,言归东藩,背伊阙,越轘辕,经通谷,陵景山。日既西倾,车殆马烦。尔乃税驾乎蘅皋,秣驷乎芝田,容与乎阳林,流眄乎洛川。于是精移神骇,忽焉思散。俯则未察,仰以殊观。睹一丽人,于岩之畔。

日神(白):何人在此喧哗?

曹植(白):微臣曹植是也。

日神(白):为何在此喧哗?

曹植(白):臣见洛河宓妃,倾心相爱。已献阳光一片,为她驱赶冬日严寒。

日神(白):那女子其状若何?

曹植(念):其形也,翩若惊鸿,婉若游龙,荣曜秋菊,华茂春松。髣髴兮若轻云之蔽月,飘飘兮若流风之回雪。远而望之,皎若太阳升朝霞。迫而察之,灼若芙蕖出渌波。秾纤得衷,修短合度。肩若削成,腰如约素。延颈秀项,皓质呈露,芳泽无加,铅华弗御。云髻峨峨,修眉联娟,丹唇外朗,皓齿内鲜。明眸善睐,靥辅承权,瑰姿艳逸,仪静体闲。柔情绰态,媚于语言。奇服旷世,骨象应图。披罗衣之璀粲兮,珥瑶碧之华琚。戴金翠之首饰,缀明珠以耀躯。践远游之文履,曳雾绡之轻裾。微幽兰之芳蔼兮,步踟蹰于山隅。于是忽焉纵体,以遨以嬉。左倚采旄,右荫桂旗。攘皓腕于神浒兮,采湍濑之玄芝。

日神（白）：这等美艳女子，便作我太阳神妾室，你可同意？

曹植（唱）：世上只说阳光照，却不见太阳黑心肠，暗夜不知何处去，雨天独恋温柔乡。说什么大地得普照，只不过戏说众草堂，百姓高官不一样，山南山北分阴阳。这样的太阳何处好，不比我娇妻宓妃好心肠。

［声光效果起］日神大怒，将大地烤焦，万物干枯，生灵涂炭，无以为生。

月神（白）：我听说你曹植不顾生灵涂炭，只伴宓妃左右。我月亮神如果发怒，你将若何？

曹植（唱）：都说月亮温柔情，却不知月神冷秉性，面对生死无怜意，虚情假意心如冰。这世间纵是万般好，却无月亮半点功，君不见天黑走夜路，她琵琶遮面送云影。纵是你美艳绝千古，亦不如我娇妻一泪情。

［声光效果起］月神大怒，将所有的夜都涂成黑色。灯光渐灭，万物瑟缩。

山神（白）：日神、月神你都得罪了，不会有好果子吃的。幸亏我山神慈悲，暂且容留你。不过，你要让宓妃来做我的压寨夫人。

曹植（唱）：都说山高有风景，却不见山神丑心胸，荒芜土地争盘踞，尖山厉石磨众生。火山喷发泥石流，贫瘠不让寸草生，人入深山寻无路，失足落岩是元凶。纵是你自比昆仑言厚重，也不比我娇妻大善如春风。

［声光效果起］山神大怒，引来火山喷发，火山灰四处飘散，让众人病喘无治。

风神（白）：日神、月神、山神，你都得罪了个遍。我风神爱慕宓妃，你该不会有怨言吧？

曹植（唱）：我娇妻大善如春风，却不知风神无定性，今天刮来沙尘暴，明天又是龙卷风。南风北风雨雹雪，农人庄稼无收成，关门闭窗躲着走，吹倒围墙揭屋顶。你千般万般丑陋举，怎比我娇妻善人行。

［声光效果起］风神大怒，卷起漫天黄沙，让人睁不开眼，行不得路。如德令哈的黑风。

水神（白）：日神、月神、山神、风神，让你吃够了苦头。我水神和宓妃是同室同宗，让她做我的侧室，总该可以了吧？

曹植（唱）：都说温柔如水情，却不知水患暴力倾，淹掉房屋和牲畜，吞没众人好性命。河水改道走捷径，淹没良田万千顷，反复无常成祸患，怎比我娇妻菩萨情。

［声光效果起］水神大怒，大河决堤，河水泛滥，众生在水上漂流。

曹植（唱）：恶神自恃权威高，芸芸众生冷眼瞧。不管百姓生和死，只拿权势作孽妖。今生遇到我娇妻，一生相伴无动摇。天生丽质比貂蝉，双眼能言水含笑。高挺鼻梁懂世事，樱桃小口双唇薄。西施自愧步履重，赵燕难比杨柳腰。一生不语九鼎重，喜怒悲欢情自超。生死两望比日月，爱深意浓泰山高。哪管庭前风雨骤，且览汉宫比逍遥。来生执手叙旧梦，鸳鸯枝头比翼鸟。

众神私语，跷起大拇指，然后舞蹈。

曹植（念）：于是屏翳收风，川后静波。冯夷鸣鼓，女娲清歌。腾文鱼以警乘，鸣玉鸾以偕逝。六龙俨其齐首，载云车之容裔。鲸鲵踊而夹毂，水禽翔而为卫。于是越北沚，过南冈，纡素领，回清阳，动朱唇以徐言，陈交接之大纲。恨人神之道殊兮，怨盛年之莫当。抗罗袂以掩涕兮，泪流襟之浪浪。悼良会之永绝兮，哀一逝而异乡。无微情以效爱兮，献江南之明珰。虽潜处于太阴，长寄心于君王。忽不悟其所舍,怅神宵而蔽光。

曹植(念):我终生之爱,一生之福,生命可以落幕,爱情必将永驻。我今生唯一的爱人,请随我来……

(灯光亮起,剧终)

"勿冈轮回石如玉,且顾来年马失蹄。甲子一梦烽火至,满眼富贵他人语。"孙振文大声吟道。高僧后面的两句话,像夏天的蚊子一样,突然间就冒了出来。

几个学生看着孙振文和楝花走下舞台。

遮挡演员的帷帐落下,竟有巨雷般声响。这张帷帐,遮挡了他们六十年。

楝花突然开口说话,声音从遥远的云端传来,清澈灵动,如同缓缓长出嫩芽的春溪:

我的君王……蒲生我池中,其叶何离离。傍能行仁义,莫若妾自知。众口铄黄金,使君生别离。念君去我时,独愁常苦悲。想见君颜色,感结伤心脾。念君常苦悲,夜夜不能寐。莫以豪贤故,弃捐素所爱?莫以鱼肉贱,弃捐葱与薤?莫以麻枲贱,弃捐菅与蒯?出亦复何苦,入亦复何愁。边地多悲风,树木何翛翛!从君致独乐,延年寿千秋。

学生们惊呆了,师母是隐藏了一生,还是生命瞬间的通灵?他们一个个相互看着,终究弄不明白,这到底是在演戏,还是真实的人间生活。

"戏里戏外,他总在戏里。" 一个声音说。

雯霏终于回到了赵家堂。和她一起回来的,是二泉对抗赛福州团的林团长。林团长手里拿着孙家班的四根棍木偶,脸谱画的是汉王刘邦。他答应雯霏,要和孙振文一起,演一出《霸王别姬》。林团长的身后,是全国五百强企业愚石文化传播公司的CEO,他这次来,是要帮助孙振文把江北木偶,推向世界舞台。

311

雯霏看到了父母花走下舞台的瞬间。

在舞台的后面,是满屋子的熊熊大火。

"雯霏,你没早点告诉你爹我们来的事?"林团长责问。

雯霏放声哭喊,"爹",然后捂着脸跪了下去。

赵泰山颓然倒地,他的两只拳头轮番捶打着自己的胸脯:"枉费我一生心血!天意难违啊……"

一片比天空还大的雪,慢慢飘落。

火焰中,两个人子,将半圆的彩虹舞成两条七彩的衣袖,最后化成一片缠来绕去的云,升腾,升腾……

2013年10月16日至2013年11月7日凌晨2:39　初稿于直界水库
　　　2014年1月26日至2014年2月16日　二稿于宁阳
　　　2014年3月21日至2014年4月20日　三稿于宁阳
　　　2015年1月1日至2015年3月21日　终稿于深圳

图书在版编目（CIP）数据

人子,人/愚石著. —济南:山东文艺出版社,2016.2
ISBN 978-7-5329-5114-7

Ⅰ.①人… Ⅱ.①愚… Ⅲ.①长篇小说—中国—当代 Ⅳ.①Ⅰ247.5

中国版本图书馆 CIP 数据核字(2015)第 220112 号

人子,人

愚石 著

主管部门	山东出版传媒股份有限公司
出版发行	山东文艺出版社
社　　址	山东省济南市英雄山路 189 号
邮　　编	250002
网　　址	www.sdwypress.com
读者服务	0531-82098776（总编室） 0531-82098775（市场营销部）
电子邮箱	sdwy@sdpress.com.cn
印　　刷	山东德州新华印务有限责任公司
开　　本	787 毫米×1092 毫米　1/16
印　　张	20　插页/2
字　　数	270 千
版　　次	2016 年 2 月第 1 版
印　　次	2016 年 2 月第 1 次印刷
书　　号	ISBN 978-7-5329-5114-7
定　　价	36.00 元

版权专有,侵权必究。如有图书质量问题,请与出版社联系调换。